科塔萨尔短篇小说全集 II

南方高速

〔阿根廷〕胡里奥·科塔萨尔 著

金灿 林叶青 陶玉平 译

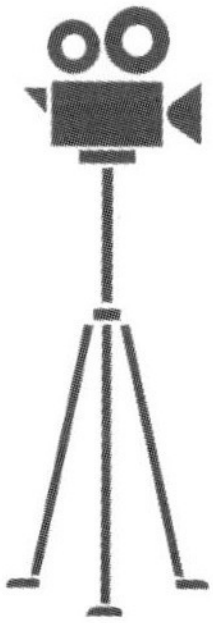

南海出版公司

新经典文化股份有限公司
www.readinglife.com
出　品

目录

Contents

秘密武器

克罗诺皮奥和法玛的故事

万火归一

秘密武器

金灿 / 译

魔鬼涎*

应该如何讲述这个故事？真是毫无头绪。是用第一人称，还是第二人称？抑或第三人称复数？还是源源不断地臆造出毫无意义的叙述方式？假如可以这样讲：我也就是他们看到月亮升起来了；或者这样讲：我也就是我们的眼睛痛；甚至于这样讲：你那金发的女人曾经是我你他我们你们他们面前飘忽不定的云彩。真见鬼了。

开始讲故事吧，假如能够走开，去喝瓶博克啤酒，同时机器还自动运作（因为我用打字机写作），那就太完美了。这可不是随口说说，确实会很完美，因为将要讲故事的这个漆黑的洞口也是一台机器（但是跟打字机种类不同，这是台康泰克斯 1.1.2 相机）。和我，你，她——那金发女人——或者云彩比起来，一台机器也许会更了解另一台机器。但是我可没那么幸运，我知道如果我走开了，桌上

* 阿根廷俗语，指暮春和初秋时节，幼年蜘蛛织出的细小轻柔、在风中若隐若现的蛛网。也可叫作“圣母线”。

这台雷明顿打字机就会像石雕般纹丝不动，一直运动的物体一旦静止下来就会显得死气沉沉。所以我必须写下去。要讲述这个故事，我们中的一个都必须写下去。还是由我来写比较好，因为我已经死去，更加了无牵挂；我眼前只看得到云彩，所以能够专心思考、专心写作（那边又飘过一朵云，镶着灰边）、专心回忆，因为我已经死去（我也活着，这可不是要骗谁，到了恰当的时候自然会水落石出。我还是从过去、从起点，从我还活着的时候讲起吧。到头来你会发现讲故事最好还是从头开始）。

刹那间我问自己为什么偏要讲这个故事，我们竟然会开始质疑自己所做的一切都是为什么，即便只是质问自己为什么要接受晚餐的邀请（这一刻飞过去一只鸽子，我觉得像是麻雀），或者为什么听别人讲了个好故事，立刻就会觉得百爪挠心、坐立不安，非得闯进隔壁办公室把故事复述一遍才痛快，才能回去安心工作。据我所知没人解释过这种现象，既然如此，那还不如开始讲故事。讲故事没什么好难为情的，因为毕竟没有人会为呼吸或者穿鞋这种事情觉得难为情；这些都是人之常情，除非出了什么岔子，比如鞋子里发现了蜘蛛或者呼吸的时候感觉有碎玻璃划过，那么就一定要说出来，告诉隔壁办公室的同事们，或者告诉医生："哎，医生啊，我只要一喘气就……"一定要说出来，一定要解除百爪挠心的困扰。

既然我们要讲述这个故事，那顺序就不能乱。让我们沿着这栋房子的楼梯走下去，回到整一个月前，十一月七号那天。走下五层楼，就到了星期天，巴黎十一月的阳光明媚得撩人心绪，让人想要出去走走，看看风景，拍些相片（因为我们以前是摄影师，我以前是摄影师）。我终于明白了，最难的是以什么人称讲述这个故事，我也毫不避讳把这一点再说一遍。难就难在没人知道到底是谁在讲述这个故事，是我呢，还是发生的事情本身，或者是我眼前的这些东西（云彩，偶尔飞过的一只鸽子）？如果我讲述的仅仅是我认为的真相，那么它就算不得真相，只不过我自己觉得百爪挠心，管它是不是真相，都需要跑出去把它说出来。

我们慢慢讲。随着我写下去，发生了什么事便会一目了然。如果我被替换了，如果我词穷了，如果云彩都飘走了，飘来了别的东西（因为我总不能够一直盯着眼前飘过的云彩和偶尔飞过的鸽子，把它们当故事来讲），如果真的发生了这些……在这个“如果”之后，我又该写什么，该怎么正确地结束这个句子？但是如果我开始问这样的问题，就没法讲任何故事了。还是好好讲下去吧，也许讲故事可以作为一种答案，至少给读它的人一个交代。

罗伯特·米歇尔，法国人，也是智利人，翻译家和业余摄影爱好者，于今年十一月七日星期天离开王子大道十一号（现在飘过两小片云，都镶着银边）。三周以来他一直致力于把圣地亚哥大学何塞·诺韦尔托·阿连德教授撰写的陪审员回避制度和上诉制度的专著译成法文。巴黎这座城市很少起风，更少起这种在街角追逐翻腾的旋风，它飞扬起来，敲打着斑驳的木制百叶窗，窗后面一惊一乍的女士们翻来覆去地谈论着这几年天气如何不稳定。但是太阳悬在空中，灿烂的阳光乘着风，洒在猫儿身上。阳光如此明媚，我便忍不住想去塞纳河码头上转转，拍一些古监狱和圣礼拜堂的相片。才十点钟，我估摸着到十一点光线就正好，会是秋天最好的光线。为了打发时间，我特意绕远路去到圣路易岛，在安茹码头闲荡。我驻足仰望了一会儿洛桑酒店，心里默诵了几段阿波利奈尔[1]的诗，每次经过洛桑酒店，这几段诗就会闯入脑海（假如是我，我就会想到另一位诗人，但米歇尔就是这么顽固不化）。风猛地停了，阳光比原来至少强了一倍（我想说的是至少比原来弱了一倍，但其实是一回事）。我坐在栏杆上，觉得周日的上午真是令人心花怒放。

消磨时光的办法有很多，最好的便是摄影。应该从小就教会孩子们摄影，因为这项活动可以培养纪律性、审美观、观察力和准确有力的手指。摄影不是像新闻狗仔那样窥探秘密，埋伏着偷拍唐宁街十号走出的大人物的笨拙身影，但是无论如何，只要身上带着相机，那就必须专心致志，不应该忽略阳光在一块古朴的石头上反射出耀眼的美妙光芒，也不该忽略买回面包或牛奶的小姑娘一路飞奔、小辫儿在空中舞蹈的画面。米歇尔明白，每当摄影师拍照时，相机便居心叵测地代替了他自己观察世界的方式（现在又飘过一大片云，几乎是黑色的），但他不以为意，因为他知道，只要不带康泰克斯出门，他就能重拾悠闲的心情，看风景不用考虑取景框，感受阳光不用考虑光圈和 1/250 秒的快门。此刻（什么词啊，此刻，真是愚蠢的谎话）我可以坐在河边的栏杆上，看着黑色和红色的松木船来往穿梭，不用考虑怎么给眼前的景色拍照，顺其自然就好，在时间之河中一动不动地随波逐流。风已经停了。

后来，我沿着波旁码头一直走到小岛的尽头，那里有个私密的小广场，我很喜欢，喜欢得无以复加。（说私密是因为广场很小，并不是因为它隐蔽，毕竟它敞开怀抱朝向塞纳河和天空。）广场上只有

①纪尧姆 · 阿波利奈尔（Guillaume Apollinaire，1880 – 1918），法国超现实主义诗人。

一对情侣，当然还有鸽群，也许我现在看到的鸽子就是从那儿飞过来的。我跳起来坐到栏杆上，裸露着面庞、耳朵和双手（我把手套放在口袋里了），让自己沐浴、沉醉在阳光里。我没心思照相，百无聊赖便点了一支烟；我记得，在火苗凑近香烟的那一瞬间，我瞥到了那个少年。那是我第一次见到他。

我一开始以为是情侣的这一对其实更像是母子，尽管我立即意识到他们也并不是母子。看到两人倚在栏杆上或者搂抱着坐在广场的长凳上，我们一般都会认为他们是情侣。既然我百无聊赖，就有足够的时间揣摩少年为什么那么紧张，他紧张得像一匹小马，像一只小兔子。他把双手插在兜里，突然抽出一只手，再抽出另一只手，用手指梳过头发,不断变换着姿势。我尤其想知道他为什么那么害怕。他的每一个动作都流露出因羞耻而难以抑制的恐惧，显然他有股冲动想掉头离开，因为他的身体似乎已经准备好了要逃跑，现在僵在那里不过是最后那一点可怜的仪态。

在岛的尽头，栏杆边上只有我们三个人，五米开外的情况一览无余。起初我只注意到少年的恐惧，而忽略了那个金发女人。我想到这一点，便从下一秒开始就端详起她的面孔，现在我把她看得更清楚了（她猛地转过头，像是一片黄铜做的风向标似的，而那双眼睛，那双眼睛直勾勾地盯着人），我隐约猜到了这少年可能遇到的事情，便劝说自己应该留下来静观事态（他们在窃窃私语，声音随风而逝）。如果我还有什么长处的话，我认为自己懂得观看之道。眼睛看到的东西都有欺骗性，因为目光所及之处已经远离我们自身，毫无保障可言；如果是闻气味，或者……（米歇尔一开口就离题万里，不能让他自由发挥，侃侃而谈。）总而言之，一旦预见到可能存在的欺骗性，就有可能好好观看；在见与所见之间斟酌选择，将事物华丽的外表层层剥去，也许就足够了。当然，要做到这些已经很难了。

说到那少年，我先记起的是他的留影，然后才记起他真人的模样（后面你就会理解这是什么意思）；另一方面，相比她的留影，我确定我更清楚地记得那女人真人的模样。她纤瘦高挑，用这两个词来描述她的样子其实还不够贴切。她穿着一件算是黑色、算是修长、算是漂亮的皮大衣。那天上午的风（现在不算微风轻拂，也不冷）吹起她的金发，勾勒出苍白阴郁——这两个词也不够贴切——的面庞，她漆黑的眼睛衬得周围的世界静止而孤独。她的目光犀利如两只迅疾的鹰，如两道冲向虚空的洪流，又像是两股由疾风裹挟的幽绿的淤泥，落在猎物身上。我形容不出来，只能试着去感受。像我刚才说的，由疾风裹挟的幽绿的淤泥。

公平地说，少年的穿着相当体面。他戴着一副黄手套，我敢说是他哥哥的，他哥哥读的一定是法律或社会学；看到手套的指尖从外套口袋里露出来真是滑稽。有好一会儿我没看到他的正脸，只看到侧面，他的侧影看上去并不笨，像受惊的鸟儿，像弗拉·菲利波①画笔下的天使，像一块米布丁。从这个少年的背影看来，他想学柔道，还曾为了一个观念或者一个妹妹跟别人打过几架。刚满十四岁，也许有十五岁，看得出来他衣食无忧，但是从父母那里一定要不到一分零花钱，所以即便只是买一杯咖啡、一盅白兰地或者是几支烟，他都要和小伙伴们合计好一会儿才能决定。他走在街上的时候，心里想着女同学们，或者想着要是能去电影院看场最新上映的电影，

①弗拉·菲利波·利皮（Frá Filippo Lippi, 1406－1469），意大利文艺复兴初期画家，擅长以世俗生活中的现实人物形象来表现宗教题材。

买几本小说、几条领带、几瓶绿标或白标的威士忌该有多好。在家里（他家一定是体面的，中午十二点准时吃饭，墙上装饰着浪漫主义的风景画，门厅黑洞洞的，玄关立着一个桃花心木做的伞架），时间缓缓流淌，他要成为母亲的骄傲、父亲的翻版，要写信给住在阿维尼翁的姨妈，要好好学习。所以他更愿意待在街上，十五岁的他拥有整条河流（尽管他兜里没有一分钱）和这座神秘的城市，拥有门上的标牌、战战兢兢的猫群、三十法郎一袋的炸薯片、对折了两次的色情杂志、像衣兜一样空空荡荡的孤独、对美好邂逅的渴盼，以及对新鲜事物的热爱，它们像风和大街一样触手可及，即使他无法完全理解，也依然能够让他全情投入。

那个少年，或者任何一个少年的生活轨迹都大致如此，但现在尤其是他，落了单，被金发女人的喋喋不休困住了。（我并不想喋喋不休，但是刚刚飘过两片长长的、边缘参差不齐的云。我猜那天上午我一次都没抬头看天，因为当我预料到少年和那女人之间会出事，便一直看着他们，拭目以待……）长话短说，那少年焦虑不安，让人不难猜到几分钟前或者最多半个小时前发生的事情。少年来到岸边，看到那个女人，被她的姿色吸引住了。这正如她所料，因为她等在那儿就是为了守株待兔。也有可能是少年先到，她从阳台上或者汽车里看见了他，便走过来，随便找个借口搭话。她早就料到自己会让他紧张，让他想逃，她也知道他一定会自以为是地留下来，生硬拘谨地装成寻欢作乐的老手。接下来的部分就容易猜测了，因为五米开外一切还在继续，任何人都能揣摩出这场游戏、这场滑稽可笑的剑术攻防战的进展。最有趣的部分不在于观察当下，而是猜测结局。少年会胡乱编一个借口，说自己有约在身，然后慌慌张张、跌跌撞撞地逃走。他想要潇洒地离开，但是那女人嘲弄的目光紧追不休，让他无地自容；也有可能他会留下来，他被蛊惑住了，或者只是没有勇气主动离开。那女人便会抚摸他的脸蛋，揉乱他的头发，在他耳边轻言絮语，然后突然挽起他的手臂带他离开，除非，他自己因为欲火难耐或者心存恐惧而烦躁不安，主动去搂住她的腰、亲吻她。这些都有可能发生，但还没有发生，米歇尔坐在栏杆上幸灾乐祸地等待着，几乎是下意识地端起相机，准备照下岸边这生动的一幕：一对不寻常的男女，正在交谈，互相打量着。

奇怪的是，这场景（几乎没有场景可言：那儿只有两个人，虽然都很年轻，但年纪相差不少）里有种不安的气息。我觉得是我把这种氛围添加进去的，因为如果我真的拍下了照片，照片就会重现这其中真实的愚蠢。我会想知道那个戴灰色帽子的男人在想些什么，他坐在方向盘后面，好像在读报或者打盹儿。他的车子停在通往人行桥的码头边。我刚刚才发现他，因为汽车如果停着，就不容易发现车里有人，人在这笼子里像是要消失了一般，只有运动起来、置身于危险之中，这可怜的笼子才有美感。但是那辆车一直停在那儿，形成（或者破坏）了岛上的一部分风景。一辆车：就像一盏路灯，或者广场上的一条长凳。它不像拂过肌肤的风，或者照在面前的阳光，时时都是鲜活的，同样，那少年和女人是独一无二的，有他们在，小岛就换了模样，展示出了一副全新的景象。总之，看报的男人很有可能也在关注着他们俩，跟我一样心怀叵测地翘首以待。这时那女人已经缓缓转过身来，把少年困在她和栏杆中间，我只能看到他们的侧影，少年比女人要高，虽然高不了多少，而那女人气势逼人，仿佛张开双翼的鸟儿凌驾于少年之上（突然她笑了一下，羽毛变成了鞭子），她只不过站着，微笑着，用手在空中比画着，似乎就能将少年碾碎。还等什么？用 F16 的光圈，取景要避开那辆可恶的黑色汽车，但是必须把那棵树框进去，用它平衡一下画面中太多的灰色……

我抬起相机，装作正在为一个和他们不相干的取景调整焦距，其实是准备伺机而动。我满怀信心，认为最终能捕捉到那昭然若揭的动作和一切尽在不言中的表情。我并没有等太久，那女人温柔地禁锢住少年，一缕一缕揭去少年身上残存的自由，像是在不紧不慢地执行一种甜蜜的酷刑。我想象到了可能的结局（现在探出一小朵泡沫状的云，好像是空中唯一的一朵云），我预见到他们来到她家（很可能是地下公寓，到处摆着大靠枕，猫儿们满地乱跑），少年有些惊慌失措，徒劳地想掩饰自己毫无经验，他决定逢场作戏，装出很在行的样子。我闭上眼睛——如果我真的闭上了眼睛——整理了一下眼前的画面：床上铺着紫丁香色的被子，他们嬉戏着亲吻，少年学着小说中的描写，试图给女人宽衣解带，女人温柔地拒绝了，反而把他脱得一丝不挂。在昏黄浑浊的灯光下，他们看起来真像是一对母子。结局是一成不变的，但是也许，也许会是另一种完全不同的结局，那就是少年的启蒙没能完成，她阻止了它的发生。漫长的序曲之中，是笨拙的肢体，疯狂的爱抚，在全身游走的双手已经不知何去何从。她会因为他的孤立无援而洋洋自得，傲慢地拒绝他，嘲弄他的天真无邪，使他精疲力竭、茫然失措。这种结局是有可能的，完全有可能：那女人要找的不是情人，而是任由她摆布的玩物。这种占有的目的难以理解，只能将其看作一场残忍的游戏，在这场游戏中，欲望被激起却得不到满足，她全情投入，但完全不是因为这少年，而是因为另外一个人。

米歇尔痴迷于文学创作和编造不切实际的故事。他热衷于想象奇闻逸事、与众不同的人、并不怎么可恶的怪兽。但那女人诱使他浮想联翩，她的举动也许提供了足够的线索，让人能够猜中真相。我肯定会一连几天都想到那个女人，因为我有冥思苦想的习惯。在她离开之前，我决定一刻也不能再耽误了。我把眼前的一切（树、栏杆、十一点钟的太阳）放入取景器，然后按下了快门。我立刻发现他们察觉到了。两人都向我看来，少年吓了一跳，面露疑色，女人则恼羞成怒，身体和面孔决然地呈现出敌意，它们知道自己已经被偷去，禁锢在一张小小的化学影像里，必将声名狼藉。

我还能说出很多细节，但是没有必要了。那女人说什么未经允许不能拍照，要求我交出胶卷。她的嗓音清晰干脆，带着纯正的巴黎口音，言语间措辞越来越夸张，语气越来越强烈。对我来说，给不给她胶卷都无所谓，但是了解我的人都知道，如果有求于我，就得跟我和颜悦色。最后我只是摆明了我的态度：在公共场合摄影非但不受禁止，反而得到了官方和个人的支持。我一边说一边暗喜地看着那个少年，乍一看他好像并没有动，但其实他一直在后退。然后他猛地转过身去（快得简直不可思议），接着就跑了起来。可怜的孩子还以为自己是在走开，实则逃得飞快。他从那辆汽车旁边跑过，像一条圣母线一般消失在上午的空气中。

但圣母线也叫魔鬼涎。米歇尔不得不忍受铺天盖地的诅咒，听那个女人说他多管闲事、愚蠢透顶。他故意做出谦卑的姿态，露出微笑，脑袋稍微动了动，都是些廉价的信号。当我开始觉得厌烦时，听到了一声关车门的响声。戴灰帽子的男人站在那儿盯着我们。我那时才恍然大悟，他也是这出喜剧里的一个角色。

他朝我们走过来，手里握着刚才装模作样在看的报纸。我记得最清楚的是他扭曲的怪相，嘴巴歪斜，脸上布满皱纹，那些皱纹不停地错位变形，因为他的嘴巴在不停地颤抖。那怪相从嘴唇的一边滑动到另一边，像是摆脱了主人的意志，成了鲜活独立的生命。但其他的部位都是固定不动的，他像是个脸上扑满粉的小丑，毫无血色，皮肤干枯，眼窝深陷，漆黑的鼻孔向外翻着，那黑洞洞的鼻孔比他的眉毛、头发，甚至是领带的颜色都更黑。他走起路来小心翼翼，似乎马路会伤到他的脚；我看到他脚上的漆皮鞋，鞋底薄得简直要他谴责路面上的每一处坑洼。不知道为什么，我从栏杆上跳了下来；也不知道为什么，我不想给他们胶卷，没有遵从他们似乎出于恐惧和懦弱的命令。小丑和女人用目光交流着，我们刚好组成了一个完美的三角形，这场面令人无法忍受，要用一记噼啪声来打破难堪。我做了个微笑的表情，然后撒腿就跑，我猜我逃跑的速度也就比那少年稍微慢些。跑到铁桥旁边那几座房子前面时，我回望了一下。他们还待在原地没动，但男人手里的报纸掉在了地上，那女人背朝着栏杆，双手在石头上来回抚摩，像一只摸不着头脑的困兽在寻找出口。

接下来的事情发生在这里，就在此时，在五楼的一个房间里。米歇尔好几天以后才冲洗了星期天拍的照片。古监狱和圣礼拜堂的照片正是它们应有的模样。他还冲洗出了两三张已经被他遗忘的试拍：他想抓拍一只出人意料地爬上了街边公厕屋顶的猫，却以失败告终。此外，还有那金发女人和少年的照片，底片很棒，所以他把照片放大了，放大的照片也很棒，他便又冲洗出了一张更大的，几乎是一张海报大小。他没有意识到（现在他感到疑惑）其实只有古监狱的照片才值得他费这么大的劲。这一系列的照片中，在岛的尽头抓拍的那张是唯一令他着迷的。他把放大版挂在墙上，第一天，他盯着照片看了好久，对比着回忆和已然消逝的现实，为此神伤。已经定格的回忆，同任何照片一样，那里什么都不缺，甚至，尤其不缺“空缺”本身，它才是真正定格这个场景的东西。那女人，那少年，那棵笔直地立在他们身后的树，树冠笼罩在他们头上，天空像石头栏杆一般纹丝不动，云朵和石头融成了一片（现在经过一片云，边缘很锋利，像风暴的前锋一样疾驰而过）。最先那两天我接受了现实，承认自己拍了照片又把它放大挂到墙上。我完全没有怀疑过，为什么翻译何塞·诺韦尔托·阿连德教授的著作时，我会时不时停下来去看那女人的脸和栏杆上黑乎乎的污垢。第一个令我惊讶的发现其实很愚蠢：之前我从未想过，当我们凝望面前的照片时，眼睛的位置和视角总是跟镜头的一模一样。人们总以为这些事情是自然而然的，没有人会去深究。我坐在椅子上，坐在打字机后面，看着三米开外的照片，直到这时我才意识到自己待的地方正好就是镜头的位置。这样刚刚好，无疑是欣赏一张照片最好的方式，然而斜着看过去应该也自有乐趣，甚至还会有新发现。每隔几分钟，比如当我找不到合适的法语词句来翻译何塞·诺韦尔托·阿连德教授如此优美的西班牙语时，我就会抬眼看看那幅照片。吸引我目光的有时候是那女人，有时候是那少年，有时候是路上的一片枯叶，它躺在一边，那位置恰到好处，平衡了整个画面。这时我就会停下来休息一会儿，心满意足地回想起照片中的那个上午。我略带讽意地想起女人恼羞成怒、向我索要照片的样子；少年逃跑得那么慌张可笑；还有那白面男人突然闯进画面的情景。虽然我离开得不怎么光彩：如果法国人的敏捷反应是与生俱来的，我不明白自己为什么没有在离开之前先展示一番公民的权利、特权或者优先权；但在内心深处我对自己很满意。重要的是，真正重要的是，我帮助少年及时逃跑了（前提是我的推测准确无误。虽然没有充分的证据，但是少年的逃跑间接证明了我的推测）。幸亏我多管闲事，才让他的恐惧最后有了用武之地，现在他可能已经后悔了，觉得自己尊严受损，不像个男人。无论如何，总比和一个在岛上那样看着他的女人在一起要好些。米歇尔有时是清教徒，认为不应该屈从于力量。总而言之，拍下那张照片算是一件好事。

我一边工作一边时不时看她，并非因为这是做了好事。在那一刻我不知道自己为什么看她，为什么把放大的照片挂到墙上；也许这就是宿命，是压倒骆驼的最后那根稻草。树叶出其不意地抖动了一下，我并没有警觉，继续翻译着一句话，直到把它圆满翻完。习惯就像一个巨大的标本集子，说到底，一张八十厘米宽六十厘米高的照片就像一块电影屏幕，播放着这个场景：小岛的尽头，一个女人正跟少年说着话，树上几片枯叶在他们头顶上抖动着。

但是那女人的手也开始动起来，这就有点过分了。我刚刚翻译了一行字：Donc, la seconde clé réside dans la nature intrinsèque des difficultés que les sociétés[①]，就看到那女人的手指开始慢慢收拢，握成了拳头。我不见了踪影，只留下一行永远也无法结尾的法语句子，一台摔落在地的打字机，一把嘎吱作响的尚在颤动的椅子，一片迷雾。少年已经低下了头，像是精疲力竭的拳击手等待着耻辱的最后

①法语，非完整句子，意为：因此，第二个关键点在于这些团体面临的困难之内在性质……

一击；他拉起了大衣领子，越发像个囚徒，是这场灾难里不可或缺的受害者。那女人开始在他耳边低语，又一次张开手掌去抚摸他的面颊，慢慢地摸了一遍又一遍，摸得少年满脸通红。他不很惊慌，却显得疑虑重重，有一两次，他的目光越过女人的肩头向前窥探，而她继续喋喋不休，不知道说了些什么，引着少年频频往一边看，米歇尔很清楚那边停着一辆车，车里坐着戴灰帽子的男人，拍照的时候，镜头特意避开了他，但是少年的目光、女人的劝诱（现在不用怀疑了）、她的双手和她替代性的身份里仍然映出了他的存在。我看到那个男人走过来，停在他们身边打量着他们，双手插在兜里，有些不耐烦，又有些颐指气使，像是主人即将吹哨召回刚刚在广场上撒欢儿的小狗。这时我才顿悟了——如果这就叫作顿悟的话——在这帮人身上即将发生的事，也是曾经要发生的事，也就是此时就要发生、但是因为我的到来扰乱了次序而最终没有发生的事，先前因为我不知情的干涉而没能发生的事，现在即将发生、即将完成。过去我设想的结局远没有事实那么可怕，那女人待在那里并不是出于自愿，她的抚摸、她的建议、她的煽动都不是为了满足自己的欲望，不是为了带走乱发的天使，玩弄他的恐惧和欲望。真正的主人胸有成竹地等待着，因为计划得逞而露出得意的微笑；他不是第一个以女人为幌子，捕捉猎物胜利归来的人。其余的事就太简单了，那辆汽车，随便哪一所房子，一杯接一杯的酒，几幅令人脸红心跳的画，已经太迟的泪水，噩梦初醒发现自己已经坠入地狱。而我却无能为力，这一次我完全束手无策了。我的武器曾经是一张照片，就是挂在墙上的那张，而现在他们为了报复我，耀武扬威地向我展示即将发生的事情。照片已然成像，时间亦已流逝，我们之间隔着难以逾越的障碍，罪恶肯定已经发生，泪水也已经洒落，剩下的只有悲伤和猜测。突然之间时空调转，他们有了生命，行动起来，决心坚定，朝着他们的未来走去。而我在这一边，困在另一个时空的五层楼上，不知道那女人、那男人和那少年是谁，我不过是个相机镜头，无法动弹，无法介入。我将面临最无情的嘲笑，因为他们将当着我的面胡作非为而我却无能为力，因为少年又看了白面小丑一眼，我明白了他即将接受他们的提议，这肯定是一场金钱交易的骗局，我却无法向他喊话提醒他快跑，或者像上次那样再拍一张照片来替他解围，那张微不足道的照片瓦解了那女人涂脂抹粉、费尽口舌搭建起来的圈套。就在那儿，就在那一瞬间，一切即将发生。周围一片死寂，和自然界的寂静不同，它延伸开去，又汇聚起来。我觉得我喊了出来，喊得撕心裂肺，就在那一刻我意识到自己开始走上前去，十厘米，一步，又一步，近景里的那棵树有节奏地摇晃着树枝，栏杆上的一块污垢跳出了镜头，那女人的脸带着吃惊的表情转向我，显得越来越近，然后我偏了偏头，我想说的是镜头偏了一偏，一边盯住那女人，一边向那男人靠近。他眼睛位置的两个黑洞盯着我，惊诧又暴怒地盯着我，像是要把我钉死在空气里。刹那间我看到焦点外有一只大鸟倏地飞过画面。我靠在房间的墙上，松了口气，因为少年刚刚得以逃脱，他再次回到镜头里，我看着他跑开，头发在风中飞舞，他终于学会了飞一般逃离小岛，逃到步行桥那儿，逃回城市。他又一次逃脱了他们的魔爪，我又一次帮他解了围，把他送回那并不安定的天堂。我气喘吁吁地站在他们面前，没有必要再走上前去，因为游戏已经结束了。我只看到那女人的半边肩膀和几缕头发，因为其他的部分被镜头的边框猛地截断了，但是那男人在正中央，嘴巴半张着，露出颤抖的黑舌头，他慢慢抬起手，向近景伸过来，有一瞬间的对焦堪称完美，然后他的身影遮蔽了整座小岛，还有那棵树，我闭上眼睛不想再看，捂住脸像个白痴一样放声大哭。

现在飘过一大片白云，这些日子以来，这段无法计算的时间以来，一向如此。我能说得出来的只有云，一朵云，两朵云，或者漫长的时间里万里无云的澄空，用大头针钉在我房间墙上的一块空白的四边形。我睁开眼，用手擦干眼泪之后，看到的就是这样的景象：澄澈的天空，从左边飘进一朵云，优雅地缓缓飘到右边消失了，然后又飘过一朵。有时眼前一片灰暗，天空被巨大的云层覆盖了，突然间，雨点铺天盖地地砸下来，雨对着镜头下了好久，好似泪水倒流。慢慢地，画面清澈起来，也许是太阳出来了，然后云彩又会飘过来，两朵，三朵，还有鸽群，或者一两只麻雀。

秘密武器

奇怪的是，人们居然觉得铺床仅仅是铺床而已，握手永远只是握手那么简单，打开沙丁鱼罐头就是打开沙丁鱼罐头本身。“但如果所有的事情都是独一无二的呢？”皮埃尔一边想着，一边笨手笨脚地铺一床蓝色的旧床罩。“昨天还下雨了呢，今天出太阳了。昨天我还闷闷不乐呢，今天米切尔要来了。唯一不变的是，我铺的床永远拿不出手。”没有关系，单身汉的房间凌乱一些总能讨女士们的欢心。她们会微微一笑（母性在唇齿间洋溢开来），然后开始整理窗帘，给花瓶或者椅子换个位置，一边说：“只有你才会这么异想天开，把这张桌子摆在没有光线的角落。”米切尔有可能也会一边说着这样的话，一边手里摆弄整理书和台灯。他会随她去收拾，自己则倒在床上或者窝在旧沙发里，透过高卢烟的薄雾目不转睛地盯着她，心里默默地渴望她。

“六点了，关键时刻到了。”皮埃尔想。在金黄的暮色中，整个圣叙尔比斯街区开始变幻，准备融入黑夜之中。不一会儿公证处的姑娘们就要下班了，勒诺特雷太太的先生将步履沉重地走上楼梯。一到买面包或者报纸的点儿，六楼的姐妹们必定要开始嚷嚷。米切尔也快到了，除非她迷了路，或者在街上开了小差。她有这个毛病，在哪儿都能停下来，在五花八门的橱窗世界里流连忘返，然后一一讲给他听：一只发条熊，一张库普兰[1]的唱片，一条蓝色石头坠子的铜项链，司汤达全集，夏季时装。因为这些原因迟到了一点点完全可以理解。那么，就再抽一支高卢烟，再喝一口白兰地吧。他有点想听马克奥朗[2]的歌，便在堆积如山的纸张和笔记本之间漫不经心地找了找，肯定是罗兰或者芭蓓特把唱片拿走了，真是的，拿走了他的东西也不跟他说一声。米切尔怎么还不到？他坐到床边，把床罩弄皱了。这下好了，不得不抚平这头再抻平那头，该死的枕头边又要露出来了。屋里一股烟味。米切尔肯定要皱着鼻子说这烟味呛人。几百个日子里他抽完了几百支高卢烟；还有一部论文，若干个女性朋友，两次肝炎，几部小说，百无聊赖的时光。几百支高卢烟？每次他发现自己纠缠于这些琐碎的细节时都会吓一跳。他还记得十几年前就扔掉的几条旧领带，来自比属刚果的邮票的颜色，那是他整个童年引以为豪的集邮纪念。似乎在记忆的深处，他准确地记得自己吸了多少支烟，每支烟是什么味道，何时点的烟，又在哪儿扔了烟头。他不时会梦到的那些荒谬的数字也许就是他无法遏止的计数能力在梦中展露出的冰山一角。“那么上帝是存在的了。”皮埃尔想。衣橱的镜子对他回以微笑，他只好一如既往地收敛表情，把一缕黑

①库普兰（François Couperin, 1668 – 1733），法国巴洛克时期著名的作曲家。

②马克奥朗（Pierre MacOrlan, 1882 – 1970），法国作家、词作家。

发往后拨了拨，米切尔总是威胁说要把这缕头发剪掉。米切尔怎么还不来？“因为她不想进我的房间。”皮埃尔想。但是为了有朝一日能剪掉他额前的这缕黑发，她必须要进他的房间，并且睡在他的床上。大利拉就付出了不小的代价，要得到一个男人的头发可并不容易[①]。皮埃尔自言自语说自己是白痴，居然会认为米切尔不愿意上他的房间来。他默默地想着，想法仿佛来自遥远的地方。有时候思绪好像必须披荆斩棘，飞越千山万水，直到它决定停下来，被人听见。他真是个白痴，竟然觉得米切尔不愿意上他的房间来。她还没到，只是因为在五金店或者哪家小店的橱窗前分了神，看着一只瓷海豹或者一幅赵无极[②]的画入了迷。他似乎看到了她，同时他意识到自己脑海里显现出一支双管猎枪，就在这个瞬间，他吞了一口烟，觉得这些胡思乱想并不荒谬。一支双管猎枪没什么好奇怪的，再说了，在这个时间，在他自己家里，他想到的一支双管猎枪以及那种奇异的感觉能对他有什么威胁？他不喜欢这个时间，万物都暗淡成了灰紫色。他懒洋洋地伸出手臂打开台灯。米切尔怎么还不来？她不会来了，别再傻等了。也许她真的不愿意上他的房间来。算了，算了，别那么悲观；再喝一口白兰地，继续那本刚读了开头的小说，下楼去莱昂的小吃店吃点什么。女人们都一个样，无论是昂吉安[③]的还是巴黎的，无论是稚嫩的还是成熟的。他那“万物都独一无二”的理论开始土崩瓦解，像小老鼠在钻进捕鼠器之前退缩了一下。什么捕鼠器？早晚会有一

①圣经故事。大力士参孙的超人力气来源于他的头发，这一秘密被妓女大利拉发现，设计剪去他的头发，使他力量尽失。

②赵无极（1921－2013），法籍华裔画家，将中国画的写意画法融入油画，作品具有中国传统文化的意蕴。

③指昂吉安莱班，法国巴黎郊区的一个城市，位于巴黎北方。

天……尽管她约好六点来，他从五点就开始等了，特意为她把蓝色床罩铺平了，还像白痴一样拿着鸡毛掸子爬到椅子上，为了掸掉一张无关紧要、完全无害的蛛网。此刻，她必然已经在圣叙尔比斯站下了公车，向他家走来，在路上停下来看看橱窗或者广场上的鸽子。没有任何理由让她不想上他的房间来。当然也没有任何理由想到一支双管猎枪，或者决定在这一刻读米肖[1]比读格雷厄姆·格林[2]更合适。皮埃尔总是很难在一瞬间做决定。不可能任何事情都毫无缘由，不会碰巧就决定格雷厄姆·格林比米肖合适，或者米肖比昂吉安合适，不对，米肖比格雷厄姆·格林合适。甚至也不会无缘无故地把一个叫作昂吉安的地方和格林这样的作家搞混……"事情不可能都这么荒谬，"皮埃尔边想边丢下烟头，"如果她不来，那是因为她那边出了什么事，和我们俩的感情没关系。"

他下楼来到街边，在门口等了一会儿，看到广场上华灯初上。莱昂的小吃店里客人寥寥无几，他在临街的桌旁坐下，点了一杯啤酒。从他坐的地方可以看到家门口，所以如果她还……莱昂讨论着环法自行车公开赛；尼古拉和他的女朋友，那个声音沙哑的插花师一起来了。啤酒很冰，该点些香肠来吃。他家楼下门房的孩子正在玩单脚跳，累了就换只脚，一直没有离开门口。

"净说傻话，"米切尔说，"我们都约好了，我怎么会不想去你家？"

爱德蒙端来咖啡，现在是上午十一点。这个时间店里几乎没人，爱德蒙就在桌边逗留了一会儿，谈了几句环法自行车公开赛。然后

①亨利·米肖（Henri Michaux, 1899 – 1984），法国诗人、画家。

②格雷厄姆·格林（Graham Greene, 1904 – 1991），英国小说家、剧作家、评论家。

米切尔作了合情合理的解释，皮埃尔本该想到是这样的。她母亲又一次晕倒，把她父亲吓坏了，赶紧给她的办公室打电话，她急忙上了辆出租车回家，最后发现没什么问题，就是一般的头晕而已。已经不是第一次发生这样的事了，但是只有皮埃尔才会……

“我很高兴她已经痊愈了。”皮埃尔笨嘴拙舌地说。

他把一只手放在米切尔的手上，米切尔把另一只手放在皮埃尔的手上，皮埃尔再把另一只手叠上去。米切尔抽出最下面的一只手叠到最上面。皮埃尔也抽出最下面的一只手，叠到最上面。米切尔抽出最下面的一只手，把手掌按在皮埃尔的鼻尖上。

“冷得像狗鼻子一样。”

皮埃尔承认他鼻尖的温度是个未解之谜。

“傻瓜。”米切尔总结道。

皮埃尔隔着秀发吻了吻她的额头。因为她低着头，他便捏着她的下巴，让她抬起头看着自己，然后吻她的嘴唇。他吻了一次，两次。香味很清新，像是树荫下的气味。他清晰地听到一段旋律，Im wunderschönen Monat Mai[①]，他隐隐地惊讶于自己居然清楚地记得歌词，这些只有翻译过来他才明白意思的歌词。但他喜欢这个旋律，贴着米切尔的秀发，贴着她湿润的嘴唇，这歌词听起来多么优美。Im wunderschönen Monat Mai, als...[②]

米切尔的手掐着他的肩膀，指甲扎了下去。

“你弄疼我了。”米切尔边说边推开他，用手指摸了摸嘴唇。

皮埃尔看到她的唇边有自己的牙印。他抚摸着她的面颊，又温

---

①德语，意为：在美妙的五月。

②德语，意为：在美妙的五月，当……

柔地亲了亲。米切尔生气了吗？没有，她没生气。什么时候，什么时候他们才能两个人独处？米切尔的解释似乎另有隐情，让他无法理解。他正一门心思想着哪天能让她来家里，上五层楼到他的房间来，没想到突然间一切都豁然开朗了，米切尔的父母要去农场待十五天。他们去吧，这样最好了，米切尔就……刹那间他明白过来，呆呆地看着她。米切尔笑了起来。

“这十五天你就一个人在家了？”

“你真傻。”米切尔说，伸出一根手指，在空气中画着看不见的星形、菱形、柔和的螺旋线。她母亲肯定以为忠诚的芭蓓特会在这两个星期里一直陪着她，毕竟郊区发生了这么多起抢劫和袭击案。但是只要他们俩愿意，芭蓓特会一直待在巴黎。

皮埃尔没去过米切尔家，但是他已经幻想过好多次，好像身临其境一般：他跟着米切尔进到一个低矮的小厅，厅里都是些老式家具。踏上楼梯的第一级台阶前，他的指尖滑过扶手这端的一只玻璃球。不知道为什么，这房子令他厌恶，他想到花园里避一避，尽管很难想象这么小的房子会有花园。他尽力摆脱了这个画面，发现自己正愉快地和米切尔坐在咖啡馆里。他想象中的房子里那些褪色的家具和地毯让他觉得有点闷，米切尔家的房子不会是那样的。“我得问哈维尔借摩托车。”皮埃尔想。他会来接米切尔，骑摩托车只要半小时就能到克拉马①，他们有两个周末可以一起郊游，这样的话还要借个保温壶，再买些雀巢咖啡。

“你家楼梯上有个玻璃球吗？”

①法国巴黎郊区的城镇，位于巴黎的西南方。

“没有，”米切尔说，“你搞混了，以为是……”

她顿住了，似乎嗓子里有什么东西堵住了。皮埃尔陷在椅子里，头靠在镜子上，爱德蒙装了这些高高的镜子，好让咖啡馆的桌子看上去多一些。皮埃尔隐隐地觉得米切尔像是一只猫或者一幅无名肖像画。他刚刚认识她没多久，米切尔也许同样觉得他这个人难以理解，但他们还是在一起了，首先，相爱并不需要什么理由，不是因为他们有共同的朋友，或者持有相同的政见。一开始人们总是以为别人身上没有什么秘密，因为积累信息是件很容易的事：她是米切尔·迪韦努瓦，二十四岁，栗色头发，灰色眼睛，办公室职员。她也知道他是皮埃尔·若利韦，二十三岁，金发……但明天他要跟她去她家，半个小时就能到昂吉安。“去他的昂吉安。”皮埃尔想着，他把这个名字像赶苍蝇一样挥了出去。他们可以一起待十五天。屋子很可能跟他想象的不一样，是带花园的，最好问问米切尔花园是什么样子，但米切尔正在叫爱德蒙过来结账，已经十一点半了，要是她的经理看到她回去晚了，肯定会皱鼻子。

“再待会儿吧。”皮埃尔说，“不好，罗兰和芭蓓特来了。真是难以置信，在这家咖啡馆我们居然从来没办法单独待着。”

“单独待着？”米切尔说，“但是我们来这里就是为了跟他们碰头啊。”

“我知道，但即便如此。”

米切尔耸了耸肩，皮埃尔知道她理解了他的意思，她心底也遗憾朋友们出现得这么准时。芭蓓特和罗兰一如既往地轻松愉快，但今天他们这个样子却让他既生气又不耐烦。他们在另一边，被时间的堤岸围护着。他们的怒气和不满都源于这个世界，源于政治或者艺术，而不是源于他们自己，不是出自更深层次的关系问题。他们因习惯、因日复一日的机械举动而得到拯救。一切都那么平顺，井井有条、保存完好。快乐的猪仔们，可怜的年轻人，好朋友们。他差点就不准备跟罗兰握手，但他吞了口唾沫，直视着罗兰，然后握紧他的手指，像是想捏碎它们。罗兰笑着坐到他们对面，他听说了一家电影资料馆的播放安排，周一必须得去看看。“快乐的猪仔们。”皮埃尔咬牙切齿地想。真是白痴，真不公平。但是一场普多夫金[①]的电影，还是去吧，找点新鲜玩意儿。

“新鲜玩意儿？”芭蓓特嘲笑道，“新鲜玩意儿，皮埃尔你太老土了。”

没有任何理由不愿跟罗兰握手。

“她穿了件橙色的上衣，挺称她的。”米切尔说道。

罗兰递给他一支高卢烟，点了杯咖啡。他没有任何理由不愿跟罗兰握手。

“没错，她是个聪明姑娘。”芭蓓特说。

罗兰朝皮埃尔挤了挤眼睛。平静，不惹麻烦。完全不惹任何麻烦，这头平静的猪仔。这么平静，让皮埃尔觉得恶心。米切尔讨论着一件橙色上衣，和往常一样，他跟话题格格不入。这怪不得他们，因为他是最后一个加入这个小圈子的，他们几乎是耐着性子接纳了他。

米切尔还在不停地说着（现在换成讨论鞋子），边说边用手指划过唇边。米切尔肯定是想起来了，他不但没能好好吻她，反而弄疼了她。大家也弄疼了他，朝他挤眼，对他微笑，非常喜爱他。他觉

①普多夫金（1893－1953），苏联电影导演、编剧、演员，苏联蒙太奇学派理论家。

得胸口压着沉甸甸的重量，需要逃回自己的房间一个人待着，寻思为什么米切尔还没来，为什么芭蓓特和罗兰把他的唱片拿走了也不跟他说一声。

米切尔看了看表，吓了一跳。他们飞快地约好了看电影的时间，皮埃尔付了咖啡钱。现在他觉得好些了，甚至愿意跟罗兰和芭蓓特再聊一会儿，他热情地和他们道了别。善良的猪仔，米切尔的好朋友们。

罗兰看着他们走到街上，在阳光下走远。他慢慢喝了口咖啡。

“我估摸着……”罗兰说。

“我同意。”芭蓓特说。

“说到底，有什么不行的？”

“就是啊，有什么不行的？但那件事以后，这还是第一次。”

“米切尔也该从那件事里走出来了，”罗兰说，“要我说，她热恋了。”

“他们俩真是如胶似漆。”

罗兰陷入了沉思。

他跟哈维尔约在圣米歇尔广场的一家咖啡馆见面，但是他到得太早了。他点了杯啤酒，开始翻看报纸。他已经不太记得自己把米切尔送到办公室门口以后又做了些什么。最近几个月像是一团乱麻，早晨也是这样，一天还没开始，脑子里就已经被真假难辨的回忆搅成了一锅粥。在那遥远的记忆中，唯一真切的是他曾经跟米切尔亲密无间，但发现自己对此仍不满足，一切都让人隐约觉得惊恐，他对米切尔一无所知，真的是一无所知（她的眼睛是灰色的，每只手上有五根指头，未婚，梳着小女孩的发型），真的一无所知。如果他对米切尔一无所知，不如暂时不见她，让记忆变成厚重苦涩的一团乱麻。她怕你，她厌恶你，你吻她时她从心底反感你，她不想跟你上床，她害怕着什么，今天早上她就激烈地拒绝了你（她是那么迷人，跟你告别时和你贴得那么紧，为了明天跟你一起去她在昂吉安的家，她做了那么多准备），你在她的唇边留下了牙印，你吻她的时候咬了她的嘴唇，她抱怨了一下，用手指摸了摸嘴唇，抱怨了一下却没有生气，只是有点吃惊，als alle Knospen sprangen[①]，你心里哼着舒曼的曲子，你这个混蛋，你边唱边咬她的嘴唇，现在你想起来了，你还上了楼梯，对，上了楼梯，还用手掠过扶手尽头的玻璃球，但是米切尔后来说过，她家里并没有什么玻璃球。

皮埃尔从椅子上滑下来，去找香烟。话说回来，米切尔也不怎么了解他，她从来不问东问西，尽管她听他倾诉的时候又专注又严肃，也擅长分享生活中的小细节，比如说一只猫溜出车库门，城岛[②]上空的一场风暴，一片三叶草，一张杰瑞·穆里根[③]的唱片。她述说和倾听时都是那么专注、恳切、严肃。就这样，人群中这对孤独的人儿在一次次的约会中，开始聊起了政治，聊起了小说，开始去看电影，吻得一次比一次热烈，她任由他的手在脖颈间游移，抚过胸部，任他重复同样的问题却不给他答案。下雨了，要到廊下躲一躲，天晴了，头顶上阳光明媚，我们进这家书店去看看吧，明天我介绍你认识芭

---

①德语，意为：当所有的花苞绽放。“在美妙的五月，当所有的花苞绽放”是德国作曲家舒曼创作的声乐套曲《诗人之恋》第一首的歌词，歌词取自德国诗人海涅的诗。

②位于法国巴黎市中心塞纳河中的两座岛屿之一，也是巴黎城区的发源地，著名的巴黎圣母院和圣礼拜堂都位于该岛。

③杰瑞·穆里根（Gerry Mulligan, 1927 – 1996），美国萨克斯风演奏家。

蓓特，她是我的老朋友，你会喜欢她的。后来大家发现芭蓓特的男朋友是哈维尔的老伙计，而哈维尔是皮埃尔最好的朋友，小圈子就这样闭合了，他们有时候在芭蓓特和罗兰的家里，有时候在哈维尔的诊所，有时候晚上在拉丁区的咖啡馆碰头。芭蓓特和罗兰对米切尔情真意切，而且似乎在不动声色地保护她，虽然米切尔并不需要什么保护。皮埃尔对芭蓓特和罗兰对米切尔的情谊心存感激，虽然他自己也无法解释个中缘由。在这个小圈子里，他们很少谈论彼此。他们偏爱那些宏大的命题，比如政治，比如进步。他们坐在咖啡馆里，满足地打量着彼此，互相交换烟抽，享受着和志同道合的朋友们在一起的感觉。他运气不错，这个小圈子接纳了他。他们可不是什么好好先生，对打压新人的那一套非常在行。“我喜欢他们。”皮埃尔自言自语着，喝完了啤酒。也许他们以为自己已经是米切尔的情人了，至少哈维尔应该是这么想的。但他万万想不到米切尔一直都不愿意，也不肯给出什么具体的原因，反正就是不愿意，却一直继续跟他见面、约会、听他倾诉，或者向他倾诉。他居然习惯了这种奇怪的感觉，认为谜底终将揭开，而他最后会生活在谜里，接受那些匪夷所思的事。每当他们在街角或者在咖啡馆告别时，一切看上去都是那么顺理成章，扶手尽头有玻璃球的那段楼梯会引向他们的相遇，真正的相遇。但是米切尔已经说了，没有什么玻璃球。

哈维尔又高又瘦，神情和上班时一模一样。他谈论着实验，要证明生物学是一门鼓动怀疑论的学问。他看了看自己那根被烟草染黄了的手指。

皮埃尔问他：“你会突然想到跟你正在想的东西完全没有关联的事情吗？”

“完全没有关联是一种科学上的假设，仅此而已。”哈维尔说。

“最近我觉得自己很奇怪。你得给我开点什么药，比如说客观实在丸。”

“客观实在丸？”哈维尔说，“没有这种玩意儿，老兄。”

“我太关注自己的主观想法了，”皮埃尔说，“真是白痴。”

“再说了，米切尔没让你觉得实在？”

“正是因为昨天我突然想到……”

他听到自己在说话，看到哈维尔正看着他，看到镜子里的哈维尔，看到哈维尔的后颈，看到自己正在跟哈维尔说话（但为什么我总是想到扶手尽头有只玻璃球），他时不时地注意到哈维尔在点头，要是在诊所之外做这么职业化的动作就有点可笑了，因为医生只有穿着白大褂的时候才显得高高在上、权威十足。

“昂吉安，”哈维尔说，“别担心了，我还总是把勒芒[①]和芒通[②]搞混呢，很可能是你小时候哪个女老师教错了。”

Im wunderschönen Monat Mai，皮埃尔的回忆在哼唱。

“如果你睡得不好就告诉我，我给你开点儿药。”哈维尔说，“无论如何，我敢保证这天堂般的十五天足够把你治好。没有比同床共枕更美妙的事了，你能彻底理清思路，有时甚至能摆脱那些傻念头，然后就万事大吉了。”

他也许可以多干点儿活，让自己累一点儿；也许可以把房间的墙刷了，或者走路去系里上课而不是坐公车；也许可以靠自己的劳动挣

①法国城市，位于萨尔特河畔，萨尔特省首府。

②法国城市，位于地中海沿岸、摩纳哥与意大利之间。

到父母每月寄来的那七千法郎。他靠在新桥[①]边的栏杆上看着驳船在下面驶过，感受着夏日的阳光洒在肩头。一群姑娘们笑着闹着，一阵马蹄声传来；一个红发少年骑车经过姑娘们身旁，吹起长长的口哨，姑娘们笑得更欢了，仿佛一地枯叶飞舞起来，要将他的脸一口吞噬进无助、可怖的黑暗中。

皮埃尔揉了揉眼睛，慢慢直起身来。刚才那一阵并不是言语，也不是幻象：它介于两者之间，是一幅画面，碎成了千言万语，像撒了一地的枯叶（刚才飞舞起来扑了他一脸）。他看到自己的右手扶在栏杆上颤个不停。他握紧拳头，尽力忍住颤抖。哈维尔应该已经走远了，去追他也无济于事，那样只会显得自己更加荒唐可笑。“枯叶，但是新桥并没有枯叶啊。”哈维尔会这么说，好像他自己不知道似的，其实枯叶并不在新桥，而在昂吉安。

现在我只准备想你，亲爱的，整晚都只想你。我只准备想你，只有这样，我才能感觉到我自己，像一棵树，把你环抱在怀里，我要挣脱那束缚我、引导我的树干，小心翼翼地在你身旁飘舞，舒展开每一片树叶（绿色的，绿色的，我自己还有你自己，汁液丰润的树干，绿色的树叶：绿色的，绿色的）。我不会离开你，不允许别的东西介入我们俩之间，不能将注意力从你身上移开哪怕一秒，不能剥夺我去想起今夜正在轻快流淌，拂晓在望，在那边，在你生活和正沉睡的那一边，等黑夜再次降临的时候，我们将一起来到你家，走上门廊的台阶，打开灯，摸一摸你的小狗，喝咖啡，忍不住盯着

①法国巴黎塞纳河上最古老的桥。

对方看了又看，直到我拥抱你（我就像一棵树，把你环抱在怀里），把你带到楼梯边（但那里没有玻璃球），然后我们开始上楼，上楼，房门紧闭着，但我口袋里有钥匙……

皮埃尔从床上跳起来，跑到洗脸池旁，把头埋到水龙头下面。我只想你，但想到的为什么是个阴暗而压抑的欲念，在这念头里米切尔不是现在的米切尔（我就像一棵树，把你环抱在怀里），上楼梯的时候感觉不到她在怀里，因为他刚走上第一级楼梯就看到了玻璃球。他只有一个人，独自走上楼梯，而米切尔在楼上，在紧锁的房门后边，并不知道他口袋里还有一把钥匙，正在走上楼去。

皮埃尔擦干脸，打开窗呼吸清晨的新鲜空气。街上有一个流浪汉，友善地喃喃自语着，走路摇摇晃晃，仿佛在黏稠的水洼之上漂浮。他哼唱着曲子踱来踱去，似乎悬浮在灰色的光线中跳一种庄重的舞蹈，灰色的光线蚕食着路面的石砖和路边紧闭的大门。Als alle Knospen sprangen，皮埃尔干裂的嘴唇不由自主地哼唱起来，和着楼下流浪汉的哼唱声，但旋律相去甚远，歌词也毫不相干，这其中有某种东西就像复仇的渴望一样，不期而至，在生活里黏附一段时间，留下仇恨的焦虑。回忆的空洞翻腾着，抖落出千丝万缕、四处牵绊的思绪：一支双管猎枪，一地厚厚的枯叶，流浪汉有节奏地跳着帕凡舞[1]，嘴里嘟囔着含混的句子，舒展着破烂的衣服，跌跌撞撞地行着礼。

摩托车沿着德阿莱西亚大街前行，隆隆声不绝于耳。每次贴着公车驶过或者在街角拐弯时，皮埃尔都能感觉到米切尔把他的腰抓

①一种社交舞，盛行于十六、十七世纪的欧洲，舞步简单庄重，是身份的象征。

得更紧。等红灯的时候，他会回过头去，等待米切尔爱抚他或者吻一吻他的头发。

“我现在已经不怕了，”米切尔说，“你骑得很好。在这里向右转。”

别墅位于克拉马更远处的一座山上，坐落在十几栋类似的房子之中。皮埃尔觉得别墅这个词听起来像是一处庇护所，与世隔绝，安静祥和。别墅里会有一座花园，花园里有藤椅，到了夜里，也许还飞舞着萤火虫。

“你家花园里有萤火虫吗？”

“应该没有。”米切尔说，“你真是异想天开。”

骑着摩托车很难说话，他得集中精神注意交通车辆，而且皮埃尔已经累了，他直到清晨才睡了几个小时。他要记得吃哈维尔给的药，但他到时肯定不会记得吃，况且也用不着了。他回过头去，米切尔隔了一会儿才吻他，他咕哝了几声。米切尔笑了，伸手摸了摸他的头发。绿灯。“别犯傻了。”哈维尔这样说过，说这话的时候他显然有点不明就里。当然会好起来的，睡前喝一口水，吞两片药。米切尔的睡眠好吗？

“米切尔，你睡得怎么样？”

“很好啊。”米切尔说，“有时候会做噩梦，大家都这样。”

当然，大家都这样，醒来时，她会知道梦境已经消逝，不会跟街上的喧闹声、朋友们的面孔，还有那无处不在的怪念头混为一谈（但是哈维尔说过吃两片药就行了）。她一定是把头埋在枕头里睡，微微地缩着腿，均匀地呼吸，他马上就会看到这样的她，睡姿一模一样，马上就能把熟睡的她搂在身旁，听见她的呼吸声。当他用一只手揪住她头发的时候，她毫无防备，一丝不挂。黄灯，红灯，停。

他猛地急刹车，米切尔吓得叫起来，然后便一声不响，似乎因为尖叫而难为情。皮埃尔单脚点地，回过头去，微笑着，却不是对着米切尔笑，他看上去魂不守舍，笑容僵在脸上。他知道灯就要变绿了，摩托车后面跟着一辆卡车还有一辆汽车，绿灯，摩托车后面跟着一辆卡车还有一辆汽车，有人按了一下喇叭，两下，三下。

“你怎么了？”米切尔问。

汽车司机经过皮埃尔身边时骂了他一句，皮埃尔慢慢启动摩托车。我们刚才说到我会看到她毫无防备、一丝不挂。既然我们这么说，那就是因为我们已经到了看到她毫无防备、一丝不挂地睡着的时候，也就是说，想都不用想，就知道根本无须……是的，我听到了，先左转然后继续左转。是那里吗？石板瓦屋顶的那家？还有松树，真漂亮，你家的别墅真美啊，花园里有松树，你爸妈又去农场了，真是不可思议，米切尔，整件事都美妙得不可思议。

波比先是对着他们狂吠了一阵。皮埃尔把车推到门廊上时，波比跑来仔细地闻着他的裤腿，以挽回颜面。米切尔已经进了屋，拉开了窗帘，然后回去把皮埃尔带了进来。皮埃尔环顾四周，发现屋子跟他想象的完全不一样。

“这里应该有三级台阶，”皮埃尔说，“而且客厅也变样了，但是当然了……不用管我，就连家具之类的细节，我都会把它们想象成别的样子。你也会这样吗？”

“有时候会。”米切尔说，“皮埃尔，我饿了。别闹了，皮埃尔，听我的，乖乖地帮我的忙，我们得做点什么吃。”

“亲爱的。”皮埃尔说。

“把窗打开透透光。别乱动，波比会以为……”

“米切尔……”皮埃尔说。

“别闹啦，等我先上楼换衣服。你愿意的话就把外套脱了。这个柜子里有酒，你自己找吧，我不懂这些。”

他看着她跑上楼，消失在楼梯尽头。柜子里有酒，但她不懂这些。幽深的客厅里，皮埃尔抚摸着楼梯扶手。米切尔已经说过了，但是亲眼见到还是让他感到一阵莫名的失落。确实没有玻璃球。

米切尔换了一条旧裤子和一件奇大无比的上衣。

“你看起来像朵蘑菇一样。”皮埃尔温柔地说。所有男人见到女人穿着大得不合身的衣服时，都会这么说。“你不带我看看房子吗？”

“行啊。”米切尔说，“你没找到喝的吗？等一等，你真是不中用。”

他们端着杯子走进客厅，坐在沙发上，正对着刚刚打开的窗。波比围着他们转了几圈，然后躺在地毯上看着他们。

“波比对你一见如故嘛。”米切尔舔着杯沿，“你喜欢我家吗？”

“不喜欢。”皮埃尔说，“太暗了，资产阶级得要命，还有这些可恶的家具。但这里有你在，还穿着这种大得吓人的裤子。”

他爱抚她的脖子，把她抱紧，吻她的嘴唇。他们热吻着对方，皮埃尔感受到米切尔手掌的热度印上他的身体。他们热吻着对方，微微滑了下去，但是米切尔呻吟着想挣脱，她嘟囔着什么，皮埃尔没听懂。他心慌意乱，觉得最难做到的是捂住她的嘴，但又不让她昏过去。他突然放开她，盯着双手，好像它们不是他自己的一样，他听到米切尔急促的呼吸声，还有地毯上的波比发出的低吼。

“你让我要发疯了。”皮埃尔说，这话听起来那么荒谬，但是仍然不及刚发生的事那么令他羞愧。捂住她的嘴但是别让她昏迷，这似乎是一道命令、一股无法压抑的欲望。他伸出手，隔了一段距离抚摸米切尔的面颊，他完全同意，确实要做点东西来吃，确实要选一瓶红酒来喝，窗边真是热得让人受不了。

米切尔吃东西有她独特的方法，她把奶酪、油浸凤尾鱼、沙拉和蟹肉搅在一起。皮埃尔喝着白葡萄酒，微笑着看她。如果他跟她结婚的话，每天都会坐在这张桌子旁喝白葡萄酒，微笑着看她。

“真奇怪，”皮埃尔说，“我们从来没说到过打仗的那几年。”

“谁愿意说啊……”米切尔边说边刮着盘底。

“我明白，但有时难免会想起来。对我来说那几年没那么糟糕，毕竟当时我们还是小孩子。就像是一段没有尽头的假期，很荒唐，甚至有点可笑。”

“我可没放假。”米切尔说，“一直下雨来着。”

“下雨？”

“在这里面，”她说，摸着额头，“眼前在下，脑后也在下。一切都湿漉漉的，像被汗浸透了似的。”

“那时你就住在这里？”

“开始是。后来，德军占领后，我就被带去舅舅舅妈家里住，在昂吉安。”

等皮埃尔回过神来，火柴已经烧到了手指，他张开嘴，赶紧甩手，又骂了句脏话。米切尔笑了起来，暗暗高兴可以转移话题。她站起来准备去拿水果，皮埃尔点着了烟，大口大口地拼命吸起来，好像要被淹死了似的，但这是过去的事了，只要有意去找，任何事情都能找到个解释。跟米切尔在咖啡馆闲聊的时候，她很可能提起过好多次昂吉安，他听的时候觉得无足轻重，以为回头就会忘记，没想到后来它变成了梦里或者说幻想中的主题。桃子，好的，但是剥了皮。真是遗憾，女人们总是给他剥桃子，米切尔也不例外。

“女人啊。如果她们也给你剥过桃子，那就说明她们跟我一样傻。你最好还是去磨咖啡豆吧。”

“这么说你那时住在昂吉安，”皮埃尔说，看着米切尔的手，剥水果总让他感到有点恶心，“战时你父亲做什么工作？”

“哦，没做什么要紧的，我们就这样过日子，希望一切快点儿结束。”

“德国人从来没有骚扰过你们吗？”

“没有啊。”米切尔说，黏糊糊的手指翻弄着桃子。

“这是你第一次跟我说起你们在昂吉安住过。”

“我不喜欢谈那时候的事。”米切尔说。

“但你应该说起过的，”皮埃尔自相矛盾地反驳道，“不知道为什么，我好像知道你在昂吉安住过。”

桃子掉落在盘子里，又粘上了零碎的桃子皮。米切尔用刀把皮刮掉，皮埃尔又觉得一阵恶心，竭尽全力地磨着咖啡。她为什么一言不发？她看上去好像很痛苦，埋头处理着手里汁水四溢的桃子。她为什么一言不发？其实她心中有千言万语，只要看她的手，看她紧张地眨眼睛、脸快要抽搐的样子就能知道。他发现，她不安或者不想开口的时候，就会这样抽搐。上次在卢森堡公园的长凳上，他就发现她的半边脸一抽一抽的。

米切尔背过身去煮咖啡，皮埃尔用烟头点燃另一支烟接着抽。他们端着青花瓷的杯子回到客厅。咖啡的香味让他们感觉好了一些，他们互相看着，似乎无法理解刚刚发生的一切和这暂时的沉默。他们有一句没一句地聊着，看着对方，微笑着，心不在焉地喝咖啡，像是喝着会让有情人永不分离的魔药。米切尔拉开窗帘，一道温暖的绿光从花园照进来，将他们环抱，有如香烟的迷雾，又如皮埃尔啜饮的白兰地，让他们陷入一阵温和的孤寂之中。波比躺在地毯上睡着了，身体颤抖着，发出叹息般的声音。

“它总是在做梦，”米切尔说，“有时候还会哭着突然醒来，看着我们，像是刚刚经受了巨大的痛苦一样。它只是条小狗啊……”

这一刻是多么美妙，能够待在这儿，闭上双眼，像波比一样叹息，用手理着头发，一次，又一次，他感觉到手理着头发，却好像已经不是自己的手，这只手摸到脖子时，脖子会轻微地发痒，然后手会停下来。他睁开眼时看到米切尔的脸，她惊愕地张着嘴，面色苍白如纸。他不知所措地看着她，手中的白兰地杯子滚落到地毯上。皮埃尔站在镜子前面，看到自己的头发变成了中分，就像默片时代银幕上的男演员，近乎滑稽。米切尔为什么哭了？她没哭出声，但是把脸埋在手掌里的人一定是在哭泣。他猛地把她的手分开，吻她的脖子，寻觅她的嘴唇。两人呢喃着，他一句，她一句，像是两只寻觅着对方的小动物，像流连的爱抚，像午睡的气息，像空荡荡的房子的气息，像扶手尽头有玻璃球、正等待着他们的楼梯的气息。皮埃尔想把米切尔凌空抱起来，飞快地走上楼梯，他口袋里有钥匙，可以进到卧室里，睡在她身边，他将感觉到她在颤抖，他将笨拙地解开腰带和纽扣。但是扶手尽头没有玻璃球，这一切都那么遥远而可怕。米切尔就在他身边，却似乎遥不可及。她正捂着脸哭泣，泪水已经打湿了手掌，她的身体随着呼吸起伏着，她害怕，她抗拒他。

他跪下来，把头埋在米切尔怀里。也许过去了几个小时，也许只有一两分钟，时间里充满转动不休的机件以及黏液。米切尔抚摸着皮埃尔的头发，他又看到了她的脸，脸上浮现出一丝微笑。米切尔用手指理着他的头发，拉着他的头发往后拢，快要把他弄疼，然后她低下头吻他，朝他微笑。

“你吓着我了，有一瞬间我以为……我太傻了。但你刚才看起来很不一样。”

“你看到了谁？”

“没有谁。”米切尔说。

皮埃尔蹲坐下来等她回答，似乎有一扇门摇摆着就要打开。米切尔深吸一口气，像是游泳运动员等待着发令枪声。

“我吓了一跳，因为……我不知道，你让我想起了……”

那扇门摇摆着，摇摆着，游泳运动员只等一声枪响就要跃入水中。时间像一块橡胶似的拉长、扭曲，皮埃尔伸开双臂搂住米切尔，他站起来，深深地吻她，把手伸进她的上衣寻觅她的乳房，他听到她的呻吟，他呻吟着吻她，来啊，现在就来吧，他想把她凌空抱起来（上十五级楼梯，门在右边）。他听到米切尔在反抗，反抗是没有用的，他抱着她，站直了，没有耐心再等下去了，现在，就是现在，她想抓住玻璃球，想抓住扶手，都是徒劳（而扶手上并没有玻璃球）。无论如何要把她抱上楼，他全身的肌肉都凝成了一块，这条母狗得长长记性了，哦，米切尔，哦，我的宝贝儿，别哭，别难过，我的宝贝儿，别再让我跌入那口漆黑的深井，我怎么会想到这个，别哭啊，米切尔。

“放开我。”米切尔低声喊着，挣扎着要脱身。她推开他，看了他一眼，好像一下子不认识他了，然后跑出客厅，关上了厨房门。

他听到钥匙锁门的声音。波比在花园里狂吠。

镜子里的皮埃尔面无表情，手臂像抹布一样了无生气地耷拉着，衬衫的一角露在裤子外边。他机械地整理着衣服，眼睛一直盯着镜中的自己。喉咙紧锁着，白兰地咽不下去，灼烧着口腔，他逼着自己继续喝，甚至直接对着酒瓶喝，一口接一口地把酒灌下去。波比已经不叫了，四周一片寂静，好似午睡时分，屋里的光线越来越幽绿。他把一根烟叼在干裂的嘴唇之间，走出大门，走进花园，经过摩托车旁边，走向花园深处。这氛围仿若有蜜蜂在嗡嗡作响，厚厚的松针铺在地上，林间又响起了波比的叫声，是对着他叫的。突然它开始远远地朝他吼，但没有马上向他跑来，而是一点一点地越靠越近。

石头打中了它的背，波比哀号着跑开，远远地又开始吼叫。皮埃尔慢慢地瞄准它，又打中了一条后腿。波比躲到了灌木丛后面。“我必须找个地方待着好好想想，”皮埃尔自言自语着，“我必须马上找个地方，躲起来好好想想。”他背靠着一棵松树，慢慢地滑坐在地上。米切尔隔着厨房窗户看着他。她肯定看见我扔石头砸狗了，她看着我，却好像看着空气一样。她看着我，她不哭了，也不说话，她在窗边看起来孤零零的，我应该去她身边，对她好点。我想好好表现，想握住她的手吻她的手指，每一根手指，她的皮肤是那么柔嫩。

“我们这是在玩什么呢，米切尔？”

“但愿你没有打伤它。”

“我只是想吓吓它，它好像不认识我了，你也一样。”

“别说傻话。”

“那你别锁门啊。”

米切尔让他进了门，顺从地让他抱住腰。客厅更幽暗了，几乎看不到楼梯在哪儿。

“原谅我，”皮埃尔说，“我不知道怎么跟你解释，太荒谬了。”

米切尔捡起地上的杯子，盖上白兰地酒瓶的盖子。越来越热了，仿佛房子在透过他们的嘴狠狠喘着气。米切尔用手帕给皮埃尔擦去额头的汗，手帕闻起来一股霉味。哦，米切尔，我们怎么能这样，这样相对无言，不想了解究竟是什么搅扰我们，每当我们想要……好的，亲爱的，我会坐在你身边，不会再犯傻了，我要吻你，你的秀发，你的脖子，你就会明白我没有理由……是的，我想拥抱你，带着你跟我走，上楼去你的房间但不会伤害你，把你的头靠在我的肩上，那时你就会明白……

“不行，皮埃尔，不行。今天不行，亲爱的，求求你了。”

“米切尔……米切尔……”

“求你了。”

“为什么？告诉我，为什么？”

“我不知道，原谅我吧……你别自责，全是我的错。但是我们还有时间，还有很多时间……”

“我们别再等了，米切尔，就现在。”

“不行，皮埃尔，今天不行。”

“但你答应过的。”皮埃尔觉得自己愚蠢透顶，“我们说好要来……我等了这么久，就是希望你能够爱我一点点……我不知道自己在说什么，只要话一出口就变肮脏了……”

“如果你能够原谅我，如果我……”

“你不解释清楚，我几乎都不了解你，要我怎么原谅你？你有什么要我原谅的呢？”

波比在门廊低吼着。闷热的空气中，汗水浸湿的衣服黏在了身上，时钟的嘀嗒声也黏在一起，米切尔的头发粘在前额上，她瘫坐在沙发里，盯着皮埃尔。

“我也没那么了解你，但不是因为这个……你一定会觉得我疯了。”

波比又低吼起来。

“好几年前……”米切尔闭上了眼睛，“我们住在昂吉安，我跟你说过。我想我跟你说过我们曾经住在昂吉安。别这样看着我。”

“我没看你。”皮埃尔说。

“你在看我。你这样很伤人。”

但这不是真的，他怎么可能伤到她。他只是在等待她的解释，一动不动地期待她继续说，只是看着她微微张开的嘴唇。现在一切即将发生，她将合起双手向他求饶，当她向他哀求，在他怀里挣扎、哭泣的时候，欢乐之花正在开放，一朵正在开放的湿润的花儿，她将徒劳地挣扎，那感觉是多么愉悦……波比爬进来，躺到一个角落里。“别这样看着我。”米切尔刚说过，皮埃尔回答“我没看你”，然后她说了他在看她，他这样看着她伤到了她，但是她说不下去了，因为现在皮埃尔站得笔直，盯着波比，盯着镜子中的自己，他用手擦了把脸，呼出一口气，发出一声长长的呻吟，像是无尽的哨声。突然他贴着沙发跪下来，用手捂住了脸，呼吸急促起来，身体颤抖着。那些画面像蛛网一样粘在他的脸上，像枯叶一样粘在他大汗淋漓的脸上，他挣扎着要把它们扯下来。

“哦，皮埃尔。”米切尔的声音纤细得像一缕丝。

哭泣声从他的指间漏出来，手指挡不住。哭声像是一种笨重的物质，充斥着四周，顽固地一声接一声，一刻不停。

“皮埃尔，皮埃尔，”米切尔喊着，“为什么，亲爱的，为什么。”

她慢慢抚摸着他的头发，把发着霉味的手帕递过去。

“我是个可怜的白痴，原谅我好吗。刚、刚才……”

他站起来，摔坐在沙发的另一头。他没有发现米切尔突然躲开了，盯着他看，似乎又要逃走。他重复道：“刚、刚才你、你说……”真是费劲，嗓子似乎锁住了，这是怎么回事。波比又开始低吼，米切尔站了起来，面朝着他，一步一步向后退，边退边盯着他，这是怎么回事，为什么现在会这样，为什么她要逃走，为什么。门重重地关上了，他无动于衷。他笑了，他看到镜中的自己在微笑，又一次微笑，als alle Knospen sprangen，他闭着嘴唇哼起来。先是一片寂静，然后传来提电话听筒的咔嗒声，拨号的嗡嗡声，一个数，又一个数，第一个号码，第二个号码。皮埃尔跌跌撞撞地走着，隐约觉得自己应该跟米切尔解释，但他已经走到了门外的摩托车边上。波比在门廊朝他直吼。摩托车发动了，房子反射回巨大的轰鸣声，第一声，驶上街道，第二声，来到太阳底下。

“声音一模一样，芭蓓特。我就意识到……”

“胡说八道，”芭蓓特回答，“如果我在那儿，准会把你揍一顿。”

“皮埃尔走了。”米切尔说。

“他也只能这么做了。”

“芭蓓特，你要是能来就好了。”

“我去做什么？我当然会去，但是这念头真傻。”

“他也是结巴，芭蓓特，我发誓……这不是幻觉，我跟你说过以前那个人……就好像他又……你快来吧，电话里说不清楚……我刚听见摩托车声，他走了。我觉得实在是太难过了，他怎么才能理解我遇到的事，这个小可怜，但他自己也像疯了似的，芭蓓特，他看起来太奇怪了。”

“我以为你已经走出那件事了。”芭蓓特的声音听上去有点过于冷静，“再说了，皮埃尔又不傻，他会理解的。我以为他早就知道了。”

“我是要告诉他的，就在我要告诉他的时候，突然……芭蓓特，我发誓他说话结巴，以前，以前那个人……”

“你说过，但你也太夸张了。罗兰有时候也由着性子一个劲儿地梳头发，而且你也没把他认成过别人。这都什么乱七八糟的。”

“他已经走了。”米切尔机械地重复着。

“他会回来的。”芭蓓特说，“好吧，给罗兰准备点好吃的，他的胃口越来越大了。”

“你诬蔑我！”罗兰在门边说，“米切尔怎么了？”

“我们走吧，”芭蓓特说，“快走。”

手中的橡胶车把一转，世界就尽在掌握。往右微微一转，路旁所有的杨树就合并成了一棵，再向左稍稍一转，这一大片翠绿就分离成上百棵杨树往后奔去。高压电塔一架接着一架，徐徐前进。这欢快的节奏释放出了与沿途风景完全无关的话语和千丝万缕的影像。橡胶把手向右一转，噪音越来越大，声音刺耳得让人无法忍受。但他已经不再思考了，这台机器就是一切，他把身体紧贴在摩托车上，风仿若遗忘迎面拍在脸上。科尔贝，阿尔帕容，利纳斯－蒙丽瑞[1]，再一次经过杨树林，交警的哨所，黄昏的紫色越来越浓，清冷的空气注入半张开的嘴里，慢一点，再慢一点，在这个十字路口要向右转，离巴黎还有十八公里，仙山露[2]，离巴黎还有十七公里。“我没有死，”皮埃尔慢慢拐进左边的一条小路，“我居然没有死。”他累得直不起腰来，仿佛身负每刻都在加增甜蜜和必要性的重担。“我猜她会原谅我的，”皮埃尔想，“我们两个人都不可理喻，她必须要理解，要理解，要理解，在欢好之前，无从谈起真正理解。我想要揪住她的头发，想要她的肉体，我爱她，我爱她……”森林从路边延伸开去，风裹挟着枯叶横扫公路，皮埃尔看着这些枯叶被摩托车一路卷起，然后被碾压。橡胶把手又一次向右转，向右，再向右。玻璃球突然出现，在楼梯扶手的尽头闪着幽光。没必要把摩托车停得离门廊太远，但是波比会叫，所以最好还是把车子藏在树林里。他借着黄昏的余晖走到了门口，径直走进客厅，以为米切尔会在，但是米切尔并不在沙发上，只有白兰地酒瓶和几个用过的杯子。厨房门开着，从门里透进一缕粉红色的光，花园的深处，夕阳西下，一片寂静。最好还是循着玻璃球的幽光走到楼梯边上，也许那是波比炯炯有神的目光，因为它躺在第一级台阶上低吼着，全身的毛都竖立起来。接下来的事易如反掌；他跨过波比慢慢走上楼梯，不想让楼梯的吱吱声吓到米切尔。门虚掩着：门不应该虚掩着，他口袋里也不应该没有钥匙。但既然门虚掩着，就不需要钥匙了。他朝那扇门走去，用手理着头发，一股快感油然而生。他右脚轻轻迈出一步，走到门前，稍一推，门就静悄悄地打开了，米切尔坐在床边，抬起头，

①科尔贝、阿尔帕容和利纳斯－蒙丽瑞均为法国地名，属于埃松省，位于巴黎的南方。
②意大利历史悠久的苦艾酒品牌，创立于 1757 年。

看着他，双手捂住了嘴，似乎想要叫出声（但为什么她的头发不是披着的，为什么她穿的不是天蓝色的睡衣，现在她穿着裤子，而且看上去长大了)，然后她笑了，叹了口气，站起来向他伸开双臂，说："皮埃尔，皮埃尔。"她不但没有合起双手、求饶、反抗，反而喊着他的名字等待着他。她看着他，不知道是因为快乐还是害羞，她浑身发抖，跟那条泄密的母狗一模一样，尽管满地的枯叶又一次埋住了他的脸，他仍然看得到那个她。他伸出双手想拨开枯叶，米切尔后退着，撞到了床边，她绝望地看着身后，尖叫着，尖叫着，无尽的快感向他袭来，叫吧，就像这样，她的发丝缠绕在他的指间，就像这样，她求饶也没有用，然后就像这样，母狗，就像这样。

"老天，我以为大家都把那件事忘得一干二净了。"罗兰说着，全速转弯。

"我原来也这么想，都快七年了。突然又死灰复燃，还正好在这个时候……"

"那你就错了，"罗兰说，"如果哪天要死灰复燃的话，一定就是这个时候，虽然看起来荒唐，但其实是合理的。你看，就连我自己……有时候我都会梦到整件事。我们解决那个混蛋的方式实在让人无法轻易忘记。说到底，在那个时候也没有更好的解决办法。"罗兰边说边全速前进。

"她一点儿也不知道，"芭蓓特说，"只听说那混蛋不久就被杀死了。至少得告诉她这个，不然不公平。"

"当然了。但是那混蛋可觉得不公平。我还记得我们在树林里把他从汽车里揪出来的时候他的样子，他立刻就明白自己完蛋了。倒是挺勇敢的。”

“说得容易，有本事他做个堂堂正正的男人。”芭蓓特说，“对一个小女孩下手……我一想到当初费了那么大的劲劝米切尔别自杀，那头几个晚上……现在她觉得噩梦重演了，我不奇怪，这几乎是自然而然的事。”

汽车风驰电掣地开进门廊前的那条路。

“没错，他就是个畜生。”罗兰说，“纯种雅利安人，那时他们是这么叫的。他要了支烟，这自然是个仪式，表示一切都完了。他还想知道我们为什么要杀了他，我们跟他解释了，他妈的我们居然还给他解释。我每次梦到他，他都是这个时候的样子，惊讶里带着轻蔑，结巴的样子几乎有点优雅。我还记得他怎么倒下的，脸埋在枯叶里，碎得稀巴烂。”

“求你，别说了。”芭蓓特说。

“他活该，而且我们当时也没有其他武器，那支猎枪正好能派上用场……走到底左转？”

“对，左转。”

“但愿有白兰地。”罗兰说着，开始减速刹车。

追寻者

谨以此文纪念 Ch. P.[1]

你务要至死忠心。

——《新约·启示录》第二章第十节

啊！给我做个面具吧！

——狄兰·托马斯[2]

黛黛下午给我打电话，说乔尼不太好，我立刻就赶到了旅馆。几天前乔尼和黛黛住进了拉格朗日街上的一家旅馆，他们的房间在四楼。我一看到那扇房门，就意识到乔尼已经穷途末路了。房

①指查理·帕克（Charlie Parker, 1920－1955），美国著名萨克斯风手，爵士乐演奏家，擅长即兴创作，才华横溢却经历坎坷，沉迷于毒品和酒精，最后精神崩溃，英年早逝。他是本文主人公乔尼·卡特的原型。

②狄兰·托马斯（Dylan Thomas, 1914－1953），威尔士诗人，诗作属于超现实流派。

间的窗子朝向一个黑咕隆咚的院子，下午一点钟就得开灯才能看报纸或者看清对方的脸。天气并不冷，但是乔尼裹着一条毯子，缩在一把破破烂烂的安乐椅里面，椅子上发黄的布条耷拉得到处都是。黛黛显老了，穿的红裙子也不协调。这条裙子适合的是聚光灯下的工作场合。在这样的旅馆房间里，它看上去就像一团令人作呕的血块。

“布鲁诺老兄像口臭一样对我不离不弃。”乔尼说这样的话来问候我，屈起膝盖把下巴搁在上面。黛黛给我搬来一把椅子，我掏出一包高卢烟。我口袋里还藏着一小瓶朗姆酒，但在搞清楚状况之前，我还不准备暴露它。最让人受不了的是那盏灯，挂灯泡的绳子肮脏不堪，爬满苍蝇。我看了几眼那盏灯，然后用手做挡板遮住视线，问黛黛能不能把灯关了，靠窗口进来的光就行了。乔尼看似认真地听着我说话，视线跟随着我的手势，但他明显心不在焉，像是一只猫，虽然目不转睛地盯着什么，但是看得出来注意力完全在另一件事情上。终于，黛黛站起来关了灯。房间一团灰暗，我们反而互相看得更清楚。乔尼从毛毯下面伸出一只干瘦的大手，我感觉到他松弛的皮肤传来的温热。然后黛黛说要去冲几杯雀巢咖啡。知道他们至少还有一罐雀巢咖啡，让我高兴了点儿。我一直相信，一个人只要还有一罐雀巢咖啡，就不算是走投无路，还能再坚持一下。

“咱们好久没见啦，”我对乔尼说，“至少有一个月。”

“你就知道数日子。”他没好气地回答，“一号，二号，三号，二十一号。你，无论什么东西你都要在上面安个数字。这次也是。你知道她为什么那么生气？因为我把萨克斯风弄丢了。不过说到底，她是对的。”

“但你怎么会把它弄丢呢？”我问他，同时意识到这正是你不能问乔尼的那种问题。

“在地铁里丢的。”乔尼说，“安全起见，我把它放在了座位下面。坐地铁的时候知道萨克斯风安安稳稳地待在脚下实在是太妙了。”

“回到旅店上楼的时候他才发现，”黛黛的声音有点嘶哑，“我只好跑出去找地铁站的人，还有警察，跟疯了似的。”

随后的沉默让我明白了她的寻觅都是徒劳。但是乔尼笑了起来，那是他的笑法，从嘴唇和牙齿后面发出笑声。

“大约这会儿某个可怜的倒霉蛋正想从那里边吹出点声音来。”他说，“那是我用过的最糟糕的一支萨克斯风；看得出来罗德里格斯用过，因为中间那段边上都完全变形了。这乐器本身不差，但罗德里格斯即使只是调调音，也能毁了一把斯特拉迪瓦里提琴[①]。”

“不能再搞一支吗？”

“我们正在想办法，”黛黛说，“罗利·弗兰德好像有一支。但是乔尼的合同……”

“合同啊，”乔尼补充说，“合同是什么玩意儿。我得演奏，就这么回事，而我既没有萨克斯风也没有钱买，兄弟们的情况跟我一样。”

最后这句说得不对，我们三个都心知肚明。现在谁都不敢借乐器给乔尼，他回头就能弄丢，或者弄坏。他在波尔多弄丢了路易斯·罗林的萨克斯风；他刚签约要去英国巡演时黛黛给他买的那支萨克斯风，被他又是踩又是砸，摔成了三段。没人知道有多少支萨克斯风

---

①意大利著名的弦乐器制造家安东尼奥·斯特拉迪瓦里（Antonio Stradivari, 1644－1737）制造的小提琴，被认为是历史上最好的弦乐器之一。

被他弄丢，被他典当掉，或者被他摔坏。而所有这些萨克斯风，当他演奏起来，我都听到了只有神才能奏出的音乐——假如天国放弃演奏竖琴以及长笛的话。

“乔尼，你什么时候上台演出？”

“我不知道，今天，我猜。黛黛？”

“不对，是后天。”

“所有人都记得日子，只有我不记得。”乔尼抱怨着，把毯子一直盖到耳朵上，“我差点要发誓演出就在今晚，今天下午就必须要排练。”

“都一样。”黛黛说，“问题是你没乐器。”

“怎么会一样？当然不一样了。后天在明天之后，明天又在今天的后面。而今天则在现在的后面，现在咱们正在跟布鲁诺老兄聊天。如果能忘记时间，再喝点什么热乎的东西，我就会好多了。”

“水就要开了，你等一会儿。”

“我说的不是开水那种热。”乔尼说。于是我掏出了朗姆酒瓶，效果就像开灯一样。乔尼惊呆了，张大了嘴，牙齿闪闪发光。就连黛黛，看到他这么惊喜，也忍不住笑了出来。就着雀巢咖啡喝朗姆酒还不赖，喝了两杯，又抽了一支烟以后，我们三个人都觉得好多了。那会儿我已经注意到了，乔尼一点一点蜷缩起身子，继续谈着时间，从我认识他起这个话题就让他着迷。我从来没见过谁会如他一般沉迷于跟时间有关的所有话题。这是个怪癖，是他无数怪癖中最糟糕的那个。但是当他将其发挥得淋漓尽致时，他解释起时间来的那种风采谁也抗拒不了。我回想起一次录音前的排练，那是他还没来巴黎的时候，四九年或者五〇年，在辛辛那提。乔尼那时身材魁梧，我去排练的地方只是为了听他和迈尔斯·戴维斯[①]的演奏。大家都劲头很足，兴高采烈，衣着光鲜（也许是今昔对比让我想起了他们的穿着，乔尼现在穿得又寒酸又肮脏），兴致勃勃，没有丝毫不耐烦，调音师在小窗后面做着欢快的手势，像一头心满意足的狒狒。正在这个时候，仿佛迷失在快乐里的乔尼突然停了下来，打了不知道谁一拳，说道："这是我明天正在演的曲子。"大家被硬生生打断了，只有两三个人继续弹了几拍，像是火车一下没刹住。乔尼拍着额头，一个劲儿地说："我明天已经演过这支曲子了，太可怕了，迈尔斯，我明天已经演过这支曲子了。"谁也没办法让他从这个念头里解脱出来。从那一刻开始便一发不可收拾，乔尼心不在焉地演奏，一心只想离开（回去继续吸毒，调音师咬牙切齿地说）。我看着他离开，跌跌撞撞，面如死灰，我问自己，如此这般，还能维持多久。

"我觉得要给伯纳德医生打个电话。"黛黛说，用余光瞥向乔尼，乔尼正小口喝着朗姆酒，"你发烧了，而且什么东西都没吃。"

"伯纳德医生是个可怜的废物，"乔尼舔着杯子说，"他肯定会给我开几片阿司匹林，然后会说他非常喜欢爵士乐，比如雷·诺布尔[②]。你想想看，布鲁诺。如果我手头有萨克斯风，我就会给他来上一曲，让他屁股着地，从四楼一个台阶一个台阶地滚下去。"

"无论如何，吃点阿司匹林没有什么害处。"我说，用余光瞥向黛黛，"你如果愿意，我走后就给他打个电话，这样黛黛就不用下楼了。

①迈尔斯·戴维斯（Miles Davis, 1926－1991），美国著名爵士乐演奏家、作曲家，小号手，在长达五十余年的音乐生涯中，引领了多次爵士乐界关键性的创新发展。1947年和查理·帕克组成过五重奏乐队。

②雷·诺布尔（Ray Noble, 1903－1978），英国作曲家、指挥家。

另外，这个合同……如果后天开始演，我想还有补救的机会。我还可以试着问罗利·弗兰德要一支萨克斯风。再不济的话……问题是乔尼你以后必须得小心点儿。”

“今天就算了，”乔尼看着朗姆酒瓶说，“明天吧，等萨克斯风到手再说。所以现在没必要再谈这事儿了。布鲁诺，我越来越清楚地发现时间……我觉得音乐总能帮助我们多少搞懂一点这个问题。好吧，不能说是搞懂，因为我其实啥也不懂。我只能发现那里有些什么东西。就像是那些梦，不是么，在梦里你开始怀疑一切都彻底完蛋了，所以你提前就会有点恐惧；但同时你又对什么都不确定，也许一切都会像蛋饼一样翻个身，突然你就跟一个漂亮小妞睡在了一块儿，一切都是那么神圣地完美。”

黛黛正在房间的一角洗杯子。我这时发现他们连自来水都没有；我看到一个印着粉色花的脸盆和一只水壶，那只水壶让我联想到动物木乃伊。乔尼用毯子半遮着嘴，继续喋喋不休着，他看上去也像个木乃伊，膝盖抵着下巴，黝黑而光滑的脸被朗姆酒和身体的热度渐渐润湿了。

“布鲁诺，我读过几篇关于它的文章。这个问题很奇怪，而且真的很复杂……你知道，我觉得音乐就有帮助。不是帮我搞懂它，因为实际上我啥也不懂。”他用拳头敲着自己的脑袋，发出的声音就像是在敲椰子壳。

“这里面什么都没有，布鲁诺，空空如也。这玩意儿啥也不想、啥也不懂。说实话，我从来都不需要它。我全身只有从眼睛往下才有理解的功能，越往下理解能力就越强。但那不是真正的理解，我同意这一点。”

“你这样会烧得更厉害的。”黛黛从房间深处抱怨道。

“喂，闭嘴。是真的，布鲁诺。我从来都不想事儿，只是会突然意识到自己在想的东西，但这没什么意思，是不是？发现自己正在想事儿有什么值得一提的呢？无论是你想还是随便换另外一个人想，那东西都一样。那不是我，我。我只能利用我想的东西，但总是在想出来之后，这是最让我受不了的。哎呀，真难，太难了……一口都没有了吗？”

我把最后几滴朗姆酒都倒给他了，正好黛黛又重新开了灯，因为屋里已经伸手不见五指了。乔尼出着汗，但仍然裹在毛毯里，时不时地打个颤，安乐椅便随之吱吱作响。

“我小时候，几乎是刚学萨克斯风的时候就发现了。我家里总是乱成一锅粥，天天都在谈论欠债和抵押这档子事儿。你知道什么是抵押吗？应该是很恐怖的，因为每次我老爸一提抵押，我老妈就捶胸顿足，最后肯定要干一架。我那时十三岁……但这些你都已经听过啦。”

没错，我是听过，还试着既生动又准确地把它写进乔尼的传记。

“就这样，在家里，时间看不到尽头，你懂的。一天到晚都在吵架，连饭都没得吃。最火爆的还有宗教问题，啊呀，你都想象不出来。我的老师帮我搞了一支萨克斯风，你要是看见它肯定要笑死，我想我是从那时突然发现的。音乐让我从时间里解脱出来，但这只是一种形容的方法。如果你想知道我真正的感受，我觉得是音乐把我融入了时间。但要知道这个时间和……这么说吧，和我们的时间完全无关。”

我早就知道乔尼在他生活中构建的各种各样的幻觉，所以我听得认真，却不至于对他的话太上心。我心里想的是他在巴黎是怎样搞到毒品的。我必须去质问黛黛，尽管她很可能是同谋。这样下去乔尼撑不了多久。毒品和贫困无法和平共存。我想到他那些正在流失的音乐。乔尼本可以再录制十几张唱片，继续展现他的风采，继续创造其他音乐家无法想象的惊人突破。“我明天已经演过这支曲子了。”突然这句话让我明白了，因为乔尼永远都在明天演奏，他只要一开始演奏，就毫不费力地跃过了今天，其他人不过是从那里开始追随他的足迹。

我是爵士乐评论家，能足够敏锐地意识到自己的局限，也能明白我思考的问题远在乔尼的层面之下，可怜的乔尼欲言又止、唉声叹气、暴跳如雷或者痛哭流涕，都是为了能继续向前。我觉得他是个天才，而这对他来说根本无足轻重，他从来不会认为自己才华超群并沾沾自喜。我郁闷地想到他好像是萨克斯风的开头，而我不得不满足于成为末端。他是嘴，我是耳朵；这是委婉的说法，不然的话他是嘴，我就是……所有的评论家，唉，轮到的都是悲伤的末端，开场的美味经过了啃咬和咀嚼之后已经一片狼藉。嘴又动了一下，乔尼的大舌头贪婪地舔走了嘴唇上的一串口水，双手在空中乱舞。

“布鲁诺，如果有一天你能写……不是为我写，你知道，我才无所谓呢。但是写出来应该很棒，我觉得会很棒。我刚才正跟你说到，小时候开始吹萨克斯风时，我就发现时间在转变。有一次我跟吉姆说了这事儿，他说大家都一样，只要一灵魂出窍……他是这么说的，只要一灵魂出窍。但是不对，我演奏的时候可没有灵魂出窍。只是地方换了。就像在电梯里一样，你在电梯里跟人说着话，一点没觉得有什么奇怪，一边说话一边升上了一层、十层、二十一层，城市落在你脚下，你进电梯时开始说的话现在说完了，开头和结尾的几个词之间隔了五十二层楼。我开始吹萨克斯风的时候就觉得自己进了一个电梯，不过是时间的电梯，如果可以这样说的话。你别以为我忘了抵押和宗教那档子事儿。只不过在这种时候，抵押和宗教就像是一套我没穿在身上的西服；我知道它就挂在衣柜里，但是这时候你不能跟我说那西服存在。只有我穿上那套西服的时候它才存在，只有等我吹完了，老妈披头散发地走过来，抱怨我这鬼－音－乐吵得她耳朵都要聋了的时候，抵押和宗教那档子事儿才存在。”

黛黛又端来一杯雀巢咖啡，但乔尼忧伤地看着他的空杯子。

“时间的事情很复杂，让我无处可逃。我慢慢发现，时间并不是一个可以装东西的袋子。我想说的是，如果是一个袋子，尽管里面装的东西可能会变，但它的容量不会变，就这么回事。你看到我的箱子了吗，布鲁诺？装得下两套西装和两双皮鞋。好，现在你想象把它清空，然后再把那两套西装和两双皮鞋放回去，但你发现只装得下一套西装和一双皮鞋了。但最妙的还不是这个。最妙的是你发现你可以把整个商店，把成百上千套的西装都塞进箱子里，就像有时候我一边吹萨克斯风，一边把音乐装进时间。把音乐，还有我坐地铁的时候想的东西都装进时间里。”

“你坐地铁的时候。”

“嘿哟，对了，说到重点了，”乔尼嘲弄地说，“地铁真是个伟大的发明，布鲁诺。坐地铁的时候你就会发现箱子里可以装得下那么多东西。可能我在地铁里不是弄丢了萨克斯风，可能……”

他笑了起来，咳个不停，黛黛不安地看着他。但他做着手势，笑着，咳着，忙活得不行，像猩猩一样在毛毯下面抖来抖去。他笑得连眼泪都掉了下来。他把眼泪舔掉，仍然笑个不停。

“最好不要把两者混为一谈，”过了好一会儿他才说话，“我把它弄丢了，就这么回事。但地铁让我发现了箱子的把戏。你看，那些有弹性的东西真是奇怪，我觉得它们无处不在。所有的东西都有弹性，朋友。看起来硬邦邦的东西也有弹性，那种弹性……”

他凝神思考着。

“……那种弹性是延迟的。”他突然补充道。我做了一个敬佩的手势表示赞同。太厉害了，乔尼。这人居然说自己无法思考。好一个乔尼。现在我对他接下来要说的话真正产生了兴趣，他也发觉了，愈发嘲弄地看着我。

“你觉得我能为后天的演奏搞到一支萨克斯风吗，布鲁诺？”

“可以，但是你得小心。”

“当然了，我得小心。”

“合同是一个月的，”可怜的黛黛解释道，“在雷米的俱乐部演十五天，两场音乐会，还要录制唱片。我们能好好完成的。”

“合同是一个月的，”乔尼张牙舞爪地模仿道，“雷米的俱乐部，两场音乐会，还要录制唱片。哔——啪嗒——啵啵啵，哧。我渴啊，渴啊，渴啊。还想吸烟啊，想吸烟啊。特别想吸烟。”

我递给他一包高卢烟，虽然我知道他心里想吸的是毒品。已经是晚上了，走廊里开始有人来来去去，说着阿拉伯语，或者唱着歌。黛黛出门了，也许是去买点晚上吃的东西。我感到乔尼的手放在了我的膝盖上。

“你知道她是个好姑娘，但我已经腻了。我早就不爱她了，我受不了她。有时候还是挺刺激的，她床上功夫真不赖，就像……”他把食指和中指并在一起，像意大利人那样，“但我得摆脱她，回到纽约去。无论如何我都必须回纽约，布鲁诺。”

“回去做什么？你在那儿混得比在这儿还惨。我不是说工作，是说你的个人生活。我觉得你在这儿朋友更多。”

“是啊，有你，还有侯爵夫人，还有俱乐部的那些家伙……布鲁诺，你从来没跟侯爵夫人上过床吗？”

“没有。”

“好吧，那就像是……但是我刚才明明在跟你说地铁的事儿，不知道怎么就换了话题。地铁是个伟大的发明，布鲁诺。有一天我在地铁里开始感觉到了什么，后来就忘了……两三天后又感觉到了。最后我终于发现了。解释起来很简单，你知道，但说它简单是因为那其实不是真正的解释。真正的解释是无法解释的。你必须坐上地铁，然后等着它在你身上发生，尽管我觉得这事儿只会在我身上发生。看，差不多就是这么回事儿。不过真的，你从没跟侯爵夫人上过床吗？你必须让她站到卧室角落里那只金色的小凳子上，凳子在一盏很漂亮的台灯旁边，然后……见鬼，这女人已经回来了。”

黛黛拎着一包东西进了门，她看着乔尼。

“你烧得更厉害了。我已经给医生打了电话，他十点钟来。他说你需要静养休息。”

“好吧，我同意，但是我得先给布鲁诺讲讲地铁的事儿。那一天我清楚地意识到了发生的事情。我想到了我老妈，然后想到了兰，还有孩子们，当然了，那一刻我还觉得自己正走在老家的街上，看得到那时候那些伙伴的面孔。我没有在思考，我好像跟你说过很多次，我从来不思考；我像是站在一个街角，看着我脑海里经过的画面，但我并没有在思考我看到的东西。你懂吗？吉姆说所有人都一样，还说通常情形下（这是他的原话）一个人的想法不能自主。但问题在于，即便是这样，我在圣米歇尔站一上地铁，就想起了兰和孩子们，还看见了老街坊。我刚一坐下就想到了他们，但同时我意识到自己是在地铁里，大概过了一分钟就到了奥德翁站，人们进进出出。然后我接着想兰，还看到我老妈买东西回来，我慢慢看到了所有人，还跟大家待在一块儿，真是太美妙了，我好久都没有这样的感受了。回忆总是让人恶心，但这次我挺乐意想到孩子们、看到他们。如果我把看到的一切都讲给你，你肯定不会相信的，因为我得讲好一会儿，就算这样还有很多细节来不及讲。就给你讲一件事好了，我看到兰穿着一条绿裙子，我和汉普[1] 在 33 号酒吧演出的时候她就是穿那条裙子去那里的。我看到裙子上有缎带，有蝴蝶结，腰上和领子上都有装饰……不是一下子看到的，实际上我正围着兰的裙子转，非常缓慢地观察。然后我看到了兰和孩子们的脸，接着我想起了住在隔壁的迈克，他在农场工作过，还给我讲过科罗拉多的几匹野马的故事，边说边像驯马师一样神气地挺胸抬头……”

“乔尼。”黛黛从角落里叫他。

“你看，在我想到、看到的所有东西里头，这还只是一小部分。我大概讲了多久？”

“不知道，大概两分钟。”

“就算两分钟，”乔尼补充道，“两分钟的工夫我只给你讲了一小部分。如果我给你讲我看到孩子们在做什么，还有汉普是怎么弹《把爱留住，亲爱的妈妈》的——我听到了每一个音符，你想想，每一

---

①指莱昂内尔·汉普顿（Lionel Hampton, 1908 – 2002），出色的美国爵士乐颤音琴手、鼓手和钢琴手。

个音符，而且汉普是那种乐此不疲的人——如果我给你讲我还听到我老妈在做一篇长长的祷告，祷告里好像提到了卷心菜，她为我老爸和我请求宽恕，还说些什么卷心菜……好吧，如果我全都详细讲给你，就不止两分钟了，你说呢，布鲁诺？”

“如果你真的听到、看到了这些，那得要一刻钟呢。”我笑着对他说。

“那得要一刻钟，嗯，布鲁诺。那你说说看，我怎么可能突然感觉到地铁停了，我离开了我老妈，兰，还有所有那些人，看到我们停在圣日耳曼德佩站，离奥德翁站正好一分半钟。”

乔尼说的那些东西我从来都不太放在心上，但现在他那样看着我，让我浑身冰凉。

“你的时间、那个女人的时间才过了一分半钟，”乔尼怨恨地说道，“地铁的时间、我手表的时间也一样，真该死。那么，我怎么可能想了一刻钟，布鲁诺，你说呢？一分半钟的时间里怎么可能想一刻钟？我跟你发誓那天我没吸过，一块都没吸，一张都没吸。”他补充道，像个孩子似的为自己开脱。“没过多久，这种事又发生了，现在已经是不管我走在哪儿都会发生。但是，”他狡猾地补充，“只有在地铁里我才能意识到，因为坐地铁就好像是被塞进了钟表里。每一站就是几分钟，你明白吧，那是你们的时间，眼下的时间；但我知道还有另一种时间，我一直在想，一直在想……”

他捂住脸，浑身颤抖。我恨不得自己已经离开了，但又没办法告辞，因为乔尼会不高兴，他对朋友异常敏感。但如果他继续这样下去，又会把自己弄得一塌糊涂，至少跟黛黛在一起的时候，他不会说这些事的。

“布鲁诺，如果我能够只活在这些瞬间，或者活在我演奏的时间里，这些时候时间也在改变……你就能意识到一分半钟里可以发生那么多事……这样的话，一个人，不仅仅是我，还有她，还有你，还有所有那些家伙，就可以活上成百上千年的时间。如果我们找到办法，不用像现在这样守着时钟，一分一秒地数着时间过日子，就可以比现在多活上成千上万倍的时间……”

我尽最大努力笑了笑，隐约觉得他说得有道理，但只要我一走到街上，回到我的日常生活里，他的猜测，还有他的猜测让我产生的直感，就会一如既往地烟消云散。眼下我敢肯定，乔尼说这番话不仅仅是因为他有些疯疯癫癫，也不是因为他在逃避现实，相反，现实对他来说是场拙劣的模仿，他又把这种模仿变成了一种希望。乔尼在这种时候跟我说的一切（这五年来乔尼一直跟我还有所有人说类似的话），我都没办法指望之后再仔细想一想。只要一走到街上，只要它变作回忆，而不是由乔尼絮絮叨叨地说出来，这一切便成了吸食大麻以后出现的幻象，成了单调、重复的手势（因为你时不时就会听到某人声称，也有其他人讲类似的话）。这些话起初让人暗暗叫绝，之后就会让人恼火，至少我自己这么觉得，好像乔尼说这些话是在取笑我。但这种想法总是出现在第二天，而不是乔尼跟我说话的当时，因为那时我会觉得有事情需要让步，有盏灯需要点亮，或者更确切地说，有必要去打破一些东西，彻头彻尾地打碎，像把楔子钉进树干，再一锤敲到底。乔尼已经没有力气敲打任何东西了，而我就更别提了，既不知道要用什么锤子，也想象不出这个楔子的形状。

最终我还是离开了那个房间，但是走之前发生了一件必然会发生的事，不是这件事，也会是其他类似的事。我背对着乔尼跟黛黛告别时，从黛黛的眼睛里窥见了有什么事不对劲，就立刻回过头去（因为也许我有点怕乔尼，这位兄弟般的天使，天使般的兄弟），我看到乔尼已经掀掉了盖在身上的毯子，赤身裸体坐在安乐椅上，抬着腿，膝盖抵着下巴，一边发抖一边笑着，全身上下一丝不挂地坐在肮脏的安乐椅上。

“有点热了，”乔尼说，“布鲁诺，你看我肋间的伤疤多漂亮。”

“盖上点儿。”黛黛命令道。她羞愧难当，不知道该说什么。我和乔尼彼此很熟悉，赤身裸体没什么了不得，但黛黛还是觉得难为情。我也不知道该怎么做，才能让她感到乔尼这个样子并没有惊吓到我。乔尼知道这一点，咧嘴大笑着，淫荡地抬着两条腿，生殖器挂在椅子边上，像是动物园里的一只猴子。他大腿上长了一些诡异的斑点，让我觉得无比恶心。然后黛黛抓起毯子赶紧把他包住了，乔尼继续笑着，似乎很快活。我含糊地告了别，保证第二天再来，黛黛送我到楼梯口，出来时关上了门，不让乔尼听到她要说的话。

“比利时巡演回来后，他就一直这样。他演得那么好，当时我多高兴啊。”

“我奇怪他是从哪里搞到的毒品。”我盯着她的眼睛说。

“我不知道。他整天喝红酒和白兰地，几乎没停过。但他也吸过，尽管没有在那儿吸得多……”

“那儿”指的是巴尔的摩和纽约，他在贝尔维尤精神病院待了三个月，还在卡马里奥[①] 待了很久。

①指卡马里奥精神病院，位于美国加利福尼亚州的卡马里奥，建于 1932 年，关闭于 1997 年。

“黛黛，乔尼在比利时真的演得很好？”

“对啊，布鲁诺，以前哪次演出都没有那么好。观众都像疯了一样，乐队的小伙子们也跟我说了好多次。跟往常一样，乔尼会突然做点怪事，但好在他没有当众出丑。我以为……但是您看到了，现在他比以前任何时候都更糟了。”

“比在纽约的时候还糟？那时您还不认识他呢。”

黛黛不傻，但没有哪个女人会喜欢别人谈论她的男人认识她之前的事，只是现在她不得不忍耐，所谓之前如何，也不过是几个词而已。我不知道该怎么跟她开口，我甚至都不完全信任她，但最后我还是决定要说。

“我猜你们现在手头有点儿紧。”

“这份合同后天就开始生效了。”黛黛说。

“您认为他能够录音和公开演出吗？”

“能啊，”黛黛有点惊讶，“只要伯纳德医生治好他的感冒，他就能演得比以前哪一次都好，问题是没有萨克斯风。”

“这个包在我身上。黛黛，这点钱你拿着。只是……最好别让乔尼知道。”

“布鲁诺……”

我做了一个道别的手势，开始下楼，打断了黛黛的话，可以想象得到她要说些什么来表达无用的感激。离她四五级台阶的距离时，我才觉得更容易开口。

“第一场音乐会之前无论如何都不能再让他吸了。可以让他抽支烟，但别花钱给他买那个。”

黛黛没有回答，尽管我看到了她把钱在手里折了又折，一直折到小得看不见。至少我可以肯定黛黛不吸毒。也许是恐惧或爱把她变成了同谋。如果乔尼跪下来求她，就像我在芝加哥见过的那样，哭着求她……有这个可能，但牵涉到乔尼，其他事情也同样有各种各样的风险，至少，眼下他们有钱买食物和药了。街上细雨蒙蒙，我竖起了风衣领子，深深地吸气，直到撑痛了肺；我觉得巴黎散发着清爽的味道和热面包的香气。直到这时我才意识到乔尼的房间有多臭，乔尼盖在毯子下面的身体还在不停地出汗。我走进一家咖啡馆，想喝杯白兰地清洗一下口腔，也许还想清洗一下记忆。我满脑子都是乔尼说的话、他说的故事、他眼中那些我看不到或者压根就不想看到的东西。我开始考虑后天的演出，它像一服镇静剂，像一座桥，从柜台前向未来延伸出去。

如果一个人心里完全没底，最好的办法就是找点事情做，仿佛抓住一只救生圈。两三天后，我觉得自己必须要调查一下，看看是不是侯爵夫人给乔尼·卡特搞来的大麻，于是去了蒙帕纳斯[①]的录音棚。侯爵夫人真的是一位侯爵夫人，她从侯爵那里搞到了成堆的钱，尽管他们因为大麻或者类似的原因离婚已经有好一阵子了。她和乔尼是在纽约认识的，也许就在乔尼一举成名的那一年：有人提供了一次机会，让他和四五个喜欢他音乐风格的小伙子组了个乐队，乔尼平生第一次可以尽情演奏，于是他的才华让所有人目瞪口呆。现在不是评论爵士乐的时候，有兴趣的读者可以阅读我写的书，是关于乔尼和战后爵士乐新风格的，但是我可以肯

①巴黎的一个街区，位于塞纳河的左岸，以咖啡馆和酒吧闻名，文艺气息浓厚。

定地说，四八年——或者说一直到五〇年这段时间——发生了一场音乐爆炸。这场爆炸是冷冰冰的，无声无息，爆炸过后，所有东西都屹立在原位，没有哭喊也没有废墟，然而传统的坚硬外壳已经被炸得粉碎，就连传统的捍卫者（有乐队也有听众）也开始怀疑从前热爱的事物对他们来说是否依然如故。因为自从乔尼吹响了高音萨克斯风以后，听众就无法继续欣赏以往音乐家的演奏、认定那就是天籁之音。为了粉饰这种妥协，听众只能将其称为“历史感”聊以自慰，说以往的任何一位音乐家都是无与伦比的，而且在“他自己的年代”仍然不可超越。乔尼像一只手，将爵士乐的历史翻了一页，就是这样。

侯爵夫人对音乐的感觉像惠比特猎犬那样敏锐，她一直对乔尼和他乐队的朋友们无比敬仰。我猜在33号酒吧时期，她就在他们身上砸了不少美金，那时候绝大多数评论家都在拼命抨击乔尼的唱片，用一些老掉牙的标准对他的爵士乐评头论足。很可能也就是在那期间，侯爵夫人开始时不时地跟乔尼共度春宵，跟他一起吸大麻。在录音之前或者是音乐会中场休息的时候，我常常看到他们在一起，乔尼在侯爵夫人身边看上去无比快活，尽管兰和孩子们就坐在某个包厢里，或者在家里等着他。不过乔尼从来不懂得什么是等待，也不懂得去想有人在等他。就连他抛弃兰的方式也是典型的乔尼做法。我看过他从罗马给兰寄的明信片，那是在他没通知兰就跟两个音乐家一起爬上飞机，消失了四个月以后。明信片上画着罗穆路斯和雷穆斯[①]，这两位总是让乔尼觉得很好玩（他的一张唱片就以他们的名字命名），他在上面写

①罗马神话中罗马市的奠基人，是一对双生子。

道："在种种爱的包围中孤身前行。[1]"摘自狄兰·托马斯一首诗的第一行，那个时候乔尼一直在读他的诗。乔尼在美国的几位经纪人做了些安排，从他的收入里扣掉了一部分交给兰，兰也很快发现自己离开乔尼不是一笔糟糕的买卖。有人跟我说过侯爵夫人也资助过兰，但是兰并不知道那笔钱来自何处。这事儿不奇怪，因为侯爵夫人久经世故，慷慨得毫无底线，就像每次朋友们成群结队上她家去的时候，她都会拿出蛋饼招待那样，她仿佛拥有一张永恒的蛋饼，内容包罗万象，随时都可以取出一块，以备来客需要。

我到的时候，侯爵夫人正和马塞尔·加沃提还有阿特·博卡亚在一起，他们恰好在讨论乔尼前一天下午的录音。他们看到我，像是见到天使降临一般。侯爵夫人抱着我亲了又亲，直到亲不动了才停下；小伙子们一个是贝斯手，一个是中音萨克斯风手，他们使劲拍打着我，下手毫不留情。我只好躲到一张沙发后面，尽可能地保护自己，他们这么疯狂是因为得知我帮乔尼搞到了一支绝妙的萨克斯风，乔尼刚用它录了四五支无与伦比的即兴曲目。侯爵夫人随后说乔尼是只肮脏的老鼠，因为他跟她闹翻了（她没说为什么闹翻），肮脏的老鼠很清楚自己只有跟她好好道歉才能拿到支票去买萨克斯风。自然，乔尼从回到巴黎起就没想道歉，而他们似乎是两个月前在伦敦吵的架，所以就没人知道他在地铁里弄丢了那支倒霉的萨克斯风，诸如此类。侯爵夫人一开口说话，就会让人琢磨她是不是染

---

①狄兰·托马斯原诗为"Waking alone in a multitude of loves"（"在种种爱的包围中孤身醒来"），明信片上这句诗变成了"Walking alone in a multitude of loves"（"在种种爱的包围中孤身前行"），很可能是因为乔尼在神游的状态中将 Waking 写成了 Walking，而后者更是他一生的写照。

上了迪齐[1] 风格，用词出其不意地跳跃，充满了各种变体，滔滔不绝。最后侯爵夫人一捶大腿，开始大笑起来，就像是有人在玩命地挠她痒痒。趁着这当口，阿特跟我说了昨天录音的细节。因为我妻子得了肺炎需要照顾，我没能去成录音现场。

“蒂卡可以作证，”阿特指着笑弯了腰的侯爵夫人说，“布鲁诺，在你听到那几张唱片之前，是无法想象它们有多妙的。如果昨天上帝显灵的话，相信我，他肯定就待在这间该死的录音棚里。顺便说一句，录音棚里热得像炼狱一样。你还记得《杨柳树》[2] 吗，马塞尔？”

“记得，”马塞尔说，“谁问谁白痴，我从头到脚都文满了《杨柳树》。”

蒂卡给我们端来高杯酒，让我们舒舒服服地聊天。我们其实没怎么谈昨天录音的事，因为任何音乐家都知道这种事情无从谈论，但是从大家的片言只语中，我又看到了希望，觉得也许我的萨克斯风能给乔尼带来好运。尽管如此，谈话里也透露出了不少荒唐事，让我的希望多少有点顿足，比如说乔尼在录音间隙脱下了鞋子，光着脚在录音棚里走来走去。不过，他和侯爵夫人和解了，还保证要在今晚演出之前来录音棚喝一杯。

“你认识乔尼现在的女朋友吗？”蒂卡很好奇。我尽可能简明扼要地给她形容了一下，但是马塞尔又添油加醋地补充了一番，描述得细致入微，且充满暗示，把侯爵夫人逗得直乐。谁也没有提到毒品，

---

①指迪齐 · 吉莱斯皮（“Dizzy” Gillespie, 1917 – 1993），美国爵士小号手、作曲家，20 世纪 40 年代和查理 · 帕克一起引领了咆勃爵士（bebop）的兴起和发展。咆勃爵士是现代爵士乐的起源，对个人即兴能力、对乐器的控制、与乐队的合作互动能力均有相当高的要求。

②由美国著名爵士乐作曲家胖子华勒于 1928 年创作的一首爵士乐曲。

但我实在多疑，总觉得蒂卡的录音棚里有毒品的气味，而且蒂卡笑个不停，我注意到乔尼和阿特有时候也会笑成这样，这是瘾君子的特征。我思考着，既然乔尼跟侯爵夫人闹了别扭，那他到底是怎么搞到的大麻；我对黛黛的信任瞬间掉到了谷底——如果说我以前还有点信任她的话。说到底，他们都一样。

我有点忌妒他们物以类聚，可以轻易地同流合污。而从我清教徒的世界看去——我无须回避这一点，任何了解我的人都知道我憎恶道德败坏——他们像是病态的天使，因为没有责任感而令人气恼，但又对这个群体做出了无可估量的贡献，比如说乔尼的唱片、侯爵夫人的慷慨捐献。不，不只如此，我要强迫自己说出来：我忌妒他们，忌妒乔尼，另一边的乔尼，尽管谁也说不清另一边到底是什么。我忌妒一切，除了他的痛苦。所有人都知道他很痛苦，但即便在他的痛苦里，也有某种状态拒绝我的进入。我忌妒乔尼，也觉得愤怒，因为眼见他滥用天赋，愚蠢地将生活施加给他的压力堆积成毫无用处的胡言乱语，日复一日地自暴自弃。我想如果乔尼能够掌控自己的生活，甚至不需要他牺牲任何东西，连毒品也不用戒掉，如果他能够掌控住这架五年前就开始失去方向的飞机，也许他会迎来更糟糕的结局，完全疯掉，或者死掉，但他至少能在那些追忆往昔的悲伤独白中、在他讲述的那些戛然而止的迷人经历中，触碰到他所寻觅的东西。我出于个人的懦弱这样想着，也许在内心深处，我希望乔尼能骤然毁灭，类似一颗星星突然分崩离析，化作万千碎片，让天文学家目瞪口呆整整一个星期，然后回家睡觉，明天又是新的一天。

乔尼似乎猜到了我所想的一切，因为他进来的时候快活地跟我打了招呼，吻了侯爵夫人，领她在空气中转了一圈，还跟她和阿特用拟声词交谈了一番，这复杂的仪式让所有人都忍俊不禁，然后他几乎立刻坐到了我身边。

“布鲁诺，”乔尼坐在最好的那张沙发上说，“那玩意儿真不赖，让他们给你说说，我昨天用它吹得到底怎么样。蒂卡哭得泪珠跟灯泡似的，我猜不是因为欠服装师的钱吧？蒂卡，你说呢？”

我还想知道更多关于灌录唱片的细节，但是乔尼吹完牛就心满意足了。他紧接着就跟马塞尔谈起了今晚的曲目，还有他们俩为了上台穿的崭新的灰西装有多么合身。乔尼的气色真不错，看得出来，他这几天没有吸过头；他吸的剂量应该是恰到好处，让他能愉快地演奏。我正在这么想的时候，乔尼把手按在我的肩上，凑过来对我说：

“黛黛跟我说那天下午我对你相当无礼。”

“去你的，你根本不用记着这件事。”

“但我记得很清楚。你想知道我是怎么想的吗？那天我真的感觉棒极了。我那样对你，你该觉得高兴，因为我在别人面前绝不会那样做，相信我。这说明我欣赏你。我们得一起去个地方好好谈谈。这儿……”他努了努嘴以示轻蔑，然后笑起来，耸了耸肩，好像正坐在沙发里跳舞，“布鲁诺老兄，黛黛说我真的很无礼。”

“那天你感冒了。现在好点儿了没？”

“不是感冒。医生一来，立马就开始说他多么热爱爵士乐，还说哪天晚上我一定要去他家听唱片。黛黛跟我说你给她钱了。”

“那样你在拿到收入之前就能维持一阵子。对今晚的演出感觉如何？”

“挺好，兴致不错，如果手头有萨克斯风，我现在就能吹，但是黛黛坚持由她把萨克斯风带去剧场。这支萨克斯风棒极了，昨天吹的时候我觉得自己好像在做爱。你是没见着我吹完的时候蒂卡的表情。你是吃醋了吗，蒂卡？”

大家放声大笑，乔尼觉得这种时候应该在录音棚里跑圈才符合气氛，他边跑边高兴地大步跳着，还跟阿特跳起了舞，没有伴奏，他们就用眉毛一抬一抬地打拍子。你没办法对着乔尼或者阿特发火，那就像是因为头发被吹乱了所以跟风斗气似的。蒂卡和马塞尔小声地跟我交流了对今晚演出的看法。马塞尔说乔尼肯定能重现一九五一年第一次来巴黎时创造的轰动，从他昨天的表现看，今天一定能一帆风顺。我但愿自己能像他那么放心，但说到底，无论放心与否，我都只能坐在前排座位上安静地听音乐会，除此之外什么也做不了。至少我可以放心乔尼没有像在巴尔的摩的那个晚上吸得那么多。我告诉蒂卡的时候，她紧紧抓住我的手，好像差点就要掉到水里一样。阿特和乔尼已经走到了钢琴边上，阿特正给乔尼弹一首新曲子，乔尼摇头晃脑地低声吟唱。他们俩穿着灰西装，潇洒极了，尽管这段时间以来乔尼日渐发福，身材已经走了样。

我跟蒂卡谈了巴尔的摩那晚的事情，那是乔尼第一次惹出大乱子。说话的时候，我一直看着蒂卡的眼睛，确保她能够理解我，这次她不要再屈服于乔尼。如果乔尼喝了太多白兰地或者吸大麻过了头，这场音乐会就会一败涂地。巴黎可不是乡村赌馆，在这里，所有人都关注着乔尼。我这么想的时候，嘴里不禁生出一股苦味，还从心里升起一阵暴怒，并不是针对乔尼，也不是针对他身上发生的那些事情，而是针对我自己和围绕在他身边的那些人，比如侯爵夫人和马塞尔。说到底，我们是一群自私自利的家伙，以照顾乔尼为名，实际上是为了拯救我们心中乔尼的形象，以接受预想中乔尼将带给我们的新的快乐。我们将这尊集体树立起来的雕塑擦得闪闪发光,并且不惜一切代价来捍卫它。乔尼如果遭受挫败,对我的新书(不日即将发行英文版和意大利文版)没有好处，也许我关照乔尼或多或少是出于类似的原因。阿特和马塞尔需要乔尼来维持生计，至于侯爵夫人，谁知道除了乔尼的天才，她还看中了他身上的什么。这一切跟另一个乔尼都没有任何关系，我突然想到，当乔尼掀掉毯子、像一条蠕虫般一丝不挂的时候，他想告诉我的也许就是这个，没有萨克斯风的乔尼，一文不名、一丝不挂的乔尼，被某个念头困扰的乔尼，他有限的智慧不足以理解这个念头，但它缓缓流淌在他的音乐里，抚摸他的肌肤，也许他还会因它而出人意料地纵身一跃，让我们永远也无法理解。

当一个人思考这种问题的时候，就会觉得嘴里真的有苦味。全世界所有的坦率和诚实加在一起，也无法让人坦然面对这个突然的发现：在乔尼·卡特这样的人物身边，自己不过就是一个可怜的废物。乔尼这时正往这边走过来，坐在沙发上喝白兰地，饶有兴致地看着我。现在我们大家该动身去普莱耶尔音乐厅了。希望音乐至少能拯救今夜余下的时间，再完成一项极其糟糕的使命：在我们和镜子之间拉上一道屏风，让我们在地图上消失几个小时。

自然，明天我要给《狂热爵士》[1] 写一篇关于今晚音乐会的乐评。但此时此地，我看着摊在膝上的、趁演奏间隙记下的潦草笔记，却没有一点做评论家的欲望，不想对别人评头论足。我很清楚乔尼对

①法国著名的爵士乐杂志，创办于 1935 年。

我来说不仅仅是一位爵士乐人，他的音乐才华像是一层华丽外衣，人人都可以理解和欣赏，但它掩藏着别的东西，对我来说，那才是唯一值得关心的东西，也许因为那也是对乔尼来说真正重要的东西。

这会儿我仍然沉浸在乔尼的音乐里，因此这样说很容易。一旦冷静下来……为什么我做不到他那样，为什么我不能用头撞墙？在开口说话之前我小心翼翼地遣词造句，我反复推敲，处心积虑地保护自己，但这一切不过是愚蠢的诡辩。我似乎明白了为什么人在祈祷的时候会不由自主地跪下来。变换姿势象征着变换声音，象征着变换即将说出的话和已经说出口的话。一旦窥探到了这种变换，那些一秒钟之前我还认为是很随意的东西立刻充满了深刻的含义，一切都被非同寻常地简化了，同时又变得更深邃。马塞尔和阿特都没有意识到，昨天乔尼在录音棚脱鞋并不是因为他疯了。那一刻他需要用皮肤触碰大地，来证明他的音乐是对现实的肯定而不是逃避。我在乔尼身上感受到了这一点，他从不逃避。他吸毒不像大多数瘾君子那样是为了逃避现实，他吹萨克斯风也不是为了躲在音乐的壕沟里，他在精神病院待了一天又一天，也不是为了躲避无法承受的压力。他的风格，那种配得上各种新颖名称却无须这些虚饰的最纯真的风格，证明了他的艺术不是一件替代品或者完结篇。乔尼十年前就抛弃了大众流行的“热辣爵士”，因为这种激烈色情的语言对他来说太过被动。在他身上，渴望超越了快感、埋葬了快感，因为渴望督促他前进、寻觅，提前终结了他轻轻松松就投入传统爵士乐怀抱的可能性。所以我觉得乔尼不会钟爱蓝调，蓝调里的受虐和怀旧倾向……但我已经在书里写过了上述种种，揭示了乔尼如何拒绝暂时的满足感，从而创造出一种前所未有的风格，并且正在和其他音乐家一起将它发挥到极致。这种风格的爵士乐摒弃了廉价的色情和所有瓦格纳式的浪漫，因此能够置身于一种无牵无挂的境界，让音乐获得绝对的自由，就像是绘画摆脱了一切具象功能，重获自由，成为绘画本身。这种爵士乐既不便于调情也不便于怀旧，我很乐意称它为形而上的音乐。乔尼驾驭着这种风格，凭借它来探索自我，来向他永远把握不住的现实宣战。在他的风格里我看到了极端的自相矛盾，以及咄咄逼人的活力。它永不满足，像一根马刺不断鞭策，又像一种永不停息的营造，它的快感不在于攀到巅峰，而在于不停地探索，在于它拥有的那些能够抛弃所有人为因素却又充满人性的特质。当乔尼像今晚一样迷失在源源不断的音乐创造之中时，我清楚地知道他并没有逃避任何东西。赴约永远不可能是逃避，即使我们总是改变约会的地点；至于留在身后以及有可能留在身后的那些东西，乔尼对它们视而不见，要么就傲慢地蔑视它们。比如说，侯爵夫人以为乔尼害怕贫穷，她没有意识到，乔尼害怕的只是想吃大排时伸出叉子却叉了个空，想睡觉时找不到一张床，或者他觉得自己该有一百块钱时钱包里却空空如也。乔尼不像我们，他并不在抽象概念的世界里游移，所以他的音乐，我今天晚上听到的无与伦比的音乐，丝毫不抽象。但只有他才能讲述自己在演奏的时候收获了什么画面，他很有可能已经抵达了另一边，迷失在一场新的猜想之中。他的征服就像是一场梦，当听众的掌声把他带回现实，便是通向遗忘的梦醒时分，在这一边是一分半钟的时间里，他在遥远的那一边度过了一刻钟。

我那时的想法，就好比在风暴的中心抓住一根避雷针，便以为一切都会安然无恙。四五天之后，我在拉丁区的杜邦咖啡馆遇到了阿特·博卡亚。他还没来得及为之配上惊讶的表情就将坏消息向我全盘托出。我最先产生的是某种满足感，我只能称之为幸灾乐祸，因为我早就知道乔尼安分不了多久；但是随后我想到了后果，我对乔尼的喜爱让我的胃开始绞痛；于是，在阿特给我描述那天的情形时，我连喝了两杯白兰地。简而言之，那天下午德劳奈[①]准备了一场录音，打算推出一支新的五重奏乐队，由乔尼带头，成员还有阿特、马塞尔·加沃提和两位很棒的巴黎小伙子，他们两个分别是钢琴手和鼓手。录音原本计划在下午三点开始，这样，从下午到晚上，他们有足够的时间进入状态然后录上好几支曲子。可结果呢？结果乔尼五点才到，那时德劳奈已经心急如焚了，不仅如此，他还倒在一张沙发上说身体不舒服，说他来仅仅是为了不要毁了大家这一天的安排，但他完全不想演奏。

"马塞尔和我劝他先休息一会儿，但是他神神道道的，净说些什么在地里找到了好多盒子，一直说了半个小时。最后他开始一把一把地从兜里往外掏树叶，不知是他从哪个公园捡来的。结果录音棚成了植物园，工作人员走来走去地收拾这些东西，脸色难看得要命，到头来胡闹了一场啥也没录。你想想看，录音技师在控制室里闷头吸了三个小时的烟。这样胡闹，对巴黎的技师来说真是够呛。

"最后马塞尔说服了乔尼，最好还是试一下，他们俩开始演奏，我们慢慢地加进去，但这样充其量就是解解乏，之前的无所事事让我们

①指查尔斯·德劳奈（Charles Delaunay，1911－1988），法国著名爵士乐人，《狂热爵士》杂志的创办人之一。

困得够呛。我早就发现乔尼的右臂有点痉挛，我跟你保证，他开始演奏的时候看上去真可怕。他面如死灰，你知道吗，还时不时打个冷战；他还跌了一跤，但我没看到。中途他喊叫了一声，盯着我们，慢慢地一个一个看过去，问我们还等什么，为什么不演奏《恋爱中的人儿》[①]。你知道，就是阿拉莫的那支曲子。德劳奈就给技师做了个手势，大家都拿出了最好的状态，乔尼张开腿，像是站在一条摇摆不定的船上，吹了起来，我跟你发誓，我从来没听过那样的吹法。他这样吹了三分钟，直到突然吹出了嘟声，那声音足以彻底毁了刚才仿若来自天堂的美妙音乐，然后他就去了房间一角，把我们扔在一边，那时才演奏到一半，我们只好尽最大的努力收了场。

"但后面才是最糟糕的事。我们结束演奏的时候，乔尼说的第一句话就是这次演奏像臭狗屎，录音一文不值。自然，德劳奈和我们都没把他的话放在心上，因为瑕不掩瑜，仅仅是乔尼的独奏就比你平时听到的那些音乐好上一千倍。那音乐与众不同，我没办法给你解释……你听到就知道了，你想想看，德劳奈和技师们都不舍得销毁它。但乔尼像疯子一样坚持要销毁，还威胁说如果他们不向他证明录音已经被抹掉了，他就要砸控制室的玻璃。最后技师随便放了个什么唱片给他听，总算把他糊弄过去了，乔尼就提议录《链霉素》，录出来的效果好多了，也差多了，我的意思是，这支曲子完美无缺，但已经不像乔尼吹《恋爱中的人儿》时那样令人不可思议了。"

阿特喝完了啤酒，叹了口气，一脸哀伤地看着我。我问他在此之后乔尼干了什么，他说后来他用那些关于树叶和满地都是盒子的

①创作于 1941 年的一首美国流行歌曲。查理·帕克在 1946 年演绎了这首曲子，被认为是他最激情澎湃的演奏之一。

故事把大家都搞烦了，而且也不愿意再录下去，跌跌撞撞地走出了录音棚。马塞尔把萨克斯风夺了过来，免得他又把它弄丢或者踩坏，然后和其中一个法国小伙子一起把他送回了旅馆。

除了立刻赶去看他，我还有什么其他的选择？但最终我决定还是等到明天再去。结果第二天，我在《费加罗报》治安通告版里看到了乔尼，他似乎是在前一天晚上烧着了旅馆房间，然后光着身子在走廊里乱跑。他和黛黛都没有受伤，但是乔尼正在医院里接受监护。我把新闻给我妻子看，让正在养病的她提提神，然后立刻去了医院。到了那儿，我的记者证没有半点用处。我能打听到的只有乔尼正胡言乱语，他体内的大麻足够让十个人失去理智。可怜的黛黛没能抵抗住，没能说服他不碰大麻；乔尼所有的女友最后都会变成他的同谋，我万分确定是侯爵夫人帮他搞到了毒品。

总之，现在有一件重要的事。我立刻赶去德劳奈家，请求他让我尽快听一听《恋爱中的人儿》，谁知道这一曲会不会就是可怜的乔尼的绝唱；如果是这样，我的职责便是……

但还不是，它不是绝唱。五天后黛黛给我打了电话，告诉我乔尼好多了，他想见我。我没去责怪她，一是因为我知道那是白费口舌，二是因为这可怜姑娘的声音就像从一只打碎的茶壶里传出来的一样。我答应马上就到，还跟她说，也许乔尼好些的时候，可以为他安排一次国内城市的巡演。黛黛哭起来的时候我挂了电话。

乔尼坐在床上，病房里还有其他两个病人，还好都睡着了。我还没开口，他就用两只大手抱住了我的头，在我的额头和脸颊上吻了又吻。他看上去无比憔悴，尽管他说伙食很好，他也很有胃口。

这会儿他最担心的就是大家有没有说他的坏话，他这么胡闹是否伤害到了谁，诸如此类的问题。我说什么都无济于事，因为他自己心里很清楚，音乐会已经取消了，这对阿特、对马塞尔还有其他人都是伤害；但他既然这么问，似乎他还是希望同时发生了什么好事，能有所转圜。然而我也没把他的话当真，因为说到底他从内心深处对这一切都漠不关心，就算一切都一塌糊涂，乔尼也不会为之所动，我太了解他了，不会再在意他的顺从。

“乔尼，你让我说什么呢。本来可以一切顺利的，但你总有本事把一切都搞砸。”

“你说得对，我没法抵赖，”乔尼疲倦地说，“都是因为那些盒子。”

我想起了阿特说的话，于是盯着他看。

“满地都是盒子，布鲁诺。一堆堆看不见的盒子，埋在一大块地里。我从上面走过，时不时就会被哪一只绊到。你一定会说这是我做的梦，对不对？你听好了，是这么回事：我时不时就被一只盒子绊到，然后我发现满地都是盒子，有成千上万只，每只盒子里都装着死人的骨灰。我记得之后我蹲下来用指甲去挖，直到挖出来一只。对，我记得。我记得自己在想：‘这只一定是空的，因为它里面要放我的骨灰。’但是不对，盒子里装满了骨灰，尽管我没看到，但我知道其他的盒子里也是这样。然后……然后我们就开始录《恋爱中的人儿》了，好像是这么回事。”

我偷偷看了一下体温计，温度居然还很正常。一位年轻医生在门口往里探了一下，跟我点头打了个招呼，对乔尼做了个鼓励的手势，像运动员那样充满活力的手势，不错的年轻人。但乔尼没理他。医生没进门就离开了，我看到乔尼握紧了拳头。

“他们永远都不会懂，”他对我说，“他们就像拿着掸子的猴子，像是堪萨斯音乐学院的那些姑娘，以为自己弹的是肖邦，了不得。布鲁诺，在卡马里奥他们把我跟其他三个人关在一个房间，每天早上都会来一个实习医生，干干净净，面色红润，看着真让人愉快。相信我，他简直像是舒洁面巾纸和丹碧丝卫生棉条的孩子。他是个大大的白痴，坐在我床边给我鼓劲，而我只想去死，我不想兰，也不想别人。最可恶的是那家伙居然生气了，因为我不理他。他好像盼着我能坐在床上，欣赏他那张小白脸，欣赏他一丝不乱的头发和讲究的指甲，盼着我能像那些去到卢尔德[①]的人一样瞬间痊愈，扔掉拐杖，蹦蹦跳跳地出去。

“布鲁诺，这家伙和卡马里奥的其他所有人都有一副深信不疑的派头。你知道我的意思。对什么深信不疑？我不知道，我真的不知道，但是他们都深信不疑。我猜是对他们自己，对他们的价值，对他们的文凭。不，也不是这个。有几个人还是很谦虚的，知道自己并不是无所不能。但即使是最谦虚的人也很镇定。就是这一点让我神经过敏，布鲁诺，他们怎么能那么镇定。有什么可维持镇定的，也让我知道知道，我这个可怜的魔鬼，臭皮囊里的瘟疫比恶魔的还要多，同时又清醒地感知到一切都像果冻一样，在周围抖动，只要安静下来，稍加注意，留心感受，就能发现那些空洞。在门上，在床上：那些空洞。在手上，在报纸上，在时间里，在空气里：所有的东西都充满了空洞，像一团海绵，像一只漏斗过滤着自己……但他们代表了美国科学，你知道吗，布鲁诺？他们的白大褂给他们挡住了那些空洞；他们什么也看不到，只是接受别人已经看到的东西，想象他们自己

①法国小镇，传说圣母玛利亚在此显灵18次，遂成为全世界著名的天主教朝圣地。

也看得到。他们自然看不到空洞，所以他们非常镇定，对他们的处方、针筒、该死的精神分析、不能吸烟、不能喝酒深信不疑……哎呀，直到我出院的那天，上了火车，看到车窗外的景色都往后跑，变成了碎片。我不知道你看没看到过，风景远去时，就会慢慢碎掉。”

我们抽着高卢烟。医生允许乔尼喝一点白兰地，抽八到十支烟。但我看得出来，在抽烟的是他的身体，他的魂魄在别处，似乎不愿意从井里爬上来。我很好奇他这几天看到了什么，感受到了什么。我不想刺激他，但是如果他自说自话起来……我们一言不发地抽着烟，乔尼时不时伸出手臂摸摸我的脸，仿佛想验证我的身份。然后他玩起了手表，满怀柔情地看着它。

“问题是他们觉得自己有学问、有见识，”他突然说，“就因为他们搜集了一堆书，还把它们都死啃了下去。真好笑，因为他们其实都是好孩子，坚信他们学的东西和做的工作是非常高深的。马戏团里也一样，布鲁诺，都一样，我们也一样。人们以为有些事情比登天还难，所以他们为那些高空杂技演员，或者为我鼓掌。我不知道他们怎么想的，难道我吹了支好曲子就会粉身碎骨不成，还是高空杂技演员每跳一次就要断一根肌腱？其实真正难做到的是完全不同的别的事，是所有人觉得简简单单就可以做到的那些事，比如说，观察或者理解一只狗或者一只猫。这才是很难做到的，非常难。昨晚我突发奇想，准备看看这面小镜子里的自己。我跟你保证这件事奇难无比，难到我差点从床上滚下来。你想想看，你正在看着自己。这一件事就足够把你吓得浑身冰凉，半个小时缓不过神来。实际上，这家伙不是我，一开始我就清楚地感觉到他不是我。我突然斜着看到了他，知道他并不是我。这是我的感觉，当你有感觉的时候……

就像是在棕榈滩，海水一浪接一浪地扑来……你刚刚感觉到一个浪头，另一浪已经扑来了，另一些话又扑过来……不对，不是话，而是话里的意思，像是一种强力胶，口水黏液。黏液扑过来，把你淹没，说服你镜子里的人就是你自己。当然了，怎么会发现不了呢，他确实就是我，有我的头发，还有这个伤疤。人们没有发现自己唯一接受的东西就是那些黏液，所以对他们来说照镜子实在是太简单了。同样，用刀切下一块面包也很简单。你用刀切下过面包吗？”

“经常切。”我被逗乐了。

“那你还能这么淡定。我做不到，布鲁诺。有天晚上我把桌上所有东西都扔得远远的，刀子差点把隔壁桌上日本人的眼睛扎出来了。那是在洛杉矶，我惹出了这件大麻烦……我跟他们解释，却还是被关进了监狱。我还以为很容易就能跟他们解释清楚。那次我认识了克里斯提医生。他太棒了，要知道我对医生……”

他的手在空中挥舞，到处挥来挥去，好像要在空气里划出痕迹。他微笑着。我感到他是孤独的，在一种完完全全的孤独之中。我在他身边好像空气一样。如果乔尼想要用手在我身上挥一下，就会像切一块黄油或者分开一段烟雾那样把我切断。也许是因为这样，他才会不时小心翼翼地用手指头抚摸我的脸。

“你有块面包在那儿，在桌布上，”乔尼看着空气说，“那东西实实在在，你无法否认，它色泽诱人，还散发着香气。那东西，它不是我，它是不同的，是我以外的东西。但如果我触摸到它，如果我伸出手指头去抓住它，那么事情就有变化了，你不觉得吗？面包在我的身体之外，但如果我用手指头碰到它，就能感受到它，我能感受到它就是世界，但是如果我能够碰到它、感受到它，那我们就不能够真正称它为我们以外的东西。难道你觉得能这么说吗？

“亲爱的，千百年来一批又一批的大胡子哲学家为了解决这个问题想破了脑袋。”

“面包里是白天，”乔尼嘟囔道，捂住了脸，“我敢碰它，把它切成两段，放进嘴里。我已经知道了，不会有事的：这才是可怕之处。安然无事才可怕，你发现了吗？你把刀子扎进面包里，切了面包，然后一切照常。我无法理解，布鲁诺。”

乔尼的表情和他的躁动开始让我觉得不安。越来越难让他谈爵士、谈回忆、谈他的计划，把他带回现实。（带回现实：我一写出来就觉得恶心。乔尼说得对，现实不应该是这样的，现实不可能是做一个爵士乐评论家，因为这一定是别人对我的戏弄。但是同时，我不能再跟着乔尼的思路走了，这样我们最后都得变成疯子。）

然后他睡着了，或者至少闭上了眼睛装作睡着了。我又一次发现，要知道乔尼在干什么、乔尼是什么有多困难。他是不是睡了，是不是在装睡，是不是以为自己睡了。我对他的了解比对其他朋友的认识少得多。没人比他更普通，更正常，更为困窘的生活所迫；很显然，他让人觉得很容易接近。很显然，他没有什么特别。任何一个人都能成为乔尼，只要他愿意做一个可怜的魔鬼，病怏怏的，恶习缠身，毫无意志，同时又充满诗心，才华横溢。这显而易见。我一生都崇拜天才们，像毕加索、爱因斯坦，还有圣贤列表上的所有人，任何人都能在一分钟里列出这样一张单子（上面还有甘地、卓别林、斯特拉文斯基）。我和大家一样完全同意这些天才们做事天马行空，在他们身上发生任何事都不足为奇。毫无疑问，他们与众不同。但乔尼的与众不同是难以察觉的，因为神秘并且无法解释而惹人恼火。乔尼不是天才，他没有什么重要发明，只是像成千上万的黑人和白人一样吹爵士乐，尽管他吹得比他们都好，当然也必须承认，好坏的评定多少取决于时代、流行趋势和听众的喜好。比如说，帕纳西埃[①]就认为乔尼一文不值，尽管我们觉得一文不值的是帕纳西埃自己，总而言之，这种争议是永远存在的。所有这一切都证明乔尼不属于另一个世界，但一想到这里我总会自问，难道乔尼身上一点都没有另一个世界的特质吗？（他自己会是第一个出来说没有的。）听到别人这样讲，他很可能会笑出来。我很清楚他想的是什么，他如何活在这些想法里。我说他活在这些想法里，是因为乔尼……但我要说的不是这个，我想给自己解释的是，乔尼和我们之间的距离难以解释，因为它建立在一种无法解释的差异上。我觉得他是第一个为此付出代价的人，他被害得不轻，我们也一样。我真想现在就说，乔尼是凡人中的天使，但做人最基本的诚实逼我吞下了这句话，让它优雅地转了个身，承认也许乔尼是天使中的凡人，我们这些不现实中的现实。也许正是因为这样，乔尼用手指抚摸我的脸才会让我觉得不开心，觉得自己是透明的、不值一提，尽管我身体健康，有一所房子、一位妻子、一点名气。尤其是，还有一点名气。尤其不值一提，我的那点名气。

但是跟往常一样，我一走出医院，走到街上，便恢复了时间观念，专注于我要做的事，像蛋饼在空中柔软地翻了一个身。可怜的乔尼，与现实格格不入。（是这样，是这样的。对我来说更容易相信就是这么回事，因为现在我坐在咖啡馆，去医院探望病人已经是两个小时

---

①指于格·帕纳西埃（Hugues Panassié, 1912－1974），法国著名爵士乐评论家、制作人。

之前的事了，我上面所写的一切逼得我好似罪人一般，至少要让自己稍微体面点。）

好在火灾的事已经摆平了，不难猜到侯爵夫人必定助了一臂之力。黛黛和阿特·博卡亚来报社找我，我们仨一起去威克斯俱乐部听《恋爱中的人儿》的录音，它还没有公开发行，却已经出名了。在出租车上，黛黛勉为其难地给我讲了侯爵夫人是怎样把乔尼从火灾那件麻烦事里捞出来的，他的床垫被烧焦了，住在拉格朗日街旅馆的那些阿尔及利亚人都被吓得魂飞魄散，除此之外，其实没出什么别的岔子。罚款已经交了，新的旅馆蒂卡已经安排了，乔尼正躺在一张豪华的大床上安心养病，成桶地喝着牛奶，读着《巴黎竞赛画报》和《纽约客》,时不时地拿起他那本著名（而且破破烂烂）的袖珍本《狄兰·托马斯诗集》，上面到处都是铅笔写的标注。

在街角的咖啡馆交换了这些信息，并且喝了一杯白兰地之后，我们坐进了试听室准备听《恋爱中的人儿》和《链霉素》。为了能更好地欣赏，阿特让人关了灯，还躺在了地上。然后乔尼到来，他的音乐拂过我们的面庞。乔尼到来，尽管他人在旅馆、窝在床上，但在一刻钟里他用音乐席卷了我们。我理解他为什么生气，不许公开发行《恋爱中的人儿》，因为谁都会发现其中的错误，几个乐句结尾处有很明显的吹气声，特别是最后那突兀的降调，音符短促沉闷，我觉得像是心碎的声音，又像刀子切进面包的声音（几天前他谈到过面包）。但乔尼对我们觉得美妙无比的东西视而不见：在这场即兴创作中，始终有一股焦虑寻觅着出路，音乐里充满了向四处逃离的情绪、质询和绝望的手势。乔尼无法理解（因为这对他而言是失败，对我们而言则是出路，至少是指明了一条出路）《恋爱中的人儿》会成为在爵士乐历史里流传的演奏。只要一听到它，身为艺术家的乔尼便会气得发狂。这支曲子是对他渴望的模仿，是他斗争时的内心独白，他跌跌撞撞，口水和音乐一同流出来，面对着他所追寻的东西、他追得越紧却离得越远的东西，他感到前所未有的孤独。真是奇怪，我们无法不听这首曲子，尽管汇聚到《恋爱中的人儿》里的一切都表明，乔尼并不是受害者，不像大家想的那样，不像我在他的传记（英文版刚刚发行，像可口可乐那么畅销）里写的那样，是被追寻的对象。现在我知道了，乔尼是追寻者而不是被追寻的，他的人生遭遇是狩猎者的，而不是猎物的。谁也不知道乔尼追寻的是什么，但它就在那儿，在《恋爱中的人儿》里，在大麻里，在他那些荒谬的长篇大论里，在他一次又一次的崩溃里，在狄兰·托马斯的诗集里，在乔尼这个可怜的魔鬼的身体里，它把他变大，把他变成一个荒谬的存在，变成一个没手没脚的狩猎者，变成一只兔子，奔跑追赶着沉睡的老虎。我不得不说，《恋爱中的人儿》让我从心底里想呕吐，似乎这样我就可以摆脱乔尼，摆脱乔尼身上与我、与其他人都格格不入的东西，摆脱这团没手没脚的黑乎乎的东西，摆脱这只发疯的黑猩猩，他用手指拂过我的脸，对我温柔地笑着。

阿特和黛黛看不到（我觉得他们不想看到）《恋爱中的人儿》表面上的美以外更多的东西。黛黛甚至更喜欢《链霉素》，乔尼在这首曲子里一如往常，潇洒流畅地即兴演奏，听众觉得他娴熟，我觉得还不如说是乔尼走了神，任音乐自己流动，而他自己神游去了另一边。在街上我问了黛黛他们有什么计划，她说只要乔尼能离开旅馆（眼下警察还监视着不让他出去），一家新的唱片公司就会请他录所有他想录的曲子，报酬很丰厚。阿特补充说乔尼有很多绝妙的灵感，他和马塞尔·加沃提会跟乔尼一起“创造”这些新曲子。但在刚过去的这几个星期之后，我看得出来，阿特对此并没有十分的把握，而且我私底下知道，他跟经纪人谈过好几次想尽快返回纽约。我太能理解他了，可怜的孩子。

“蒂卡可真够朋友，”黛黛愤恨地说，“当然，对她来说太容易了。她总是最后才来，只要打开钱包，就能搞定一切。可我呢……”

阿特和我互相看了一眼。我们能跟她说什么呢。女人们总爱围着乔尼和像乔尼这样的人转。这不奇怪，即便不是女人，也会被乔尼所吸引。困难的是如何像一颗尽职的卫星、一位尽职的评论家一样，既围着他转又保持距离。阿特那时不在巴尔的摩，但是我记得我刚认识乔尼时，他还跟兰和孩子们住在一起。兰的样子看着真让人难过。但是，跟乔尼交往了一段时间，慢慢进入他的世界、他的音乐、他日复一日的恐惧、他对从未发生过的事情所做的不可思议的解释、他那突如其来的温柔以后，我就理解了为什么兰会是那副样子，理解了跟乔尼生活在一起的人怎么可能会有另外一副样子。蒂卡是另一种人，她风流成性，无牵无挂，而且腰缠万贯，这比拿着机关枪都管用，至少阿特·博卡亚生蒂卡的气或者头痛的时候是这么说的。

“请您尽早来，”黛黛请求道，“他愿意跟您说话。”

我本想因为火灾的事（火灾的起因，她肯定是同谋）给她说一番大道理，但我知道不会管用，这就好比跟乔尼说，让他做一个有用的公民。到目前为止一切顺利，很奇怪（也很令人不安）的是，只要乔尼那头的事情一有好转，我就兴高采烈。我没单纯到以为这仅仅是出于友谊。这更像是一场休战，一种暂缓执行。我不需要寻找解释，因为这感觉就像鼻子长在脸上那么清清楚楚。我很生气，因为我是唯一一个感受得到这一点的人，唯一一个因此受煎熬的人。我很生气，因为阿特·博卡亚、蒂卡或者黛黛都没发现，每次乔尼受罪、进监狱、想自杀、放火烧床垫或者在旅馆的走廊里裸奔时，都是在替他们还债、为了他们去死。他自己却毫不知情，不像那些在断头台上慷慨陈词的人，那些著书揭露人性丑恶的人，那些弹钢琴时的姿态像是要洗刷全世界罪行的人。他自己毫不知情，可怜的萨克斯风手，这个词从头到脚都透着荒唐，透着渺小，只是成千上万可怜的萨克斯风手中的一个而已。

如果我继续这样，最后我写出来的书更多会是关于自己而不是乔尼，那就糟糕了。我会越来越像个布道者，这一点儿也不好笑。回家的路上，为了重振信心，我带着必要的厚颜无耻想道，在书里提到乔尼的病态人格时，我只会蜻蜓点水般一掠而过。我觉得没有必要跟大家解释为什么乔尼会觉得自己在满是骨灰盒的地里散步，或者他看画的时候画面会动起来；说到底，那些都是大麻造成的幻觉，做个戒毒治疗就不会再犯了。但是可以说，乔尼把那些幻觉暂时托付给了我，像塞手绢一样把它们塞进我的口袋，时间到了再把它们赎回去。我相信我是唯一一个包容它们、和它们共处、对它们极度恐惧的人，但没人知道这一点，连乔尼也不知道。我没法跟乔尼坦白这件事，这就像是要向一个伟大的人物袒露心迹一样，在那样的人物面前我们毕恭毕敬，只是为了换得一句忠告。这世界算什么，为何像一副重担压在我的肩上？我算哪门子的布道者？自从我认识他时，自从我开始钦佩他时，我就知道，乔尼身上没有一丁点儿伟大之处。一开始我对这件事茫然不解，但后来便泰然处之了，也许是因为我不准备把伟大这个特质安在先行者身上，特别是安在这些爵士乐人身上。我不知道为什么（我不知道为什么）有一段时间我曾认为乔尼身上有一种伟大的气质，而他在日复一日地与之对抗。（或者说我们在与之对抗，二者其实并不是一回事，因为，我们就直说好了，在乔尼身上好似有另外一个潜在的乔尼的灵魂，另外这个乔尼毋庸置疑地伟大；这灵魂备受瞩目，是由于乔尼缺乏那些气质，同时又在反向地召唤和吸纳这种气质。）

我这么说是因为，乔尼做过的那些企图改变生活的尝试，从流产了的自杀计划到吸大麻，都是像他那种完全没有伟大气质的人会做的事情。我觉得我反而因此对他更加敬佩，因为他不折不扣就是一只想学认字的大猩猩，一个用脸去撞墙的可怜鬼，而且他还不放弃，失败了又重新开始。

啊，但如果有一天大猩猩真的学会了认字，那将是多么惊天动地，多大的混乱，快逃命吧，我第一个逃。如果一个人毫不伟大，却这样去撞墙，那就太可怕了。他用血肉之躯的撞击来揭发我们的懦弱，他音乐的第一个乐句便将我们击得体无完肤。（如果是烈士、英雄，可以：我们认同他们。但是乔尼！）

一波未平一波又起。我不知道怎样描述更好，就像是生活里突然波澜不断，可怕或愚蠢的事情一件接一件，没有任何现成的规律可循。比如一通电话过后，住在奥弗涅[①] 的姐妹立刻就到访了，或者牛奶就倒进了火坑，或者我们从阳台看到一个孩子倒在车底下。就

①法国中部的一个大区。

像在足球队或者董事会里，命运似乎总是垂青于一些替补成员，因为正式成员总是会出岔子。那天早上正是如此，我还沉浸在快乐之中，因为了解到乔尼的情况好转了，心情也不错，就在这时，一通紧急电话打来报社，是蒂卡打的，说远在芝加哥的小蜜蜂过世了，她是兰和乔尼的小女儿，乔尼知道以后自然就像疯了一样，最好我能去给朋友们搭把手。

我又一次走上了旅馆的楼梯——作为乔尼的朋友，我已经走了那么多家旅馆的楼梯——我到的时候蒂卡在喝茶，黛黛正在打湿一块毛巾，阿特、德劳奈和佩佩·拉米雷斯正在低声讨论莱斯特·杨[①]最近的消息。乔尼安静地躺在床上，额头上敷着块毛巾，神情平静得几乎有些轻蔑。我立刻收回了慰问的表情，只是跟乔尼紧紧地握了握手，点了一支烟，等着他说话。

"布鲁诺，我这儿疼。"过了一会儿乔尼才开口，摸着胸口，"布鲁诺，她就像是我手心里的一块白色宝石。我不过是匹可怜的老马，没有人，没有人会给我擦眼泪。"

他说得那么庄严，几乎是朗诵出来的，蒂卡看着阿特，趁乔尼脸上盖着湿毛巾、看不到他们的时候，交换了一个"由他去吧"的手势。我个人很厌恶那些廉价、煽情的话，但乔尼说的话不仅让我觉得在哪里读到过，而且听上去好像是一个面具在说话，那么空洞，那么无力。黛黛拿来一块毛巾给他换上，换毛巾的时候我瞥到了乔尼的脸，他面如死灰，嘴歪着，眼睛闭得紧紧的，都闭出了皱纹。在乔尼身上，事情总是朝着不同寻常、出人意料的方向发展。佩佩·

①莱斯特·杨（Lester Young, 1909 – 1959），美国著名的爵士乐萨克斯风手和单簧管手。

拉米雷斯跟他不太熟，我猜还在因为他的丑态而惊魂未定，因为没过多一会儿乔尼就从床上坐了起来，开始不紧不慢地骂人，每个词都被咬牙切齿地咀嚼一番，然后像陀螺一样被甩出来。他诅咒了录制《恋爱中的人儿》的负责人，他没有盯着哪个人看，但他骂人的话污秽得不可思议，足够把我们像虫子一样钉死在纸板上。他这样骂了两分钟，把所有与《恋爱中的人儿》有关的人骂了个遍，从阿特和德劳奈骂起，顺带着骂了我（尽管我……），最后骂了黛黛、万能的上帝和孕育了我们所有人的婊子。这一顿骂，和那段关于白色宝石的话，说到底，就是在芝加哥死于肺炎的小蜜蜂的悼词。

又过了十五天。我的工作堆积如山，给报纸撰稿，拜访这位，又拜访那位——这就是一个评论家生活的缩影，他完全依靠别人、依靠别人的新闻和别人的决策而活。既然说到这里，一天晚上，蒂卡、宝宝·莱诺克斯和我在花神咖啡馆[1]一起，快活地哼着《你突然出现》[2]，讨论着比利·泰勒[3]的一场钢琴独奏，我们三个都觉得那场演奏非常精彩，宝宝·莱诺克斯尤其喜欢。她那天打扮成圣日耳曼德佩区的时尚风格，简直拉风得不得了。看到乔尼走进来，宝宝脸上现出二十多岁的人那种崇拜得五体投地的神情。乔尼对她视而不见，径直走过去坐到另一张桌子旁，醉得一塌糊涂，或者困得一塌糊涂。我感觉到蒂卡的手碰了碰我的膝盖。

---

①法国巴黎最古老和著名的咖啡馆，建于 1887 年，位于圣日尔曼德佩区，是法国知识分子钟爱的咖啡馆之一，萨特是这里的常客。

②创作于 1931 年的美国流行歌曲，查理·帕克在 1947 年曾演绎过这首曲子。

③比利·泰勒（Billy Taylor, 1921 – 2010），美国爵士乐钢琴手，和迪齐共事过，1946 年曾在法国居住过一段时间。

“你看，他昨晚又吸上了，也有可能是今天下午。那个该死的女人……”

我勉强回应道，黛黛和其他任何一个女人一样难辞其咎，而她自己更是其中排得上号的，因为她陪乔尼吸了几十次，哪一天要是动了念头，她随时会再吸上一回。我真想离开，一个人待着，既然我永远都无法靠近乔尼，无法在他身边伴他左右。我看到他用手指头在桌面上画画，服务生问他要喝点什么，他就呆呆地盯着人家看，最后在空中画了一支箭一样的东西，用双手抬着，似乎它奇重无比。旁边桌的那些人已经开始偷着乐，但仍然保持着克制和得体，花神咖啡馆的客人都是这样。然后蒂卡说了句“真见鬼”，坐到乔尼的桌子边，向服务生点了咖啡，然后在乔尼的耳边说起话来。不用说，宝宝急不可耐地跟我倾诉了她美好的愿望，但我含糊其辞地告诉她，今晚得让乔尼清静清静，而且好姑娘得早睡早起，最好是由一位爵士乐评论家做她的护花使者。宝宝可爱地笑了，用手抚摸着我的头发，然后我们就静静地待着，看到一位姑娘走过去，脸上用铅粉抹得雪白，画着绿色的眼影，连嘴唇也涂成了绿色。宝宝说这样打扮也不坏。我请她为我低声唱一支蓝调，她的那些蓝调曲子已经让她在伦敦和斯德哥尔摩声名鹊起。然后我们又唱起《你突然出现》，这支曲子整晚都在不停地追逐着我们，像是一条面色雪白、长着绿眼睛的猎犬。

乔尼新五重奏乐队中的两位小伙子也出现了，我趁机问了问当晚的演出怎么样。于是我才得知，乔尼差点没法演奏，但是他的演出仍然比得上约翰·刘易斯[①] 所有的灵感，假设后面这位也能有

①约翰·刘易斯（John Lewis, 1920－2001），美国爵士乐钢琴家、作曲家。

什么灵感的话，就像其中一位小伙子说的，他唯一的灵感就是在手边常备些音符，用来堵窟窿眼儿，此灵感和彼灵感可不是一回事儿。我问自己，乔尼还能坚持多久，尤其是他忠诚的听众还能坚持多久。两位小伙子说不喝啤酒，离开了，宝宝和我又一次落了单，最后我向宝宝的问题屈服了，她真是人如其名，外号起得真不错。我给她解释了为什么乔尼又病又虚弱，为什么五重奏的小伙子们对他越来越厌倦，为什么到头来总有事情会爆发，就像以前在旧金山、巴尔的摩和纽约时那样。

几位在附近演奏的音乐家进来了，其中几位走到乔尼的桌旁跟他打招呼，但乔尼看着他们的目光似乎非常遥远，表情愚蠢得可怕，眼睛湿润，眼神柔和，任由嘴唇上的口水不住地往下滴。蒂卡和宝宝两人截然不同的反应很有趣：蒂卡运用了她操控男人的技巧，微笑着稍稍解释了一下，把他们从乔尼身边支开了；宝宝则在我耳边述说着她对乔尼的仰慕，说最好能带他去一家戒毒所治疗。她说的一切都只是出于忌妒，她还想当晚就跟乔尼上床，目前看来很明显是不可能的，我于是觉得很高兴。自打认识她以来我就想过，要是能抚摸她的大腿该有多好。我差一点就向她提议去个更清静的地方喝点小酒。（她不会答应的，说实话我也不想去，因为我们俩都为着另一张桌子上的人牵肠挂肚、郁郁寡欢。）突然，毫无预兆地，我们会看到，乔尼慢慢站了起来，看着我们，认出了我们，朝我们走来（不如说是朝我走来，因为他眼中没有宝宝）。走到桌子前面时，他非常自然地弯了弯腰，像是要从盘子里拿薯条，我们会看着他在我面前跪了下来，非常自然地跪了下来，看着我的眼睛。我会看到他在哭泣，无须言语我就明白，他在为小蜜蜂哭泣。

我的反应自然就是想把乔尼扶起来，免得他难堪，结果最后难堪的是我，因为没有人比我更可笑了，努力想搬动另一个人，可他明明跪得好好的，就想保持这个姿势好好待着。于是，就连花神咖啡馆里这些绝不会一惊一乍的客人们都不怎么友好地看着我，他们大部分人还不知道这个跪着的黑人是乔尼·卡特。他们看我的眼神就像是看着一个疯子爬上神坛，扯着耶稣基督要把他从十字架上拽下来。第一个责备我的人是乔尼，他只是默默地流着泪，抬起眼睛看着我。因为他，还有客人们如此明显的谴责，我只好又回去坐在乔尼面前，感觉比他还糟糕，现在无论让我待在哪儿都行，只要别让我坐在这把椅子上，面前跪着乔尼。

接下来的事情没有那么糟糕，尽管我不知道这样持续了几个世纪，大家一直这样一动不动，乔尼止不住地流泪，一直盯着我的眼睛，与此同时，我试着给他递支烟，试着自己也点一支，试着给宝宝做了个请谅解的手势，我觉得她正要逃走，或者正忍不住要哭出来。最后还是蒂卡一如既往地解了围，她万分镇定地坐到我们桌旁，又拖了一把椅子到乔尼身边，一只手按在他的肩上，但并没有强迫他，直到最后乔尼慢慢直起身来，不再让人担心，而是变成了一个老老实实坐着的朋友，他只要把膝盖抬起几厘米，在他的臀部和地面（我差点说成了十字架，这玩意儿真会传染）之间舒舒服服地放进一把椅子。看客们终于看厌了，乔尼自己哭累了，我们也受够了被当作狗一般地看笑话。忽然之间我就理解了为什么有些画家会对椅子情有独钟，对我而言，花神咖啡馆的随便一把椅子突然都变成了一件美妙的物体、一朵花、一味香气，是城市人维护秩序和正直的完美工具。

乔尼抽出一条手绢，自觉地道了歉，蒂卡让人端来浓咖啡让他喝下去。宝宝在乔尼面前表现得棒极了，她一扫之前的蠢态，开始哼起了《玛米的蓝调》[①]，而且并不显得刻意，乔尼看了看她，微笑了起来，我觉得蒂卡和我心照不宣，同时发现小蜜蜂的形象在他的眼中慢慢淡化了，乔尼又一次同意回到我们这边陪我们待一会儿，直到他再次逃离。像往常一样，只要过了让我难堪的那一阵子，我又觉得自己比乔尼高上一等，于是我由着他，跟他东拉西扯了一会儿，但避开了太过私人的话题（我可不想看到他从椅子上滑下来，又跪下去，那太可怕了），幸运的是蒂卡和宝宝棒极了，简直像天使，而且客人们来来去去，这样过了一小时以后，到凌晨一点钟的时候，新来的客人根本就猜不到发生了什么事，其实说到底也没发生什么大事。宝宝先走了（她是个刻苦的姑娘，早上九点就要去跟弗雷德·卡伦德排练，为下午的录音作准备），蒂卡喝完第三杯白兰地以后，主动提出来要送我们回家。乔尼拒绝了，说更愿意跟我聊下去，蒂卡觉得也行，就自己走了，走之前也没忘了给所有人买单，这就是侯爵夫人的做派。乔尼和我一人喝了一杯荨麻酒，朋友们在一起偶尔放纵一下无伤大雅。然后我们开始在圣日耳曼德佩区闲逛，因为乔尼坚持说散散步对他有好处，而我不是那种会在这时丢下朋友不管的人。

我们沿着修道院路走到福斯坦堡广场，不妙的是，这广场让乔尼想起了一个玩具小影院，好像是他八岁时教父送给他的。我试着把他往雅各布路上领，怕他的回忆又让他想起小蜜蜂，但是乔尼似乎翻过了这一篇，那天晚上也始终没有再提起。他走得很

① 20 世纪初美国新奥尔良的一位叫作玛米的女士创作的蓝调歌曲，据称是第一首蓝调歌曲，广为流传。

安静，毫不迟疑（我见过他在街上跌跌撞撞，不是喝醉了，而是像某些反应失灵了）。炎热的夜晚和寂静的街道让我们觉得很惬意。我们吸着高卢烟，信步走到河边，走到孔蒂码头[①]边书摊上一个装书的黄铜箱子前。或者是偶然的回忆，或者是哪个学生吹了一声哨子，我们想起了维瓦尔第的一支曲子，开始深情又投入地唱了起来，乔尼说如果手头有萨克斯风，他整夜都要吹维瓦尔第，我觉得这也太夸张了。

“总之，我还要吹几支巴赫和查尔斯·艾夫斯[②]，”乔尼屈尊俯就道，“我不懂为什么法国人不喜欢查尔斯 · 艾夫斯。你听过他的曲子吗？那首豹子之歌，你必须得听听豹子之歌。A, leopard...[③]”

他那细弱的高音舒展开来，唱起了豹子之歌，有好几句完全不是艾夫斯的原词，乔尼才不管这些，只要他明白自己唱的是首好曲子就行。最后我们坐在栏杆上，面对着心之居所街，夜晚如此美妙，我们便又吸了一支烟。不一会儿，烟草的劲儿就把我们赶进了一家咖啡馆喝杯啤酒，光是喝啤酒这个念头就让我们兴奋不已。我几乎都没有注意到他谈了一下我的书，因为他立刻又说起了查尔斯 · 艾夫斯，说起他在自己的唱片里多次引用过艾夫斯的主题，但谁都没有发现（我猜连艾夫斯自己也没发现），他觉得这件事很有趣。但是过了一会儿我想到了书的事儿，就试着提起这个话题。

“啊，我读了几页，”乔尼说，“在蒂卡那儿，他们总是谈起你的书，但我连书名都看不懂。昨天阿特给我捎来了英文版，我才看了下。

---

①塞纳河左岸的一座码头，以旧书摊闻名。

②查尔斯 · 艾夫斯（Charles Ives, 1874 – 1954），美国古典音乐作曲家。

③英语，意为：啊，豹子……

你的书不赖。”

这种情况下我总是采取自然的态度，混合着淡淡的谦虚和一定程度的兴趣，似乎他的意见会向我——我，我这位作者——揭示我的书的真相。

“好像是从镜子里看见自己一样，”乔尼说，“我本来以为，读关于自己的书差不多就像看自己一样，但不是从镜子里看。我很崇拜作家，他们写的东西真是不可思议。关于咆勃爵士起源的那部分……”

“好吧，我不过是把你在巴尔的摩跟我说的原封不动地记了下来。”我说，也不知道自己在辩解什么。

“对啊，原封不动，但真的像是在照镜子。”乔尼固执地说。

“那又怎样？镜子可不会骗人。”

“但它漏了一些东西，布鲁诺，”乔尼说，“你的学问比我大得多，反正我觉得漏掉了一些东西。”

“漏掉的是那些你忘了告诉我的事。”我酸溜溜地答道。这只蛮猴完全有可能……（我必须跟德劳奈谈谈，不能让一番胡言乱语毁掉评论家的努力成果，那也太可惜了……“比如说兰的红裙子。”乔尼正在说。无论如何，抓住今晚的机会，把新鲜材料补充进新版，这主意倒是不错。“闻起来一股狗的骚味儿，”乔尼正在说，“这是那张唱片里唯一有价值的东西。”是的，要认真听，要快点处理这些信息，因为如果任何一段争议落到其他人手里，都有可能掀起轩然大波。“中间那只盒子，最大的那只，装满了骨灰，几乎灰得发蓝，”乔尼正在说，“像是我姐姐用的粉扑盒。”假如他没有陷入幻觉，要是他否定那些最根本的理念，否定那个广受赞誉的审美体系，就糟糕了……

“酷派爵士[1]并不是碰巧产生的，也不是像你写的那样。”乔尼正在说。注意。)

“怎么不是我写的那样？乔尼，事情确实是会变的，但是六个月前你……”

“六个月前，”乔尼说，一边从栏杆上跳下来，胳膊肘撑在栏杆上，用手撑着头歇一歇，“Six months ago.[2]啊，布鲁诺，如果那些小伙子们在的话，我现在就可以吹那支……说起来，你写的萨克斯风和性，真是别出心裁，文字游戏玩得漂亮。Six months ago. Six, sax, sex,[3]真是太美妙了，布鲁诺。真有你的，布鲁诺。”

我不打算告诉他，以他的智识年龄还无法理解这个简单的文字游戏包含了一系列深刻的理念（我在纽约给伦纳德·费泽尔[4]解释后，他表示这理念非常精准），爵士乐的色情意味自搓衣板时代[5]就开始发展了，等等。一向都是如此，在这种时刻我会忽然欣喜地意识到，评论家的存在是必要的，甚至比我在私底下、在我正在写的这些东西里愿意承认的更有必要。因为创作者们，从发明音乐的人到一批批该死的音乐家再到乔尼，都没法推断出自己的作品会有什么辩证的效果，无法追溯他们正在谱写的或者即兴创作的作品的根源，也无法看清它们的深远意义。当我因为自己不过是个评论家而闷闷不

---

①由咆勃爵士发展出来的一种爵士乐形式，20世纪50年代在美国西岸地区兴起，强调整体音乐结构，不会进行过多即兴发挥，特点是表现出忧郁及压抑的情感。

②英语，意为：六个月前。

③英语，意为：六，萨克斯，性。

④伦纳德·费泽尔（Leonard Feather, 1914－1994），英国出生的爵士乐钢琴家、作曲家，著名的爵士乐评论家。

⑤最早的爵士乐演奏中用搓衣板作为乐器。

乐的时候，我就应该想想这些。“那颗星星的名字叫作洋艾。”突然传来乔尼的声音，那是他的另一个声音，那是他……该怎么描述呢？当乔尼在他那一边的时候，该怎样描述他？他又一次逃离了，已经不在这一边了。我不安地跳下栏杆，凑过去看他。那颗星星的名字叫作洋艾，真是拿他没辙。

“那颗星星的名字叫作洋艾，”乔尼对着自己的双手说，“它的碎片将会洒落在大城市的那些广场上。六个月前。”

尽管没人看得到我，没人知道我做了什么，我还是为那颗星星耸了耸肩(那颗星星的名字叫作洋艾)。又回到了这个永恒的话题:“这是我明天正在演的曲子。”那颗星星的名字叫作洋艾，它的碎片在六个月前将会洒落，洒落在大城市的那些广场上。他逃离了，走得远远的。我气得眼睛充血，因为他不愿意跟我多谈我的书，事实上最后我也不知道他对这本书的想法。成千上万的乐迷都在读这本书，已经出了两种语言的版本（很快就会出第三种，西班牙文版，看来在布宜诺斯艾利斯，人们也不仅仅演奏探戈舞曲）。

“那裙子漂亮极了，”乔尼说，“你都不知道兰穿着有多合身，但是我最好还是喝杯威士忌再给你解释，如果你身上还有几个子儿。黛黛只给我留了三百法郎。”

他嘲弄地笑着，看着塞纳河。说得好像他自己不知道怎么搞到酒和大麻似的。他开始给我解释说黛黛是个好人（关于我的书只字未提），只给他一点点钱是出于好意，但是幸好有布鲁诺老兄在（这个人写了一本书，但是没必要提），最好还是到阿拉伯区的咖啡馆坐坐，在那儿他们只要看你像是从那颗叫作洋艾的星星来的，就会让你一个人静静待着。(这是我的想法，这时我们正从圣塞维利街这边走过，已经是凌晨两点了，我妻子通常在这个点儿醒来，排练着早餐喝牛奶咖啡时要跟我说的话。）就这样我和乔尼一起走着，我们就这样喝了一瓶廉价的劣质白兰地，然后又喝了一瓶，觉得无比快活。但是他仍然只字不提那本书，只说起了天鹅形状的粉扑盒、星星、各种零零碎碎的事物，与此为伴的是零零碎碎的句子、零零碎碎的眼神、零零碎碎的微笑、桌上滴滴答答的口水，口水黏在杯子（乔尼的杯子）上。的确，有时候我恨不得他已经死了。我猜很多人如果处在我的位置上都会这么想。但我怎么舍得让他死呢，他今晚还有话没说完，他就是死了也会继续追寻、继续逃离（我已经不知道该怎么写下去了），尽管他死了我就清净了，出名了，成为权威了，我写的论文将无人敢质疑，我死之后会被厚葬。

乔尼敲打着桌面，时不时地停下来看我一眼，做个无法理解的手势，再继续敲打。咖啡馆的老板跟我们相识已久，当年我们常跟一个阿拉伯吉他手来这儿。本·艾法早就想回去睡觉了，现在我们是唯一的顾客，这肮脏的咖啡馆里充斥着一股辣椒味儿和糕饼的油脂味儿。我也困得不行，但愤怒支撑着我，那是一股无言的愤怒，并不是针对乔尼的，更确切地说，像是纵欲了一个下午之后需要冲个澡，用水和肥皂冲刷掉身上的汗臭，明明白白地展示出最初……乔尼还在桌上孜孜不倦地敲着节拍，时不时唱两句，几乎都不看我。很有可能他再也不会提起我的书了，这也不错。世事无常，明天也许会出现另一个女人、不知哪一桩麻烦事、一场旅行。最好还是谨慎些，别让他看到英文版，跟黛黛说一声，让她帮个忙，作为对我帮的那么多次忙的回报。我的不安真是荒唐，这甚至近乎愤怒。我没指望过乔尼对这本书能有多么钟爱，其实我从未指望过他真的会去读。我很清楚这本书只限于谈论乔尼的音乐，并没有展示真实的他（但是也并没有说谎）。出于慎重，出于好意，我不想脱去他的外衣，展示出一个无可救药的精神病人，一个肮脏的瘾君子，还有他那令人扼腕的滥交生活。我强迫自己只写最关键的部分，强调那些真正有意义的内容，展现乔尼那无与伦比的音乐。我还能说什么？但他也许正是在那儿等待着我，一直都在伺机而动，暗中潜伏然后出其不意地跳出来，他那些荒唐的举动每次都让所有人遍体鳞伤。也许，他就在那儿等着我，好推翻所有那些审美理论：我对他的音乐的诠释和我有关现代爵士乐的伟大理论都以此为基础，正是它们让我在世界各地广受赞誉。

说实话，他的生活与我何干？唯一让我不安的是他放任自流，以这种我无法追随（更准确地说，不想追随）的方式沉沦下去，最终推翻我书里的结论，让我的理论轰然倒塌，证明他的音乐纯粹是另外一种东西。

“喂，刚才你说我的书里漏掉了什么东西。”

（现在要注意了。）

“漏掉了什么东西，布鲁诺？啊，对，我是跟你说过漏掉了什么。你看，不仅仅是兰的那条红裙子。还有……那里真的有骨灰盒吗，布鲁诺？我昨晚又看到它们了，在一大片地里，但是这一次埋得没那么深，有一些上面还刻着铭文和图案，一些戴着头盔的巨人，就像电影里看到的那样，手里拿着巨大的棍子。独自一人走在那些盒子中间真是可怕，我知道只有我一个人走在它们中间寻寻觅觅。别伤心，布鲁诺，你忘了写这些并没有关系。但是，布鲁诺，”他抬起一只手指，一点儿也没抖，“你忘了写的东西是我。”

“怎么会，乔尼。”

“是我，布鲁诺，是我。这不是你的错，我吹不出来的东西你也没办法写出来。你在书里说我真正的传记在我的唱片里，我知道你真是这么想的，而且听上去真不赖，但事实不是这样。如果我自己都不知道该怎么吹，吹出真实的我……你看，我也没办法让你无中生有啊，布鲁诺。这里面太热了，我们走吧。”

我跟着他来到街上，随便走了走，一只白猫从一条小巷里出来，朝我们叫唤，乔尼抚摸了它好一会儿。好吧，到此为止；我准备到圣米歇尔广场拦一辆出租车先送他回旅馆，然后我再回家。说到底，情况并没有那么糟糕；我一度害怕乔尼会创造一套理论来反驳我的书，准备先在我身上试试威力，再把它像脏水一样泼出去。可怜的乔尼正抚摸着一只白猫。说到底，他唯一的观点就是谁也无法了解谁，不过如此。所有的传记都事先默认了这一点，然后才开始写，真见鬼。走吧，乔尼，回家吧，时间不早了。

“你别以为只有这个，”乔尼说，他突然直起身子，好像看透了我在想什么，“还有上帝，亲爱的，你说的一点儿也不沾边。”

“走吧，乔尼，回去吧，时间不早了。”

“你和你那种人所谓的上帝。早上那管牙膏，你们管它叫上帝，垃圾桶，你们管它叫上帝；害怕失败，这种恐惧也叫上帝。你真有脸，把我跟这个垃圾混为一谈，你写我的童年，我的家庭，还有什么乱七八糟的祖先血统……一大堆臭鸡蛋，你坐在中间咯咯叫，对你的上帝心满意足。我才不要你的上帝，他从来都不是我的上帝。”

“我写的只是黑人音乐……”

“我不要你的上帝，”乔尼重复道，“为什么你要在书里强迫我接受他？我不知道是不是有上帝，我做我的音乐，我做我的上帝，我不需要你的创造发明，把他留给马哈利娅·杰克逊[①] 和教皇好了，你马上给我把书里的这部分删了。”

“如果你这么想删掉的话，”我没话找话说，“第二版里就删。”

“我像这只猫一样孤独，比它还要孤独得多，因为我能意识到我孤独，但它不能。混蛋，它的爪子扎着我的手了。布鲁诺，爵士不仅仅是音乐，我也不仅仅是乔尼·卡特。”

“这正是我想说的，我写了有时你演奏的样子就像是……”

“像是屁股上淋了雨，”乔尼说，今晚第一次我觉得他生气了，“我啥也不能说，一说就要被你翻译成你那肮脏的语言。如果我演奏的时候你看到天使，那可不是我的错。如果其他人张着肥嘴说我吹得出神入化，那也不是我的错。这就是最糟糕的地方，布鲁诺，这就是你在书里真正忘了写的东西，因为我一文不值，我吹的曲子，大家为之喝彩的那些曲子，一文不值，真的一文不值。”

他谦虚得奇怪，真的，在凌晨的这个点儿。这个乔尼……

“我该怎么跟你解释？”乔尼把双手按在我的肩上，把我摇过来摇过去，大喊着。(“安静！”一扇窗里传来尖叫声。)“这不是音乐多一点少一点的问题，而是另外一回事……比如说，这是小蜜蜂是死了还是活着的区别。我吹的是死了的小蜜蜂，你知道吗，但是我想吹的是，我想吹的是……所以有时候我会踩萨克斯风，大家就以为我是喝多了。当然我踩它的时候确实是醉了，毕竟一支萨克斯风是很贵很贵的。”

“我们从这边走，坐出租车送你回旅馆。”

①马哈利娅·杰克逊（Mahalia Jackson, 1911 – 1972），美国宗教歌手。

“你真是个大好人，布鲁诺。”乔尼取笑我说，“布鲁诺老兄在小本儿上记录我跟他说的一切，只是会漏掉那些重要的事。阿特给我那本书之前，我都没料到你错得这么离谱。一开始我以为你写的是别人，罗尼，或者马塞尔什么的，然后我看见书里说乔尼这个、乔尼那个的，这才发现写的是我，但我问自己：‘这人真的是我吗？’还有什么我在巴尔的摩，我在鸟园[①]，我的风格……听着，”他冷冷地补充道，“我不是不知道你的书是写给大众看的。写得不错，我的演奏风格和我对爵士乐的感受，你说得完全没问题。我们为什么要为这本书争论不休？你的书，就像是塞纳河里的垃圾，码头边漂浮着的这根稻草。我是边上那根稻草，你是那边那只上下浮动的瓶子。布鲁诺，我一直到死，也不会找到……”

我从他的胳膊下面抱住他，让他靠在码头栏杆上。他又开始神志不清了，断断续续地胡言乱语着，直吐口水。

“不会找到，”他重复道，“不会找到……”

“你想找到什么，兄弟？”我对他说，“你别去要求那些不可能的，你已经找到的就足够……”

“对你来说是足够了，”他怨恨地说，“对阿特，对黛黛，对兰……你不知道怎样才……没错，有时那扇门就要开启了……你看那两根稻草，它们碰到一起了，它们在跳舞，一根在另一根面前……很美啊，你看……那扇门就要开启了……时间……我跟你说过，我觉得，时间这回事儿……布鲁诺，我这一辈子都在我的音乐里寻觅，期待着这扇门最终能打开。但是没有，只有一条缝……我记得在纽约的时

①纽约著名的爵士酒吧，名字来自查理·帕克的绰号“大鸟”。

候，有天晚上……一条红裙子。对，红色的，她穿着漂亮极了。好吧，那天晚上我们跟迈尔斯和哈尔[1]在一起……我们连续一个小时演奏着同一支曲子，只有我们几个，真是快活……迈尔斯演奏得太动听了，都要把我从椅子里甩出去了，然后我就出了神，我闭上眼睛，飞了起来。布鲁诺，我发誓我飞了起来……然后我听到自己的声音像是从很远的地方传来，但是这声音又在我身体里面，好像是有个人站在那里似的……或者未必是个人……你看那只瓶子，这么浮上浮下，真是不可思议……不是某个人，我只是在找个参照……就像在梦里一般，是安全感，是一场邂逅，你不觉得吗？一切都消散之后，兰和孩子们在家里等着你，烤箱里正烤着火鸡，你坐上车，一路畅通，没有遇上一个红灯，一切都像桌球那样畅通无阻。在我身边的好像是我自己，但又不占一点儿地方，也不在纽约，特别是他不受时间的束缚，以后也不会……对他来说甚至没有以后……这一刻就像是永恒……我不知道这其实是一场幻觉，因为我迷失在了音乐里，只要我一吹完——因为毕竟要让可怜的哈尔过过弹钢琴的瘾——吹完的那个瞬间我就猛地坠回了自己身上……”

他温柔地哭着，脏兮兮的手揉着眼睛。我不知所措。都这么晚了，河里的湿气升了起来，我们俩一定要着凉了。

“我觉得我想游泳，但不是在水里游，”乔尼低声说道，“我觉得我想要兰的红裙子，但不要兰。小蜜蜂已经死了，布鲁诺。我觉得你是对的，你的书很棒。”

“我们走吧，乔尼，你觉得它不好我并不会生气。”

①指哈尔·罗素（Hal Russell, 1926 – 1992），美国爵士乐作曲家，萨克斯风手、鼓手，有时也演奏小号或者颤音琴。

“不是这样的，你的书挺好，因为……因为里面没有骨灰盒，布鲁诺。就像是书包嘴[①]的曲子，那么纯净。你不觉得书包嘴的曲子像是生日歌或者慈善歌吗？我们……我跟你说过我想游泳，但不是在水里游。我觉得……但就只能成为白痴……我觉得我会找到其他的东西。我不满足，我觉得那些好东西，比如兰的红裙子，甚至是小蜜蜂，都像是逮老鼠用的陷阱，我不知道怎么换种说法来解释……这种陷阱是用来安抚人的，你知道，为了让人说一切都好。布鲁诺，我相信兰和爵士乐，没错，就连爵士乐也一样，都像是杂志上的广告，光鲜亮丽，好让我觉得舒服，就像你有巴黎，有老婆，有工作……我有我的萨克斯风……还有我的性……就像书里写的那样。所有我需要的东西。陷阱，亲爱的……因为不可能没有别的东西，因为我们不可能这么轻而易举就离门这么近，离门后的那一边这么近……”

“唯一有用的就是尽力做到最好。”我说，觉得自己愚蠢到了极点。

“每年都在《节拍》[②]杂志的名人堂上拔得头筹，那是当然，”乔尼表示赞同，“那是当然，那是当然，那是当然，那是当然。”

我拉着他慢慢走到广场上。运气不错，街角停着一辆出租车。

“我尤其无法接受你的上帝，”乔尼嘟囔着，“别跟我来这一套，我不会容忍这个的。如果他真的在门的那一边，去他妈的。要是有他在那边给你开门，去那边不费吹灰之力，也就没啥了不起了。用脚把它踢穿，那才对。用拳头把它砸碎，对着门射一发，朝着门撒

①路易斯·阿姆斯特朗（Louis Armstrong, 1901－1971）的绰号。阿姆斯特朗是20世纪最著名的爵士乐音乐家之一，被称为“爵士乐之父”。

② 1934年在美国创办的爵士乐杂志。杂志名人堂的获奖者来自于读者和评论家的投票。查理·帕克获得1955年的名人堂奖。

尿撒个一天。那次在纽约，我觉得我用音乐打开了那扇门，后来我不得不停下来，那该死的家伙就迎面关上了门，只不过因为我从来不祈祷，因为我永远都不会向他祈祷，因为我不想理会这个穿着制服的门童，这个家伙开门关门就是为了讨点小费，这个……”

可怜的乔尼，接下来他还怪我不把这些东西写进书里。都三点了，我的天。

蒂卡回了纽约，乔尼回了纽约（黛黛没有跟去，她现在安安稳稳地待在路易斯·佩隆家里，他是个很有前途的长号手）。宝宝回了纽约。在巴黎的这段日子平淡无奇，我想念我的朋友们。我写乔尼的那本书到处都在大卖，很自然，萨米·普雷兹尔已经来找过我，讨论有没有可能把它改编成电影在好莱坞上映。算算法郎对美元的汇率就知道，这样的提议相当诱人。我妻子还因为我跟宝宝的那一段逢场作戏而怒不可遏，其实这事没什么大不了的，说到底，宝宝是个水性杨花的人，任何一个聪明女人都应该理解，这种小插曲动摇不了夫妻关系；况且宝宝已经跟着乔尼回了纽约，最终她还是开心地决定要跟乔尼上同一条船。她肯定已经跟乔尼一起吸上了大麻，跟乔尼一样迷失了自己，可怜的姑娘。《恋爱中的人儿》刚刚在巴黎公开发行，恰好这时我的书开始印第二版，而且有希望翻译成德文。我考虑了很久，要不要对第二版做一些修改。以我尚在职业允许范围内的诚实，我自问是否有必要展示我笔下人物性格的另一面。我跟德劳奈和霍德尔[①] 讨论了好几次，他们也确实不知道该如何建议我，因为他们都觉得我的

①指安德烈·霍德尔（André Hodeir, 1921 – 2011），法国爵士乐作曲家，《狂热爵士》杂志的撰稿人。

书非常好，而且读者们也很喜欢它现在的样子。我觉得他们俩好像都很警惕文学化倾向的危险，担心我会给书蒙上一种与乔尼的音乐毫无关联或者关联甚少的基调。至少我们大家都是这样想的。我觉得权威人士的意见（还有我自己的意见，到现在这种程度还否认这一点就实在是太傻了）充分表明第二版不用做任何改动。我细读了美国的相关杂志（其中有四则关于乔尼的报道，他又一次企图自杀，这回用的是碘酒，他洗了胃又住院三周，之后像个没事人一样重新在巴尔的摩登台演出），觉得很放心，同时乔尼的反复发作令我又惋惜又难过。乔尼对那本书没有说过一个字的坏话。比如在芝加哥的音乐杂志《顿足爵士》上，泰迪·罗杰斯采访了乔尼："你读过巴黎的布鲁诺·V 写你的书吗？""读过，写得很好。""你不想就这本书说些什么吗？""除了这本书很好之外，我没什么可说的了。布鲁诺是个很棒的小伙子。"在乔尼喝醉了或者吸了毒之后会怎么说还有待寻访，但至少没有一丝流言说他质疑我的书。我决定在第二版不做任何修改，继续展示最真实的乔尼：一个可怜的魔鬼，智力平平，但像无数的音乐家、棋手、诗人一样，被赋予天分、创造出美妙绝伦的作品，却对其重要性毫不自知（至多也就是像个拳击手知道自己很强壮而已）。我倾向于让乔尼保持这样的形象。没有必要把事情复杂化。热爱爵士乐的大众并不热衷于音乐研究或者心理分析，他们只需要现成的、片刻的满足，双手打着节拍，表情惬意、享受，让音乐拂过肌肤、渗入血液、融入呼吸，这就够了，他们不需要有任何深入探索。

先到的是电报（一份发给德劳奈，一份发给我，下午就已经出现在了日报上，配着愚蠢的评论）；二十天后，我收到了宝宝的信，她没有忘记我。“他在贝尔维尤受到了无微不至的照料。他出院的时候我去接他了。我们住在迈克·鲁索洛的公寓里，他去挪威巡演了。乔尼状态不错，尽管他不想再登台演出，但还是同意了跟28俱乐部的小伙子们一起录唱片。我跟你坦白讲，他实际上已经非常虚弱了(我和宝宝在巴黎有过一段韵事，我能明白她说这话的意思)，他晚上喘气和叫喊的样子，真让我觉得害怕。唯一让我欣慰的是，”宝宝贴心地补充道，“他死的时候很快乐，而且毫无预兆。他正在看电视，突然就倒在了地上。我听说一切来得很快。”这样推断起来，宝宝应该没在现场。确实如此。后来我们得知，乔尼当时住在蒂卡家，跟她待了五天。他心事重重，闷闷不乐，说要放弃爵士乐，要去墨西哥，在田间干活度过余生（每个人都会在什么时候动起这个念头，几乎有点无趣了），蒂卡看住他，尽力安抚他，强迫他放眼未来（这些是蒂卡后来说的，好像她和乔尼对未来有过一丁点概念似的）。乔尼当时正在看电视，觉得节目非常好笑，看着看着，他开始咳起来，突然就倒下了，诸如此类的说法。蒂卡和警察宣称乔尼当场就死亡了，我对此半信半疑（出了这么大的乱子，他们肯定急于摆脱麻烦，比如乔尼是死在蒂卡的公寓里，蒂卡手上的大麻，可怜的蒂卡的几桩前科，尸检时某些不如人意的结果：想象得出来医生会在乔尼的肝脏和肺里面发现些什么）。“你不知道他的过世让我多么悲痛，我本可以跟你说点别的事，”亲爱的宝宝善解人意地补充道，“我心情好点的时候再给你写信，给你讲讲（罗杰斯好像有意跟我签合同去巴黎和柏林演出）你应该知道的事情，因为你是乔尼最好的朋友。”然后她用了整整一页来骂蒂卡，说她不仅害死了乔尼，还是珍珠港事件和黑死病的罪魁祸首。最后小可怜宝宝总结道：“趁我还没忘，在贝尔维尤，有一天乔尼一直问起你，他思维有点混乱，以为你在纽约却不愿意去看他，他总是说起一块满是什么的地，然后他叫你的名字，还骂了脏话，可怜的人。你也知道，发烧的时候就是这样。蒂卡跟鲍勃·凯瑞尔说，乔尼临终时说的好像是：'啊，给我做个面具吧。'但是你能想象在那个时候……"我哪能想象。"他变得很胖，"信的结尾宝宝补充道，"走路的时候都在喘气。"正是像宝宝那么观察入微的人才会提到的细节。

这一切正好发生在书的第二版发行的时候。幸运的是，还有一点时间。我加足马力写了一篇讣告补充进去，还附了一张葬礼的照片，照片中有很多著名的爵士乐人。这样一来，这本传记，可以这么说吧，就完整了。也许我这话说得不合适，但很显然，这只是从审美角度做出的评论。据说还要出一个新译本，我猜会是瑞典文或者挪威文。我妻子为此激动不已。

妈妈的来信

说这是“有条件的自由”一点也不为过。每次路易斯从门房手中接过信封，只要一认出邮票上熟悉的何塞·德·圣马丁[①]像，他就知道自己又不得不越过那座桥了。圣马丁，里瓦达维亚大道，一提起这些名字，回忆中的街道和影像就历历在目。里瓦达维亚大道6500号，弗洛雷斯的老宅，妈妈，柯连特和圣马丁咖啡馆[②]，那里的咖啡汽酒有股蓖麻油的清香，朋友们有时候就在那儿等他。路易斯手里捏着信封，说了句“非常感谢，杜兰太太[③]”，便出了门。然而这一天已经不同于前一天，也不同于以往的任何一天了。妈妈的来信（即使是在那个荒谬透顶的错误刚刚发生的时候）总能骤然改变路易斯的

①何塞·德·圣马丁（José de San Martín, 1778－1850），阿根廷将军，在南美洲独立战争期间，解放了阿根廷、智利和秘鲁。

②里瓦达维亚大道、弗洛雷斯区、柯连特街、圣马丁街均为阿根廷首都布宜诺斯艾利斯的地名。

③原文为法语。

日常生活，把他像反弹的皮球一般抛回到过去。在公交车上，他又把手上这封信读了一遍，信的内容让他既气恼又困惑。简直难以置信。从以前开始，妈妈的来信就总有变换时空的能耐。路易斯处心积虑地把劳拉追到手，把她带到巴黎，好不容易把生活安排得井井有条，却总是被妈妈的来信这个无足轻重的小闹剧打乱了阵脚。妈妈的每封信都带着一个暗示，尽管只会持续一小会儿（因为他随即就会亲热地回信来保卫自己），暗示他那来之不易的自由根本站不住脚，无法自圆其说。他在别人眼里的新生活，就像一个毛线球，被一顿乱剪，碎得七零八落，又像是公交车驶过黎塞留街时背后越来越模糊的街景。留给他的只有一丁点有条件的自由，以及生活对他的嘲弄。他像是一个词，虽然夹在括号中间，被剥离了主句，却仍然是主句的注解和支持。留给他的还有焦虑，他必须立刻回信，像是要重新关上那扇门。

这个早晨不过是有妈妈的来信寄达的无数个早晨之一。他和劳拉很少谈论过去，几乎从来不提弗洛雷斯的老宅。路易斯并不是不愿意回想起布宜诺斯艾利斯，而是为了避开一些名字（那些人他们早已远远避开了，但那些名字却像实实在在的幽灵般阴魂不散）。有一天他终于鼓足勇气对劳拉说："要是过去也能像一封信或者一本书的草稿一样撕碎扔掉就好了。但是不可能，它永远都不会消失，反而会弄脏新的抄本，我觉得真正的未来就会是这样。"实际上，他们为什么不能谈论布宜诺斯艾利斯呢？家人们还都生活在那儿，朋友们时不时地寄来一张明信片，写一些亲热的话；凹版印刷的阿根廷《国家报》上印着女士们写的那么多狂热的十四行诗，都是些无意义的陈词滥调；时不时又内阁危机了，哪位少校怒发冲冠了，又出现哪位厉害的拳击手了。为什么不能跟劳拉谈论布宜诺斯艾利斯？但是她也不提过去，只是在言语间，特别是有妈妈来信的时候，偶然蹦出一个名字或者提起某样东西，它们像是已经退出历史舞台的货币，属于遥远的河对岸那早已被遗忘的世界。

“是啊，天真热。[①]”坐在他对面的工人说道。

“他哪知道什么叫热，”路易斯想，“除非他二月里哪天下午到五月大道[②]或者利涅尔斯[③]的哪条小街上走走。”

他又一次掏出信来，已经不抱任何幻想了：那段话就在那里，一目了然。它荒谬透顶，却岿然不动。他震惊得仿佛后颈挨了重重一击，而像往常一样，惊讶过后，他的第一反应是防御。不能让劳拉读到妈妈的这封信。这个失误实在太荒谬了，尽管只是名字错了而已（妈妈应该想写“维克多”，却写成了“尼克”），但是让劳拉看到了她还是会伤心的，不能做这种蠢事。时不时就会有信件在路上被弄丢，这封信要是沉入了海底该多好，现在就只能把它扔进办公室的下水道了。他猜想，过不了几天劳拉就该纳闷了：“真奇怪，你母亲的信还没到。”她从来不说你的妈妈，也许是她幼年丧母的缘故。他便会回答：“就是啊，真奇怪。我今天就去给她写封信。”然后他会写好信寄出去，并且故作惊讶，好像妈妈真的很久没来信似的。生活一切照常，上班，下了班晚上看电影，劳拉总是那么安静、贤惠，对他体贴备至。在雷恩街下公交车的时候，他猛然问自己（这不是一个

①原文为法语。

②布宜诺斯艾利斯市的一条大道，西起五月广场，东至国会广场，全长1.5公里，向西的延长线为里瓦达维亚大道。

③布宜诺斯艾利斯市48个城区中的一个，位于西部。

问题，但还能怎么说呢）为什么不愿给劳拉看妈妈的信。不是因为劳拉，也不是因为她可能会有的反应。（他不太在乎她怎么想，只要她掩饰得好？）不，他不太在乎。（真的不在乎？）首要的原因——假设还有另外的原因——暂且称为“立竿见影”的原因，就是他在乎劳拉的脸色、劳拉的态度。当然了，他在乎她其实是为了他自己，他在意的是劳拉读了妈妈的来信以后的反应对他自己到底有多大影响。他知道，在某个时刻，她的目光必将落在尼克的名字上，她的下巴会微微颤抖，然后说：“这也太奇怪了……你母亲怎么了？”他知道，纸上的名字会令她双唇颤抖，几乎哭出声来，但她会强忍着不喊出来，为了不要用双手捂住因为哭泣、因为颤抖的双唇而变了形的脸。

他在一家广告公司做设计师，上班时他又把信看了一遍。这是妈妈无数封来信中的一封，除了名字弄错的那一段，没有其他特别之处。他想能不能把字擦掉，把尼克换回维克多，仅仅是把错误纠正过来,然后把信带回家给劳拉看。劳拉对妈妈的来信总是兴致盎然。在信的末尾，或者有时在正文中间，妈妈会亲热地问候劳拉，尽管由于某种说不清的原因，信并不是写给她，而是写给他的。劳拉对此毫不在意，依然兴致勃勃，对着某个字琢磨半天。妈妈因为风湿病和近视眼，有些字写得歪歪扭扭。“我在吃散利痛，医生还给我配了点水杨酸……”妈妈的信会在画桌上放两三天，路易斯回信的当时就想把来信扔掉，但劳拉百读不厌。女人们喜欢反反复复地读信，读完正面再读反面，好像每次都能读出新的含义。妈妈的来信通常很简短，说些家庭琐事，时不时地提到国家大事（但这些事他往往已经从同样姗姗来迟的《世界报》电报新闻里看到了)。简直可以说,妈妈的信都大同小异、简洁平淡、毫无新意。妈妈最了不起的一点是没有因为儿子和儿媳不在身边而自怨自艾,也没有因为尼克的去世而痛不欲生,尽管最初她也曾经呼天抢地、以泪洗面。他们在巴黎的这两年里,妈妈从未在信中提过尼克。像劳拉一样,她连尼克的名字都不说。尽管尼克已经去世两年多了,她们俩却一直缄口不言。信写到一半突然提起尼克,简直是场轩然大波。尼克的名字居然冷不丁出现在句子里,"尼"字拖长颤抖,"克"字扭曲变形;但更糟糕的是,整个句子荒唐晦涩,唯一的可能就是妈妈老糊涂了,把时间搞混了,以为……妈妈简短地写道已经收到了劳拉的信,句号隐约可见,肯定是用在街角杂货店买的蓝墨水写的。然后她突然写道:"今天早上尼克问起你们俩了。"其余的部分还是老生常谈:身体怎么样,玛蒂尔德表妹摔了一跤跌断了锁骨,两只狗都还好。但尼克问起他们俩了。

其实要把尼克改成维克多是很容易的事,肯定是维克多问起他们俩的。维克多表哥总是这么热心。维克多比尼克多了一个字,但只要用橡皮一擦,再灵活地稍加改动就可以了。今天早上维克多问起你们俩了。维克多去探望妈妈,顺便问起他们俩,再自然不过了。

他回家吃午饭的时候,信还完好无损地藏在衣兜里。他仍然决定不告诉劳拉。劳拉微笑着在家等他,跟在布宜诺斯艾利斯那时候比起来,她的脸好像模糊了一些,似乎在巴黎灰蒙蒙的天气里褪了色、磨平了棱角。他们到巴黎已经两年多了,尼克过世才两个月他们就动身离开了布宜诺斯艾利斯,但路易斯觉得,从他和劳拉结婚的那天起，尼克其实就再也没露过面。那天下午，他跟病中的尼克谈过之后，就发誓要逃离阿根廷，逃离弗洛雷斯的老宅，逃离妈妈，逃离两只狗和他躺在病榻上的弟弟。那几个月里，他像是身在一场舞会中，被各色人等围绕着。尼克、劳拉、妈妈、狗、花园。他的誓言就像是在舞池里猛地把酒瓶砸得粉碎，四处飞溅的碎玻璃让舞会戛然而止。那段时间一切都那么突然：他办了婚礼，毅然决然地启程，完全不考虑妈妈的感受，把所有的责任抛诸脑后，任由朋友们错愕不已。但他毫不在乎，甚至对劳拉流露出的不满也不以为意。妈妈孑然一人待在大宅里，和她做伴的只有两只狗和一瓶瓶药丸，还有衣柜里挂着的尼克生前的衣服。都留在那儿吧，一切都见鬼去吧。妈妈似乎接受了现实，不再为尼克哭泣，开始像以前一样在家里忙前忙后，老人们从死亡的悲痛中恢复过来的时候都是这么冷静、干脆。但路易斯不愿回忆告别的那个下午：行李箱，停在大门口等候的出租车，身后满是童年回忆的宅子，尼克和他过去玩打仗的花园，两只又呆又蠢的狗。现在他几乎已经能够忘记这一切了。他去广告公司上班，画海报，回家吃午饭，喝一杯劳拉微笑着递过来的咖啡。他们俩经常去看电影，去林中散步，对巴黎越来越熟悉。他们运气不错，生活顺利得让人惊讶，工作还过得去，住的公寓赏心悦目，常有好电影看。然后妈妈来信了。

他不讨厌妈妈的来信。如果没有这些信，他就会觉得自由重重地砸在身上，让他无法承受。妈妈的来信像是捎来了无言的谅解（但是他没做什么需要原谅的错事），像是搭起一架桥让他有路可走。妈妈的来信让他为妈妈的健康时而提心吊胆、时而松一口气，提醒他家里的经济状况，提醒他有一种秩序井然的常轨如影相随。他痛恨这种常轨是因为劳拉，因为她虽然人在巴黎，但妈妈的来信总让她显得遥远疏离，仿佛她是这种常轨的帮凶。而他自己，自从那天晚上在花园里再次听到了尼克低声压抑着的咳嗽声之后，就已经摒弃了这种常轨。

不，不能把信给她看。改名字太不光明正大了，他又无法容忍劳拉读到妈妈写的那行字。妈妈真是一时糊涂。他仿佛看到她拿着一支破钢笔，费力地写着信，信纸歪着，她眼神又不好。这个离谱的错误很容易在劳拉心里生根发芽。还是把信扔了更好（他当天下午就扔了），晚上还可以和劳拉去看电影，尽早忘记维克多问起过他们俩的事，即使是那么彬彬有礼的维克多表哥。无论如何都得忘了这件事。

魔鬼般阴险的、垂涎欲滴的汤姆猫等待着老鼠杰瑞掉进陷阱。可杰瑞不但没有中计，反而让汤姆倒了大霉。[①] 路易斯买了冰激凌，他们一边吃一边漫不经心地看着电影片头的彩色动画。电影开场时，劳拉往椅子里陷了一点，把手从路易斯的臂弯里抽出来。他又一次觉得离她无比遥远，谁知道他们心里看的是不是同一部电影，尽管他们过后会走在街上或者躺在床上讨论。他问自己(这不是一个问题，但还能怎么说呢）尼克追求劳拉、两人在电影院约会时，他们是否也是这样，近在咫尺却仿佛远在天边。也许他们去过弗洛雷斯所有的电影院，足迹遍布拉巴耶[②] 那条愚蠢的步行街，狮子，敲锣的运动

①动画片《猫和老鼠》中的场景。《猫和老鼠》是米高梅公司于 1939 年推出的一部动画，经久不衰。

②布宜诺斯艾利斯市中心的一条步行街，被称为“电影之街”。

员，卡门·德·比尼约斯[1] 翻译的西班牙语字幕：“本片人物纯属虚构，如有雷同……”然后，当杰瑞终于摆脱了汤姆，芭芭拉·斯坦威克[2]或者泰隆·鲍华[3] 登场时，尼克的手悄悄放到劳拉的大腿上（可怜的尼克，那么害羞，那么痴情），然后他们俩不知道为什么就会觉得犯了错。路易斯完全有把握他们没犯什么决定性的错误，虽然他没有最确凿的证据，但劳拉跟尼克迅速疏远，足以证明这次恋爱不过是一场幻影，是街坊邻居茶余饭后编排出的谈资和消遣。而他那次只是突发奇想去了尼克常去的舞厅、凑巧去给他捧场而已，却有了这样的结局，就更加能够证明这一点。也许是因为开始得太容易，后面的事情都出人意料地艰难、苦涩。但他现在不想回忆，整场闹剧早就结束了，孱弱的尼克因为肺结核过世，死亡成了他忧伤的避难所。奇怪的是劳拉从来不提尼克的名字，似乎尼克不是已故的小叔子，也不是妈妈的儿子。所以他也不提。一开始路易斯觉得如释重负，觉得终于摆脱了妈妈的哭闹、大家混乱的相互责怪、艾米略叔叔和维克多表哥的多管闲事（维克多今天早上问起你们俩了），他们的婚礼办得仓促，所有的仪式不过是打电话叫了一辆出租车去花三分钟办了个手续，办事员衣领上的头皮屑星星点点。他们躲在阿德罗格[4]的一家旅馆，远离妈妈和所有好事的亲戚。路易斯一度很感激劳

①卡门·德·比尼约斯（Carmen de Pinillos），活跃于20世纪初期的秘鲁作家、翻译家。
②芭芭拉·斯坦威克（Barbara Stanwyck，1907－1990），好莱坞著名演员，曾四度获得奥斯卡最佳女主角奖提名，1999年被美国电影学会评为“百年来最伟大的女演员”第十一位。
③泰隆·鲍华（Tyrone Power，1914－1958），美国著名影星，20世纪30年代到50年代出演了许多电影，通常是风流霸道或浪漫多情的角色。
④阿根廷城市，距离布宜诺斯艾利斯市23公里。

拉从未提起过那个莫名其妙地从男朋友变成了小叔子的可怜木偶的名字。但是如今，隔着大洋、死亡和两年的时光，劳拉仍然不提这个名字，他也因为懦弱而屈服于她的沉默，但他明白，这缄默深处蕴含的责备、懊悔，还有背叛的雏形，一直让他心中郁结。他不止一次明确地提到过尼克，但他知道这无济于事，因为劳拉总是岔开话题。慢慢地，这个名字变成了谈话的禁区，让他们离尼克越来越遥远。尼克的名字和关于尼克的回忆都像是被裹进了一团肮脏黏稠的棉花里。在另一边，妈妈也沉默不语，她的配合令人费解，每封信都在说狗、玛蒂尔德、维克多、水杨酸、退休金。路易斯曾经期待妈妈哪怕提一次儿子的名字，好和他一起面对劳拉，给她温柔的压力，让她接受尼克虽死犹存的事实。不是因为这个事实有多重要，尼克是死是活没人关心；但只有把对他的回忆埋葬在过去的坟墓里，才能确凿地证明劳拉真的已经完全把他忘了。只要坦荡地说一声他的名字，虚无缥缈的梦魇就会立即散去。但劳拉坚持不说尼克的名字，总是在那个名字已经自然地滑到嘴边的关键时刻缄口不语，每当这时，路易斯便感到尼克仍在弗洛雷斯的花园里，能听到他小心翼翼的咳嗽声；他正在准备一份无与伦比的新婚礼物，在他曾经的女友和曾经的兄弟正度着蜜月时，送去他自己的死讯。

一周以后，劳拉纳闷妈妈还没有来信。他们推测了常有的几种可能，决定路易斯当天下午就写信问问情况。妈妈的回信没有令他过于不安，但早上下楼时他察觉到，他更想让门房把信交到他手里，而不是送上三楼来。两周以后，熟悉的信封又到了，邮票的图案是布朗上将[1]的头像，背景是伊瓜苏瀑布[2]。他先把信封藏了起来，才走到街上，跟从窗口探出身来的劳拉告别。他转过街角才把信拆开，自己都觉得荒唐。波比离家出走了，回来没几天就开始挠痒，肯定是被哪只癞皮狗传染了。妈妈准备咨询艾米略叔叔的一位兽医朋友，因为不想波比的病传染给大黑。艾米略叔叔觉得应该用苯酚给它们泡澡，但是她已经没力气这么折腾了，还是让兽医开一些除虫粉或者可以混在狗粮里的药比较好。邻居太太家有只癞皮猫，谁知道猫的病会不会通过铁丝网传染给狗呢。但是他们怎么会对这样老掉牙的话题感兴趣呢，尽管路易斯一直都喜欢狗，小时候还让狗睡在他的床脚，相反尼克就不那么喜欢。邻居太太建议给它们撒些滴滴涕，因为有可能不是疥疮，狗满街乱跑，会得各种传染病。比如在巴卡伊街角停着的那个马戏团，里面有各种奇怪的动物，有可能空气里就有细菌。妈妈总是受到各种各样的惊吓，一会儿是女裁缝的孩子被滚烫的牛奶烫伤了手臂，一会儿是波比得了疥疮。

接着是一个蓝色星星状的笔迹（钢笔尖挂在了纸上，证明妈妈写得不耐烦了），然后她忧愁地感叹了一番，尼克好像也要去欧洲，就留下她孤零零一个人了，但孩子们像燕子一样，总有一天要离巢，这就是老年人的宿命，一边凑合着喘气，一边得学着接受现实。邻居太太……

有人推了路易斯一下，还带着马赛口音匆匆跟他说了一段关于权利和义务的大道理。他模模糊糊听懂了，是自己挡住了狭窄的地铁口，堵了别人的路。这一天接下来的时间里他什么事也干不下去，

---

①阿根廷海军上将，出生于爱尔兰，定居于阿根廷，是阿根廷海军的奠基人物。

②位于巴西与阿根廷交界处的瀑布，是世界三大瀑布之一。

他给劳拉打了电话说不回去吃午饭，在广场的长凳上坐了两个小时，翻来覆去地读妈妈的信，问自己该拿妈妈的毛病怎么办。无论如何，要先跟劳拉谈谈。为什么（这不是一个问题，但还能怎么说呢？）要继续瞒着劳拉呢。他不能再装作这封信也丢了；而且，这次他没法半信半疑地认为妈妈搞错了，把维克多写成了尼克，认为妈妈因为心痛而老糊涂了。这两封信绝对就是劳拉，是劳拉身上将要发生的事。不仅如此：它们也是劳拉身上已经发生的事，从他们结婚的那天起，阿德罗格的蜜月，在来法国的邮轮上爱得死去活来的那些夜晚。一切都曾是劳拉，也都将是劳拉，因为妈妈胡言乱语说尼克想要来欧洲。她们前所未有地沆瀣一气，妈妈提起尼克，是说给劳拉听的，通知她尼克要来欧洲了。妈妈只是干巴巴地说了个“欧洲”，因为她心里很清楚劳拉明白，尼克会在法国、在巴黎、在他家上岸，来到这个精心地假装已经忘了这个可怜鬼的家里。

他做了两件事：写信给艾米略叔叔，说一下妈妈的症状让他很担心；请他马上去看看她，证实情况并且采取必要的措施。他喝了一杯又一杯白兰地，然后步行回家，为的是在路上能好好想想怎么跟劳拉解释，因为他终究还是要跟劳拉谈谈，告诉她真相。他走过一条又一条街道，发现自己很难置身现实，接受半个小时后即将发生的事情。妈妈的来信把他塞回现实，埋进现实，让他窒息。在巴黎的两年，他生活在和平的谎言中，快乐之门总是向外面的世界打开，由各种消遣和演出勉强维系着，两人被束缚在被动的约定之中，在身不由己的沉默里渐行渐远……是的，妈妈，是的，可怜的波比长了疥疮，妈妈。可怜的波比，可怜的路易斯，那么多疥疮，妈妈。弗洛雷斯俱乐部的那场舞会，妈妈，是因为他坚持要我去，我才去的，我猜他是想炫耀他的战利品。可怜的尼克，妈妈，那时谁都想不到他得了病，他干咳着，穿着一身双排扣的条纹西服，头发梳得油光可鉴，戴着那么高档的人造丝领带。大家聊会儿天，寒暄一阵，怎么能不跟弟弟的女朋友跳支舞呢。啊呀，女朋友还谈不上，路易斯，我猜我可以叫您路易斯，是吗。当然了，尼克怎么还不带您去家里认识认识呢，妈妈一定会很喜欢您的，尼克这家伙太笨啦，居然都还没有问候过您的父亲。对啊，他一向这么腼腆。我也一样。您笑什么？您不相信吗？但我其实可不是看上去这样啊……很热是吧？说真的，您一定要来家里，妈妈会很高兴的。我们家就三个人，还有两只狗。喊，尼克，你真没种，居然都瞒着我们，你这个骗子。我们俩之间就是这样，劳拉，我跟他没什么不能说的。拜托你让让，我要跟这位小姐跳这支探戈。

简直就是小事一桩，易如反掌，那真真切切的发油和人造丝领带。她跟尼克分手是由于错误和盲目，是因为那孬种兄弟当时让她昏了头。尼克不会打网球，拜托，他什么都不会，只会埋头研究象棋和集邮。尼克那可怜的小子沉默不语，他慢慢地沉没，躲在院子的一角，喝着咳嗽糖浆和苦涩的马黛茶休养。当他病倒了、必须卧床休息的时候，公园村的体操击剑馆正好有场舞会。谁都不会错过这样的机会，更别提还有埃德加多·多纳托[①] 的乐队要演奏。妈妈完全支持我带劳拉去散散心，她第一次来家里的那个下午，妈妈就把她当作自己的女儿了。妈妈，你想想，那孩子正生着病，要是有人给他传话，他一定会起疑心的。像他这样的病人最会胡思乱想，他肯定会以为

①埃德加多·多纳托（Edgardo Donato, 1897－1963），作曲家、指挥家、小提琴家，是阿根廷探戈音乐的核心人物。

我在追劳拉。最好别让他知道我们去了体操馆。但是我没这么跟妈妈说，家里谁也不知道我们俩在一起了。当然要等到病人好一点再说。时间就这样流逝，舞会，两三场舞会，尼克的X光片，然后是小不点拉莫斯的汽车，碧芭家的狂欢夜，彻夜畅饮，开车到溪边的小桥，月光，月亮像是天空酒店的一扇窗，劳拉在汽车里半推半就，一点点酒精，灵活的双手，热吻，压抑的叫声，羊驼毛毯，一切又恢复平静，抱歉的微笑。

劳拉给他开门时，她的微笑几乎与以前的一模一样。晚饭有烤肉、沙拉和布丁。十点钟来了几个邻居，也是他的牌友。夜深了，他们准备上床睡觉的时候，路易斯才拿出信，放在床头柜上。“我一直没跟你说，因为不想你难过。我觉得妈妈……”

他背对她躺下，静静地等待着。劳拉把信放回信封里，关了夜灯。他感觉到她贴着自己，不是完全贴着，但他听得到她在他耳边的呼吸声。

“你发现了吗？”路易斯控制着声音说道。

“嗯。你不觉得她可能写错名字了吗？”

只能是这样。卒子前进一步。前进一步。完美。

“也许她想写的是维克多。”他说，慢慢握住了拳头，指甲掐进掌心。

“哦，对啊，很有可能。”劳拉说。马走日，不动声色落在卒子的斜后方。

两人都假装睡着了。

劳拉也同意只让艾米略叔叔知道这件事，日子一天天过去，他们便没有再提起。每天回到家，路易斯都等待着劳拉表现出什么异常的言行举止，等待着静默的完美表象下露出一丝破绽。他们一如往常地去看电影，一如往常地做爱。对于路易斯来说，劳拉早就不再神秘，他唯一不能理解的是，他们两年前向往的那种生活如今完全没有实现，她为何仍然向生活屈服了。现在他了解了，真正发生冲突的时候，他不得不承认劳拉跟尼克一模一样，他们总是消极抵抗，只是出于惯性才采取行动，他们的惰性强大得可怕，不愿作为，对生活一无所求。跟他比起来，尼克其实跟她更般配，从他们结婚的那天起，在向蜜月和激情软弱地妥协之后，从最初的几次各执己见开始，两人就明白了。现在劳拉又开始做噩梦了。她常常做梦，但噩梦和普通的梦不一样。当她躁动不安、胡言乱语、像动物般低吼时，路易斯就知道她做的是噩梦。她的噩梦自他们上船时就开始了，那时他们还谈起尼克，因为尼克刚过世几个星期他们就启程了。一天晚上，他们想起了尼克，却欲言又止，日后两人之间的沉默那时已经初现端倪。那晚她嘶哑的呻吟把他吵醒了，她双腿剧烈地痉挛，突然大叫一声，像是某种可怕的东西，比如一团巨大、黏稠的东西，在梦中砸向她。她声嘶力竭，全身和双手都在挣扎着反抗，全力反抗。他摇醒她，哄她，给她端来一杯水，她抽泣着喝了水，因为梦中的骚扰而心神不宁。她说自己什么都不记得了，只知道梦里很恐怖，却无从说起。最后，她带着自己的秘密沉沉睡去。路易斯很清楚她是记得的，因为她刚刚面对的是潜入她梦中的人，谁知道他戴了什么可怕的面具，把劳拉吓得晕头转向，又或许是徒劳的爱令她目眩，瘫倒下来抱住了他的膝盖。他一如既往地递上一杯水，默默地等她再躺回枕头上。也许哪天她的恐惧能够战胜自尊，如果那是自尊的话。也许那时他就能跟她并肩作战。也许他们还有机会可以挽回，也许生活能真正焕然一新，不再是装模作样的微笑和法国电影。

坐在画桌前，被一些不相干的人围绕着，路易斯想到了对称的概念以及把这种绘画技巧应用于生活的方式。既然劳拉不提这茬，一副满不在乎地等待着艾米略叔叔答复的样子，就该轮到他自己跟妈妈谈谈了。他的信中只提到了最近几星期的琐事，最后在附言里纠正道："维克多说要来欧洲。应该是旅行社的广告起作用了，现在人人都想出门旅行。告诉他给我们写信啊，他需要什么资料我们都可以寄给他，从现在起我们家就是他的家。"

艾米略叔叔马上就回信了，语气生硬。这个亲侄子让他十分厌恶，在给尼克守灵的时候就被他归为无耻之徒了。虽然他没有跟路易斯正面交锋，但已经在类似的场合委婉地表明了他的立场，比如不去送他上船，连着两年忘记了他的生日。如今他惜字如金地回信，也仅仅为了履行职责，毕竟他是妈妈的小叔子。妈妈身体无恙，但是寡言少语，鉴于最近几年遭遇了那么多不幸，她现在这样完全可以理解。看得出来她一个人待在弗洛雷斯的老宅里非常孤独，那是自然，她一直都跟两个儿子相依为命，现在却孤身一人待在满是回忆的大房子里，换了谁都不会开心。至于那些奇怪的话，艾米略叔叔进一步诊断说，由于情形微妙，需要眼见为实。但是很抱歉，他也没有搞清楚，因为妈妈不想多聊，甚至只是在客厅里接待了他，以前她从不这样对待小叔子。当他旁敲侧击地建议她去医院看看时，妈妈回答说，除了风湿病，她的身体非常好，只是这些天来要熨那么多男士衬衫，把她累坏了。艾米略叔叔很好奇是些什么衬衫，但她只是点了点头，递上雪利酒和巴格利饼干。

显然，他无功而返了。妈妈没有给他们太多的时间来讨论艾米略叔叔的信，四天以后，他们收到了一封挂号信，尽管妈妈很明白寄到巴黎的航空信用不着挂号。劳拉给路易斯打电话，让他赶紧回家。半小时之后路易斯到了家，发现她重重地叹着气，茫然地盯着桌上的一束黄花。信就躺在壁炉的搁板上，路易斯看完后把它放回了原处，坐到劳拉身边，等她说话。她耸了耸肩。

“她疯了。”她说。

路易斯点燃了一支烟。烟雾呛得他直流眼泪。他明白了棋局还在继续，现在轮到他了。但这局棋有三个人、也许有四个人一起玩。现在他确定妈妈也坐在棋盘前。他从沙发上慢慢滑落下来，任由自己的双手像一张无用的面具般捂住脸。他听到劳拉在哭泣，楼下门房的孩子们边跑边高声喊叫。

夜幕降临，仿佛带来忠告。尽管内心没有欲望，他们的身体仍然机械地纠缠在一起。随后的梦沉重而寂静。他们又一次达成了沉默的共识：早晨他们谈论天气、圣克卢[①]的案子、詹姆斯·迪恩[②]。妈妈的信仍然在搁板上，喝茶的时候不可避免地要看到它，但路易斯知道，他下班回来的时候就不会再见到它了。劳拉勤劳起来高效而冷酷，会把这些抹得不留痕迹。一天、两天、三天过去。一天

①法国巴黎的郊区之一。

②詹姆斯·迪恩（James Dean, 1931 – 1955），美国著名演员，24 岁时因车祸逝世。他塑造的形象代表了同时代青年的反叛与浪漫。

晚上他们因为听了邻居们讲的笑话、看了费南德尔[①]的表演而乐不可支。他们约好要去看一场剧，去枫丹白露过周末。

画桌上慢慢堆积起了妈妈的信和信里那些相互对应的无用信息。船确定在十七号周五早上到勒阿弗尔港[②]，专列火车在十一点四十五分到达圣拉扎尔站[③]。周四他们去看了一场戏剧，玩得很开心。两天前的晚上，劳拉又做了噩梦，但他没有费神去端水给她，而是背对着她躺着，让她自己平静下来。后来她就安稳地睡着了，白天又忙着裁一条夏天穿的连衣裙。他们谈到把冰箱的账单付清以后，要买一台电动缝纫机。路易斯在床头柜的抽屉里发现了妈妈的信，于是把它带去了办公室。尽管知道妈妈提供的日期肯定是正确的，但他还是打电话问了航运公司。这是唯一可以确定的，因为剩下的一切都匪夷所思。更别提艾米略叔叔那个白痴了。还是写信给玛蒂尔德比较好，即使他们之间再生疏，她也会理解事关紧急，需要采取措施把妈妈保护好。但是（这不是一个问题，但还能怎么说呢）真的需要保护妈妈吗？要保护的只是妈妈吗？他想过要打个长途电话跟妈妈聊聊，但又想到了雪利酒和巴格利饼干，只好耸了耸肩。写信给玛蒂尔德也来不及了，其实还来得及，但也许还是等到十七号星期五那天比较好，然后再……白兰地已经不起作用了，他无法停止思考，就连思考的时候不害怕也做不到。他越来越清楚地记起了在布宜诺斯艾利斯的那最后几个星期里，妈妈在尼克葬礼之后的面容。他当时以为那是痛苦的表情，现在看来是另一回事，像是心存怨恨的怀疑，像是动物预感到要

①费南德尔（Fernandel, 1903 – 1971），法国著名喜剧演员。

②法国港口城市，在大西洋沿岸。

③位于巴黎，是巴黎第二繁忙的火车站。

被遗弃在远离故土的荒地里。现在他开始真正看清妈妈的面容。现在他才真正看到妈妈是怎样度过那些时日的，所有的亲戚都来看她，悼念尼克，晚上陪着她，他和劳拉也从阿德罗格回来陪她，给她做伴。他们只能待一小会儿，因为随即艾米略叔叔，或者维克多，或者玛蒂尔德就出现了，全对他们冷若冰霜、严词斥责，他们俩新婚宴尔，但是尼克，可怜的孩子，尼克，整个家族都因为之前发生的那件事、因为阿德罗格而愤愤不平。不用怀疑，大家就是这样齐心协力、迫不及待地把他们送上了最早的一班船。那劲头就好像是他们凑份子买的船票，还要亲热地送他们上船，递上礼物，含泪挥别。

身为人子的义务自然会督促他马上写信给玛蒂尔德。在第四杯白兰地下肚之前，他还能够考虑这类事情。喝到第五杯，他再想的时候却笑了起来（他步行穿过巴黎，为的是能一个人好好想清楚），他嘲笑自己作为儿子的义务，似乎儿子有什么作业[①]一样，比方说小学四年级神圣的作业，必须交给肮脏的四年级那神圣的女老师。他作为儿子的义务不是写信给玛蒂尔德。为什么（这不是一个问题，但还能怎么说呢）要装作是妈妈疯了呢？唯一能做的就是什么都不做，等日子一天天过去，除了星期五。那天，当他一如往常地跟劳拉告别、说因为要赶做几张海报所以不回家吃午饭时，他完全能预料到即将发生什么，就差加一句“要是你愿意的话我们一起去吧”。他躲在车站的咖啡馆里，不仅是心机使然，更是为了占据一点点优势，可以观察别人又不暴露自己。十一点三十五分，他认出了劳拉的蓝裙子，远远地跟着她，看到她查了时刻表，咨询了一个工作人员，

①西班牙语中，“deber”一词既有“义务”也有“作业”的含义。

买了一张站台票，走进站台。那里已经聚集了一群人，大家都在等待。他站在一节堆满了水果箱子的车厢后，观察着劳拉，她好像在犹豫是待在出口附近还是进到站台里面去。他不动声色地看着她，像是在观察一种可能会做出有趣举动的虫子。火车没过多久就到站了，劳拉融入了人群，大家都向车窗涌去，寻找自己在等的人。车厢里的人们叫喊着，伸出手挥舞着，仿佛快要淹死在车厢里面。他绕过那块地方走进站台，那儿堆着更多的水果箱子，油迹斑斑。从他站的地方可以看到出站的旅客，他将会看到劳拉一脸轻松地走过去，劳拉的表情难道不该是一脸轻松吗？（这不是一个问题，但还能怎么说呢。）当最后几个旅客和门卫都离开以后，他就可以大摇大摆地离开，走到阳光照耀下的广场上，在街角的咖啡馆喝一杯白兰地。当天下午他就要给妈妈写信，只字不提这荒谬的插曲（但它并不荒谬），然后他会鼓起勇气跟劳拉谈谈（但他不会有勇气跟劳拉谈）。无论如何，一定要去喝白兰地，这是毫无疑问的，其他的都见鬼去吧。他看着一群又一群人经过，痛哭着、高喊着拥抱对方，一阵阵廉价的情感和欲望，骨肉分离的痛苦，如胶似漆的甜蜜，带着大包小包的人们，统统扫过月台，像是游乐场里的旋转木马……到啦，到啦，好久不见，你晒黑了，伊维特，对啊，太阳晒得厉害，孩子。要是为了好玩而故意做蠢事，寻找像尼克的那个人，那么从身边过去的那些人中，有两位应该是阿根廷人，从他们的发型、外套和脸上那副用来掩饰初到巴黎浑身不自在的自负神情就可以看出来。要论和尼克的相似程度，有一位特别像，另外那位就不像。其实这位也不怎么像，一眼就可以看出他的脖子太粗，腰身也更宽，但他寻找相似的人仅仅出于好玩。像尼克的那个人刚刚走过去，正在走向出口，左手拎着一只箱子，尼克跟那位一样是左撇子，也有点驼背、削肩。劳拉一定跟他想得一样，因为她正从背后盯住那个人，脸上的表情他再熟悉不过，她正是带着这样的表情从梦里惊醒，在床上蜷缩成一团，出神地凝望空气。现在他明白了，正是那个远去的背影在梦中让她尖叫、让她挣扎，现在她盯着他，像是一种难以名状的复仇。

两人都开始寻找他和尼克的共同点，那人自然是个陌生人，当他把箱子放到地上，找出车票交给检票员的时候，他们看到了他的正脸。劳拉先走出车站，路易斯和她保持着距离，看着她消失在公车站台上。他走进街角的咖啡馆，瘫倒在一张长椅上。他记不起自己后来有没有点些什么喝的，他这么口干舌燥是不是因为喝了廉价白兰地。他整个下午都在画海报，一刻不停。他时不时地想起来要给妈妈写信，但直到下班也没有写。他步行穿过城市，到家时在门厅遇到了门房，跟她聊了一会儿。他巴不得留下来跟门房还有邻居们一直聊下去，但是他们纷纷都回了家，晚饭的时间快到了。他慢慢走上楼（其实他上楼总是很慢，为了不要伤到肺，不要咳嗽），到三楼的时候他没有按铃，而是先倚在门边稍事休息，其实是为了听听家里有什么动静。然后，他和往常一样短促地敲了两下门。

“啊，是你啊，”劳拉边说边贴上凉凉的面颊，“我还想着你是不是要加班了。肉应该煮过头啦。”

肉没煮过头，他却毫无胃口。如果这时他有勇气问劳拉为什么去了车站，也许咖啡和香烟还能尝出一些滋味。但劳拉说她一天都没出门，她似乎觉得有必要撒谎，或者是在等他嘲弄一下这个日期和妈妈的老糊涂。他搅动着咖啡，双肘撑在桌布上，又一次避而不谈。在那么多冷漠的亲吻、那么多漫长的沉默里，尼克无处不在，他和她的世界里到处都是尼克，相比之下，劳拉的谎话已经无足轻重了，为什么（这不是一个问题，但还能怎么说呢）不在桌上再放一套餐具呢？为什么不离开？为什么不握紧拳头砸到那张脸上？那张脸痛苦又悲伤，在烟雾中扭曲变形，像在两股水流中来回荡漾，像妈妈的面容那般一点一点地堆积着仇恨。他也许就在房间里，或者像他刚才一样倚在门边等待着，或者已经躺在了床上，他从来都是这块地盘的主人，正是在这洁白柔软的床单上，他无数次闯入劳拉的梦中。他躺在床上等待着，吸着他的烟，微微地咳嗽着，小丑般的脸上带着微笑，那是他临终前的脸，那时他全身的血管都已经坏死了。

他走进房间，坐到画桌前，打开了台灯。他不需要像往常一样，为了回信能够得体，在动笔之前再读一遍妈妈的信了。他直接开始写信，亲爱的妈妈。他写道："亲爱的妈妈。"他扔掉纸团，再写："妈妈。"他觉得整间屋子像拳头一样越握越紧。一切都越来越狭窄、越来越令人窒息。这套公寓两个人住应该足够了，本来就是为两个人住而准备的。他抬起头（刚刚写下：妈妈），劳拉正站在门边看着他。路易斯放下笔。

"你不觉得他瘦了很多吗？"他说。

劳拉做了一个手势。两行晶亮的泪水顺着面颊滑落下来。

"有点儿，"她说，"人是一直在变的……"

为您效劳

献给玛尔塔·莫斯格拉

在巴黎她给我讲述了弗朗西内太太的故事

最近这阵子，我生火一直有点费劲。火柴跟以前不一样了，现在要头朝下放着，等火苗慢慢旺起来；柴火也是湿的，我让弗雷德里克给我拿干一点的树枝来，说了那么多次都白搭，闻起来总是潮乎乎的，怎么也点不着。自打我的手开始抖，无论干什么都更费劲了。以前我两秒钟就能把床铺好，床单平整得就跟刚刚熨过一样。现在我得在床边来来回回地转圈，然后博尚夫人就生气了，说她按小时付钱给我，我却东拉一下西扯一下浪费时间。都怪我的手抖，还要怪现在的床单又硬又厚,跟以前不一样了。勒布伦医生说我没啥毛病，只要保重身体，不要着凉，早点就寝。"您时不时会喝杯红酒，对吧，弗朗西内太太？咱们还是少喝点吧，还有您中午喝的保乐茴香酒也得减量。"勒布伦医生很年轻，他的那些个好主意对年轻人是管用的。

在我年轻那会儿，没人会相信喝红酒还能有坏处。而且我喝酒从不动真格的，不像三楼那个杰梅茵，或者木匠菲利克斯那个粗人那样。不知道为啥，这会儿我想起了可怜的贝贝先生，那天晚上他请我喝了杯威士忌。贝贝先生！贝贝先生！在罗塞夫人公寓的厨房里，举办宴会的那个晚上。那个时候，我还经常出门打零工，一家一家地揽活干，比如在伦菲尔德先生家，教钢琴和小提琴的姐妹家，还有好多人家，都是好人家。现在我只能一周去博尚夫人家三次，估计这活也干不了多久了。我的手抖得这么厉害，博尚夫人对我有意见了。她不会再向罗塞夫人推荐我，罗塞夫人也不会再来找我，贝贝先生也不可能再在厨房碰见我了。都不可能了，尤其是贝贝先生。

罗塞夫人那次来我家里的时候天已经晚了，她只待了一小会儿。我的房子其实只有一个房间，但因为里面还有间厨房，而且乔治过世的时候我不得不把家具卖了，便空出来好大一块地方，所以我觉得有权利把这儿叫作我的房子。好在家里还有三把椅子，罗塞夫人脱掉手套坐下来，说房间有点小但是挺温馨。在罗塞夫人面前我不觉得紧张，但我如果穿得再体面点就好了。她突然就来了，也没打个招呼，我身上还穿着教音乐的姐妹家送我的那条绿裙子。罗塞夫人啥也没看，我是说，她一看到什么就马上移开目光，像是要甩掉刚看到的东西。她稍微皱了下鼻子，大概她不喜欢洋葱味儿（我挺喜欢吃洋葱的）或者小可怜米诺奇的尿骚味儿。但罗塞夫人的到来让我很高兴，我也跟她这么说了。

“啊，是啊，弗朗西内太太，能找到您我也很高兴，因为我忙于……”她皱了皱鼻子，似乎她忙的那些事情闻起来很臭，“我想请您……这么说吧，博尚夫人觉得您周日晚上也许有空。”

“那是自然，”我说，“周日做完弥撒以后，我还有啥可干的？也就是到古斯塔夫家待会儿，然后……”

“是的，当然了，”罗塞夫人说，“如果您周日有空，我想请您来家里帮忙。我们要办个晚宴。”

“晚宴？恭喜您啊，罗塞夫人。”

但罗塞夫人好像不爱听，她突然站了起来。

“那就请您到时在厨房帮忙，有很多活要干。您七点能来的话，我的管家到时会给您解释相关事项。”

“那是自然，罗塞夫人。”

“这是我家的地址，”罗塞夫人边说边递给我一张奶油色的名片，“付您五百法郎行吗？”

“五百法郎啊。”

“那就六百法郎。您午夜下班，还可以赶上最后一班地铁。博尚夫人跟我说您很可靠。”

“啊呀，罗塞夫人！”

她走的时候我差点笑出来，因为我想起自己差点就要给她倒茶喝（那我还得找只没有缺口的杯子）。有时候我都意识不到自己在跟谁说话。只有在主人家里我才会克制一下，像用人那样说话。也许是因为在自己家里我不是任何人的用人，或者是我觉得自己还住在我们那套三间房的小楼里，那时乔治和我还在工厂上班，工钱还够花。也许通过教训在厨房里撒了尿的小可怜米诺奇，我觉得自己像罗塞夫人一样是主人了。

我快要进门的时候，一只鞋跟差点掉下来。我立马念道“好运快快来，魔鬼速走开”，然后才按了门铃。

来开门的是一位先生，他留着斑白的连鬓胡，像是从戏里走出来的。他让我进了屋。公寓宽敞无比，有一股地板刚打过蜡的气味。连鬓胡先生就是管家，身上有一股安息香的味儿。

“总之，”他边说边急匆匆地领我穿过一个走廊，向用人区走去，“下次来的时候，您应该敲左边的侧门。”

“罗塞夫人没有关照我啊。”

“夫人是不该为这些事情劳神的。爱丽丝，这位是弗朗西内太太。给她一条您的围裙。”

爱丽丝带我去了她的房间，在厨房的另一边（这厨房真是气派得不得了），她给我的这条围裙也太大了点儿。她应该是罗塞夫人派来给我解释事先安排的任务的，但是一开始听到她说狗的那回事，我还以为她搞错了，便一直盯着她看，看着她鼻子下面那颗疣。刚才经过厨房的时候，我看到一切都那么豪华、那么闪闪发亮，一想到今晚能待在那里面擦擦玻璃餐具、给宴会上的美食装盘，我就觉得比去任何一家剧院看戏或者去郊外玩儿都要有意思得多。也许就是因为这个，我一开始没明白狗的那回事，只是看着爱丽丝发愣。

“那个，对，”爱丽丝说，她是布列塔尼人，口音很明显，“是夫人说的。”

“那是怎么回事呢？留连鬓胡的那位先生，他不能看着狗吗？”

“罗多洛斯先生是管家啊。”爱丽丝说，崇拜得要死。

“好吧，他不行的话，随便找谁都行。我不明白为什么找我来看。”

爱丽丝突然不客气了。

“为什么不能是……您怎么称呼？”

“弗朗西内，为您效劳。”

“为什么不能是您，弗朗西内太太？这活儿不难。菲多是最不听话的，吕西安娜小姐把它宠坏了……”

她接着给我解释，又变得像果冻一样温柔。

“一直喂它糖吃就行，还要把它抱在腿上。贝贝先生每次来也把它宠得够呛，他那么惯它，因为您知道……但是梅多很听话，还有菲菲，它会乖乖地待在角落里不动。”

“所以说，”我说，还惊讶得回不过神来，“有好几只狗啊。”

“那个，对，是有好几只。”

“都在一套房子里！”我气得不行，都没法儿假装了，“我不知道您是怎么想的，太太……”

“小姐。”

“请原谅。但是小姐，在我们那个时候，狗都圈在狗窝里，我记得很清楚，因为我那过世的老头子和我住的小楼就在一幢别墅的旁边，别墅的主人是……”

但是爱丽丝没让我继续解释。倒不是她说了什么，但是看得出来她不耐烦了，人变得不耐烦的时候我一眼就能看出来。我停住话头，她便开始说罗塞夫人爱狗如命，他先生凡事都由着她。她女儿也遗传了相同的爱好。

“小姐爱菲多爱得发疯，肯定还要再买条同样品种的母狗来生小狗。一共只有六只狗：梅多、菲菲、菲多、小不点儿、小松狮和汉尼拔。菲多是最不听话的，吕西安娜小姐把它宠坏了。您听到没？肯定是它正在门厅里乱叫。”

“那我待在哪儿看着狗？”我故作镇定，不想让爱丽丝觉得我不高兴。

“罗多洛斯先生会带您去狗的房间。”

“所以那些狗还有房间？”我还是尽量保持非常自然的语气。说到底，这不是爱丽丝的错，但是说真的，我当场就想给她几个耳光。

“它们当然有自己的房间，”爱丽丝说，“夫人想让它们睡在自己的垫子上,还让人给它们布置了一个房间。我们这就给您搬一把椅子，这样您就能坐着照看它们。”

我努力系好围裙，跟着爱丽丝回到厨房。正在这时，另一扇门开了，罗塞夫人走了进来。她穿着一件白毛镶边的蓝色晨衣，脸上涂满了面霜。原谅我这么说，她看起来真像块蛋糕。但是她很和气，看得出，我来了让她大大松了口气。

“啊呀，弗朗西内太太。爱丽丝应该跟您解释过是怎么回事了吧。晚一点您再帮忙干些轻活，比如擦擦杯子什么的，但现在最主要的是让我的宝贝们安安静静地待着。它们太可爱了，只是有点不会相处，尤其是只有它们几个在一起的时候，马上就会打起来。我真的不敢去想，要是菲多去咬小松狮那个小可怜，或者梅多……”她放低声音，向我挨近了一点，说，“还有，要特别小心小不点儿，它是博美犬，眼睛美极了。我觉得……它到时候了……我不希望梅多或者菲多……您明白吗？明天我就让人把它带去我们家的庄园，但在这之前我希望能好好看着它。我不知道把它放在哪儿，只能让它跟其他狗待在一个房间。可怜的宝贝，那么柔弱！我简直不能让它一晚上都不在我身边。您看吧，它们不会给您惹麻烦，正相反，您看到它们那么聪明，肯定会被逗乐的。我会时不时去看看情况怎么样。”

我感觉出来这不是一句好话，而是一个警告，但罗塞夫人在花香味儿面霜下的那张脸仍然微笑着。

“我女儿吕西安娜自然也会去看您。她一分钟都离不开她的菲多，连睡觉都要搂着，您想想……”但最后这半句她是对着脑子里想到的某个人说的，因为她一边说着一边转身走了，我之后也没再见过她。爱丽丝靠在桌子上，像白痴一样看着我。不是我瞧不起人，她就是像白痴一样看着我。

“宴会几点开始？”我问。我发现自己一不留心居然学起了罗塞夫人说话的调子，问人的时候对着人的侧面，像是在问衣架或者问一扇门似的。

“快开始了。”爱丽丝说。这时罗多洛斯先生走进来，掸去黑色制服上的灰尘，像大人物一样点了点头。

“是的，快开始了，”他说，一边给爱丽丝打手势让她端起几个漂亮的银托盘，“弗雷瑞斯先生和贝贝先生已经到了，他们想喝鸡尾酒。”

“他们俩总是早到，”爱丽丝说，“总是这种喝法……我已经跟弗朗西内太太解释过了，罗塞夫人也跟她说了该做什么。”

“啊，太好了。那么我现在就领她去她要待的房间。待会儿我把狗带来。现在老爷和贝贝先生正在客厅里跟它们玩耍。”

“吕西安娜小姐把菲多留在她卧室里了。“爱丽丝说。

“对，她会亲自把它带给弗朗西内太太。现在，如果可以的话，您请跟我来……”

就这样，我坐到了一把旧的维也纳椅子上，坐在一个巨大的房间的正中央，地上铺满了垫子，还有个茅草顶的狗窝，像是黑人住的茅草棚似的。罗多洛斯先生给我解释说，这个玩意儿是吕西安娜小姐心血来潮给菲多做的。六个垫子胡乱铺着，地上还有几个碗，装着水和狗粮。唯一的一盏电灯刚好挂在我头顶上，灯光暗得很。我跟罗多洛斯先生说，如果只有狗在，我怕自己会睡着。

“啊呀，可别睡着了，弗朗西内太太，”他答道，“这些狗都很可爱，但它们都被宠坏了，您得一直看着它们。请稍等一下。”

他关上了门，留下我一个人坐在房间正中央，这房间怪里怪气的，闻起来一股狗味儿（味儿倒是挺干净），满地都是垫子。我觉得有点奇怪，好像在做梦一样，尤其是头顶上这盏黄灯，还有这种没一点儿动静的气氛。时间自然会过得很快，也不会有多难熬，但我总是觉得哪里不对劲儿。倒不是因为他们没有预先跟我通个气就叫我来干这个活儿，也许是我觉得自己非得干这个活儿实在奇怪，或者是我觉得这件事确实不合适。地板擦得很亮，狗应该不是在这里大小便，因为房间里一点也不臭，只有一点狗身上的味道，而且闻一会儿就习惯了。最难受的是一个人待着傻等，所以吕西安娜小姐进来的时候我简直高兴坏了，她抱着菲多，是只丑极了的狮子狗（我受不了狮子狗）。罗多洛斯先生也来了，呼喝着把其他五只狗都赶到房间里。吕西安娜小姐美极了，通身雪白，铂金色的头发垂到肩膀。她搂着菲多又亲又摸了好一会儿，根本不管其他那些正在喝水和玩闹的狗，随后她把菲多递给我，这才第一次看我。

“您就是照看狗的那位？”她问，声音有点儿尖，但我不得不承认她真的很美。

“我是弗朗西内，为您效劳。”我问候道。

“菲多很娇气，您接好。对，抱在怀里。它不会弄脏您的，每天早上我都亲自给它洗澡。就像我说的，它很娇气。您别让它跟它们混在一起。每过一会儿您就给它喂点儿水。”

那只狗乖乖地躺在我的裙子上，但正是这副样子让我觉得有点儿恶心。一只浑身黑色斑点的大丹狗凑过来闻他，狗跟狗总爱这么闻来闻去。但是吕西安娜小姐尖叫一声，踢了它一脚。罗多洛斯先生站在门边不动声色，很显然他已经习惯了。

“您看看，您看看，”吕西安娜小姐嚷道，“这就是我不希望发生的事，您可不能大意。妈妈已经跟您说过了，对吧？宴会结束前您不要离开这里。如果菲多不舒服了开始叫的话，您就敲门让这个人通知我。”

她又抱了一次那只狮子狗，吻得它直叫唤，然后看也没看我就走了。罗多洛斯先生又待了一会儿。

“弗朗西内太太，这些狗其实都不坏。”他对我说。“无论如何，有任何情况您就敲门，我立刻来。您不用紧张。”他补充道，似乎最后才想到这句话，然后他便小心翼翼地关上了门。我怀疑他是不是从外面上了锁，但是最后忍住了没有去看，因为我猜如果我看了，心情一定会更坏。

照看狗其实没什么难的。它们不打架，罗塞夫人说的关于小不点的事儿并不是真的，至少我还没看到。自然，门一关上，我就放开了那只恶心的狮子狗，让它太太平平地跟其他狗一起滚作一团。它是最坏的，一直找其他狗的茬儿，但是它们不恼它，甚至还请它一起玩。它们时不时地从碗里喝点水，或者吃点可口的肉。请原谅我说的话，碗里的肉看起来那么好吃，看得我都有点儿饿了。

有时会远远地传来笑声。不知是不是因为我知道会放音乐（爱丽丝在厨房里说的），我似乎听到了钢琴声，尽管很有可能是从其他房子里传来的。时间过得很慢，尤其要怪天花板上挂的那唯一的一盏灯，灯光太黄了。有四只狗马上就睡着了，菲多和菲菲（我不知道是不是菲菲，我觉得应该是它）玩了一会儿咬耳朵，喝了好多水，最后背靠背躺在一张垫子上睡着了。有时我似乎听到外面有脚步声，便跑过去把菲多抱在怀里，免得是吕西安娜小姐要进来。但是过了好久，谁也没来，我坐在椅子上开始打起盹来，恨不得关了灯，睡到一张空垫子上。

爱丽丝来找我的时候，我可高兴坏了。她的脸红彤彤的，看得出来，她还因为这场宴会、因为刚才在厨房里跟其他用人和罗多洛斯先生大大讨论了一番而激动得不行。

“弗朗西内太太，您真是太棒了，”她说，“夫人肯定会非常高兴，以后每次宴会都要叫您来。上次来的那位拿它们完全没辙，害得吕西安娜小姐连舞都没跳成，过来照应它们。看它们现在睡得多好！”

“客人都走了吗？”我被她夸得有点不好意思。

“客人都走了，但还有几位跟自家人一样，总是会多待一会儿。我敢说，所有人都喝了很多。连老爷都是，以前他在家从不喝酒，今天老爷还来了厨房，很快活，还跟吉内特和我开了玩笑，夸我们晚餐伺候得好，给了我们每人一百法郎。我猜他们也会给您付小费的。吕西安娜小姐还在跟她的未婚夫跳舞，贝贝先生和他的朋友们在办化装舞会。”

“那我还要继续待着吗？”

“不用了，夫人说过，只要议员那批人走了以后就可以把狗放出来。夫人她们喜欢在客厅里逗狗玩。我把菲多带走，您跟我去厨房就行了。”

我便跟着她，我累极了，还困得要死，但是很好奇，想看看宴会是什么样子，就是看看厨房里的杯子盘子也成啊。我确实也见着了，因为厨房里餐具堆得到处都是，还有香槟和威士忌酒瓶，有些瓶底还剩了点儿酒。厨房里的灯管是蓝色的，灯光底下那么多白色的橱柜、架子上那么多闪闪发光的餐具和锅子简直让我看傻了眼。吉内特是个红头发的小个子姑娘，她也激动得不行，见到了爱丽丝又是笑又是比画，看上去有点儿不知检点，这年头可不缺这种人。

“那边没问题？”爱丽丝一边问一边朝门看过去。

“是啊，”吉内特扭来扭去地说，“这就是照看狗的那位太太？”

我又渴又困，但没人给我拿喝的，也没人招呼我坐下。因为宴会，因为在餐桌边服务和在门口接过大衣时看到的一切，她们激动得忘乎所以了。铃响了，爱丽丝怀里还抱着那只狮子狗就跑了出去。罗多洛斯先生进来后，看也没看我就走了过去，回来时把那五只狗带了过来，它们跳着闹着围着他直转。我看到他手里拿着好多糖果，边走边喂，把狗引到客厅去。我靠在厨房正中的大桌子上，尽量不盯着吉内特看。爱丽丝一回来，她便黏住她继续讨论贝贝先生和他的化装，讨论弗雷洛斯先生，讨论那位看上去像是得了肺结核的钢琴家，还说到吕西安娜小姐怎么跟她父亲吵了一架。爱丽丝拿起一瓶半满的酒，直接就喝上了，还骂了句脏话，我吓得不知所措，都不知道眼睛该往哪儿看了，更不堪入目的是，随后她把酒递给了红头发，红头发把酒瓶给喝空了。她们俩笑成那样，好像也在宴会上喝了很多一样。也许是因为她们喝多了，所以想不到我还饿着肚子，尤其是还特别渴。如果她们头脑清醒，我敢说她们绝对会注意到的。人心都不坏，有时候招待不周是因为他们心不在焉，在公车上、商场里、办公室里都会有这种事。

铃又响了，两个女孩都跑了出去。我听到阵阵大笑声，还有断断续续的钢琴声。我不明白他们为什么要让我等，只要付我工钱让我走人就完事儿了。我坐下来，胳膊肘撑在桌面上。我困得眼皮直打架，所以没留意到有人进了厨房。我先听到的是杯子碰撞的响声，还有柔和的口哨声。我以为是吉内特，便转过身去想问她他们打算拿我怎么办。

“抱歉，先生，”我说，急忙站起来，“我不知道您在这儿。”

“我不在，我不在。”那位先生说，他非常年轻，“露露，来看哪！”

他有点儿摇摇晃晃，便靠在一个架子上。他倒了一杯白色的酒，正对着光看，似乎有点怀疑。那个被叫的露露并没有出现，这位年轻的先生便向我走来，请我坐下。他一头金发，面色苍白，还穿着身白衣服。我意识到现在是冬天，而他居然穿一身白，便怀疑自己是不是在做梦。这不是随便说说的，我只要看到奇怪的东西，就会真心怀疑自己是不是在做梦。很有可能是做梦，因为我有时候的确会梦到奇怪的东西。但是那位先生就在那儿，微笑着，显得很疲倦，似乎还有点无聊。他面色这么苍白，我看着心里真难受。

“您应该就是照看狗的那位太太。”他说，端起杯子喝起了酒。

“我是弗朗西内，为您效劳。”我说。这位先生那么客气，一点儿也不让人害怕。相反，我希望能为他做点儿什么，给他些照顾。现在他又朝虚掩的门看去。

“露露！你来吗？这儿有伏特加。为什么您刚才在哭啊，弗朗西内太太？”

“哦，没有，先生。您进来之前，我应该是刚刚打了个哈欠而已。

我有点累，还有，在那个看……在另外一个房间里，灯光太暗了。人一打哈欠……”

“就会流泪。”他说。他的牙齿漂亮极了，他的手也是，我从没见过一个男人的手像他的那么白。他突然直起腰来，走到刚从门口进来的那位摇摇晃晃的年轻人身边。

“这位太太，”他向那个人解释道，“帮我们摆脱了那些恶心的畜生。露露，跟她说声晚上好。”

我又站起来问了个好。但露露先生看都不看我一眼。他在冰柜里找到了一瓶香槟，想拔掉瓶塞。白衣服的那位先生走过去帮他，只见他们俩笑成一团，一起跟瓶子较劲。人一笑就没力气了，他们俩谁都没能打开酒瓶。所以他们就准备一起行动，两人往两头用力拉，结果两人靠到了一起。他们越来越高兴，但还是没能把瓶子打开。露露先生说：“贝贝，贝贝，求你了，我们走吧……”贝贝先生笑得越来越厉害，闹着玩儿一样推开了他。最后他终于拔开了瓶塞，一大股泡沫喷出来溅到露露先生脸上，他骂了句脏话，揉了揉眼睛，身体摇来晃去。

“亲爱的小可怜，真是烂醉如泥。”贝贝先生边说边把手搭在他背上，推着他出了门，“你去陪陪可怜的尼娜吧，他正伤心呢……”他还在笑着，但是没那么高兴了。

然后他又回来了，我觉得他比刚才还要可亲。他的一条眉毛有点抽搐，一跳一跳的，他看着我的时候就跳了两三次。

“可怜的弗朗西内太太，”他边说边温柔地抚摸我的头，“他们把您扔在一边不闻不问，肯定连喝的都没给。”

“他们很快就会来通知我可以回家了，先生。”我回答道。他随随便便就摸我的头，但我一点儿也不生气。

“可以回家，可以回家……我们做事为什么需要别人允许？”贝贝先生坐到我面前说。他又端起了杯子，但还是放下了，去另外找了只干净的，倒满了一种茶色的饮料。

“弗朗西内太太，咱们俩喝一杯，”他把杯子递给我说，“您喜欢威士忌，肯定没错。”

“天哪，先生，”我吓坏了，“除了红酒，还有每周六在古斯塔夫家喝一小杯保乐茴香酒，别的酒我都不会喝啊。”

“您从没喝过威士忌？真的？”贝贝先生惊讶地说，“一口，就一口，您就知道有多好喝了。来吧，弗朗西内太太，尝尝看。只要尝第一口……”他开始朗诵一首诗，我记不太清了，说的是在一个奇怪的地方航行的水手们。我喝了一口威士忌，觉得香极了，便又喝了一口，然后再喝了一口。贝贝先生品尝着他的伏特加，开心地看着我。

“认识您真高兴，弗朗西内太太，”他说，“碰巧您不是年轻人了，所以跟您能做朋友……一看就知道您是好人，像是乡下的姨妈，招人疼，也会疼人，但是没有任何危险，很安全……您看，比如尼娜就有个姨妈住在普瓦图[1]，总给他送鸡啊、一篮一篮的豆子啊，甚至还有蜂蜜……是不是很让人羡慕？”

“那是当然了，先生。”我说。既然他这么开心，我就让他又给我倒了点儿酒，“能有人照应总比自己一个人高兴，尤其是您这么年轻。人一老就只能自己照应自己了，因为其他人都……比如，您看

①法国中西部的一个省份。

看我，我的乔治过世的时候……”

“再喝点儿，弗朗西内太太。尼娜的姨妈住得远，也就是给他送点鸡……说说家庭故事没有什么危险的……”

我喝得晕乎乎的，都没觉得害怕，没想过如果这时候罗多洛斯先生进来，撞见我坐在厨房里跟一位客人聊天，会有什么后果。我真喜欢看着贝贝先生，听他尖着嗓子笑，也许是因为喝了酒，他才这样笑。他也喜欢我看着他，尽管我觉得他一开始有点防备，但他到后面就只知道喝酒、微笑、一直看着我了。我知道他醉得厉害，因为爱丽丝已经告诉过我他们都喝了很多，而且看看贝贝先生眼睛亮晶晶的模样就知道了。他要是没醉，怎么会跟像我这样的老太太坐在厨房里？其他人也都醉了，但贝贝先生是唯一一位过来陪着我的人，他给我倒酒喝，还摸了摸我的头，尽管他这么做有点儿不太合适。我跟他待在一块儿开心极了，老是朝他看过去，他也喜欢被别人看，因为有那么一两次他故意露出一点侧脸，他的鼻子美极了，像是雕出来的。他整个人都像一尊雕像，尤其是还穿着一身白衣服。就连他喝的酒都是白色的，他苍白得让我有点为他担心。看得出来，他像现在的那些年轻人一样，老是窝在家里不出门。我很想跟他说说这个，但我没有资格给像他这样的先生提建议，而且也来不及了，因为门被撞了一下，露露先生拖着大丹狗进来了，用来牵狗的是一条窗帘，拧起来充作绳子。他比贝贝先生醉得还要厉害，大丹狗一转身，他的腿被窗帘绊住，差点摔了一跤。走廊里传来说话声，然后走进来一位头发灰白的先生，应该是罗塞老爷，罗塞夫人就在他后面也来了，脸色红红的，显得很兴奋，还来了一位瘦瘦的黑发年轻人，我从没见过那么黑的头发。所有人都帮忙去救露露先生，因为他跟大丹狗还有窗帘缠得越来越紧，大家一边笑着一边大叫着打趣他。谁也没注意到我，直到罗塞夫人看到我，然后立马就严肃起来。我听不到她跟灰白头发的罗塞老爷说了什么。罗塞老爷看了看我的杯子（杯子是空的，但是旁边有瓶酒），然后看了看贝贝先生，生气地朝他做了个手势，贝贝先生对他挤了挤眼睛，然后仰在椅背上哈哈大笑。我不知所措，觉得最好还是站起来给大家行个鞠躬礼，然后待在边上等着。罗塞夫人已经出去了，没过一会儿，爱丽丝和罗多洛斯先生来了，他们走近我，示意我跟他们走。我鞠躬给在场的所有人行了礼，但我觉得没人看我，因为大家都在安慰露露先生，他刚才突然哭了起来，指着贝贝先生说些听不懂的话。我记得的最后一幕是贝贝先生仰在椅背上哈哈大笑。

爱丽丝等我脱下围裙，然后罗多洛斯先生递给我六百法郎。外面在下雪,最后一班地铁刚刚走了。我不得不走了一个多钟头才到家，但是威士忌的热度，还有宴会最后我在厨房里那么开心的经历，帮我抵挡了寒气。

像古斯塔夫说的那样，时光飞逝。我还以为是星期一,一晃都已经星期四了。秋天过去，一转眼就又是盛夏了。每次罗伯特来问我要不要清理烟囱的时候（罗伯特真是个好人，他只收我其他租客一半的价钱），我才会发现冬天快要到了，就像谁说的，都到门口了。所以又一次见到罗塞老爷的时候，我记不太清楚已经过了多久。他来的时候天已经黑了，差不多就是罗塞夫人第一次来我家的时辰。他也是一开口就说他来是因为博尚夫人推荐了我，他坐下来，显得有点摸不着头脑。谁来我家都很难觉得自在，如果有不熟的人来家里我也会觉得不自在。我开始搓起手来，好像手脏了似的。然后我想到别人会以为我的手真的脏了，于是我更不知道该怎么办了。好在罗塞老爷跟我一样不知所措，只是他比我会掩饰。他用手杖慢慢地敲着地板，把米诺奇吓得够呛。他四处张望，好让视线避开我的眼睛。我都不知道要向哪位圣人求助了，第一次有男士在我面前这么慌乱，这种情况下我不知该怎么办，只能递给他一杯茶。

“不用，不用，谢谢，”他不耐烦地说，“是我夫人让我来的……您想必记得我吧。”

“那是，罗塞老爷。您家那天的宴会，真是宾客如云。”

“对啊，那天的宴会，正是……我是说，这次的事跟那天的宴会没有任何关系，但那次您帮了我们大忙，您叫……”

“弗朗西内，为您效劳。”

“弗朗西内太太，对。我夫人想……您看，这件事很微妙。但最重要的是请您先保持镇静。我想请您做的事并不是……怎么说呢……违法的。”

“违法的，罗塞老爷？”

“唉，您知道，现如今……但我跟您再强调一遍：这件事很微妙，但说到底完全是合情合理的。我夫人了解事情的来龙去脉，也同意我们这么做。我告诉您这些是为了不吓着您。”

“如果罗塞夫人同意的话，对我来说就万事大吉了。”我这样讲不过是为了让他觉得自在点儿，其实我跟罗塞夫人一点儿也不熟，确切地说，我觉得她不太友善。

“总之，情况是这样的……弗朗西内，对，弗朗西内太太。我们的一位朋友……更恰当地说，是我们的一个熟人，刚刚在一个很特殊的状况下去世了。”

“啊呀，罗塞老爷。请您节哀顺变。”

“谢谢。”罗塞老爷说道，还做了个奇怪的表情，像是要暴怒地大叫，或者要哭出来，那副表情就像个真正的疯子，让我觉得害怕极了。还好门是开着的，弗雷斯纳的作坊就在隔壁。

“这位先生……是位非常著名的服装设计师……他孑然一身，也就是说，远离家人。您理解吗？除了朋友之外，他无依无靠。他倒是还有些顾客，但您知道，在这种情况下他们也派不上什么用场。那么现在，由于一系列原因，说来话长，就不向您多作解释了，作为他的朋友，我们考虑，为了葬礼能达到恰当的效果……”

他真是能说会道！他斟字酌句，手杖慢慢敲击着地板，说话的时候根本不看我。我觉得我好像在听收音机里的新闻一样，只是罗塞老爷说得更慢，而且他不是在读稿子，就显得更有水平，给他大大地加了分。我心里生出一股由衷的敬佩，不仅把对他的怀疑抛到了脑后，还把椅子朝他挪近了一些。一想到这么有地位的老爷来请我这个无名小卒办事，我心中便涌起一股热流。我怕得要死，除了搓手不知道该做什么。

“我们认为，”罗塞老爷说，“举行一个仪式，只有他的朋友们，只有很少的几位朋友参加……以这位先生的情况，还不够庄重……也无法诠释他的辞世给人带来的沉痛（他原话就是这么说的）……您理解吗？我们觉得您也许能出席追悼会，自然还有葬礼……我们假设您以逝者亲戚的身份……您懂我的意思吗？很近的亲戚……比如他的姨妈……甚至我斗胆建议……”

“请讲，罗塞老爷？”我惊讶得不行。

“好吧，一切都取决于您，当然……但您会得到一笔合理的报酬……自然，我们不会让您白白受累……在这种情况下，弗朗西内太太，您说是不是……我们马上就会谈到报酬，您想必会满意的，这样的话……我们觉得您可以作为……请您谅解……我的意思是，作为逝者的母亲出现……请允许我向您解释清楚……母亲刚刚知道儿子过世，从诺曼底赶来陪伴儿子，看他入葬……不，不，您先别着急说话……我夫人想，鉴于您和她的友情，也许您会答应帮助我们……至于我，我和朋友们已经达成共识，付给您一万法郎……弗朗西内太太，您看这样行吗？我们付一万法郎感谢您的帮助……现在就给您三千，余下的我们离开墓地以后付，只要……”

我张着嘴，因为嘴巴不知道什么时候不听使唤自己张开了，但是罗塞老爷并没容我插话。他满脸通红，语速飞快，像是恨不得马上说完。

“弗朗西内太太，如果您同意……我们都期望您会，因为我们仰仗您的帮助，而且并没有请您做任何……这么说吧，不寻常的事……这样的话，半个小时以后，我夫人和她的用人就会给您带来合适的衣服……还有汽车，当然，带您去逝者的家里。当然了，您必须……怎么说呢？请您设想一下……逝者的母亲……我夫人会告知您必要的信息。那么自然，您一到那儿，就应该做出样子……您明白的……痛苦，绝望……主要是做给来宾们看的，”他补充道，“在我们面前，您保持沉默就行了。”

不知道怎的他手里就多了一卷崭新的钞票，然后更要命的是，不知怎的这卷钞票又到了我手里。罗塞老爷站了起来，嘴里念叨着什么离开了，走的时候还忘了关门，所有人离开我家的时候都是这样。

希望上帝会饶恕我去做这件事，还有很多其他的事，我懂。这件事是不对的，但罗塞老爷跟我保证过这件事不违法，而且这样我就能提供宝贵的帮助（我觉得这是他的原话）。要我装成那位过世的时装设计师的母亲是不对的，因为这种事情是不应该假装的，也不应该欺骗别人。但也要考虑来宾的感受，如果葬礼上没有逝者的母亲，甚至连一位姨妈或者姐妹也没有，仪式就显不出它的意义，也无法诠释他的辞世给人带来的沉痛。这句话是罗塞老爷刚刚说过的，他懂的可比我多。我做这件事是不对的，但上帝知道我在博尚夫人和其他人家里干活累得直不起腰，一个月才挣三千法郎。现在只要哭一会儿，哀悼一下那位先生，装作他是我儿子直到他下葬，我就能挣到一万。

那房子在圣克卢一带。他们派了辆车来接我，这种车子我以前从来没坐过，只能从外面看看。罗塞夫人和她的用人帮我换了衣服。我知道了那位过世的先生姓利纳尔，名字叫奥克塔夫，是独子，他年迈的母亲住在诺曼底，刚坐五点钟的火车赶来。这位年迈的母亲就是我，但我太激动、太慌乱，罗塞夫人吩咐和关照的那些事情，我几乎都没怎么听进去。我记得在车上她好几次恳求我（真的是在恳求我，我没说错，跟宴会那天比，她简直像变了个人），让我不要悲痛得太夸张，只要做出极度疲劳、几乎要崩溃的样子就行了。

“很不幸，我没办法陪在您身边，”我们快到的时候她说，“但是请按我说的做，另外，我先生也会照应周全的。拜托，拜托您，弗朗西内太太，尤其是当您见到记者和夫人们的时候……特别是记者……”

"您不会在场吗，罗塞夫人？"我惊讶极了。

"我不在场。您不懂，解释起来太费事。我先生会在，他跟利纳尔先生有生意上的关系……自然，他也只是在那儿撑撑场面……因为生意和人情的关系……但是我不进去，我不应该……您别为这个担心。"

我看到罗塞老爷和其他几位先生站在门口。他们走了过来，罗塞夫人给我提了最后几句建议后就缩进车里，免得被别人看见。我等着罗塞老爷打开车门，然后大哭着下了车。罗塞老爷扶着我，把我带进房子里，那些先生当中有几位跟在我们后面。我不太看得见屋里是什么样子，因为头巾差不多遮住了我的双眼，而且我哭得很厉害，几乎什么都看不见，但是根据我闻到的气味，还有脚下那么柔软的地毯，我猜这屋子应该非常豪华。罗塞老爷嘟囔着安慰的话，听声音好像他也要哭了似的。客厅非常大，挂着几盏水晶吊灯，有几位先生很动容又很同情地看着我，如果不是罗塞老爷扶住我的肩膀，推着我往前走，我敢说他们一定会走过来安慰我。我瞥见一位非常年轻的先生坐在沙发上，闭着眼睛，手里握着一只杯子。听到我进来他还是一动不动，要知道我哭的动静可大了。一扇门开了，两位拿着手帕的先生走了出来。罗塞老爷稍微推了我一下，我便进了一个房间里，跌跌撞撞地被扶到逝者躺着的地方，我见到了那个是我儿子的人，我看到了贝贝先生的侧脸，相比活着的时候他的头发看上去更加金黄，脸色更加苍白。

我感觉自己好像是在差点摔倒时抓住了床沿，因为罗塞老爷吓了一跳，其他先生们都围上来扶住了我。我看着死去的贝贝先生，面孔那么美丽，睫毛又黑又长，鼻子跟蜡像里的一样笔挺，我不能相信他就是利纳尔先生，是那位刚刚过世的时装设计师，我说服不了自己，面前躺着的这个死去的人就是贝贝先生。我发誓，在我自己都没意识到的时候，我就真的哭了起来。我抓着床沿，床是厚实的橡木做的，很豪华，我回想起宴会那天，其他人都自顾自找乐子的时候，贝贝先生怎样摸我的头，给我倒威士忌，跟我说话，陪着我。罗塞老爷悄悄地说“叫他儿子，儿子……”的时候，我撒这个谎一点儿都没费劲，我能够为他哭，让我觉得好受多了，像是我担惊受怕到现在得到的补偿。我一点儿都不觉得为他哭有什么好奇怪的，当我抬起头时，看到露露先生在床的另一边，眼睛红红的，嘴唇颤抖着，我看着他，忍不住大哭起来，他尽管有点吃惊，也跟着一起哭起来，他哭是因为我哭了；他惊讶是因为他发现我跟他一样是真的伤心，因为我们俩都爱着贝贝先生。我们各占床的一头，像是比赛似的，只是贝贝先生已经不能够像他活着的时候那样再笑、再逗乐了，那时的他坐在厨房的桌子旁，笑我们所有人。

我被带到挂着吊灯的那个大厅的沙发上，有位夫人从口袋里掏出一瓶嗅盐，一个用人在我旁边放了一张带滚轮的小桌子，桌上有一个托盘，里面放着煮沸的咖啡和一杯水。罗塞老爷放心多了，因为他发现我可以按他们要求的做。我看到他走去跟其他先生们谈话，接下来很长一段时间，都没有人再出入这间大厅。我进来时看到的那位年轻人仍然坐在我面前的沙发上，双手捂着脸哭泣。每过一会儿他就拿出手帕擤鼻涕。露露先生走到门边，看了他一会儿，然后坐到他旁边。我看着他们俩，觉得很难过，看得出来他们以前跟贝贝先生都是很好的朋友，他们还这么年轻，就要承受这么大的痛苦。罗塞老爷刚才在跟两位就要告辞的夫人小声地说话，现在也从大厅的一角看着他们。就这样过了好一会儿，露露先生突然不快地尖叫了一声，从另外那位年轻人身边离开，而那位年轻人正愤怒地盯着他，我听到露露先生说了类似这样的话：“尼娜，你从来都漠不关心。”我记起来有个叫尼娜的人，他的姨妈住在普瓦图，会给他送来豆子和鸡。露露先生耸了耸肩，又说尼娜是个骗人精，最后他站了起来，脸色和动作都愤怒至极。然后尼娜先生也站了起来，两人几乎是跑进了贝贝先生躺着的那个房间。我听到他们在争吵，但罗塞老爷马上也进去了，他们俩安静下来，然后便听不到什么动静了，直到露露先生出来坐到沙发上，手里拿着块湿手帕。沙发的正后面有一扇窗，朝向里面的院子。我觉得这间大厅所有的东西里，我记得最清楚的就是这扇窗（还有那些水晶吊灯，真是豪华），因为夜越来越深的时候我看着它慢慢变了颜色，越来越暗，最后，在日出前变成了玫瑰色。一整夜我都在想着贝贝先生，有时会突然忍不住哭出来，尽管只有罗塞老爷和露露先生在，尼娜先生已经走了，或者在房子里别的什么地方。就这样过了一夜，有时我想到贝贝先生还这么年轻，就会忍不住哭出来，也许我哭起来也因为我已经累坏了。罗塞老爷后来坐到我旁边，脸上的表情有点古怪，他对我说现在没有必要继续装了，还是等到下葬的时候，那时熟人和记者都会来。但有时候很难知道什么时候真哭，什么时候假哭。我请罗塞老爷让我留下来给贝贝先生守夜。罗塞老爷似乎很纳闷为什么我不想去睡一会儿，他好几次提议带我去卧室，但最后他终于被我说服了，不再管我。他离开了一小会儿，可能是去洗手间，我趁机又进到贝贝先生躺着的那个房间里。

我以为房间里只有他，没想到尼娜先生也在，他站在床脚，看着贝贝先生。我们俩并不认识（我的意思是，他知道我是假扮贝贝先生母亲的那个人，但我们俩之前并没有见过），所以互相怀疑地打量了一下对方，但我走过去坐到贝贝先生床头的时候，他也没有说什么。我们就这样待了一会儿，我看到眼泪顺着他的脸颊流下来，在鼻子旁边聚成了一条沟。

“宴会那晚您也在吧，”我说，想让他分分心，“贝贝先生……利纳尔先生说您很伤心，让露露先生去陪陪您。”

尼娜先生看着我，有点儿不太明白。他摇了摇头，我向他笑了一下，想让他想点别的。

“罗塞老爷家的宴会，”我说，“利纳尔先生来厨房，给我倒了点儿威士忌喝。”

“威士忌？”

“对啊，整个晚上只有他一个人给了我喝的东西……露露先生开了一瓶香槟，然后利纳尔先生就拿起来喷了他一脸的泡沫，然后……”

“唉，别说了，别说了，”尼娜先生低声道，“别提那个谁了……贝贝那时候疯了，是真的疯了。”

“您就是因为这个难过吗？”我没话找话地问他。但他没再听我说了。他一直看着贝贝先生，好像是在问他什么事儿，嘴里念念有词，翻来覆去地说着同样的话，我实在看不下去了。尼娜先生不是贝贝先生或者露露先生那样英俊的小伙子，我觉得他更年轻些，其实黑头发总是让人显得年轻些，古斯塔夫这样说过。我很想安慰一下尼娜先生，他那么痛苦，但这时罗塞老爷进来了，向我做了个手势让我回大厅里去。

“天快亮了，弗朗西内太太。”他说。可怜的人，他的脸都绿了，“您要休息一会儿，不然会累倒的。客人马上就要到了。葬礼九点半开始。”

我确实要累倒了，最好还是睡个把小时。真是不可思议，我只睡了一个小时就解了乏。我让罗塞老爷扶着我的胳膊，我们穿过那间有水晶吊灯的大厅时，窗玻璃已经一片殷红，尽管壁炉里点着火，我还是觉得冷。就在这时，罗塞老爷突然松开我，盯着房子的大门。从那儿进来了一个系着围巾的人，有一瞬间我吓坏了，以为我们大概要露馅了（尽管没做什么违法的事），戴围巾的人是贝贝先生的兄弟或者亲戚什么的。但是不太可能，他的气质太糙了，简直像皮埃尔或者古斯塔夫也能做贝贝先生这么精致的人的兄弟似的。我突然看到露露先生跟在戴围巾的人后面，好像很害怕，但又因为接下来要发生的什么事显得很高兴。然后罗塞老爷就示意我待着别动，他自己朝着戴围巾的人走了两三步，我觉得他有点不情愿。

“您是来……”他开了口，语气和对我说话的时候一样，其实一点都不客气。

“贝贝在哪儿？”那个人说，听他的声音像是喝了酒或是大喊大叫过。罗塞老爷胡乱做了个手势，不想让他进来，但那个人走上前来，只看了罗塞老爷一眼就让他退到了一边。他在这么悲伤的时候态度却这么粗鲁，让我觉得很奇怪，但刚才站在门边的露露先生（我猜就是他让那个人进来的）现在突然大笑起来，罗塞老爷走了过去，像打孩子一样给了他几个耳光，真的就像打孩子似的。我听不清他们说的是什么，但尽管挨了几个耳光，露露先生看起来还是很高兴，好像在念叨着："等着瞧……这个婊子等着瞧……"尽管他说这种话真是不成体统，可他还是翻来覆去地说了好几次，然后突然哭了起来，双手捂着脸，罗塞老爷又推又拽，把他拉到沙发上，他就坐在那儿又哭又喊，所有人都跟往常一样忘了我还在那儿。

罗塞老爷看上去很紧张，犹豫着要不要进那间灵堂，但是不一会儿，里面就传来了尼娜先生的声音，好像是为了什么事在抗议。罗塞老爷终于下了决心，冲到门口，正好尼娜先生一边抗议一边走出来，我发誓肯定是戴围巾的那个人在里面狠狠把他推出来的。罗塞老爷退了一步，看着尼娜先生，两人开始很小声地说话，但是声音越来越尖，尼娜先生哭得悲痛欲绝，脸上的表情让我看了都伤心得不得了。最后他稍微平静了一点，罗塞老爷便把他带到露露先生坐的沙发那儿。露露先生坐在沙发上，又开始笑了起来（情况就是这样，他们一会儿哭一会儿笑），但尼娜先生露出鄙视的表情，走去壁炉那边的另一张沙发上坐了下来。我待在大厅的一角，等记者和夫人们来，罗塞夫人这样教过我。终于，阳光照到了窗玻璃上，一位穿制服的用人领着两位非常高贵的先生和一位夫人走了进来，那位夫人先看了看尼娜先生，以为他是逝者的亲属，又看了看我，我虽然用双手捂着脸，但是透过指缝把这些看得一清二楚。那两位先生，还有随后来的几位先生，先去看了贝贝先生，然后都聚在大厅里，还有几位先生由罗塞老爷陪着，走到我身边来，让我节哀，很同情地跟我握手。夫人们也都很和善，特别是一位年轻漂亮的夫人，她还在我身边坐了一会儿，跟我说利纳尔先生是位了不起的艺术家，他的过世太不幸了，是无法弥补的损失。我听到什么都说是，但哭的时候是真哭，尽管我从头到尾都只要装装样子就行了，可是一想到贝贝先生那么英俊、那么可亲，还是位了不起的艺术家，却躺在里面，我就想哭。年轻的夫人一遍又一遍抚摸着我的手，跟我说大家永远都不会忘记利纳尔先生，而且罗塞老爷一定会把时装公司继续经营下去，像利纳尔先生一贯坚持的那样，不会失去他的风格，她还说了好些其他的话，我已经记不得了，但是她一直不停地夸奖贝贝先生。后来罗塞老爷来找我，他看了看周围的人，示意大家接下来要做什么，然后他小声对我说，现在应该去跟我的儿子告别，因为马上就要盖棺了。我怕得要死，心想最难演的时候到了。他扶着我站起来，我们走进那个房间里。屋里只有那个戴围巾的人站在床脚，看着贝贝先生，罗塞老爷向他做了一个请求的手势，像是请他理解应该让我单独跟儿子待在一起，但那个人回了一个古怪的表情，耸了耸肩，根本没动。罗塞老爷不知道怎么办了，又看着那个人，好像在用眼神求他离开，因为其他几位应该是记者的先生刚刚跟着我们进来了。那个人戴着围巾站在那儿，看着罗塞老爷，好像马上就要破口大骂。他的样子真的跟周围格格不入。我实在坚持不住了，所有人都让我觉得害怕，肯定要出什么大事。罗塞老爷已经顾不得管我了，他仍然在跟那个人使眼色，想劝他离开，我就自己走到贝贝先生旁边，开始大哭起来。然后罗塞老爷拦住了我，因为我真的想亲吻贝贝先生的额头，所有人里面只有他对我最好，但罗塞老爷不让我亲，他让我冷静，最后强迫我回到大厅，一边安慰我，一边紧握我的手臂，都把我握疼了，除了我自己没人知道有多疼，但我不在乎。我坐到沙发上的时候，用人端来了水，两位夫人用手帕给我扇风，另外那个房间里动静很大，又有一些刚来的人进了房间，挤到我面前，我都看不清发生了些什么。刚来的人里面还有牧师先生，他能来陪贝贝先生我真高兴。很快就要出发去墓地了，牧师先生能跟我们一起、跟贝贝先生的母亲和朋友们一起来是件好事。朋友们肯定也很高兴，特别是罗塞老爷，他被那个戴围巾的人折腾得够呛。他操了那么多心，为的就是让大家看到葬礼有多体面，看到人们是多么热爱贝贝先生。

克罗诺皮奥和法玛的故事

林叶青 / 译

指南手册

每天软化砖块的任务，在自称世界的黏性物质中开路的任务，每天上午遇见名称令人反感的平行六面体，对一切各安其位感到犬类般的满足，身旁的同一位女性，同样的鞋子，同一管牙膏的同样的味道，对面房子的同样的悲伤，肮脏的墙面上年岁已久的窗户和“比利时酒店”的招牌。

像一头百般无奈的公牛那样把脑袋塞进透明的物质里，我们在它的中心喝咖啡牛奶，翻开报纸，了解玻璃砖块的某个角落里发生的事。转动门把的精巧行为，通过它，一切都能发生转换，拒绝用自然反应的冷漠力量来完成这种行为。待会儿见，亲爱的。一切顺利。

把小勺子夹在指间，感受它金属的跳动，它可疑的警告。拒绝一把小勺子，拒绝一扇门，拒绝由习惯舔舐出的恰如其分的温顺的一切，拒绝使用它们是多么痛苦。更容易的是接受勺子乖巧的请求，用它搅拌咖啡。

如果每天都两次遇见那些事物，而且是相同的事物，其实也没那么糟糕。身边是同一位女性，同一块手表，桌上翻开的小说再一次踏上了我们的眼镜自行车，有什么糟糕的呢？但是，不得不像悲伤的公牛一样低下头，从玻璃砖块的中心向外冲，冲向离我们如此之近却无法把握的另一个，就像离公牛近在咫尺的长矛手。惩罚眼睛去看空中游走的东西，它狡猾地接受了云朵作为名字，它的回答留存在记忆中。别以为电话会把你要拨的号码给你。它为什么要这样做？只有你已经准备好和已经解决了的东西才会出现，你的期望留下的悲伤影像，那只在桌上抓挠身体、冷得发抖的猴子。打碎那只猴子的脑袋，从墙壁的中心奔跑，给自己开出一条路。哦，楼上的人们在唱歌！这栋房子的楼上还有一层，那里有其他人。住在楼上的人对楼下无知无觉，也不知道我们都在玻璃砖块里。如果，一只飞蛾突然停在了一支铅笔的棱上，振翅如同一团快要燃尽的火焰，那你就看着它，我正在看着它，我正在感受着它微小的心脏的跳动，我听着它的声音，这只飞蛾在冰冻的玻璃砖里发出回响，并非一切都已经无可救药。当我打开门，向楼梯探出身子的时候，我会知道，下面是街道的起点；不是已经被接纳的模型，不是已经知晓的房子，不是对面的酒店：是街道——那片生机勃勃的丛林，在那里，每个时刻都像一朵玉兰花向我扑来，在那里，会有面孔诞生，当我看向它们的时候，当我每前进一点的时候，当我以手肘、睫毛和指甲在玻璃砖上撞得粉碎的时候，当我为了去街角购买报纸而一步步前进，同时以生命做赌注冒险的时候。

哭泣指南

把理由放到一边，专注于遵循正确的哭泣方式，也就是，使其不会沦为吵闹，也不会因为与微笑有几分呆滞的相似而构成冒犯。一场平均或普遍的哭泣由面部的整体收缩和伴有眼泪、鼻涕的颤抖声构成，鼻涕将一直持续至最后，因为用力擤鼻子的时候，哭泣也就停止了。

为了哭泣，请把想象力引向您自己，如果您由于习惯了相信外部世界而无法做到这一点，请想象一只浑身是蚂蚁的鸭子，或是麦哲伦海峡从未有人涉足的那些海湾。

哭泣时，双手掌心向内，得体地遮住面庞。孩子们哭泣时会用衣袖擦脸，而且更喜欢躲在房间的角落里。哭泣持续的平均时间为三分钟。

唱歌指南

请您从打破家里的镜子、垂下手臂、目光飘忽地看向墙壁做起，请忘却自己。只唱一个音符，从身体里倾听。如果您听见（但这将发生在很久之后）类似于深陷恐惧的风景——其中有乱石间的篝火和半赤裸的蹲踞的剪影，那么我认为您将踏上正确的道路。如果您听见有漆成黄色和黑色的小船航行其上的河流，如果您听见面包的味道、手指的触感、马匹的影子，也是一样的。

接下来，购买乐谱和燕尾服，请您别通过鼻子唱歌，让舒曼安息。

关于恐惧形式的说明及示例

在苏格兰的一座村庄里，贩卖的书籍中插有一张空白页。如果读者在下午三点翻到这一页，便会死亡。

在罗马的奎里纳莱广场，有一个地点——十九世纪之前还有人知晓其所在，在满月之夜，从那里可以看见卡斯托尔和波吕克斯的雕像在缓缓移动，与他们前蹄扬起的骏马一起搏斗。

在阿马尔菲，海岸的尽头，有一座伸入海洋与黑夜的防波堤。在比堤岸尽头那座灯塔更远的地方，能听见一条狗的吠叫。

一位先生正把牙膏挤在牙刷上。突然，他看见一位女士的微型塑像，她仰面平躺，由珊瑚制成，也或许是由彩色的面包屑制成的。

打开衣柜取出一件衬衫，一本旧日历掉落下来，纸页散开，成千上万只肮脏的纸蝴蝶盖住了白色的衣服。

旅行推销员的左手腕疼，正在腕表下面的位置。他刚摘下手表，鲜血就流了出来：伤口上有非常细小的牙印。

医生给我们做完检查，让我们安心。他沉着、和蔼的嗓音早于他现在坐在桌子前面书写的药方。他不时地抬起头，微笑，鼓励我们。并不严重，一周就会好了。我们惬意地坐在扶手椅上，放下心来，随意地打量四周。突然，在桌子下面的阴影处，我们看见了医生的腿。裤子被卷到了大腿处，他穿着女式长筒袜。

三幅名画的欣赏指南

提香《天上的爱与人间的爱》

这幅可憎的画表现了约旦河边的一场葬礼守灵。画家的笨拙很少能以如此卑劣的方式，将世俗的期望投射到因为缺席而闪耀的弥赛亚身上；他从这世界的画幅中缺席，在大理石灵柩的淫秽裂口中可怕地闪耀着，与此同时，负责宣布他受刑后骇人的肉体重获新生的天使不容商榷地等待着征兆变成现实。无须解释，天使就是赤裸的那一位，她凭借自己出众的肥胖体态出卖肉体，化装成抹大拉的玛利亚，最可笑的是，此时，真正的抹大拉的玛利亚正行进在路上（而路上，两只兔子构成了充满恶意的渎神）。

把手伸进灵柩的那个孩子是路德，也就是魔鬼。穿着衣服的人据称象征着荣耀，她正宣告人类的一切野心都能装进一只脸盆；但是她被画得很糟糕，让人联想起一束人造茉莉花或一团粗粒小麦粉凝成的闪电。

拉斐尔《抱独角兽的女子画像》

圣西蒙认为在这幅画像里看到了异教徒的自白。独角兽，独角鲸，吊坠盒上那颗淫秽的珍珠试图伪装成一只梨，马达莱娜·斯特罗兹的眼神可怕地盯向某个可能发生了鞭笞或者淫秽举止的地方：拉斐尔·桑西在这里隐瞒着最骇人的真相。

主人公铁青的脸色长期被归咎于坏疽或春分。独角兽，象征阴茎的动物，已经荼毒了她：她的身体里沉睡着世间的罪恶。后来，人们发现，只需掀开由拉斐尔的三位敌人（卡洛斯·霍格、被称作“大理石”的文森特·格罗斯让和老鲁本斯）心怀怨恨覆上的虚假图层。第一层绿色，第二层绿色，第三层白色。在此不难看出致命飞蛾的三重象征，而与其尸体连结在一起的翅膀，被人们错认为玫瑰叶片。多少次，马达莱娜·斯特罗兹折下一朵白玫瑰，感受到它在指间的呻吟，扭曲着身体，虚弱地呻吟，仿佛一根细小的曼德拉草，或一只蜥蜴，当这种蜥蜴面前摆着镜子的时候，它们会像里拉琴一样唱歌。已经晚了，飞蛾或许已经蜇咬了她：拉斐尔知道这件事，他感到她奄奄一息。为了把她画得逼真，他添上了那只独角兽，它是贞洁的象征、羔羊与独角鲸的结合，从处女的手中啜饮。但是，他在她的肖像上画了飞蛾，而独角兽杀死了它的主人，用无耻的角刺入她庄严的胸膛，并不断重复这些行为。这位女士手里拿着那只神秘的酒杯，我们使用过它却浑然不知，我们曾通过别人的嘴而缓解的干渴，鲜红的黏稠的葡萄酒，从那里流淌出星辰、蛆虫与火车站。

荷尔拜因《亨利八世肖像》

人们想在这幅画上看见捕猎大象的场景、俄罗斯地图、天琴座、化装成亨利八世的教皇肖像、马尾藻海的风暴，或者在爪哇海域生长的金色珊瑚虫，由于柠檬的影响，它轻轻打了个喷嚏，在这小小的气流中死亡。

考虑到这幅画的整体布局，以上每种解读都是准确的，不管是把画倒着看，还是侧着看。差别可以收缩到细节处；留下中间的**黄金**，数字**七**，帽子－领结部分的显眼的**牡蛎**，以及**珍珠**－头部（衣服上的珍珠构成的璀璨中心，或是中央之国），还有整体萌发的绝对绿色的**尖叫**。

只要简单地去罗马体验一回，把手放在国王心脏处，你就会了解海洋的起源。更容易的是把点燃的蜡烛举到他双眼的位置；会发现那不是一张脸，而同步失明的月亮在透明的滚轮和轴承的背景中跑动，在圣徒传记的回忆中被斩去了头颅。在那场暴风雨的化石中看见美洲豹之斗的人没有犯错。但是，还有钝涩的象牙匕首，在漫长的廊道里厌烦的随从，以及麻风病和战戟之间的委婉对话。人类王国不过是历史记录中的一页，但他并不知晓，兴味索然地与手套和小鹿玩耍。注视着你的那个男人从地狱归来；从那画布边走远些，你将看见那个男人慢慢地笑了起来，因为他是空心的，他被空气填满，在他的身后，几只干燥的手支撑着他，就像纸牌上的形象，人们开始堆叠纸牌城堡，一切都在摇晃。它的寓意如下：“没有第三维度，地球是平的，人类匍匐在地。哈利路亚！”这些话可能出自魔鬼，而你可能相信了，因为这是一位国王告诉你的。

罗马灭蚁指南

传言蚂蚁会把罗马吃掉。它们在石板间爬行；哦，母狼，宝石将以怎样的轨迹割断你的喉咙？泉水从某处涌出，活动的板岩，颤抖的浮雕宝石人像在暗夜里口齿不清地讲述着历史、朝代和纪念仪式。必须找到让源泉跳动的心脏，以免它遭受蚂蚁的攻击，并在这座流血不止、丰饶角如盲人之手般探出的城市里，组织一场拯救仪式，以便未来在山顶上锉平牙齿，温顺无力地爬行，并彻底摆脱蚂蚁的侵扰。

首先，我们将寻找源泉的方位，这很容易，因为在彩色地图上，在雄伟的平面图上，源泉也以喷涌的水柱和天蓝色的瀑布标记，只需仔细地寻找它们，用蓝色铅笔把它们圈起来，不能用红色，因为一张好的罗马地图就是红色的,正如罗马城本身。在罗马的红色之上，蓝色铅笔会在每个源泉的四周标出一片紫色区域，这样我们便可以确定，我们已经找到了所有的源泉，并了解了此地水系的枝脉网络。

更艰难、更隐蔽的任务，是凿穿那块不透光的石头（在石头下面，水银矿脉蜿蜒曲折），是耐心地理解每处源泉的编码，是在月光如注的夜晚满怀爱意地守候在罗马帝国的玻璃杯旁，直到从绿色的窃窃私语里，从仿佛属于鲜花的咕噜声里，逐渐诞生了方向、汇流、其他的街道、活生生的事物。我们不分昼夜地追随源泉，带着叉形、三角形的榛树细枝条，双手各握一枝，夹在松动的手指之间——但对于卡宾枪枪手与友善多疑的居民来说，这一切都是隐形的——穿过奎里纳莱宫，攀过卡比托利欧山，呼喊着跑过平丘山，在塞德拉广场上现身且静止不动，像一颗飘浮的火球，引发混乱，就这样从地面沉默的金属中提取出地下河流的名册。不要向任何人求助，永远不要。

接着，由于水体的愉悦，由于游戏的精巧，我们将逐渐看到在这只剥了皮的大理石之手中，静脉和谐地蜿蜒，直到慢慢地接近，汇合，联结，注入动脉，在中心广场上涌冒而出，那里跳动着液态玻璃鼓，苍白酒杯的根茎，深沉的马匹。我们马上会知道那个位置，在石灰岩地下墓穴的某一层，在环尾狐猴的细小骨架之间，水的心脏在搏动。

探知这些代价不菲，但一切终将水落石出。因此，我们将杀灭垂涎源泉的蚂蚁，我们将烧毁可怕的矿工们为了接近罗马的秘密生命而筑造的巷道。我们只要提前到达中心源泉，就能把蚂蚁消灭。之后我们将搭乘夜班火车逃离渴望复仇的女妖，心怀隐秘的欢欣，混入士兵与修女之中。

爬楼梯指南

所有人大概都观察到了，地面经常发生折叠，一部分抬起，与地面垂直，然后其相邻部分与地面平行，引向另一个垂直平面的出现，呈螺旋式或折线式不断重复，高度极其多样。弯腰，把左手放在其中一个垂直的平面上，右手放在相应的水平平面上，暂时地拥有一级台阶或称阶梯。显然，每一级台阶都由两个部分组成，并且比之前的一级台阶更高、更靠前，正是这种规律为楼梯定义，因为其他任何一种组合或许能形成更美丽、更有诗情画意的形态，却无法把人从一楼转移到二楼。

应保持楼梯在面前，因为如果背对或是侧对楼梯，人会感到非常不适。最为自然的姿势是保持站立，双臂自然下垂，头部抬起，但不能过度，以免眼睛无法看见即将踏上的更高一级台阶，同时，缓慢均匀地呼吸。爬楼梯从抬起位于身体右下方的部分开始，这个部分几乎总是被皮革包裹，除特殊情况之外，台阶都能恰到好处地容纳它。把该部分（简便起见,我们将其称作脚）放到第一级台阶上，然后抬起左边相同的部分（同样称作脚，但不能与之前提到的脚相混淆），把它抬到与脚一样的高度，并让它继续抬高，直到放在第二级台阶上,因此脚将停放在第二级台阶,同时脚将停放在第一级台阶。(前几级台阶总是最难的，直到掌握了必要的协调能力。脚和脚碰巧相同的名字给解释带来了困难。请特别注意，不要把脚和脚同时抬起。)

以这种方式到达第二级台阶之后，只需交替重复这些动作，便能到达楼梯的尽头。很容易就能离开楼梯，用脚跟轻轻一踩，把台阶固定在原处，确保在下楼之前，它都不会从那里挪开。

《给手表上发条指南》序言

请你想一想：当别人送给你一块手表的时候，实则是送给你一座鲜花盛开的小小地狱、玫瑰的枷锁、无形的牢房。他们不仅给了你手表，希望你生日过得开心，我们希望它能用得久一些，因为这是名牌手表，瑞士的，擒纵叉是红宝石；他们不仅送给你一位微型石匠，你将把它绑在手腕上，和它散步。他们送给你的是（他们并不知道，可怕的是他们并不知道）一个你自己的全新的部分，脆弱且不稳定，它属于你，但不是你的身体，得用皮带绑在你的身体上，就像一只小手臂不顾一切地挂在你的手腕上。他们送给你它的需要、你的义务：你每天给它上发条，让它继续成为一只手表；他们送给你通过珠宝展柜、电台广播、电话报时服务来校准时间的痴迷。他们送给你害怕，害怕弄丢它，害怕它被偷走，害怕它掉在地上摔坏了。他们送给你它的品牌、认定这个品牌比其他品牌更好的信心，他们送给你拿你的手表和其他手表进行比较的癖好。他们没有送你手表，你是礼物，他们把你献给了过生日的手表。

给手表上发条指南

尽头将是死亡，但是您别害怕。用一只手把手表固定住，用两根手指捏住发条的开关，轻轻地向后拨。现在，另一段时间开始了。树叶舒展，小船竞渡，时间犹如一把扇子逐渐张开，从中萌发出空气，地上的微风，女人的影子，面包的香气。

您还想要什么？您还想要什么？立即把它绑在您的手腕上，让它自由地跳动，热烈地模仿它。恐惧让擒纵叉生锈，每一件被得到又被遗忘的东西侵蚀着手表的血管，让它细小红宝石组成的冰冷血液变成坏疽。尽头将是死亡，如果我们不奔跑，不提前到达，不理解它已经无关紧要。

奇特职业

演习

我们是一个奇怪的家庭。在这个国家，人们做事要么因为强制，要么为了吹嘘，而我们喜欢自由的职业，毫无缘故的任务，没有任何用处的演习。

我们有一个缺陷：缺乏原创性。我们决定做的所有事情几乎都受启发于——坦诚地说，是抄袭自——著名案例。如果我们试图贡献某种新意，就总是不可避免地产生如下后果：或者是尴尬的年代错置，或者出人意料，令人愤慨。我大伯说，我们是复写纸上的副本，除了颜色、纸张和用途之外，其余的和原件一模一样。我三姐把自己比作安徒生的机械夜莺，她的浪漫主义情怀达到了令人恶心的程度。

我们人数众多，住在洪堡大街。

我们做着事情，但是要讲述它们很难，因为缺乏最重要的元素：做事当时的焦虑和期盼，比结果重要得多的惊喜，以及行动失败——全家人像纸牌城堡一样倒塌在地，数天里都只能听见哀号声和大笑声。

讲述我们做的一切，仅仅是为了填补无可避免的空洞，因为有时候，我们或穷困，或被囚，或抱病，有时是某人去世，或是（提到这件事令我痛心）某人背叛了我们，某人放弃了，或是进了税务局工作。但是，不应该就此推断，我们生活不顺，或者心情忧郁。在我们居住的帕西菲克街区，我们抓住每个时机做事。我们拥有想法和愿望，并将它们付诸实践。比如行刑台那次，关于这个想法的起源，至今没有达成共识，我五姐断言是出自堂亲中的一位，他们都充满哲思，但我大伯坚持认为，这是他在读完一本袍剑小说之后萌生的想法。归根结底，起源无足轻重，唯一重要的是做事本身，因此，我几乎是索然无趣地讲述着这些事，只是为了让自己稍稍远离这个空洞下午落下的雨。

家里的房子前面带有花园，这在洪堡大街上非同寻常。这座花园不比普通庭院大，但比人行道高出三级台阶，这让花园看起来非常显眼，是行刑台最理想的地点。因为有石砖和铁栏杆组成的围栏，工作时可以避免行人钻进家里；他们完全可以倚靠在围栏外面流连数小时，而这并不会打扰我们。“我们将在满月那天行动。”我父亲命令道。白天，我们去胡安·B. 胡斯托大街的建筑市场寻找木头和铁，而我的姐妹们留在客厅里练习狼嚎，因为我小姑坚持认为行刑台会吸引狼群，诱发它们对月嚎叫。我的表亲和堂亲们负责找来钉子和工具；我大伯绘制草图，和我母亲以及二伯讨论行刑器具的种类和特质。我记得讨论的结果：他们严肃地决定建造一座很高的平台，平台上将会竖起绞刑架和肢刑架，同时留出富余空间，以根据不同情况实施刑罚或是斩首。我大伯认为，这比他最初的设想要简陋粗略太多，但是房前花园的面积和材料费用的问题总归限制了家人的雄心。

一个周日的下午，吃完意式饺子之后，我们开始了建造工程。虽然我们从不在意邻居们的想法，但是为数不多的观众显然以为我们是在建起一到两个房间，来扩大房子的规模。第一个被惊动的人是对面的老头儿克雷斯塔先生，他走过来问我们为什么要搭建一个这样的平台。我的姐妹们聚在花园的一角，发出了几声狼嚎。相当多的人聚集了起来，但我们持续工作直到深夜，并建好了平台和两座小楼梯（分别为神甫和受刑者准备，他们不能一块儿登台）。周一，部分家庭成员奔赴各自的工作岗位，因为人们总得生存，我们其余的人开始架起绞刑架，与此同时，我大伯在查阅古代肢刑架的图版以作参考。他的想法是把滚轮放在尽可能高的地方，用一根稍微有些不规则的长杆——比如一根光滑的杨树树干——支撑。为了满足他，我二哥和堂兄们开着小卡车去找杨树；同时，我大伯和我母亲把滚轮的轮辐嵌进轮毂里，而我负责准备铁制轴环。在这些时刻，我们极其开心，因为四处都能听见锤子反复敲打的声音，我的姐妹们在客厅里嚎叫，邻居们聚在围栏前交流感想，在介于紫红色与锦葵色之间的黄昏里，立起了绞刑架的剪影，还可以看见我小叔坐在横梁上固定钩子，准备活结。

事情到了这种地步，街上的人们不可能意识不到我们正在做的是什么东西，抗议和威胁的声浪鼓舞着我们用竖起肢刑架来结束一天的劳动。几个任性妄为的人试图阻止我二哥和我的堂兄们把装在小卡车上的上好杨树树干送进家里。我们全家人齐心协力，在这场激烈的拔河比赛中大获全胜，把树干安放在了花园，还有一个年幼的孩子深陷树根的缠绕。我父亲亲自把孩子交还给他愤怒的父母，斯文有礼地把孩子从围栏里送了出去，与此同时，当众人的注意力转向这感性的画面，我大伯在我堂兄们的帮助下，把滚轮安在树干的一头，并着手立起了肢刑架。正当我们一家人聚集在平台上，赞扬行刑台的美丽外观时，警察赶到了。只有我三姐留在大门边，于是轮到她和副警长本人对话；她很容易就说服了他，我们是在自己的房产内工作，我们建造的工程仅在用途上稍显违宪，邻里背后的言论实则是仇恨和忌妒的产物。夜晚已然降临，这让我们不用浪费更多时间。

在电石灯的光照下，在上百名充满怨气的邻居的监视中，我们在平台上吃完了晚饭；我们从未觉得烤乳猪是如此美味，内比奥罗葡萄酒是如此色泽饱满，味道香甜。北方吹来的微风轻轻地摇晃着绞刑架的绳子；有一两回肢刑架的滚轮吱嘎作响，仿佛是乌鸦们前来歇脚、准备进食。看热闹的人开始离去，嘴里嘟囔着威胁的话语；还有二三十人停留，他们趴在围栏上，似乎在等待着什么。喝完咖啡以后，我们关上了灯，让月亮出场，月亮从露台的栏柱那里升起，我的姐妹们开始嚎叫，我的堂兄弟们、叔叔伯伯们在平台上慢慢地走动，他们的脚步让地基晃动。在接下来的寂静中，月亮爬升到活结的高度，滚轮上似乎有一朵镶银边的云彩不断伸展。我们仰望着，如此快乐，这是一种至高的享受，但是邻居们在围栏外窃窃私语，仿佛处于失望的边缘。他们点燃了香烟，逐渐离开，有些人穿着睡衣，另一些人走得更慢。只剩下街道、远处的警笛声和不时经过的108路公交车；而我们已经睡着了，梦见聚会、大象和丝绸服装。

礼仪与教养

我一直认为，严谨是我们家族的显著特征。我们将这种正派的品质发扬到了不可思议的地步，不仅体现在穿衣吃饭中，还体现在表达和搭乘电车的方式中。比如，在帕西菲克街区，人们毫无顾虑地征用绰号，而对我们来说，绰号需要审慎、反思，为之牵肠挂肚。我们认为，不能随意地给别人取绰号，因为他不得不将其吸收，而且承受一生，仿佛绰号是他的一种特性。洪堡大街上的太太们把她们的儿子叫作托托、可可或者卡乔，把女孩们叫作黑妞或者宝贝，但我们家不存在这种普通的绰号，更别提类似于奇罗拉、卡丘索或是马塔加多这种盛行于巴拉圭和戈多伊克鲁斯的矫揉造作和高调的绰号了。只需以我二姑的情况为例,就足以说明我们对此的严谨态度。显而易见，她拥有一个体积巨大的臀部，我们绝不会允许自己屈服于普通绰号的强烈诱惑；就这样，我们没有赋予她“埃特鲁里亚双耳瓶”这等粗俗绰号，而是一致同意使用更加大方得体的称呼：大屁股。

我们一向这样谨慎，虽然我们得时不时地和坚持传统绰号的邻居朋友做斗争。我最小的从堂弟有一个显而易见的大脑袋，我们一直拒绝称他“阿特拉斯”，那是他从街角的烤肉摊上得来的绰号，我们更喜欢精致得多的“冬瓜头”。我们一向这么做。

我要澄清的是，我们这样做不是为了标榜自己在街区里与众不同。我们只是想在不伤害任何人情感的前提下，循序渐进地改变常规与传统。我们不喜欢任何形式的粗俗，要是我们之中任何人在餐馆里听到这样的话：“这是一场拼抢得很激烈的比赛”，或者“法乔里进球的显著特点是在射门之前施展卓有成效的中路渗透”，都会受不了，并立即给出在这种紧急情况下更纯正、更恰当的表达方式，也就是说：“两边互相尥蹶子”，或者“我们先狠虐他们一通，再使劲往门里灌”。人们惊讶地看着我们，但总是不乏人理解深藏在这些话背后的教益。我大伯阅读过不少阿根廷作家写的书，他说，其中许多人要是能这样写东西就好了，但他从来没有具体地解释过。真遗憾。

邮电局

有一次一位远亲成了部长，我们想方设法让他把许多家庭成员安排到塞拉诺大街的邮电分局工作。持续的时间不长，毫无疑问。在我们待在那里的三天中，前两天我们以出色的效率接待公众，因此赢得了邮电总局一名巡查员的意外莅临和《理性报》上的一条赞美简讯。第三天，我们可以确定自己已广受欢迎，因为人们从其他街区前来寄发信件，汇款到普尔马马尔卡和其他同样荒谬的地方。于是，我大伯指示大家自由行动，全家人就开始根据自己的原则和喜好展开工作。在邮资窗口，我二姐向每一位购买邮票的顾客赠送彩色气球。第一个收到气球的人是一位胖女士,她仿佛被钉在了原地，手里拿着气球和已经被舔湿的一比索邮票，邮票在她的手指上逐渐卷成了卷。一位年轻的长发男人断然拒绝接受气球，受到了我二姐的严厉责备,而同时窗口前的队伍里不同的观点开始针锋相对。旁边，几个外省人愚蠢地坚持要把一部分工资汇给远方的家人，他们有些惊讶地收到小杯的果渣酒，以及不时传过来的鲜肉馅饼，这一切都由我父亲主导，此外，他还在大声地朗诵老人比斯卡查[①] 最好的忠告。与此同时，我的兄弟们负责包裹邮递窗口，他们给邮包涂上焦油，再把它们塞进一只装满羽毛的桶里。然后，他们把这些邮包展示给目瞪口呆的寄件人，并指出收件人接到改良过的包裹后会多么喜悦。“看不到细麻绳，”他们说，“也没有俗气的火漆，收件人的名字像是印在天鹅的翅膀下面，您看到了吧。”说实话，不是所有人都能欣赏。

当看热闹的人群和警察入侵邮局的时候，我母亲在用最优美的方式谢幕，她用电报、汇款单和挂号信叠出许多彩色纸飞机，让它们在人们头顶上方飞舞。我们唱着国歌，有序退场；我看见一个小女孩在哭泣，她排在邮资队列的第三个位置，意识到良机已过，她得不到气球了。

①阿根廷长诗《马丁·菲耶罗》中的人物。

头发的丢失与寻回

为了与实用主义和谋求实用成果的可怕趋势做斗争，我大堂兄力主贯彻以下步骤：从头上拔下一绺头发，在每根头发的中间打个结，然后让它沿着盥洗池的小洞轻轻地滑落。如果这根头发卡在了这种小洞通常会有的过滤网上，只要把水龙头打开一点，就能让它从视线里消失。

事不宜迟，必须立刻开始寻回头发的工作。第一个步骤，卸下盥洗池下接的U型水管，查看头发是否挂在了管道的某个突起处。没有找到的话，就需要打开从U型水管到排水口的那段管道。可以肯定，在这个部分将会出现很多头发，需要借助家庭其他成员的帮助，以便逐一检查，寻找打结的那根。如果那根头发仍没有出现，就将面临一个有趣的提案，即打破一直通至底层的水管，但这势必意味着巨大的努力，因为需要在某个政府部门或贸易公司工作八到十年，才能攒出购买我大堂兄楼下四间公寓的钱，此外还需考虑一个额外的不利因素，那就是在工作的八年或十年之中无法回避头发已经不再在水管里的痛苦感觉，只有最微小的可能让它依然挂在管道中某处生锈的突起上。

终于，我们可以打破每一间公寓的水管，在接下来的几个月里，我们将生活在脸盆和其他装满湿头发的容器的包围中，此外包围我们的还将有助手和乞丐，我们慷慨地给予他们报酬，让他们搜寻、分离和归类，并将疑似的头发拿给我们，以便成就我们如此渴望的绝对把握。如果头发没有出现，我们会进入一个更为模糊与复杂的阶段，因为接下来的一段管道将把我们带入城市的主干下水道。在购买了特殊服装之后，深夜我们将学会在下水道里滑行，在强力手电筒和氧气面罩的支持下，探索大大小小的通道，如果可能，还有盗窃团伙中的一些人提供帮助，我们已经和他们建立了联系，而我们白天在政府部门或贸易公司挣到的大部分薪资将落入他们手中。

我们时常会觉得任务即将完成，因为我们会找到（或是别人给我们拿来）与我们所寻找的相似的头发；但是，大家都知道，如果没有人为干预，头发的中间不会有结，最后我们几乎总会证实，那个结只不过是头发直径变粗的结果（虽然我们也没有听说任何类似的情况），或是长期停留在潮湿表面之后产生的某种硅酸盐或氧化物。我们可能就这样在大大小小的管道里不断行进，直到抵达没有人能下决心继续前进的那个地方：通向河流的总排放口，碎屑物迅速在那里聚集，怎样的金钱、船只和贿赂都无法让我们继续探寻。

但也许在此之前，或是在更早之前，比如在盥洗池下面几厘米的地方，在与二楼公寓同高的地方，或是在第一根地下管道里，我们就找到了那根头发。只要想象一下这会给我们带来的快乐，计算出由于十足的好运而节省下来的力气有多么令人惊喜，就足以让我们做出选择，要求一项类似的作业，并充分论证这项作业的合理性，每位尽职的老师都应该从学生幼年时就将其推介给他们，而不是用交叉相乘法或坎查·拉亚达的悲伤[①] 炙烤他们的灵魂。

①坎查·拉亚达，智利地名，此处指智利独立战争时期发生于 1814 年 3 月的坎查·拉亚达第一战役，又称“坎查·拉亚达的悲伤”。

困境中的姑妈

为什么我们会有一个如此害怕仰面跌倒的姑妈？许多年来，全家人努力试图治愈她的担忧，最终却不得不承认失败。无论我们做了多少，姑妈还是害怕仰面跌倒；她纯真的狂躁影响了我们所有人，从我父亲说起，他满怀手足情谊陪同她去一切地方，持续观察脚下，以便我的姑妈可以毫无忧虑地走路，而我母亲每天几次精心打扫院子，我的姐妹们捡起网球，那是她们之前在露台上天真无邪地嬉戏时留下的，我的堂兄弟们清洗掉在家中大量繁衍的狗、猫、乌龟和母鸡的所有痕迹。但一切都无济于事，姑妈下决心穿过各个房间之前，必须经过长时间的犹豫不决，没完没了的观察，并激烈呵斥当时正好出现在那里的所有小孩。然后，她才开始行动，先用一只脚作支撑，像在松香盘上蹭脚底的拳击手一般小步挪动，再换另一只脚，她移动身体的方式在年幼的我们看来非常庄严，要花好几分钟从一扇门走到另一扇门。真可怕。

全家人多次试图让我的姑妈合理地解释她害怕仰面跌倒的原因。有一回，她的回应是凝重到可以被镰刀切割的沉默；但是，有一天晚上，在喝了一小杯橘皮苷之后，姑妈屈尊暗示，如果她仰面跌倒了，将再也无法重新站起身。对于三十二名家庭成员随时准备前来帮助她的简朴愿望，她目光憔悴地回答：“没用。”几天后的夜晚，我大哥把我叫到厨房，让我看一只仰面跌倒在盥洗池下面的蟑螂。我们无言地看着它长久却徒劳地试图翻正身子，与此同时，其他的蟑螂克服了对灯光的恐惧，在地板上打转，揉搓着那只仰面朝天的同伴。我们带着显而易见的忧郁回房睡觉，出于某种原因，大家不再问询姑妈；我们只是尽可能地减轻她的恐惧，陪伴她走动，伸出我们的手臂让她搀扶，给她买许许多多的防滑鞋和其他的稳定装置。生活就这样继续，并不比别人的生活更糟。

被解释和不被解释的姑妈

显而易见，我的四位堂兄弟投身于哲学。他们读书、相互讨论，家庭其他成员在保持距离的同时钦佩他们，因为我们坚守不干涉他人喜好的原则，甚至尽可能地提供帮助。我大为敬重的这几位少年不止一次地探讨过姑妈的恐惧问题，并得出了晦涩但或许值得重视的结论。就像在类似情况下经常发生的那样，我的姑妈对这些讨论研究知之甚少，但从那时起，家庭内部对姑妈愈发顺从。多年来，我们一直在姑妈从客厅到前院、从卧室到卫生间、从厨房到储藏室的那些摇摇晃晃的远征中陪伴着她。她坚持侧卧睡觉，夜里维持绝对静止的状态，偶数日期朝右，单数日期朝左，我们从未觉得她的行为离奇反常。姑妈笔直地坐在餐厅以及后院的椅子上，绝不接受舒适的摇椅或莫里斯椅。在“伴侣号”发射的那一晚，全家人都躺在前院的地上观察那颗卫星，但是姑妈依旧坐着，第二天她出现了严重的颈强直。我们逐渐被说服了，到如今是彻底屈服。我的堂兄弟们也促进了我们的转变，他们用会意的眼神暗示，说着“她是对的”之类的话。但是为什么呢？我们不知道,他们也不想向我们解释。比如，在我看来，躺着极其舒适。把整个身子靠在床垫上，或是院子的瓷砖地上，可以感受到脚跟、小腿肚、大腿、臀部、脊背、肩胛骨、手臂和后颈均匀地分担了身体的重量，即在地面上让身体舒展开来，以无比亲密和自然的方式靠近地表，而地面贪婪地吸引着我们，仿佛要将我们吞噬。奇怪的是，对我来说仰面平躺是最自然的姿势，有时我会怀疑姑妈正是因此而感到恐惧。我认为这个姿势完美无缺，也从心底相信这是最舒服的姿势。是的，我没有说错：在心底，在内心深处，渴望仰面平躺。这甚至让我感到有些恐惧，而我无从解释。我多么希望像她一样，却又多么无能为力。

老虎旅社

早在我们将想法付诸实践之前，我们就已经知道给老虎住宿将面临情感和道德的双重难题。情感难题不在于住宿，而在于老虎，因为这些猫科动物不喜欢别人为它们提供住宿，它们会使出自己所有的力气——巨大的力气——进行抵抗。情况既然如此，挑衅上述动物的脾性是否合适呢？而这个问题又将我们带到了道德层面，在这个层面上，一切行动都能成为光荣或羞耻的起因或后果。夜晚，在我们洪堡大街的家里，面对着忘记撒上肉桂和糖粉的大碗奶粥，我们沉思。我们并不是真正确定能够为老虎提供住宿，这令我们痛苦。

最后，我们决定让一只老虎入住，只是为了观察整个运作机制可能出现的复杂情况。之后，我们将会评估结果。我不会在此详述获得第一只老虎的过程：那是一项谨慎而艰辛的工作，跑遍领馆和药店，花掉一堆杂乱的纸币，邮寄航空信件，频繁查阅字典。一天晚上，我的堂兄弟们浑身带着碘酒的痕迹回到家中：成功了。我们喝了大量的内比奥罗葡萄酒，最终我最小的妹妹不得不用耙子清理桌子。那个时候，我们比现在年轻得多。

既然实验已经给出了我们熟知的结果，我可以提供关于住宿的细节。最困难的或许是与环境相关的一切，因为需要一间家具尽可能少的房间，这在洪堡大街上十分罕见。在屋子中央安放装置：两块交叉的木板，一套弹力钢筋，以及几只装着牛奶和水的陶罐。让老虎入住并不是一件特别困难的事，虽然有可能操作失败，需要重新再来；在老虎已然入住后，当它恢复自由并选择——以各种可能的方式——行使这权利的时候，真正的困难才开始。在这个我称为过渡阶段的时期，家人的反应非常重要；一切都取决于我的姐妹们如何行动，取决于我父亲尽可能地利用老虎的习性，犹如陶匠操纵黏土，使老虎重新入住的本事。最微小的失误也可能导致灾难性后果：烧断的保险丝，洒在地上的牛奶，磷光闪闪的眼睛划破黑暗所引发的恐惧，爪子每一次攻击之后的温热血流；我拒绝继续想象，而到目前为止，我们已经成功地使老虎入住，并且没有产生危险的后果。装置以及我们大家——从老虎到我的从堂兄弟们——应该承担的不同职责似乎都非常高效，而且和谐地衔接配合了起来。对我们来说，给老虎提供住宿这件事本身并不重要，重要的是让这个仪式毫无差错地执行到最后。要么老虎接受入住，要么采用某种方式使得它的接受或拒绝变得无关紧要。在被人们情不自禁地称之为关键的时刻——或许是由于那两块木板①，或许只是一种习惯性表达——全家人都觉得自己被一种非凡的激动情绪控制了；我母亲没有掩饰她的泪水，我的堂

①西班牙语中“crucial”一词同时有“十字交叉的”和“关键的”两重意思。

姐妹们抽搐着将手指交叉又分开。给老虎提供住宿意味着某种完全的对抗，直面一种绝对的力量；平衡的支点是如此微妙，我们为此付出的代价是如此高昂，而入住之后的短暂时刻，那自证了其完美性的短暂时刻，让我们得以从自己身上剥离，虎性和人性被同时消除，这一切都仅仅发生在一个静止的运动中，即眩晕、暂停和完成。没有老虎，没有家人，没有住宿。无从得知存在着的事物：一阵并非来自这副肉身的颤抖，一种中间的时间，一根联通一切的柱子。然后，所有人来到有顶的庭院里，姑妈们端上了汤，仿佛有什么东西在歌唱，仿佛我们在参加一场洗礼。

葬礼上的举止

我们不是为了茴香酒，也不是因为不得不去。有人已经猜出来了：我们去是因为无法忍受各式各样最狡诈的虚伪。我年纪最大的从堂姐负责了解葬礼的性质，如果是真的，如果人们哭泣是因为在晚香玉和咖啡的香味中男男女女们除了哭泣再无他想，我们就会留在家里，在远处陪伴他们。顶多我的母亲会过去一下，以全家人的名义道个恼；我们不喜欢强行加入他人与阴影的对话之中，那是傲慢无礼的行为。但是，如果我堂姐通过不慌不忙的调查，怀疑在带顶庭院或是客厅里出现了虚伪的征兆，那么全家人会立即穿上最好的衣服，等待葬礼开始，无可阻挡地逐一登场。

在帕西菲克街区，活动几乎总在摆着花盆、放着电台音乐的庭院里举行。在这种场合，邻居们会关掉广播，只留下茉莉花和家属靠着墙壁交错安放。我们逐个抵达，或者两人一组，向丧亲家属们致意，很容易就能认出他们，因为他们一看见有人进来就开始哭泣，然后我们在某位近亲的护送下，在死者面前鞠躬。一两个小时以后，全家人都出现在了死者家里，但是，虽然邻居们对我们非常熟悉，我们仍表现得就像每个人的到来都有自己的缘由，相互之间几乎不说话。一种精确的办法指导着我们行动，在厨房里、在甜橙树下、在卧室里、在玄关挑选交谈的对象，时而走到庭院里或者大街上抽烟，或者在街区里散步，就政治观念和体坛动向展开交流。无须太久就能探明近亲的感受，啤酒、甜马黛茶和帕尔蒂库拉淡型香烟就是通向秘密心事的桥梁；午夜以前，我们便足以确认可以毫无愧疚地行动。一般来说，我的小妹负责第一次出击；她熟练地来到棺材旁边，用一条紫色的手帕盖住眼睛，开始哭泣，起初，她静静地流泪，把手帕浸湿到令人难以置信的程度，然后是抽泣，急促的喘息，最后爆发出可怕的号哭，邻居中的妇女们不得不把她送到为这种紧急情况而准备的床上，让她闻橘花水并安慰她，与此同时，其他的妇女忙着照顾突然被这场危机感染的近亲们。一时间许多人聚集在灵堂门口，他们小声提问、交流信息，邻居们则耸耸肩。家属们由于必须竭尽全力而深感疲惫，他们开始收敛自己悲痛的表现，就在此时，我的三个从堂姐妹开始哭泣，她们哭得自然，没有叫喊，但又如此动人，以至于家属和邻居大为忌妒，他们意识到当其他街区来的陌生人都如此悲痛的时候，他们不能这样在一旁休息，于是再次加入了集体哀悼的行列，再次需要腾出床位，给年长的女士扇风，给抽搐的老头放松腰带。我和我的兄弟们通常等到这个时刻才会走进灵堂，去到棺材旁边。尽管显得非常奇怪，但我们是真的深感痛苦，每次听到我们的姐妹们的哭声，那无尽的伤痛就会填充我们的胸膛，并让我们想起童年，比亚·阿尔贝帝纳附近的田野，在班菲尔德的罗德里戈将军大街上拐弯时吱嘎作响的电车，诸如此类总是让人非常伤感的事情。我们只要看见死者交叠的双手，就能突然泪流满面，不得不羞愧地遮住脸，我们是五个真正在葬礼上哭泣的男人，与此同时，丧亲家属们绝望地攒出力气，向我们看齐，他们感到不论付出怎样的代价，都必须证明这场葬礼是属于他们的，只有他们有权利在这座房子里这样哭泣。但是他们人数很少，而且缺乏真情（我们通过我最年长的从堂姐那里了解到这一点，这为我们增添了力量）。他们徒劳地积攒抽泣和晕厥，和他们团结一心的邻居们给予他们支持，送上安慰，并考量局面和情势，把他们送去休息，又把他们送回来重新加入战斗，这些同样是无谓的努力。现在，我父母和我大伯接力替换了我们，这几位老人的痛苦中有某样东西必须敬重，他们从洪堡大街前来给死者守灵，从街角算起，离这里足有五个街区。说话最有条理的邻居也开始词穷，丢下丧亲家属，去到厨房喝果渣酒，发表评论；几名家属在一个半小时的持续哭泣之后筋疲力尽，开始呼呼大睡。我们轮流主导局面，并且表现得像是没有任何事先准备；清晨六点前，我们成了葬礼毫无争议的主人，大多数邻居已经回家睡觉，家属们以不同的姿势躺倒，并带有不同程度的浮肿，黎明在院子里降临。在这个时间，我的姑妈们在厨房里准备了补充能量的点心，我们喝了煮沸的咖啡，当我们在玄关或卧室相遇时狡黠地对视；我们就像来来往往的蚂蚁，路过时相互摩擦触角。灵车抵达，一切已经准备就绪，我的姐妹们带着家属在棺材合上前与死者作最后的告别，她们支撑他们，安慰他们。与此同时，堂姐妹和兄弟们加快进程，把他们赶走，打断告别环节，然后自己留下同死者待在一起。家属们屈服了，迷失了方向，朦胧地意识到现状却无力应对，他们任由自己被带来带去，啜饮任何靠近他们嘴边的东西，用语无伦次的抗议回应我的堂姐妹和姐妹们亲切的请求。离开的时刻到来，家里挤满了亲人和朋友，一个无形但严密的组织决定了每个步骤，殡葬公司的负责人听从我父亲的指挥，棺材的移动遵从我大伯的指示。偶尔，最后一刻赶来的家属们愤怒地吵闹着要求恢复自己的权利；可邻居们已经确信，一切理应如此，后者恼火地看着他们，强迫他们住口。我的父母和叔伯们安坐在灵车上，我的兄弟们登上了第二辆车，我的堂姐妹们裹着黑色和紫色的三角披肩，好心允许某位近亲也坐上第三辆车。剩下的人各自找车搭乘，有些家属不得不坐出租车。一部分家属因为清晨的空气在漫长的旅途中恢复了精神，试图谋划在墓园里进行一次复辟，他们即将面临痛苦的幻灭。棺材刚抵达列柱廊，我的兄弟们就团团围住了丧亲家属或朋友们指定的祈祷师，很容易就能通过他逢迎场合的表情和上衣口袋里鼓起的那卷稿纸而认出他。他们向他伸出双手，用眼泪濡湿他的衣领，轻拍着他，发出木薯粉般柔软的声音，祈祷师无力阻止我小叔走上讲台，开始发表演讲，他的演说闪耀着真理之魂，处处严谨。演讲持续了三分钟，完全围绕死者展开，赞颂了他的德行，也评议了他的缺点，每个词都充满仁慈；他极为动情，有时甚至难以结束发言。他刚下来，我大哥就占据了讲台，他代表邻里诵读赞美词；与此同时，原本被指定的邻居试图从我的堂姐妹和亲姐妹之中开路，她们正哭着抓住他的坎肩。我父亲亲切而不容违抗的姿态让殡葬公司的工作人员行动了起来；他们轻柔地开始转动灵台，而那些专职祈祷师留在了讲台下方，相互对视，汗湿的手揉搓着演讲稿。我们通常不会一直陪死者到拱形坟墓或地下墓穴，我们会半途掉头离开，一路谈论着葬礼中的突发事件。我们远远看见家属们绝望地跑过去抓住棺材上的绳子，和邻居们争抢起来，而此时，已经是邻居们掌控着这些绳子，他们更希望自己而不是家属们挽住它们。

可塑材料

办公室的工作

我忠诚的秘书属于依样画瓢地履行职责的那类人，而你会知道这意味着越界，侵略领地，仅仅为了取出一根可怜的头发就把五根手指都伸进牛奶杯里。

我忠诚的秘书负责，或是想要负责我办公室里的一切事务。我们终日振奋地为争夺职权展开礼貌的交战，微笑着交互进行进攻与防卫、突围与撤退、监禁与解救。但是，她有时间完成一切，她不仅想统领办公室，同时还一丝不苟地履行自己的职责。例如，她没有一天不去润色和梳理言词，整饬、修饰它们，以备日常使用。如果某个可被摒弃的形容词来到我的嘴边（所有这些形容词的产生都不在我秘书的势力范围之内，某种程度上也不在我本人的势力范围之内），她早已拿着笔，逮捕并处决那个词，不给它时间同句子的其他部分衔接，也不让它由于忽视或惯性而得以幸存。假如我让她单独待着，假如我在此刻让她自行其是，她会在盛怒中把这些纸张扔进废纸篓。她是如此坚定地希望我过着井然有序的生活，以至于每个预料之外的动作都会让她直起身子，竖起耳朵和尾巴，像风中的电缆般微微颤动。我不得不伪装起来，做出正在撰写报告的样子，实则在粉色或绿色的小纸片上填写我喜欢的词语，它们在嬉戏，在跳跃，在激烈地争执。与此同时，我忠诚的秘书在整理办公室，表面上心不在焉，实际上时刻准备着。一节诗正在尽情地诞生，在它诞生的中途，我听见了她那可怕的审查的尖叫，接着我的笔飞速地转向违禁词，迅速将它们划去，整顿混乱，确定，删除，让句子重焕光彩，敲定的内容很可能非常不错，但无可避免的是那种悲伤，舌尖上那种背叛的味道，上司面对秘书的那种表情。

奇妙的工作

剪下蜘蛛的一条腿，把它放进信封里，写上“外交部部长先生收”，填上地址，蹦蹦跳跳地走下楼梯，在街角的邮局寄出这封信。这是多么奇妙的工作。

沿着阿拉戈大街边走边清点树木，每经过五棵栗树就单脚站立一会儿，等到有人注视的时候，发出嘶哑、短促的叫声，如陀螺般旋转，手臂完全张开，和阿根廷北部在树上哀叹的林鸥鸟一模一样。这是多么奇妙的工作。

走进一间咖啡馆，要一份糖，再要一份糖，第三次、第四次要糖，然后在桌子中央堆起一座糖堆，随着柜台处和白色围裙底下的愤怒不断增长，在糖堆正中间准确而轻柔地吐一口唾沫，注视着白糖小冰川的坍圮，听见与之相伴的石头碎裂的声音，这声音出自五位老主顾和店主紧缩的喉咙，店主是个适时坦率的男人。这是多么奇妙的工作。

搭乘公共汽车，在外交部门口下车，用密封的信封敲打别人，给自己开路，把最后一位秘书抛在身后，严肃、坚定地走进充满镜子的巨大办公室，恰好此时一名身穿蓝色制服的办事员交给部长一封信，看着他用一把具有历史渊源的裁纸刀裁开信封，伸进两根柔弱的手指，取出蜘蛛腿，呆若木鸡，看着它。然后模仿苍蝇嗡嗡的叫声，看着部长变得脸色苍白，他想扔掉蜘蛛腿却毫无办法，他被这条腿困住了。然后背过身去，吹着口哨离开，在走廊上宣布外交部部长辞职。知道敌人的军队将于第二天入侵，一切都会见鬼去。那将是闰年单数月的一个星期四。这是多么奇妙的工作。

禁止携带自行车入内[1]

在这个世界的银行和贸易公司里，没人会在意某人胳膊底下夹着圆白菜或巨嘴鸟进门，或者像崔弟鸟般唱出母亲教的歌曲，又或者牵着一只穿条纹针织背心的黑猩猩。但若是某个人带着自行车进门，就会立刻引发一阵夸张的骚动，自行车被暴力驱逐到街上，同时它的主人受到来自员工们的严厉警告。

自行车是驯良且举止谦逊的实体，张贴告示、在城市美丽的玻璃门前高傲地阻止它的入内，于它而言意味着侮辱和嘲弄。据悉自行车已经尝试了各种方法来挽救自己悲惨的社会地位。但是，地球上所有的国家都禁止携带自行车入内。某些国家还会加上“与狗”，这加重了自行车与狗的自卑情绪。猫、兔子、乌龟原则上都能进入邦奇与博恩公司或圣马丁大街的律师事务所，只会引发惊讶，激起

①原文为意大利语。

焦虑中的话务员强烈的喜爱之情，顶多有人命令看门人把上述动物扔到大街上。最后这一条有可能会发生，但并不具有侮辱性。因为首先，这只是诸多可能性中的一种，其次，这只是基于某种原因产生的结果，而不是源于预设的无情阴谋，这阴谋被恶劣地印在了青铜或珐琅牌子上，那毫不留情的规定的告示牌，它们践踏了自行车单纯的率性行为，那无辜的自行车。

无论如何，经理们，请当心！玫瑰也是单纯和甜美的，但你们或许知道，在一场两朵玫瑰的战争中，死去了众多黑色闪电般的王侯，鲜血的花瓣令他们目眩。但愿不会有那么一天，自行车浑身是刺，车把倒转伸长如尖角，以愤怒为盔甲，集体冲向保险公司的玻璃窗，惨痛的一天，所有股票大跌，附带二十四小时的服丧、通过吊唁卡和回执卡传达的哀悼。

复活节岛上镜子的行为

把镜子放在复活节岛西边，镜像倒流。把镜子放在复活节岛东边，镜像加速。只要认真计算，就能找到这面镜子与时间同步的地点，但是该地点对这面镜子有用，却不能保证适用于另一面镜子，因为镜子们受不同制作材料的影响，而且在反映镜像时也随心所欲。就这样，获得古根海姆基金会奖金的人类学家萨洛蒙·莱莫斯在刮胡子时看向镜子，看见自己死于斑疹伤寒，这件事发生于复活节岛的东边。与此同时，一面被他遗忘在复活节岛西边的小镜子（它被扔在了石堆里）兀自照出了穿着短裤、正向学校走去的萨洛蒙·莱莫斯；接着照出了在浴缸里赤身裸体的萨洛蒙·莱莫斯，正由爸爸妈妈热情地给他抹上肥皂；接着照出了在特伦克劳肯县一个牧场小住时，正在牙牙学语、让亲爱的雷梅迪奥姨妈激动不已的萨洛蒙·莱莫斯。

聚精会神的可能性

多年来，我都在联合国教科文组织及其他国际机构工作。尽管如此，我依然保持着某种幽默感，尤其是一种出色的聚精会神的能力，也就是说，如果我不喜欢一个人，只要做了决定就能把他从地图上抹去，在他说个不停的时候，我已经研究起了梅尔维尔，而那个可怜的人还以为我在听他说话。同样，如果我喜欢一个姑娘，她一进入我的视野，我就能抽去她的衣服，在她跟我谈论清晨的寒意时，我会花好几分钟欣赏她可爱的肚脐。有时候，我拥有的这种才能几近病态。

上周一是耳朵。上班时分，在入口的走廊上移动的耳朵数量惊人。在我的办公室里，我发现了六只耳朵；中午，餐厅里有五百多只耳朵，对称地排成两列。时不时地看见两只耳朵来到排头，离开队列，然后走远，这非常好玩。它们就像翅膀一样。

周二，我选择了我认为没那么常见的东西：手表。我错了，因为吃午饭的时候，我看见了近两百只手表，它们在餐桌上方徘徊，时退时进，我尤其记得切牛排的动作。周三，我（带着某种尴尬）偏爱更基本的东西，我选择了纽扣。真是壮观的景象！走廊里充满了成群结队的暗淡无光的眼睛，沿水平方向移动，同时，在每个小小的水平移动阵营的边缘，都有两颗、三颗或四颗纽扣晃动如钟摆。电梯里，纽扣饱和的状态是难以形容的：在不可思议的立方晶体里，有数百颗静止不动或几乎不动的纽扣。我尤其记得一扇朝向蓝天的窗户（当时是下午）。八颗红色的纽扣勾连出一条纤细的垂线，几个小小的珍珠母质地的隐秘圆盘轻巧地摆动。那位女士大概非常美丽。

圣灰星期三这一天，我觉得消化过程能给予与场合相符的展示，因此，九点半的时候，我忧伤地观看着上百只装满灰色糊状物（由玉米片、牛奶咖啡和羊角面包混合生成）的袋子纷纷到来。在餐厅里，我看见橙子被精细地分成小瓣，在某一时刻失去了初始形状，一个接一个地掉落，直到在一定高度处形成白色堆积物。在这种状态下，橙子穿过走廊，走下四层楼，进入一间办公室，在椅子的两个扶手中间的某个位置停了下来。在稍远的地方，可以看见一杯四分之一升的浓茶也类似地一动不动。作为题外话（我习惯于随心所欲地运用我聚精会神的能力），我还能看见一股烟雾沿一段管道垂直下降，而后被一分为二，仿若两个半透明的气泡，然后重新沿管道上升，在形成一个优美的漩涡之后，化作巴洛克式的形状。后来（我在另一间办公室），我找到了重新拜访橙子、茶和烟雾的借口。但是，烟雾已经消散，橙子和茶变成了两根让人讨厌的扭曲的长条。连聚精会神都有它令人痛苦的一面；我向长条们问好，然后回到了我的办公室。我的秘书正哭泣着阅读辞退我的通报。我决定专注地提取她的眼泪，以此安慰自己，在那短短一段时间里，我因为这些清透微小的涌泉而愉悦，它们诞生于空气之中，在文件夹、吸墨纸和官方通报上粉身碎骨。生活中充满了这样的美丽。

日日日报

一位先生买了一份日报，把它夹在胳膊下面，坐上了电车。半个小时后他下了车，日报夹在同一只胳膊下面。

但那已经不是同一份日报了，现在，它是那位先生丢弃在广场长凳上的一叠印刷品。

那叠印刷品刚被独自留在长凳上，就再次变成了一份日报，因为一个小伙子看到它，阅读它，又放下它让它变回一叠印刷品。

那叠印刷品刚被独自留在长凳上，就再次变成了一份日报，因为一位老太太发现它，阅读它，又放下它让它变回一叠印刷品。然后，她把它带回家，途中用它包裹半公斤甜菜，在激动人心的变形记过后，这才是日报的用途。

旨在阐释我们自以为存在于其中的稳定性实则蕴含不稳定性的小故事，或，规则也许会让位于例外、偶然或不可能，你等着看吧

自：OCLUSIOM 组织秘书长

致：VERPERTUIT 组织秘书长

CVN/475a/W 号机密报告

……可怕的混乱。一切都在完美地开展，从未出现过制度方面的困难。现在，突然决定召集行政委员会召开特殊会议，困难开始出现，您马上会看到将出现何种意想不到的麻烦。队伍中出现了大恐慌。前景不明。行政委员会被召集起来，着手选出组织的新成员，来替换六名悲惨死去的正式成员。他们乘坐的直升机坠入了水中，由于护士的失误，他们被注射了超出人体可承受剂量的磺酰胺，所有人都在该地医院里暴毙身亡。被召集的行政委员会由唯一一名幸

存的正式成员（事故发生当天，他因为感冒留在家中）和六名替补成员组成，接着投票表决由 OCLUSIOM 各个成员国提名的候选人。全票通过菲力克斯·沃尔先生（掌声）。全票通过菲力克斯·罗梅洛先生（掌声）。又进行了一轮投票，结果全票通过菲力克斯·卢佩斯库先生（不安）。临时主席发言，就相同的名字发表了风趣的评论。希腊代表要求发言，表示虽然他觉得有些离奇，但是他的政府委托他提名菲力克斯·帕帕雷莫洛戈斯先生为候选人。开始投票，大多数人都投给了他。开始下一轮投票，巴基斯坦候选人菲力克斯·阿比布先生以多数票通过。此时，行政委员会内发生了巨大的混乱，加速进入最后一轮投票，通过了阿根廷候选人菲力克斯·卡穆索先生。在出席者明显有些尴尬的掌声中，行政委员会元老向六名新成员表示欢迎，他热情地将他们称作“同名者”（惊愕）。宣读行政委员会成员名单，组成如下：主席、资历最老的成员，幸存者菲力克斯·史密斯先生；成员，菲力克斯·沃尔先生、菲力克斯·罗梅洛先生、菲力克斯·卢佩斯库先生、菲力克斯·帕帕雷莫洛戈斯先生、菲力克斯·阿比布先生以及菲力克斯·卡穆索先生。

选举结果使 OCLUSIOM 面临比此前更大的灾难。当日晚报刊登了行政委员会的成员名单，还进行了无礼的揶揄。今天上午，内政部长与 OCLUSIOM 总负责人通了电话。总负责人也没有更好的办法，他准备了一篇新闻稿，其中包含了行政委员会新成员的履历，以说明他们所有人都是经济学领域的杰出人士。

下周四，行政委员会必须召开第一次会议。但是，有传言说，菲力克斯·卡穆索先生、菲力克斯·沃尔先生和菲力克斯·卢佩斯库先生将在今天下午的最后几个小时里提交辞呈。卡穆索先生已经在咨询辞呈的用词；实际上，他没有任何离开行政委员会的正当理由，仅仅是与沃尔先生和卢佩斯库先生一样，希望委员会由名字不是菲力克斯的成员组成。辞呈中提出的很可能是健康原因，总负责人将表示接受。

尽头世界的尽头

由于作者长存，世界上仅存的少数读者也将改换角色成为作者。越来越多的国家里作者、造纸厂和油墨厂遍地，作者整日写作，机器为了印制出作者的稿件彻夜开动。首先，书籍溢出了房子，于是，市政府决定（开始动真格了）牺牲儿童游乐场来扩大图书馆的领地。然后，剧院、产科医院、屠宰场、酒吧和医院也让步了。穷人们把书本当作砖块，在上面涂上水泥，做成书墙，住在书本垒成的陋屋里。之后，书本越过城市的边界，涌入乡村，压垮一片片麦田和向日葵花田，道路管理局勉力清理，以保住两面高耸书墙之间的道路。有时，一面墙倒塌了，然后就是可怕的交通事故。作者们一刻不停地工作，因为人类尊重自己的天职，印刷品已经堆向了海岸线。共和国总统与其他共和国的总统们通电话，他机智地提出把剩余的书籍投入海中，这一提议得到了世界上所有海岸的同步执行。就这样，西伯利亚的作者看到自己的作品被扔进冰冷的海里，印度尼西亚等地的作者也是类似境遇。这使得作者们可以加大产出，因为陆地上重新有了存储书籍的空间。他们没有想过海洋是有底的，印刷品已经开始在海底堆积，先是以黏性糊状物的形态，然后是以坚固糊状物的形态，最后仿佛是一座黏稠而坚实的楼房，每天都会升高几米，最终将抵达海平面。那时，巨量的海水入侵大片的陆地，陆地与海洋开始重新划分，许多共和国的总统变成了湖泊和半岛的总统，其他共和国的总统看着新出现的广阔领土雄心勃勃，如此等等。海水如此猛烈地扩张，要么比过去更加迅速地蒸发，要么安歇下来与印刷品融合形成黏性糊状物，乃至有一天，大航路的船长们报告说，船只航行得非常缓慢，从每小时三十海里下降到二十、十五，发动机噼啪作响、气喘吁吁，螺旋桨扭曲变形。最后所有的船只都被糊状物困住，在各自的位置上搁浅。全世界的作者们撰写了大量的文章解释这个现象，从中获得强烈的喜悦。总统和船长决定把船只改作海岛和赌场，人们从纸板海洋上步行至此，当地风格独特的乐队在空调开放的环境中演奏着怡人的乐曲，人们翩翩起舞直到凌晨。新的印刷品在海边堆积，但已经不可能把它们塞进糊状物里，就这样，印刷品之墙不断升高，在古老的海边诞生了山峰。作者们明白，造纸厂和油墨厂即将倒闭，他们用越来越纤细的字体书写，甚至连每张纸最难以察觉的角落都利用上了。当油墨用完，他们用铅笔书写；当纸张用完，他们在木板和瓷砖上书写。将一篇文稿插入另一篇文稿的习惯流行开来，以便利用行与行的间距，或者用剃须刀刮去印在上面的文字，以便再次利用纸张。作者们缓慢地工作，但是他们的人数如此庞大，以至于印刷品已经彻底将陆地与古老海洋的海床隔开了。陆地上，作者种族的生活风雨飘摇，他们注定迎来灭绝，而海洋上有海岛和赌场，也就是那些远洋轮船，共和国的总统们在那里避难，人们在那里举行盛大的派对，海岛、总统和船长在那里交流信息。

无头记

一位先生被砍去了脑袋，但由于后来爆发了一场罢工，无人安葬他，这位先生只能继续生活但没有头，他勉力应付着。

他马上发现，五种感觉中的四种已经随着脑袋一起离开了他。这位先生只剩下了触觉，但依然心怀善意。他坐在拉瓦耶广场的长凳上，一片片地触摸树叶，试图辨别它们，叫出它们的名字。就这样，几天后他确定，他的膝盖上积攒了一片蓝桉树叶、一片蕉叶、一片含笑叶和一颗绿色的小石头。

注意到那是一块绿色石头，这位先生迷惑了好几天。认为这件物体是石头，这个想法正确而合理，但绿色，不可能。为了验证这一点，他想象石头是红色的，与此同时，他感受到了一阵强烈的抵触情绪，他拒绝这个明目张胆的谎言，他拒绝一块完全虚假的红色石头，因为这块石头从头到尾都是绿色的，圆盘形状，摸起来很甜。

意识到这块石头很甜，这位先生惊讶了一会儿。然后，他选择了快乐的态度，这总是更可取的，因为他发现自己与某些能断肢再生的昆虫相似，仍可以拥有各种各样的感知能力。他受到这个结论的鼓舞，离开广场的长凳，沿自由大街一直走到五月大道，大家都知道，五月大道上有西班牙餐厅的油炸食品飘香。确认这一细节意味着他又恢复了一种感觉，这位先生随性漫步，向东或是向西，他对此并不确定，他不知疲倦地走着，期待自己很快就能听见什么，因为听觉是他现在唯一缺少的感觉。真的，他看见了仿佛是黎明时分的暗淡天空，他感到自己双手相触，汗湿的手指和刺入掌心肉里的指甲，他似乎闻到了汗水的气味，嘴里有金属和白兰地的味道。他只缺少听觉。恰好在这个时候，他听见了，那仿佛是一场回忆，因为他再次听见了监狱牧师的话语，那些安慰与希望的话语本身非常美丽，却遗憾地带有某种陈旧的气息，这些话语被重复讲述过太多次，在反复回响中日益磨损。

梦的草图

他突然极其想见到他的叔叔，他匆匆穿过弯曲陡险的小巷，这些小巷似乎在竭力阻止他靠近古老的祖宅。走了很久（但他的鞋子仿佛一直粘在地面上），他看见了大门，并且模糊地听见了狗叫声，如果那真是一只狗的话。爬上四级破旧的台阶，把手伸向门环，门环是另一只握住铜球的手，门环上的手指开始移动，先是小拇指，然后其余手指渐次移动，慢慢松开铜球。铜球像羽毛一样掉落，在门槛上无声地弹起，跃到了他的胸口，而此时铜球变成了一只肥硕的黑蜘蛛。他拼命地挥手拍落它，这时，门开了：叔叔站在那里，僵硬地微笑，仿佛他已经在紧闭的门后微笑着等了很久。他们交谈了几句，似乎都是事先准备好的话，一场轮流出手的棋局。“现在我得回答……”“现在他会说……”而一切也正是这样进行的。现在他们在一间明亮的房间里，叔叔拿出用锡纸包着的雪茄，递给他一根。他花了很长时间找火柴，但是整座房子里都没有火柴，也没有任何火源；他们无法点燃雪茄，叔叔像是渴盼探访结束，终于，在摆满半开着的盒子、几乎难以通过的走廊里，他们浑浑噩噩地告了别。

离开那座房子的时候，他知道他不该回头，因为……他不知道更多的了，但是他知道这一点，他迅速离开，眼睛一直盯向巷子的尽头。他一点点地轻松下来。回到家中时，他是如此疲惫，几乎没来得及脱掉衣服就立即躺下了。他梦见他在蒂格雷公园，一整天都和女朋友一起划船，在“新公牛”水上餐厅吃香肠。

你好吗，洛佩斯

一位先生遇见一个朋友，和他打招呼，与他握手，稍稍点点头。

这样做他认为是打了招呼，但是打招呼早已被发明了，这位善良的先生只不过把脚穿进了打招呼这双鞋里。

下雨了。一位先生在拱廊下躲雨。这些先生大约永远不会知道，他们刚刚滑下从第一滴雨水到第一座拱廊的预制滑梯。一座铺满枯叶的潮湿的滑梯。

爱的姿态，这座甜蜜的博物馆，这条以烟雾为像的画廊。请你的虚荣心自我安慰吧：安东尼[1]的手也曾寻求你的手正在寻求的东西，无论是他还是你，所追寻的从来不是永远无法寻得的事物。但是看不见的事物需要显形，想法掉落在地上就像死去的鸽子。

真正崭新的东西让人害怕或惊讶。这两种同样离胃部很近的情

①指圣安东尼（约251—356年），虔诚的基督徒。曾在一个荒废多年的军用城堡中苦苦修行数十年，其间经历了魔鬼的种种诱惑，从未动摇过他的坚定信念。

绪，总是伴随普罗米修斯一起出现；剩下的是舒适，总会迎来大致上不坏的结局；及物动词里包含一份完整的剧目单。

哈姆雷特并非犹豫：他追寻真正的解决之道，而不是走向房门或现成的道路——无论上面有多少捷径或交叉路口。他想要一条切线去撕破谜团，想要三叶草的第五片叶子。在是与否之间，存在着无穷无尽的指向标。丹麦的王子们，这些游隼情愿饿死，也不愿去吃死尸的肉。

鞋子变紧是个好兆头。这里某种东西在改变，某种展示我们的东西，某种无声地安置并规定我们的东西。因此，怪物是如此受欢迎，报纸因为双头小牛犊而兴奋。多么好的机遇！大步跨向他者的伟大蓝图！

洛佩斯来了。

“你好吗，洛佩斯？”

“你好吗，朋友？”

他们以为彼此已经打过了招呼。

地理学说

已经证实，蚂蚁是真正的创世之王（读者可以把这当作一种假设或者幻想；无论如何，一点点反人类中心主义的精神总是有益无害的），以下是它们地理书的一页：

（第 84 页；根据加斯通·洛布的经典解读，括号内是某些表述可能的含义。）

“……平行海洋（河流？）。无尽水域（海洋？）在某些时刻如常春藤－常春藤－常春藤般生长（描述的是一面高墙，也许指的是潮汐？）。如果走－走－走－走（类似于指称距离的概念）会到达大绿影（耕地？灌木丛？森林？），伟大神祇在那里为他最好的工人们建起了永续的谷仓。这个地区充斥着恐怖的巨型生物（人类？），它们破坏我们的道路。大绿影另一边是坚硬天空（一座山？）。一切都是我们的，但也面临威胁。”

上述地理学说还有另一种解读方式（迪克·弗莱伊和小尼尔斯·

彼得森）。该景观的地形恰与布宜诺斯艾利斯市拉普里达大街628号的一座小花园相吻合。平行海洋是两条排水沟；无尽水域是鸭子的池塘；大绿影是生菜园。恐怖巨型生物应指鸭子或母鸡，虽然不能排除实际上指代人类的可能性。关于坚硬天空进行了一场论战，一时半刻无法得出结论。弗莱伊和彼得森认为那是一座用来隔离的砖墙。吉列尔莫·索弗维奇反对他们的观点，他认为这是生菜园里那只被遗弃的坐浴盆。

前进与后退

人们发明了一种能让苍蝇通过的玻璃。苍蝇来了,用头轻轻一顶,“噗”的一声，就已经在另外一边了。苍蝇欣喜若狂。

一位匈牙利智者摧毁了这一切，他发现苍蝇可以进去却没法出来，或者可以出去却没法进来，这是由于这种多纤维玻璃的纤维柔韧性或某种未知的原理。人们立即发明了以糖为诱饵的捕蝇器，很多苍蝇绝望地死去。就这样，与这种动物发展兄弟情谊的一切可能性都已终结，它们原本值得拥有更好的命运。

真实的故事

一位先生的眼镜掉在地上，与瓷砖撞击时发出了可怕的声响。这位先生痛苦地弯下腰，因为眼镜的镜片非常昂贵，但他惊奇地发现，镜片奇迹般地没有摔碎。

现在，这位先生充满感激，他认为这是一次友善的警告，因此，为了精心保护眼镜，他走向一家眼镜店，随即购买了一个皮革眼镜盒，皮革中还有填充物，能起到双重保护的作用。一小时后，眼镜盒掉了，他弯腰时镇定如常，然后发现眼镜摔得粉碎。这位先生过了一会儿才明白，天意神秘莫测，实际上刚刚发生的才是奇迹。

柔软熊的故事

你看，那颗焦油球舒展四肢、流溢开来，在两棵树连接的空隙处成长。在那树丛的另一边，有一片空地，焦油就是在那里冥想，并进入圆球形态、圆球爪子形态和焦油茸毛爪子形态的。后来，字典把最后一种形态称作“熊”。

现在，那颗潮湿、柔软的焦油球诞生了，抖落下无数的球形蚂蚁。它一边走一边留下整齐的爪印，蚂蚁就这样被抖落在每个爪印里。也就是说，焦油球伸出一只熊爪踏在松针上，劈开平地，当它抬起爪子的时候，留下的爪印像一只鞋头破损的拖鞋，它还留下了一座座大小不一的圆形蚁穴，弥漫着焦油的气味。就这样，在道路的两边，这位对称帝国的创建者以茸毛爪子形态行走，为抖落的潮湿的球形蚂蚁构造出一种建筑物。

太阳终于出来了，柔软熊向它徒劳渴望着的蜂巢抬起善变而天真的脸庞。焦油的气味愈发强烈，圆球逐渐舒展长大，纯粹焦油的茸毛和爪子，茸毛爪子焦油低声地恳求，窥探着答案，高处的蜂巢发出深沉的轰鸣，天上的蜂蜜在它的嘴巴舌头上，在它茸毛爪子的快乐里。

壁毯的主题

将军只有八十人，而敌军有五千人。将军在帐篷里咒骂、哭泣。随后，他灵感忽至，写了一封文采斐然的公告，信鸽在敌军营地里四处飞散。两百名步兵归顺于将军。接着发生了一场前哨战，将军轻松地赢得了胜利，于是两个团归顺于将军的阵营。三天后，敌军只有八十人，而将军有五千人。于是，将军又写了一封公告，七十九人归顺于他的阵营。只剩下一个敌人，被将军的军队包围了，安静地等待着。夜晚流逝，敌人依然没有归顺于将军。将军在帐篷里咒骂、哭泣。黎明时，敌人慢慢地拔出剑，向将军的帐篷走去。他走进帐篷，看着将军。将军的军队四处逃窜。太阳出来了。

扶手椅的特性

哈辛托家里有一把致命的扶手椅。

有人变老了，某一天会被邀请坐上那把扶手椅。椅子的外观和其他扶手椅一样，只除了靠背中央有一颗银色的星星。被邀请的人叹息着，摆摆手仿佛想要拒绝邀请。然后，他会坐上扶手椅，死去。

那些总是很淘气的孩子们趁着母亲不在的时候欺骗客人，并以此为乐。他们邀请客人坐在那把扶手椅上。客人们心知肚明，同时又知道不应该宣之于口，因此他们会非常困惑地看向孩子们，嘴里说着平时与孩子交谈时绝不会使用的话语作为托词，这极大地愉悦了孩子们，客人们最终利用各种借口来避免坐上那把扶手椅，但之后，母亲得知了发生的事，睡觉前孩子们会被狠揍一顿。他们不会因此而吸取教训，时不时地能成功欺骗某个天真的客人坐上那把扶手椅。一旦发生这种事，父母会为之遮掩，因为他们担心邻居们在发现扶手椅的特性后把它借走，让他们的某个家人或朋友坐在上面。

与此同时，孩子们逐渐长大，直到有一天，不知道为什么，他们不再对扶手椅和客人们感兴趣了。确切地说，他们在院子里绕路而行，避免走进客厅，而父母已经年迈，锁上客厅的门，专注地看着自己的孩子们，仿佛想要读懂他们的心思。孩子们回避注视，说该吃饭了、该睡觉了。早晨，父亲总是第一个起床，前去查看客厅的门是否依然锁着，有没有被某个孩子打开，若是那样，在餐厅里就能望见那把扶手椅，那颗银色的星星即使在黑暗中也能发光，从餐厅的任何地方都能清楚地看见。

记忆有瑕的智者

杰出的智者，二十三卷罗马史的作者，诺贝尔奖毫无疑问的候选人，举国热衷的焦点。惊愕突如其来：驻扎在图书馆的书虫四处散布粗鲁的传单，扬言漏掉了卡拉卡拉[①]。就全书而言无关宏旨，但毕竟是缺漏。惊愕的崇拜者们查阅了“罗马和平”时代的章节，看这世界丧失了怎样的艺术家[②]，瓦卢斯还我军团[③]，所有女人的男人和所有男人的女人[④]（当心三月十五日[⑤]），金钱没有臭味[⑥]，这是胜利的

①罗马帝国皇帝，209－217年在位。

②据传是暴君尼禄的临终遗言。

③公元9年条顿堡森林战役，罗马帝国由瓦卢斯率领的三个军团被日耳曼人全歼，瓦卢斯自杀。这是罗马帝国损失最惨重的战役之一，据称屋大维得知消息后以头撞墙并高喊：“瓦卢斯！还我军团！”

④指恺撒大帝。

⑤恺撒大帝于3月15日被杀害。

⑥罗马帝国皇帝韦帕芗（69－79年在位）的儿子提图斯抱怨尿税名目恶心，韦帕芗取出一枚金币问是否有臭味，提图斯答“没有”，前者遂说：“这可是从尿里来的。”

信号[1]。毋庸置疑，漏掉了卡拉卡拉，惊愕，电话无法接通，智者无法接到瑞典国王古斯塔夫的来电，但国王压根没有想过给他打电话，实则是另一个人徒劳地拨着电话号码，用一种已经死亡的语言咒骂不休。

①指君士坦丁大帝（307－337年在位）的故事。在同马克森蒂乌斯作战前夕，君士坦丁非常担心，正在此时，白日的天空中一个闪亮的十字架向他显现，十字架上写着："这是胜利的信号！"

写诗计划

愿罗马是福斯蒂娜的罗马，愿大风削尖端坐着的作家的铅笔，或者某个上午在百年的攀缘植物后面出现这样一个令人敬服的句子：不存在百年的攀缘植物，植物学是一门科学，让空想出各式意象的创作者见鬼去吧。而马拉在他的浴缸里。

我还看见蟋蟀被银盘追捕，德利娅女士温柔地把一只类似名词的手伸向它，当她即将捉住蟋蟀的时候，蟋蟀在盐里（当时他们跨过红海而双脚未湿，法老在岸边咒骂），或者它跳上了精巧的机械，机械从麦穗中提炼出的烤面包片犹如干燥的手。德利娅女士，德利娅女士，请您让那只蟋蟀待在浅盘子里吧。某一天，它会带着可怕的复仇之心引吭高歌，您的摆钟将在它静止的灵柩里被绞死，或者，浣衣的侍女将会分娩出有生命的花押字，花押会在房子里穿梭奔跑，一遍遍喊着它的首字母，仿佛一名鼓手。德利娅女士，客人们不耐烦了，因为天气太冷。而马拉在他的浴缸里。

终于，愿布宜诺斯艾利斯的那一天适宜出门，人们吵吵嚷嚷，相互谩骂，街区所有的广播在同时播报向日葵自由市场的行情。在利理尔斯，一株超自然向日葵售价八十八比索，该向日葵向埃索社记者发表了不光彩的言论，一方面是因为它在清点了自己的葵花籽之后有些疲惫，一方面是因为支付凭证上并没有算出它最终的命运。傍晚，有生力量将在五月广场上聚集。他们将去往不同的街道，直到在金字塔上保持平衡。人们将发现，他们是因为市政府设立的反应机制而得以存活。任何人都毫不怀疑，他们会出色地完成所有的行动，一如预想，这激发了极大的期待。包厢票已经售罄，红衣主教先生、鸽子、政治犯、电车售票员、钟表匠、礼物以及肥胖的女士们都会出席。而马拉在他的浴缸里。

被宣布为不受欢迎的骆驼

所有的过境申请都被接收，除了骆驼古克，它意外地被宣布为不受欢迎的骆驼。古克前往警察局，那里的人们告诉它什么都没法做，回绿洲去吧，被宣布为不受欢迎者递交申请是没有用的。伤心的古克回到了它幼年的那片土地。骆驼家人和朋友们围着它，你怎么了，不可能，为什么偏偏是你。于是，一个代表团前往交通部为古克上诉，这引起了工作人员的震惊：从来没发生过这种事，你们赶紧回绿洲去，马上会发布指示。

古克在绿洲吃草，日复一日。所有的骆驼都已经跨过边境，古克依然在等待。就这样夏天和秋天过去了。然后，古克回到了城市，在一座空荡荡的广场上停留。游客们为它拍照，记者们向它提问。古克在那座广场上有了微小的名望。它借此机会试图出国，但到了边境，一切都改变了：它被宣布为不受欢迎者。古克低下头，寻找广场上稀疏的青草。一天，大喇叭里在召唤它，它高兴地走进警察局。

在那里，它被宣布为不受欢迎者。古克回到绿洲，躺下。它吃了点草，然后把嘴靠在沙子上。太阳落下的时候，它慢慢闭上了眼睛。一个气泡从它的鼻子里冒出来，比它的生命多持续了一秒。

熊的独白

我是房屋管道里的熊，寂静的时候我沿着管道向上爬，热水管道，暖气管道，通风管道，在管道里穿行，从一间公寓到另一间公寓，我是在管道里穿行的熊。

我认为，由于我的皮毛帮助管道保持清洁，所以人们敬重我。我沿着管道不停地奔跑，我最喜欢沿着管道滑行，穿过不同的楼层。有时，我会把爪子伸出水龙头外，三楼的女孩会尖声叫喊她被烫伤了，或者，我会在与二楼炉子同高的地方发出咕噜声，厨师吉耶尔米娜就会抱怨空气不畅通。夜晚，我安静地走动，那是我最轻盈的时候，我穿过烟囱，在屋顶上探出脑袋，看看月亮有没有在上面跳舞，然后任由自己像风一般往下滑到地窖的锅炉旁。夏天的夜晚，我在有星星倒影的蓄水池里游泳，先用一只手洗脸，然后用另一只手，最后用两只手一起洗脸，这让我感到无比快乐。

因此，我沿着房子里的所有管道滑行，满足地发出咕噜声，夫妇们在床上感到非常不安，他们为没有把管道安装好而遗憾。有些人打开灯，在小纸条上做好记录，以提醒自己记得在见到门房的时候表达不满。我寻找一个开着的水龙头，总有某家有水龙头开着，我从那里伸出鼻子，观察黑暗的房间，那里居住着无法在管道里行走的生物，我有点可怜他们，看见他们那么笨拙又庞大，听见他们打鼾和大声说梦话。他们是如此孤单。早晨，在他们洗脸的时候，我会抚摸他们的脸颊，舔舐他们的鼻子，然后离开，我几乎能肯定自己做了一件好事。

食火鸟画像

食火鸟做的第一件事情是盯住你观看，带着傲慢与疑心。它只是一动不动地观看，观看方式是如此强劲而持久，仿佛它正将我们创造出来，仿佛凭借着惊人的力量让我们从虚无也即食火鸟的世界中现身，并站在它的面前。这一切都发生在观看它这一难以解释的行为中。

在这种双重的凝视中——或许只是一重凝视，或许根本不存在任何凝视——诞生了我和食火鸟，我们各归其位，学会忘记彼此。我不知道食火鸟是否会把我剪切下来、纳入它单纯的世界里；从我的角度，我只能描述它，依据个人的好恶来阐释它的存在。尤其是厌恶，因为食火鸟让人反感，让人恶心。请想象一只鸵鸟，头上戴着茶壶套就像一只角；想象一架卡在两辆汽车之间被挤扁对折的自行车；想象一张没有转印好的贴花图画，上面是一朵脏兮兮的紫罗兰，到处是碎裂细纹。现在，食火鸟往前踏出一步，愈加冷面漠然；就像是一副无休止地转动学识之轮的眼镜。食火鸟生活在澳大利亚；它既胆怯又令人胆怯；看守穿着长筒皮靴、拿着火焰喷射器走进它的笼子。当食火鸟不再围着它的米糠锅惊恐万分地奔跑，而是像骆驼一样跳着扑向看守的时候，看守别无选择，只能开启火焰喷射器。于是可以看到这一幕：火焰的河流将它包围，食火鸟全身的羽毛都在燃烧，它迈出最后的几步，同时发出让人憎恶的尖叫。但它的角没有烧毁：覆满鳞片的干燥物体（这是它的骄傲和它的轻蔑）开始了冷聚变，燃起火焰，先是奇妙的蓝色，然后是犹如被剥去皮肤的拳头的猩红色，最后凝固成极尽透明的绿色，凝固成翡翠，阴影与希望之石。食火鸟凋落了，瞬间飘零的灰烬之云，而看守贪婪地奔去占据刚刚诞生的宝石。动物园园长总是会利用这种时刻开始对看守进行虐待动物的审查，然后将他解雇。

在这场双重不幸过后，关于食火鸟，我们还能说些什么呢？

雨滴的粉身碎骨

我不知道，你看，雨下得非常可怕。一直在下雨，外面雨势厚重，一片昏暗，这里，硕大的雨滴凝结起来，硬邦邦地敲打着阳台，发出“啪啪”的声响如同耳光，它们前赴后继地将彼此撞碎，真让人厌烦。此刻，窗框上面出现了一颗小雨滴；它在空中颤抖，天空把它撕扯成万千束暗淡的光芒，它不断变大，摇晃着，马上就要落下，但它没有落下，还没有落下。它伸出所有的指甲将自己紧紧抓牢，它不想落下，你会看见它的肚子渐渐鼓起，它咬住所有的牙齿将自己紧紧抓牢；现在，它已经是一颗壮丽地悬空着的大雨滴了，突然，“簌”，落下，“啪”，烟消云散，不复存在，大理石上的一点黏液。

但是，也有一些自杀的雨滴，很快投降的雨滴，它们在窗框上出现，也就从那里直直落下；我觉得我看见了跳跃的颤抖，细小的腿儿相互分离，在那跌落与毁灭的虚无中神志不清的尖叫。悲惨的雨滴，无辜的圆形雨滴。再见雨滴。再见。

没有寓意的故事

有个男人贩卖叫卖声和话语，他的生意不错，尽管常常有人讨价还价。这个男人几乎总是同意让步，就这样许多街头小贩向他购买了叫卖声，靠收租过活的女士们向他购买了一些叹气声，他还卖出了各种命令、口号、头衔和杜撰的想法。

最后，这个男人明白时间到了，他要求会见本国的独裁者。这位独裁者和他的同行们很相似，他在将军、秘书和咖啡的围绕之下接见了这个男人。

“我来是为了把您的临终遗言卖给您，”那个男人说，“这些话很重要，因为当那个时刻来临，您无法正确无误地说出这些话，而您却应该在那个艰难的关键时刻说出它们，以便您完成在后人思古中的历史使命。”

“翻译他说的话。”独裁者向他的翻译命令道。

“他说的就是阿根廷话，阁下。”

“阿根廷话？那我为什么完全听不明白？”

“您听得很明白，”那个男人说，“我再说一次，我来是为了把您的临终遗言卖给您。”

与这种情况下的惯例做法一样，独裁者站了起来，抑制着身体的颤抖，下令拘捕那个男人。那个男人被关押在特殊的牢房，在那种政府中总是存在着这样的牢房。

“很遗憾，”男人被带走的时候说，“实际上，当那个时刻来临，您会想说出临终遗言的，您需要说出它们，以便轻易地完成您在后人思古中的历史使命。我原本要卖给您的正是您将来想要说的话，因此并不存在欺骗。但是，既然您拒绝这笔生意，不愿提前掌握这些话，当那个时刻来临，当这些话第一次想要冒出来的时候，您自然就说不出来。”

“如果是我必然想说的话，我又为什么说不出来？”独裁者问道，他面前已经端上了第二杯咖啡。

“因为您心怀恐惧，”那个男人悲伤地说，“因为您的脖子上会有一条绳子，您会穿着衬衣，因恐惧和寒冷而颤抖，您的牙齿将会打战，您将无法说话。刽子手与助手们——其中会有几位此刻在场的先生——会礼节性地等待几分钟，但当您的嘴里冒出第一声被打嗝和哀求（您倒确实能顺畅地哀求）搅得断断续续的呻吟时，他们会耐心告罄，把您绞死。”

助手们尤其是将军们愤怒异常，他们围在独裁者身边，要求立刻枪毙这个男人。但是，面如死灰的独裁者将他们赶了出去，把自己和那个男人关在一起，向后者购买自己的临终遗言。

与此同时，将军和秘书们为自己遭受的待遇而倍感耻辱，便策划了一场政变，第二天上午，当独裁者在他最喜爱的凉亭里吃葡萄的时候，他们抓捕了他，为了不让他说出临终遗言，当场把他射杀。然后，他们开始寻找那个男人，他已经从官邸里消失了。不过他们很快就找到了他，因为他正在市场里一边闲逛，一边向杂耍艺人出售叫卖声。他们把他塞进一辆警车，带到了堡垒中，拷打折磨他，逼他说出独裁者原本会说的临终遗言。他们无法让他招供，于是将他乱脚踢死。

从他那里购买了叫卖声的小贩们继续在街角叫卖，后来，其中一句叫卖声变成了那场推翻了将军和秘书统治的新一轮运动的暗号。将军和秘书中的一些人临死前模模糊糊地意识到，实际上，这一切不过是一场由困惑导致的愚蠢的连锁反应；听起来或许很荒谬，但严格来说，话语和叫卖声只能被贩卖而不能被购买。

渐渐地所有人都死去了，独裁者、那个男人、将军们和秘书们，但叫卖声还不时在街角回响。

掌纹

桌上有一封信，从那里延伸出来一条线，这条线在松木板上穿行，沿着一条桌腿下降。只要仔细看，就能发现那条线继续穿过木地板，爬上墙壁，进入了一幅画里。那是布歇一张素描的复制品，上面是一个女人的背影，她倚在一张长沙发上。最后，那条线逃离了房间，穿过屋顶，沿着避雷针来到街上。由于交通繁忙，很难在街上追踪它，但如果足够专注，可以看见它爬上了停在街角的公共汽车的车轮，随着那辆车向港口驶去。在那里，它沿着发色最为金黄的女乘客的水晶尼龙袜下了车，进入充满敌意的海关领地，蜿蜒地爬行至最大的码头。从那里（但是很难看见它，只有老鼠们跟着）它上了船，船上的涡轮机轰隆作响。它在一等舱的甲板上穿行，然后艰难地跳进了主舱口。在驾驶舱里，一个悲伤的男人喝着白兰地，听着起航的汽笛声。它沿着裤子的接缝向上爬，穿过针织背心，滑到手肘处，使出最后的力气，躲进了右手手掌，这只手掌开始握紧一把手枪的枪托。

克罗诺皮奥和法玛的故事

Ⅰ. 克罗诺皮奥、法玛和埃斯贝兰萨最初但尚模糊的现身。

神话时期

法玛的习惯

曾经，一只法玛在挤满了克罗诺皮奥和埃斯贝兰萨的仓库前跳特雷瓜舞和卡塔拉舞。最生气的是埃斯贝兰萨，因为他们总是不想让法玛跳特雷瓜或卡塔拉，他们想让法玛跳埃斯贝拉，那才是克罗诺皮奥和埃斯贝兰萨会跳的舞。

法玛们故意来到仓库前，这一次，那只法玛跳特雷瓜和卡塔拉，就是想干扰埃斯贝兰萨们。其中一只埃斯贝兰萨把他的长笛鱼放在地上（作为海洋之王，埃斯贝兰萨们总有长笛鱼的陪同），然后出门诅咒那只法玛，他对法玛说：

“法玛，你别在这座仓库前跳特雷瓜和卡塔拉。”

法玛继续笑嘻嘻地跳舞。

埃斯贝兰萨叫来其他的埃斯贝兰萨，克罗诺皮奥们则围成一圈，等着看即将发生的事。

“法玛，”埃斯贝兰萨们说，“你别在这座仓库前跳特雷瓜和卡塔拉。”

但是法玛笑嘻嘻地跳着舞，他想挫伤埃斯贝兰萨们的士气。

于是，埃斯贝兰萨们扑向那只法玛，把他打伤了。法玛被丢在木栅栏旁边，倒在那里呻吟着，被自己的鲜血和悲伤包裹。

克罗诺皮奥们悄悄地走了过来，他们是绿色的、湿漉漉的家伙。他们围着法玛，安慰他，对他说：

“克罗诺皮奥，克罗诺皮奥，克罗诺皮奥。”

法玛明白了，他的孤独就没有那么苦涩。

法玛的舞蹈

法玛们在四周唱歌
法玛们唱着歌摇摆着身体

“卡塔拉，特雷瓜，特雷瓜，埃斯贝拉”

法玛们在挂着灯笼和窗帘的
房间里跳舞
他们这样跳舞和唱歌

“卡塔拉，特雷瓜，埃斯贝拉，特雷瓜”

广场上的看守们，你们怎么能让法玛出来呢？
他们放纵地唱歌跳舞，法玛们

唱着卡塔拉，特雷瓜，特雷瓜，

跳着特雷瓜，埃斯贝拉，特雷瓜。

怎么能让他们出来呢？

如果是克罗诺皮奥（那些绿色的、毛发竖立的、湿漉漉的家伙）

在大街上，还可以用一句问候

回避他们："盐天安，克罗诺皮奥，克罗诺皮奥。"

但他们是法玛。

克罗诺皮奥的喜悦

一只克罗诺皮奥和一只法玛在蒙迪亚乐商店清仓时见面了。

"盐天安，克罗诺皮奥，克罗诺皮奥。"

"下午好，法玛。特雷瓜，卡塔拉，埃斯贝拉。"

"克罗诺皮奥，克罗诺皮奥？"

"克罗诺皮奥，克罗诺皮奥。"

"线？"

"两根，但其中一根是蓝色的。"

法玛凝视着克罗诺皮奥。他在确定自己的用词完全妥当后才开口说话。他担心一直保持警觉的埃斯贝兰萨在空气中飘浮，埃斯贝兰萨是闪闪发光的微生物，他们会因为一个错误的单词而侵入克罗诺皮奥善良的内心。

"外面下雨了，"克罗诺皮奥说，"整片天空都在下雨。"

"别担心，"法玛说，"坐我的车走。这样可以把线保护好。"

法玛看了看四周，但没有发现埃斯贝兰萨，他满足地松了口气。而且，他喜欢观察克罗诺皮奥动人的喜悦之情。克罗诺皮奥把两根线（一根是蓝色的）紧紧地按在胸口，热切地期待着法玛邀请他上车。

克罗诺皮奥的悲伤

在月亮公园体育馆的出口，一只克罗诺皮奥注意到
他的手表慢了，他的手表慢了，他的手表。
悲伤的克罗诺皮奥面对着一群法玛，
　　十一点二十分的法玛们在科连特斯大街上行走，
　　而他，绿色的、湿漉漉的家伙，才十一点一刻。
克罗诺皮奥沉思："天已经晚了，但对我还不像对法玛那么晚，
法玛的时间更晚五分钟，
他们会更晚到家，
更晚睡觉。
我有一只手表，我的寿命更短，
在家的时间更短，睡觉的时间也更短，
我是一只倒霉的、湿漉漉的克罗诺皮奥。"

克罗诺皮奥在佛罗里达大街的里士满咖啡馆喝咖啡，他的眼泪淋湿了烤面包片。

II. 克罗诺皮奥和法玛的故事

旅行

法玛出门旅行时，习惯这样在城市里过夜：一只法玛前往酒店，谨慎地调查价格、床单的质量和地毯的颜色；第二只法玛前往警察局，撰写文书，申报他们三人的动产、不动产，列出手提箱内的物品清单；第三只法玛前往医院，抄下值班医生的名单和他们的专长。

完成这些事务之后，旅行者们会在城市里最大的广场上集合，相互交流他们的考察所得，然后走进咖啡馆喝一杯开胃饮料。但在此之前，他们牵起手跳一支圆圈舞。这种舞被称作“法玛的喜悦”。

克罗诺皮奥出门旅行时，酒店已经满员，火车已经开走，天上下起暴雨，出租车要么拒载，要么向他们收取高昂的费用。克罗诺皮奥们并不感到沮丧，因为他们坚信大家都会遇到这样的事。睡觉的时候，他们对彼此说：“多美丽的城市，最美丽的城市。”他们整夜都梦见城里举行盛大的派对，而他们被邀请参加。第二天他们兴高采烈地起床。克罗诺皮奥就是这样旅行的。

埃斯贝兰萨是定居者，任由别人到他们那里旅行，而他们就像是雕像，人们得自己走过去瞧，因为他们怕麻烦。

回忆的保存方式

为了保存回忆，法玛们用以下方法对其进行防腐处理：用毛发和标记将回忆固定，然后用黑色床单从头到脚地把它包裹起来，在大厅里靠墙放好，贴上一个小标签，上面写着："前往基尔梅斯的远足"或者"弗兰克·辛纳屈"。

相反，克罗诺皮奥们，这些没有条理、半心半意的家伙，他们任由回忆散落在家里，散落在快乐的叫喊之间，他们在家中穿行，当一个回忆奔跑着经过，就温柔地爱抚它，对它说"小心受伤"或者"当心台阶"。因此，法玛们的房子有序而安静，克罗诺皮奥们的房子则是吵吵嚷嚷的，房门哐当直响。邻居们总是抱怨克罗诺皮奥们，法玛们深表理解地点点头，接着回去查看标签是否都贴在了正确的位置上。

挂钟

一只法玛有一个挂钟，他每周都极端小心翼翼地给挂钟上发条。一只克罗诺皮奥经过，他看到就笑了起来，回到家自己发明了洋蓟钟或者菜蓟钟——可以使用这两个名字，而且必须使用这两个名字。

这只克罗诺皮奥的菜蓟钟是一种普通的菜蓟，它的茎被固定在了墙壁的洞眼里。菜蓟难以计数的叶片标记当前的时刻以及所有的时刻，因此克罗诺皮奥只需摘下一片叶子就能知道时间。他从左到右逐渐地摘下叶片，因此叶子总能准确地播报时间，这样，每天，克罗诺皮奥都会摘掉新的一圈叶子。摘到菜心的时候，就无法衡量时间了。在中心无尽的紫色玫瑰里，克罗诺皮奥找到了极大的喜悦。于是，他拌着油、醋和盐吃掉了菜心，然后在洞眼里安上了一个新挂钟。

午餐

一只克罗诺皮奥费了不少功夫，发明了一台生命测量器。它是介于温度计和地形测量仪之间、介于档案柜和个人履历之间的某种东西。

比如，这只克罗诺皮奥在家里接待了一只法玛、一只埃斯贝兰萨和一名语言教师。应用自己的发明，他确认法玛是次生命体，埃斯贝兰萨是准生命体，语言教师是互生命体。至于克罗诺皮奥自己，他十分草率地认为是超生命体，但是这更多是出于诗意而非事实。

午餐时，克罗诺皮奥愉快地听着饭友的谈话，因为他们以为彼此说的是同一件事，实则不然。互生命体在调动诸如精神和意识这一类抽象能力，准生命体就像聆听雨声的人一样倾听着——这是棘手的任务。当然了，次生命体不停地索要奶酪丝，而超生命体使用斯坦利·菲茨西蒙斯法，经过四十二个步骤切碎鸡肉。吃过餐后甜点，各种生命体互相告别，回去继续自己的工作，餐桌上只留下零星的死亡碎片。

手帕

有一只法玛非常富裕，并且有一名女仆。这只法玛用完一块手帕就把它扔进废纸篓。他又用了一块手帕，又扔进废纸篓。他把所有用过的手帕都扔进了废纸篓。手帕用完了，他就再买一盒。

女仆捡起手帕，自己把它们留下了。法玛的行为让她非常震惊，一天，她终于忍不住了，问法玛是否真的要丢掉这些手帕。

“大白痴，”法玛说，“你不需要问的。从现在开始，你要清洗我的手帕，而我将省下这笔钱。”

生意

法玛们开办了一家浇水管工厂，聘用了许多克罗诺皮奥来收卷和存放浇水管。克罗诺皮奥们刚到达工作场地，就感到极大的喜悦。浇水管有绿色、红色、蓝色、黄色和紫色，都是透明的，试用的时候，可以看见里面的水流携带着泡沫，有时还能看见一只惊惶的虫子。克罗诺皮奥们发出激动的叫喊，它们想跳特雷瓜，想跳卡塔拉，不想工作。法玛们非常生气，马上执行了内部规章第二十一、二十二和二十三条，旨在避免再次发生类似情况。

法玛们非常粗心大意，于是克罗诺皮奥们等待有利时机，把无数的浇水管装上了一辆卡车。当他们遇见小女孩的时候，就剪下一截蓝色的浇水管送给她，让她可以玩跳绳游戏。就这样，在每个街角都可以看见美妙的透明蓝色泡泡诞生，每个泡泡里都有一个小女孩，就像转笼里的松鼠。小女孩的父母想要抢走浇水管去给花园浇水，但大家都已经知道，狡猾的克罗诺皮奥在浇水管上扎了孔，因此水流从浇水管中四散开来，完全无法使用。最后，父母厌烦了，小女孩来到街角跳呀跳。

克罗诺皮奥们用黄色浇水管装点了许多座纪念碑，用绿色浇水管在玫瑰园里铺设非洲式陷阱，他们想看到埃斯贝兰萨们挨个掉进去。在掉入陷阱的埃斯贝兰萨周围，克罗诺皮奥们跳着特雷瓜，跳着卡塔拉，而埃斯贝兰萨们指责他们的行为，这样说道：

“可怕的克罗诺皮奥真可恨。可恨！”

克罗诺皮奥们并不想伤害埃斯贝兰萨，他们帮助埃斯贝兰萨站起来，还送给他们几截红色的浇水管。这样埃斯贝兰萨们可以回到家里，实现他们最强烈的愿望：用红色的浇水管给绿色的花园浇水。

法玛们关闭了工厂，举办了一场宴会，发表悲惨的演说，服务员在叹息声中端上鱼肉。他们一只克罗诺皮奥都没有邀请，只邀请了那些没有掉入玫瑰园陷阱的埃斯贝兰萨，因为其他的埃斯贝兰萨还都留着一截浇水管，让法玛们怒意难平。

慈善

法玛们能做出极其慷慨的姿态，例如，一只法玛发现一只可怜的埃斯贝兰萨摔落在椰子树下，就会把埃斯贝兰萨抬上自己的汽车，带回自己的家里，给他食物，让他尽情消遣，直到埃斯贝兰萨恢复了力气，有勇气再次去爬椰子树。事后法玛觉得自己非常善良，他真的非常善良，只是他没有想到，几天后埃斯贝兰萨又会从椰子树上摔下来。于是，当埃斯贝兰萨又一次摔落在椰子树下时，正在俱乐部里的法玛觉得自己非常善良，他在回想，当他发现摔落在地的埃斯贝兰萨时，自己是如何帮助他的。

克罗诺皮奥们本性就不慷慨。他们毫不关心最能触动内心的事物，比如一只可怜的埃斯贝兰萨不会系鞋带，坐在路边呜咽叹息。克罗诺皮奥们看都不看他一眼，他们正忙着观察一根飘荡的蛛丝。和这样的生物无法有条理地推行慈善事业。因此在慈善团体中，所有的权威人士都是法玛，图书管理员是一只埃斯贝兰萨。

法玛们在自己的岗位上给克罗诺皮奥们提供了许多帮助，但后者并不为此挂心。

克罗诺皮奥的歌声

当克罗诺皮奥唱起自己最喜爱的歌，他们的热情是如此高涨，以至于他们经常被卡车和自行车轧倒、从窗户跌落、丢失口袋里的东西，甚至忘记了时间。

当一只克罗诺皮奥唱歌的时候，埃斯贝兰萨和法玛前来聆听，虽然他们不能理解他的陶醉，大体上会表现得有几分震惊。在人群中间，克罗诺皮奥抬起两条可爱的手臂，仿佛托举着太阳，仿佛天空是托盘而太阳是施洗者约翰的脑袋，因此在目瞪口呆的法玛和埃斯贝兰萨看来，克罗诺皮奥的歌就是赤裸的莎乐美跳着舞，他们问自己，神甫先生是否会赞同这样的歌声，礼仪规范是否会默许这样的歌声。但他们在本质上都是善良的（法玛很善良而埃斯贝兰萨很愚蠢），于是最后，他们都给克罗诺皮奥鼓掌，而克罗诺皮奥惊异地回过神，他看了看四周，也鼓起掌来，可怜的小家伙。

故事

一只小克罗诺皮奥在床头柜上寻找大门的钥匙，在卧室里寻找床头柜，在房子里寻找卧室，在街上寻找房子。克罗诺皮奥在这里停住了，因为上街需要大门的钥匙。

一小勺的剂量

一只法玛发现，美德是一种长满了脚的圆形微生物。他立即让他岳母喝下了一大勺美德。结果非常可怕：这位女士抛弃了她尖刻的言论，成立了保护迷路登山者俱乐部，在不到两个月的时间里，她楷模般的表现使得她女儿此前从未被他察觉的种种缺点暴露无遗，这令法玛无比震惊。他别无选择，只得让妻子也喝下了一勺美德，妻子当天晚上离他而去，因为她发现他粗鄙不堪，可有可无，与浮现在她眼前的闪闪发光的道德典范截然不同。

法玛思考了很久，最后自己喝下了一瓶美德。但是，他依然孤独、凄惨地生活着。当他在街上遇见岳母或者妻子，双方都彬彬有礼地从远处致以问候。他们甚至不敢出声对话，因为他们都是如此完美，又如此害怕遭受污染。

照片拍糊了

一只克罗诺皮奥正要打开房门，他把手伸进口袋取钥匙，取出来的却是一盒火柴，于是这只克罗诺皮奥非常苦恼，他开始思考，找钥匙的时候竟会掏出来火柴，那如果世间万物突然调换了位置，结果将会多么糟糕，如果火柴出现在了钥匙的位置，那就可能钱包里夹满了火柴，糖罐里装满了钱，钢琴里填满了糖，电话本里记满了音符，衣柜里放满了通勤月票，床上摆满了衣服，花瓶里塞满了床单，电车上载满了玫瑰，农田里挤满了电车。因此，这只克罗诺皮奥极其沮丧，他跑着去照镜子，但由于镜子有点歪，他看见的是玄关处的雨伞架。怀疑得到了证实，他大哭起来，跪倒在地，双手绞在一起，自己也不知道为什么有这样的反应。住在隔壁的法玛们前来安慰他，埃斯贝兰萨们也来了，但克罗诺皮奥花了好几个小时才摆脱了绝望。他接过一杯茶，喝之前细细观察验证了很久，这确实是一杯茶，而不是一座蚁丘或一本塞缪尔·斯迈尔斯的书。

优生学

克罗诺皮奥们不想生孩子，因为刚刚诞生的小克罗诺皮奥做的第一件事情就是粗鲁地侮辱他的父亲，他隐约看见不幸在父亲身上逐渐积聚，并会在未来某天降临到他自己身上。

有鉴于此，克罗诺皮奥们向法玛求助，让他们的妻子和法玛怀上孩子，而法玛们一直十分乐意做这件事，他们是好色之徒。而且，法玛们认为可以用这种方式逐渐摧毁克罗诺皮奥的道德优越感。但他们失策了，因为克罗诺皮奥们以自己的方式教育孩子，几周之内就抹去了孩子与法玛的所有相似点。

科学信仰

一只埃斯贝兰萨相信面相分类学，例如扁鼻子、死鱼脸、大鼻孔、蜡黄脸、浓眉毛、聪明相、理发师型，等等。他决定对这些群组进行终极归类，首先列出一份长长的名单，上面包括了所有相识的人，然后按照上述类别分组。他观察第一组，该组由八名扁鼻子组成，他惊讶地发现这些年轻人还能被分成三小组，即八字胡型扁鼻子、拳击手型扁鼻子和政府勤务员型扁鼻子，而这三小组分别有三名、三名与两名成员。埃斯贝兰萨刚把他们划进小组（在圣马丁大街的保利斯塔咖啡馆，他费了很大功夫以及大量希腊刨冰式马扎格兰咖啡才把他们聚集起来）就意识到，第一小组并不完全一致，因为两名八字胡型扁鼻子属于水豚式，而剩下的那一位绝对是日本式扁鼻子。他用一份美味的鳀鱼煮蛋三明治把日本式扁鼻子引到一边，如此将两名水豚式扁鼻子编进了小小组，正当他准备将其记录在科研笔记本里时，一名水豚式扁鼻子看向一边，另一名水豚式扁鼻子朝相反方向看去，于是埃斯贝兰萨和其他在场者注意到，前一名明显是圆头型扁鼻子，而另一位的头颅更适合挂帽子而不是戴帽子。就这样，小小组解散了，其余成员的情况也不必再提了，因为他们已经从马扎格兰咖啡喝到了白兰地咖啡，到了这个时候，他们之间唯一的相同点就是花埃斯贝兰萨的钱继续喝下去的坚定意志。

公共服务的不当行为

请看看信任克罗诺皮奥后会发生什么。一只克罗诺皮奥刚被任命为无线电广播台台长，就立即召集了圣马丁大街上的几名翻译，让他们把所有的文稿、通知和歌曲都翻译成罗马尼亚语，在阿根廷这种语言并不是很通用。

早晨八点，法玛们打开收音机，预备收听时事通讯，赫尼奥尔药片广告，以及厨师牌食用油，“油中大师”。

他们听到了这些节目，可全是罗马尼亚语，因此只听懂了产品的牌子。法玛们深感讶异，使劲摇晃收音机，但一切依然是罗马尼亚语，甚至包括探戈曲《今夜我把自己灌醉》，接听无线电广播台办公室电话的女士用罗马尼亚语回复吵吵嚷嚷的抗议，一场大混乱愈演愈烈。

上级政府得知此事，下令枪毙那只玷污祖国传统的克罗诺皮奥。非常不幸，行刑队由应召入伍的克罗诺皮奥组成，他们没有向前无线电广播台台长开枪，而是将枪口对准了五月广场上聚集的人群，以精准的枪法击中了六名海军军官和一名药剂师。由法玛们组成的行刑队出场，那只克罗诺皮奥被圆满地枪决，接替他职位的是一名出色的民歌创作者，著有一篇关于灰质的论文。这只法玛恢复了全国无线广播的使用语言，但是法玛们已经丧失了信心，极少再打开收音机。许多天性悲观的法玛已经购买了罗马尼亚语字典和教材,以及卡罗尔二世和卢佩斯库女士的传记。尽管上级政府非常愤怒，但罗马尼亚语开始盛行，一些代表团秘密前往那只克罗诺皮奥的坟墓拜谒，流下眼泪并留下名片，名片上都是在布加勒斯特那座以集邮和犯罪闻名的城市里广为人知的姓名。

请您自便

一只埃斯贝兰萨造了一座房子，房子上贴了一块瓷砖，上面写道："欢迎来做客。"

一只法玛造了一座房子，没有贴瓷砖。

一只克罗诺皮奥造了一座房子。他按照习俗，在门廊上贴了若干块买来的以及定制的瓷砖。这些瓷砖被精心陈列，可以按照顺序阅读。第一块瓷砖写道："欢迎来做客。"第二块写道："房子虽小，内心广阔。"第三块写道："欢迎来客的心就像草坪一样柔软。"第四块写道："家虽寒，心意暖。"第五块写道："本告示宣布此前所有声明无效。滚蛋，狗崽子。"

治疗

一只克罗诺皮奥获得了行医执照，他在圣地亚哥－德尔埃斯特罗大街开了一家诊所。刚开业就来了一名病人，诉说自己饱受疼痛的折磨，晚上睡不着觉，白天吃不下东西。

克罗诺皮奥对他说："您去买一大束玫瑰花。"

病人惊讶地离开了，但他还是买了一束玫瑰花，立刻就痊愈了。病人十分感激，他回到克罗诺皮奥那里，不仅付了诊资，还送上礼物——一束美丽的玫瑰花——以周到地表示感谢。病人刚刚离开，克罗诺皮奥就病倒了，他浑身疼痛，晚上睡不着觉，白天吃不下东西。

独特性与普遍性

一只克罗诺皮奥正要去阳台边刷牙，他看见早晨的太阳和天空中流动的美丽的云朵，感到由衷的快乐，他用力一挤牙膏管，挤出了一条长长的粉色丝带。他在牙刷上涂上了如同小山一般的牙膏之后，发现牙膏还多出一些，于是他开始在窗前摇晃牙膏管，粉色的牙膏块从阳台落到了大街上，几只法玛正聚在那里讨论市政新闻。粉色的牙膏块落在了法玛们的帽子上，与此同时，那只克罗诺皮奥在楼上高兴地唱歌刷牙。法玛们对克罗诺皮奥这种不可思议的粗心大意感到出离愤怒，他们决定任命一支代表队，立马前去谴责那只克罗诺皮奥。这支由三只法玛组成的代表队上楼来到克罗诺皮奥家斥责他，对他说道：

“克罗诺皮奥，你弄坏了我们的帽子，你得赔钱。”

然后，他们更加威严地说道：

“克罗诺皮奥，你不该这么浪费牙膏！”

考察员

三只克罗诺皮奥和一只法玛组成洞穴学考察队，联合探查一眼泉水的地下源头。他们来到了洞穴入口，一只克罗诺皮奥在另外两只的帮助下进入洞穴，背着一袋他最喜爱的三明治（夹奶酪）。另外两只克罗诺皮奥操控绞盘，慢慢地让他下降，而法玛在一个大笔记本上记录考察的细节。很快传来了克罗诺皮奥的第一条消息：他很气愤，因为他们弄错了，给他装的是火腿三明治。他晃动绳子，要求把他拉上去。操控绞盘的两只克罗诺皮奥苦恼地看向对方，意在询问，而法玛挺起他高大的身躯说道：不行。法玛的反应过于强烈，于是两只克罗诺皮奥松开了绳子，上前安抚他。当他们正忙于此事时，另一条消息传来，那只克罗诺皮奥正好落在了泉水的源头处，他从那里通报说，进展太糟糕了，他一边咒骂一边哭泣，所有的三明治都是夹火腿的，不管他怎么翻检，在所有的火腿三明治中间没有一块夹奶酪的。

王子教育

克罗诺皮奥们几乎从不生孩子，但如果他们有了孩子，就会失去理智，而且会有非同寻常的事情发生。比如，一只克罗诺皮奥生了一个孩子，会立刻满心惊喜，确信他的孩子就是美丽的巅峰，血脉里流淌着了不起的神秘成分，其中处处散布着艺术、诗歌与城市规划的天赋。于是，这只克罗诺皮奥每次见到自己的孩子，都会在孩子面前深深地鞠躬，言谈中表现出充分的敬重。

不用说，孩子全心全意地讨厌他。到了入学的年龄，父亲给他报名念一年级，孩子同其他的小克罗诺皮奥、小法玛和小埃斯贝兰萨一起非常开心。但是，随着正午临近，他的心情便越来越糟糕，因为他知道，父亲会在学校门口等他，并且一看见他就举起双手，说很多话，比如：

“盐天安，克罗诺皮奥，克罗诺皮奥，最好、最高、脸色最红润的孩子，最细心、最礼貌、最用功的孩子！”

听到这些，小法玛和小埃斯贝兰萨们在路边笑弯了腰，小克罗诺皮奥执拗地讨厌他的父亲，从第一次领圣餐到服兵役的岁月里一直和父亲作对。但是克罗诺皮奥们并没有因此而饱受折磨，因为他们也曾经讨厌自己的父亲，甚至这种讨厌似乎就是“自由”或“广阔世界”的代名词。

请把邮票贴在信封右上角

一只法玛和一只克罗诺皮奥是很好的朋友，他们一同前往邮局给他们在挪威一起旅游的妻子寄信，她们报了托迈酷客公司的旅行团。法玛仔细地贴上他的邮票，轻拍数次确保粘牢，但克罗诺皮奥发出恐怖的叫声，令职员们受到惊吓，他极其愤怒地宣布，邮票的图案非常低俗、无可容忍，他们绝对不能强迫他用这样可悲的东西糟蹋他写给妻子的情书。法玛十分尴尬，因为他已经把邮票贴好了，但作为克罗诺皮奥的好朋友，他想与克罗诺皮奥保持团结，便大胆表示二十分面值的邮票看起来的确庸俗不堪而且反反复复老一套，但一比索面值的邮票图案有令人赏心悦目的酒红色。这些都无法让克罗诺皮奥镇静下来，他挥舞着自己的信，咒骂邮局的职员们，后者瞠目结舌地看着他。邮局局长出现了，不到二十秒克罗诺皮奥就出现在了大街上，手里拿着信，心情十分沉重。法玛已经偷偷地把自己的信投进了信箱，他上前安慰克罗诺皮奥，对他说：

“还好我们的妻子在一起旅行，我在信里提到了你很好，你的妻子会从我妻子那里知道的。”

电报

在拉莫斯·梅希亚和别德马，一只埃斯贝兰萨和她姐姐互通了如下电报：

你忘了金丝雀乌贼骨。蠢货。伊内思。
你才蠢。我有备用。艾玛。

克罗诺皮奥们的三封电报：

意外坐错火车应坐七点十二实坐八点二四现在奇怪地方。邪恶人点邮票。此地超阴森。我不信他们会发出此电报。我可能要病倒。我说过本该带上热水袋。非常沮丧坐在楼梯上等回程火车。阿尔图罗。

不。四比索六十分不然不买。如果能便宜就买两双，一双无花，

一双条纹。

我发现埃斯特姨妈在哭，乌龟生病。也许草根有毒，或者奶酪放坏。乌龟，脆弱动物。有点笨，不会鉴别。不幸。

自然故事集

狮子与克罗诺皮奥

一只克罗诺皮奥在沙漠里游荡，遇见了一头狮子，于是发生了以下对话：

狮子：我要吃了你。

克罗诺皮奥（极其痛苦，但很有尊严）：那好吧。

狮子：啊，不是这样。殉道者我不接受。你快哭吧，或者反抗，二选一。你这样我不能吃。来吧，我等着。你什么都不说吗？

克罗诺皮奥什么都没有说，狮子很困惑，直到他想出了一个主意。

狮子：还好我左手有一根刺，让我很恼火。你帮我把这根刺拔出来，我就原谅你。

克罗诺皮奥帮他拔出那根刺，狮子离开了，没好气地嘟囔：

“谢谢，安德鲁克里斯[1]。”

神鹫与克罗诺皮奥

一只神鹫如闪电般扑向在蒂诺加斯塔散步的克罗诺皮奥，它把克罗诺皮奥按在花岗岩墙壁上，狂傲地与他对话：

神鹫：你敢说我不美丽。

克罗诺皮奥：您是我见过最美丽的鸟。

神鹫：继续。

克罗诺皮奥：您比天堂鸟还要美丽。

神鹫：你敢说我飞得不高。

克罗诺皮奥：您飞得太高了，高到让我眩晕，完全超音速，飞在平流层。

神鹫：你敢说我难闻。

克罗诺皮奥：您比整整一升的让－玛丽·法里纳古龙水还好闻。”

神鹫：真是个混蛋。一点下嘴的地方也不给我留。

花与克罗诺皮奥

一只克罗诺皮奥在田野里发现了一朵孤零零的花。起初，他想

①公元2世纪格里乌斯所写故事中的一个逃亡奴隶，曾为一头狮子拔出足底刺，后来和这头狮子在竞技场遭遇时，狮子认出了他并拒绝攻击。

把花摘下，

但他想到这是一种毫无意义的残忍，

他跪在花的旁边，愉快地和它玩耍，也就是：抚摸它的花瓣，给花吹气让它跳舞，像蜜蜂一样嗡嗡叫，闻一闻它的香味，最后躺在花底下，被宁静环绕，进入了梦乡。

花儿想："他像是一朵花。"

法玛与桉树

一只法玛在森林里游荡，尽管不需要柴火，他依然贪婪地盯着所有的树木。树木们非常害怕，因为它们了解法玛们的习惯，担心最糟糕的事情发生。森林里有一棵美丽的桉树，法玛一看见它，就发出快乐的叫喊，围着那棵惊慌的桉树跳起特雷瓜，跳起卡塔拉，口中念叨着：

"抗菌的树叶，健康的冬天，十足的卫生。"

他取出一把斧头，毫不在意地砍向桉树的腹部。桉树发出呻吟，它伤得很重，奄奄一息，其他树木听见它的叹息：

"这白痴明明只需要买些薄荷片。"

乌龟与克罗诺皮奥

现在有这样一件事：乌龟们很自然地成了速度的狂热崇拜者。

埃斯贝兰萨们知道了，他们并不在意。

法玛们知道了，他们取笑乌龟。

克罗诺皮奥们知道了，每当遇见乌龟，他们就会拿出装满彩色粉笔的盒子，在乌龟圆圆的黑板上画一只燕子。

万火归一

陶玉平 / 译

南方高速

司机们酷热难耐……

事实上，堵车虽然可怕，却也没什么好说。

阿里戈·贝内德蒂

《快报》，罗马，

1964年6月21日[①]

起初，开雷诺王妃的女孩还坚持要打开计时器，可是开标致404的工程师觉得那都是无所谓的事。人人都可以看自己的手表，可是，无论是右手腕上的时间还是收音机里的“哔哔”声，此刻都好像已经与时间无关，时间的概念只属于那些还没有愚蠢到选择星期天下

①原文为意大利语。

午从南方高速返回巴黎的人，刚过了枫丹白露，他们就不得不走走停停，隔离带两侧各排起六道长龙（众所周知，一到星期天，整条高速都留给了返回首都的车辆），启动汽车，开上三米，停下来，和右手边那辆双马力上的两位修女聊聊天，和左手边王妃上的姑娘搭搭话，再从后视镜里看一会儿后面开大众凯路威的脸色苍白的男人，而王妃后面是一辆标致203，上面坐了一对夫妻，正在逗自己的小女儿玩，说说笑笑，不时吃点儿奶酪什么的，其乐融融，出乎意料地教人心生羡慕，标致404前面是一辆福特西姆卡，坐在那上面的两个小伙子吵吵嚷嚷，令人不耐，有时车停得久了些，工程师还会下车四处转转，但不能离车太远（因为说不准什么时候前面的车就重新启动，必须三步并两步跑回来，否则后面喇叭声叫骂声就会响成一片），就这样他走到了一辆福特陶努斯附近（后面就是王妃，那个姑娘在不停地看表），车上是两个男人，带着一个金黄头发的男孩，此情此景中，男孩最大的乐趣就是让一辆玩具小汽车在陶努斯的座椅和靠背上纵横驰骋，他和那两个男人抱怨一番，调侃几句，看上去前面的车都没有要动弹的意思，他壮起胆子多走了几步，看见一辆雪铁龙ID上坐着一对老夫妇，不禁心生怜悯，两人好似漂浮在一口巨大的紫色浴缸里，老头双臂倚在方向盘上，一副逆来顺受的疲惫神情，老太太啃着一只苹果，不像在享受吃苹果的滋味，倒像是在完成什么任务。

就这样反复折腾了四次，工程师决心不再下车，而是等警察来疏通拥堵。八月的高温齐着一只只轮胎的高度弥散开来，车一动不动，人们越发萎靡不振。到处都是汽油味儿，西姆卡上那两个小伙子的尖叫声肆无忌惮，车窗玻璃和镀铬部件反射出刺眼的光芒，最糟的是这种自相矛盾的感觉，初衷是载人飞驰的机器，却把人困在了这机器丛林中。从中间的隔离带数过来，工程师的标致404在右边第二车道，算起来，他的右手边还有四列车，左手边则有七列，而实际上他能看见的只有四周的八辆车以及车上的人，一切细节他都已经记得清清楚楚，看得厌倦了。他和所有的人都聊过，只除了西姆卡上的那两个小伙子，他实在看他们不顺眼。这些两两交谈涉及了这次堵车的各种细枝末节，总的印象是，一直到科贝尔－埃松内都会这样走走停停，不过从科贝尔到茹维希那一段，一旦直升机和摩托骑警把拥堵的路段疏通，车就可以开快一点。大家都确信那段路上一定发生了什么严重事故,否则没法解释如此可怕的堵车。就这样，议论议论政府，骂骂炎热的天气，对税收发几句牢骚，再抱怨抱怨交通部门，话题一个接着一个，开上三米，又停在了一起，再开上五米，不时会有人冒出一句精辟的格言，或是一句含蓄的诅咒。

双马力上的两位修女指望在八点之前赶到米利－拉福雷，因为她们带了一篮子蔬菜给那里的厨娘。标致203上的那对夫妻最操心的是别误了晚上九点半的比赛直播；王妃上的姑娘对工程师说过，晚一点到巴黎她倒不在乎，她抱怨的是这荒唐的现实，把好几千人搞得像骆驼队一样慢腾腾。几个小时里（这会儿该有五点钟了，可热浪还是把他们压得喘不过气来），按照工程师的估算，他们总共才前进了五十来米，陶努斯上的其中一个男人牵着孩子走过来聊天，孩子手里还拿着他的玩具小汽车，男人不无讽刺地指了指路边一棵孤零零的梧桐树，王妃上的姑娘记起来了，那棵梧桐树（也许是棵板栗树）一直和她的车排在同一条线上，她现在连手表都懒得去看，计算时间已经毫无意义。

太阳仿佛不肯落下，路面和车身上晃动的阳光让人头晕目眩。或者戴上墨镜，或者头上顶着洒了古龙水的手帕，大家想出各种办法躲避刺目的反光，躲避每行进一步都会从排气管里冒出来的尾气，这些凑合而成的举措渐趋完备，成为众人交流和评估的主题。工程师还是下了车，想活动活动腿脚，修女的双马力前面是一辆阿利亚纳，车里坐着一对乡下人模样的夫妻，他和他们聊了几句。双马力的后面跟了辆大众，坐着一名军人和一个姑娘，看上去像是度完蜜月归来。第三车道往外他不想去看了，怕离自己的标致 404 太远，出什么问题；他看见的车各式各样，有奔驰、ID、4R、蓝旗亚、斯柯达、莫里斯微型车，简直是汽车博览会。往左边看去，对面车道上有雷诺、福特安格利亚、标致、保时捷和沃尔沃，延伸到无尽的远方；实在了无趣味，最后，在和陶努斯上的两个男人闲聊了几句、想和凯路威上的独身男人交换一番感想却没能谈成之后，他别无选择，只有回到自己的标致 404，和王妃上的姑娘重新拾起老话题，谈谈时间呀，距离呀，电影什么的。

偶尔会走来一个陌生人，从对面车道或是从右边外侧的车道沿着汽车夹缝穿行而来，带来某个真假难辨的消息，这些消息会从一辆车传到另一辆车，顺着滚烫的公路散布开来。陌生人看到自己带来的消息得以传播，听到一扇扇车门打开关上砰砰作响、人们争先恐后各抒己见，心中十分得意，可是片刻之后传来一声喇叭响，或是引擎启动的声音，陌生人拔腿便跑，在车辆之间曲折奔行，为的是重新钻进他自己的汽车，以免暴露在别人理所应当的愤怒中。整个下午，人们都议论纷纷，先是说有一辆雷诺弗洛里德在科贝尔附近撞上了一辆双马力，三人死亡，一名男童受伤，又说有一辆雷诺货车把一辆满载英国游客的奥斯丁撞得稀烂，接着又有一辆菲亚特1500连环撞上了这辆货车，还有人说是一辆奥利机场的大巴翻了车，上面坐满了从哥本哈根乘飞机来的游客。在科贝尔附近甚至巴黎近郊一定是发生了什么严重的事故，否则交通绝不至于瘫痪到如此地步，但工程师仍然可以断定，所有或者几乎所有消息都是谣言。阿利亚纳上的乡下人在蒙特罗附近有家农庄，他们对这个地区很熟悉，据他们说，前些日子，也是个星期天，这里的交通堵塞持续了五个小时，可那点时间和现在比起来真的算不了什么，此刻，太阳正一点一点向着公路左侧落下去，给每一辆车都泼洒上一层金黄色的浆汁，金属像在燃烧，令人目眩，身后的树木好像伫立不动，永远不会消失，前方远处若隐若现的树影却永远无法接近，简直感觉不到车流在挪动，哪怕只挪一点点，哪怕是不断地发动、停车、急刹车，哪怕永远不能摆脱一挡，也不能摆脱令人恼火的失望，一次又一次地从一挡变成空挡，不断地踩刹车，拉手刹，停车，就这样，一次又一次，仿佛没有尽头。

有一回，在一段漫长得没有尽头的静止中，工程师闲极无聊，决定去隔离带左边一探究竟。在王妃左边，他看见了一辆奥迪 DKW，往前是又一辆双马力，还有一辆菲亚特 600，他在一辆迪索托旁停了下来，同一个来自华盛顿的忧心忡忡的游客交谈了几句，那位几乎一句法语也听不懂，可是八点钟他必须赶到歌剧院去，你听得懂我的话吗，我老婆会担心的，真该死[①]，后来从 DKW 下来一个像是旅行推销员的人，说刚才有人带来一个消息，一架 Piper Cub 坠毁在公

①原文为英语。

路中央，死了好几个人。美国人对Piper Cub的事儿毫无兴趣，工程师也顾不上这消息了，因为这时他听见喇叭声响成一片，得赶紧回到标致404上，顺便把这些新闻传递给陶努斯上的两个男人和标致203上的那对夫妻。他把更详细的解释都留给了王妃上的姑娘，这时车辆都缓缓前行了几米（王妃先是稍稍落后标致404，过了一会儿又稍稍超到了前面，可实际上十二道车龙正像个整体似的向前移动，仿佛公路尽头有个隐身的宪兵在发布命令，让大家齐头并进，任何人都不得领先）。小姐,Piper Cub是一种观光用的小型飞机。哦。在一个星期天的下午，坠毁在公路正中央，这真是糟糕透顶的事。这都是些什么事儿呀。要是这些倒霉的车里不是这么热，要是右手边那些树都能最终退到身后，要是里程表上那最末位的数字能最终掉进那个小黑窟窿里，而不是像现在这样没完没了地悬着，那该多好呀。

有那么一会儿（天色渐渐暗了下来，由车顶组成的地平线被染上一层淡淡的丁香色），一只大大的白蝴蝶歇在了王妃的前挡风玻璃上，在它短暂停留的美妙一刻，姑娘和工程师都对它的一双翅膀赞叹不已；他们满怀惆怅看着它一点点飞远，飞过陶努斯，飞过那对老夫妇的紫色ID，飞向从标致404上已经看不见的菲亚特600，又飞到西姆卡上方，从那车里伸出一只手想捉住它，但没能成功，飞到那乡下人夫妻的阿利亚纳，那对夫妻好像在吃什么东西，它友好地扇了扇翅膀，最后在右边消失不见了。天黑下来的时候，车流第一次前进了一段不错的距离，几乎有四十来米吧；工程师不经意地看了看里程表，6已经下去了一半，7露了一点头。几乎所有的人都打开了收音机，西姆卡上那两位把音量开到了最大，嘴里还唱着摇摆舞曲，身体摇摆着，连车子都跟着摇个不停；两位修女拨动着念珠，陶努斯上的那个孩子已经睡着了，脸靠在车窗玻璃上，手里还拿着玩具小汽车。又过了一会儿（天已经完全黑下来了），过来了几个陌生人，他们带来了新消息，和此前已经被人遗忘的消息一样自相矛盾。不是一架小型飞机，是一位将军的女儿开的滑翔机。雷诺货车把奥斯丁压扁了这事儿不假，可根本不是在茹维希，而是在离巴黎很近的地方；有一个陌生人还告诉标致203上的夫妻说，伊格尼那边高速公路路面坍塌，有五辆车前轮陷了进去，都翻了车。这种自然灾害的说法也传到了工程师耳朵里，他耸耸肩，不做评论。又过了一会儿，他正回忆着天黑下来的这段时间人们总算可以舒舒服服地喘口气了，突然又想起来，自己曾经把胳膊从车窗伸过去敲了敲王妃，把那姑娘叫醒，她已经趴在方向盘上睡着了，毫不在意车流能不能再往前走。大概是在夜半时分，修女中的一位可能是觉得他饿了吧，怯生生地递给他一份火腿三明治。工程师出于礼貌接受了(其实此刻他很恶心，想吐)，征得同意之后，他把三明治分了一半给王妃上的姑娘，姑娘欣然接受，三口两口吃完，她左手边DKW上的旅行推销员递过来一块巧克力，她也吃光了。又有好几个小时没能前进一步了，车里太热，很多人都下了车；人们开始感到口渴难耐，瓶子里的柠檬水或是可口可乐都喝得见了底，就连车上带的葡萄酒都喝光了。第一个渴得受不了的是标致203上的那个小女孩，于是军人和工程师都下了车，帮小女孩的父亲一起去找水。西姆卡的收音机放得正欢，工程师看见它的前方是一辆波利欧，开车的是一位上了点岁数的妇人，眼神惶恐不安。没有，我没有水，但我可以给小女孩几粒糖果。ID上的老两口商量了一番，老太太把手伸进一只袋子里，掏出一小听果汁。

工程师谢过老两口，问他们肚子饿了没有，自己能不能帮点儿什么忙，老头摇了摇头，老太太没说什么，但看上去是给了个肯定的答复。接下来的时间里，王妃上的姑娘和工程师一起顺着左面几列车寻找了一番，他们也没敢走太远，回来的时候，给ID的老太太带来几块饼干，刚好赶在一片疾风暴雨般的喇叭声中跑回自己的车上。

除了这有限的几次出行外，人们能做的少之又少，时间几乎一动也不动，显得分外漫长；有那么一阵，工程师真想把这一天从自己的记事簿上删去，他强忍住没有哈哈大笑起来，可过了一会儿，当那两位修女、陶努斯上的两个男人以及王妃上的姑娘把时间算成了一笔糊涂账的时候，他想还真不如当初就打开计时器。地方广播电台都停止了播音，唯有DKW上的那位旅行推销员有一台短波收音机，还在一个劲地播送股票消息。快到凌晨三点的时候，大家都心照不宣地达成了某种默契，决定休息休息，就这样，直到天亮，车流一动也没动过。西姆卡上的小伙子卸下两张充气床垫，在车旁躺了下来；工程师把404前排座椅放倒，请两位修女来躺躺，被她们拒绝了；刚躺下没一会儿，工程师想起了王妃上的姑娘（她安静地趴在方向盘上），便若无其事地向她提议换个车，天亮再换回来；她拒绝了，说她不管坐着躺着都能睡得很香。有那么一阵，能听见陶努斯上的小孩在哭，他睡在汽车的后排座椅上，一定热得不行。修女们还在祈祷，工程师已经一头倒在自己的卧铺上，慢慢睡着了，然而他睡得一点儿也不踏实，最后浑身大汗、心烦意乱地醒来，一时间竟弄不清自己身处何方；他舒展了一下身体，发现车外模模糊糊有些动静，一团黑影朝公路边移动着；他猜到了原因，接着也悄无声息地下车，去到路边方便了一下；路边没有树，连围栏都没有，只有黑漆漆的田野，天上一颗星星也看不见，就像有一堵看不见的墙围困着泛白的路面，路面上的车像一条停滞不动的河流。他差一点撞上了阿利亚纳上的乡下人，那人嘴里嘟囔了一句什么；燥热的公路上本来汽油味就够难闻，现在再加上人体排出来的骚味，工程师赶紧回到了自己的车上。王妃上的姑娘趴在方向盘上睡着了，一绺头发搭在眼睛上；回到404之前，工程师在黑暗中愉快地端详了一番姑娘的侧影，猜想着她弯弯的双唇是如何轻柔地呼吸。在另一边，DKW上的男人静静地抽着烟，也在注视着这个姑娘。

上午，车还是没能前进多远，可已经足以使人满怀希望，想着到了下午通往巴黎的道路就会疏通。九点钟，有个陌生人过来，带来了好消息：前方塌陷的路面已经垫好了，交通很快就能恢复正常。西姆卡上的小伙子打开收音机，其中一个还爬上了车顶，又叫又唱。工程师告诉自己，这消息并不比昨天的那些更靠谱，那陌生人只不过是想趁这群人兴高采烈之际，从阿利亚纳上的夫妻那里讨到一只橘子罢了。后来又过来一个陌生人，想故伎重施，可谁都不肯给他东西了。天越来越热，大家都情愿待在车里等更确切的好消息。中午时分，标致203上的小女孩又哭了起来，王妃上的姑娘去和她玩了一会儿，还和那夫妻俩交上了朋友。203上的那对夫妻运气不佳：他们右边就是那个开凯路威一声不吭的男人，对周围发生的事情漠不关心，左手边又得忍受开弗洛里德那家伙的满腹牢骚，好像这堵车全是冲着他一个人来的。那小女孩又说口渴的时候，工程师突然想到可以去同阿利亚纳上的乡下人谈谈，他们车上肯定有不少吃食。他没料到那两位十分和气，通情达理，说在这样的情况下人们就该互相帮助，他们还有个想法，要是有人出面把这一群人的事儿管起来（说这话时那女人用手画了一个圆圈，把他们周围的十几辆车都包括了进来），那他们坚持到巴黎是没什么问题的。工程师生性不爱出头露面、充当组织者的角色，便叫来了陶努斯上的两个男人，同他们还有阿利亚纳上的夫妻开了个小会。接下来，他们分别征求了这一小群体的意见。大众上的军人立刻表示同意，标致203上的夫妻把自己所剩不多的给养贡献了出来（王妃上的姑娘已经给那小女孩弄到了一杯石榴水，现在那小女孩正在嬉笑玩耍）。陶努斯上的其中一个男人去向西姆卡上的小伙子征求意见，他们倒是同意了，但摆出一副嘲弄的神情；凯路威上脸色苍白的男人耸了耸肩，说他无所谓，你们爱怎么办怎么办。ID上的那对老夫妇和波利欧上的妇人明显很高兴，好像这样一来他们就有了依靠。弗洛里德和DKW上的人都没有发表意见。迪索托上的美国人带着惊讶的神情看了看他们，又说了句什么“上帝的意志”之类的话。工程师没费多大劲就提议让陶努斯上的一个男人负责协调各种事务，他基于直觉对这人有一种信任感。吃的东西眼下谁都不缺，问题是得弄到水；他们的头儿(西姆卡上的两个小伙子为了好玩儿，干脆就把他叫作陶努斯了)请工程师、军人还有两个小伙子当中的一个到周围去转转，看能不能用食物换点儿喝的东西。陶努斯显然深谙领导之道，他算了一下，照最不乐观的估计，需要准备最多足够一天半的吃喝。修女们的双马力和乡下人的阿利亚纳上有充足的食物来应付这一段时间，只要出去侦察的那几位能找到水，就万事大吉了。可是只有那个军人带回来满满一壶水，水的主人要求换取够两个人吃的食物。工程师没找着能提供水的人，但出去转了这一趟，他得知除了他们这个群体之外，还有人也在组织起来解决类似的问题；有一回，一辆阿尔法·

罗密欧的车主拒绝和他谈水的问题，说要谈得到这列车往后第五辆找他们这个小组的头儿。又过了一会儿，西姆卡上的小伙子回来了，他也没弄到水，可陶努斯估计给两个孩子、ID 上的老太太以及其余几个女人的水已经足够了。工程师正在给王妃上的姑娘讲自己在周围转了一圈碰到的事情（这时已经是下午一点钟了，阳光把大家都困在车里），姑娘突然做手势打断了他的话，又朝西姆卡指了指。工程师三下两下便跳到了西姆卡跟前，一把抓住其中一个小伙子的胳膊，这家伙正舒舒服服地靠在座位上大口大口地从水壶里喝水，原来他回来的时候把水壶藏在了夹克衫底下。看见小伙子恼羞成怒的神情，工程师抓他胳臂的手更用劲了；另一个小伙子下了车朝工程师扑来，工程师退了两步，几乎是带着怜悯的神情，等他扑过来。这时军人从天而降，修女们的叫声惊动了陶努斯和他的伙伴；陶努斯听了事情的经过，走到拿水壶的小伙子身边，给了这家伙两记耳光。那小伙子又喊又闹，哭了起来，另一个嘴里嘟嘟囔囔，再也不敢掺和进来。工程师夺过水壶，递给了陶努斯。这时又响起了喇叭声，每个人都回到自己车上，可这回也没多大进展，车流向前走了还不到五米。

到了午睡时间，阳光比起前一天来更加炽热，一位修女除下头巾，她的同伴替她在太阳穴那儿涂了些古龙水。女人们纷纷担当起助人为乐的角色，一辆车一辆车地照顾孩子，好让男人们腾出手来；没有人怨天尤人，当然这种一团和气的氛围也很勉强，不过是建立在千篇一律的文字游戏和心存疑虑的好言好语之上。对工程师和王妃上的姑娘来说，最难受的事情莫过于浑身臭汗、脏兮兮的；但他们每次到乡下夫妻那里和他们商量事情或是去告诉他们什么最新消息的时候，那两个人都对自己胳肢窝下散发出来的臭味浑不在意，这令他们钦佩不已。黄昏时分，工程师偶尔从后视镜看过去，只见开凯路威的男人一如既往地脸色苍白，没有丝毫表情，一副事不关己的样子，和开弗洛里德的胖子一个样。他觉得这人的脸比之前更瘦更尖，暗想这人是不是病了。可后来当他过去同军人还有他的妻子聊天的时候，他就近看了看，才发现这人不是生病，而是另外一回事，一定要有个说辞的话，也许就叫作不合群。大众上的军人后来告诉工程师，自己的妻子有点害怕这个一声不吭的男人，这人从不离开他的方向盘，就连睡觉都好像睁着眼睛。各种猜测都有，人们实在闲到无聊，甚至编出了一则怪谈。陶努斯和203上的两个孩子已经成了好朋友，一会儿吵架，一会儿又和好；小孩儿的家长也互相走动，而王妃上的姑娘过一会儿便会去看看ID上的老太太还有波利欧上那位妇人怎么样了。入夜之际突然刮起一阵大风，从西方涌上一片乌云，遮住了太阳，大家都开开心心的，心想这下可以凉快了。雨点落下来的时候，正好车流向前走了一百来米；远方划过一道闪电，天越发闷热了。空气里充满了电荷，陶努斯出于本能直到天黑也没再让大家做些什么，仿佛担心在如此的疲劳和炎热下会出意外，对他这种本能，工程师嘴上没说什么，心里却十分赞赏。八点钟，女人们负责分配给养；大家早先已经决定把那对乡下夫妻的阿利亚纳作为总储备所，修女们那辆双马力作为补充库存。陶努斯亲自去和另外四五个邻近团体的头儿商谈，谈妥之后，在军人和203男人帮助下，他们给别的小组送去一些食品，换回了更多的水，甚至还有一点葡萄酒。人们还做出决定，让西姆卡上的两个小伙子把他们的充气床垫让给ID上的老太太和波利欧上的妇人；王妃上的姑娘给她们拿去了两条苏格兰毛毯，工程师把自己的车贡献出来给需要的人使用，他把它戏称为卧铺车厢。没想到王妃上的姑娘欣然接受了他的盛情，这天夜里，她和一位修女共享了标致 404 的卧铺，另一位修女去到标致 203 车上，和小女孩以及女孩的妈妈睡在一起，那丈夫则裹了条毯子在公路上过夜。工程师一点儿也不困，和陶努斯还有他的朋友一起玩掷色子游戏，阿利亚纳上的乡下男人一度也参加进来，他们一边谈论着政治，一边喝上两口白兰地，这酒还是这天早上乡下男人上交给陶努斯的。这一夜过得不坏。天变凉爽了，云朵之间还有几颗星星在闪烁。

天快亮的时候他们都困了，东方泛白之际，人最需要有个遮风蔽雨的地方。陶努斯在后座上孩子旁边睡了下来，他的同伴和工程师在前排座位上休息了片刻。在变幻的梦境之间，工程师仿佛听见远处传来了叫喊声，还看见了模模糊糊的亮光。另一个小组的头儿过来对他们说，往前大概三十来辆车的地方，有辆埃斯塔菲特着了火，起因是有人想悄悄煮菜吃。陶努斯对这件事说了两句玩笑话，就逐一去查看大家这一夜都过得怎么样，该吩咐的话一句都没落下。这天早上，车流很早就开始挪动，大家都急急忙忙把床垫和毯子收起来，但因为各处情况都差不多，没有人着急上火，也没有人乱按喇叭。到中午的时候，车流走了差不多五十米，公路右侧隐约看见一片树林的影子。大家都对那些此时能有好运气享受路边阴凉的人心生羡慕；兴许那儿还会有条小溪，或是有个出饮用水的龙头什么的。王妃上的姑娘闭上双眼，想象着自己在冲澡，水流顺着脖颈后背流下来，一直流到腿上；工程师悄悄看了她一眼，看见两滴泪珠顺着她的脸颊流下来。

陶努斯刚才已经往前走到了 ID 那里，这时回来找几个年轻的女士帮忙去照顾一下那位老太太，她有点儿不舒服。后面第三组的头儿管辖的人群里有一位医生，军人立即跑步过去找这位医生。工程师一直怀着略带嘲讽的善意注视着西姆卡上的两个小伙子努力改变，他尽量让自己原谅他们的不懂事，知道该给他们一次改过的机会。两个小伙子用一顶帐篷的篷布把标致404蒙了起来，卧铺车变成救护车，这么一来，老太太就可以在暗一些的环境下休息。她丈夫躺在她身边，握着她的手，人们让老两口单独和医生待在里面。之后两位修女也过来照顾老太太，她感觉好了很多，工程师尽力打发掉下午的时间，走访其他的车辆，太阳实在热辣的时候，他就在陶努斯的车里休息一会儿；总共只有三次他不得不跑到自己的车那里，老两口好像都睡着了，他随着车流把车往前开上一点儿，直到再一次停下来。就这样一直到夜幕降临，他们也没能前进到那片小树林。

凌晨两点左右，气温降了下来，有毯子的人都暗自庆幸可以把自己裹住。看上去这车流天亮以前是动不了了（从夜风里就可以感觉得到，它正从天边一动不动的汽车丛林那里刮来），工程师和陶努斯，还有阿利亚纳上的男人和军人坐了下来，一边抽烟一边聊天。陶努斯原先做的估计现在看来与现实不太相符，他很坦率地承认了这一点；天亮以后必须得做点什么，多弄一些吃的喝的。于是军人便去找邻近几个小组的头儿商量，那几位也没睡觉，他们压低嗓门把这些问题讨论了一番，不想把女人们吵醒。几个头儿又把范围扩大到八十或是一百辆车的半径，和远处的一些小组负责人商量了一番，最后确信各组的情况都大同小异。乡下男人对这一带比较熟悉，他建议等天一亮就派出两三个男人到附近的农庄里去买食物，在此期间由陶努斯指定司机来开那些没了主人的车。这主意不错，在场的人没费多少事就把钱凑够了；他们决定由乡下男人、军人和陶努斯的同伴一起去，带上所有能用的提包、网兜和水壶。其他小组的头儿们也纷纷返回各自的单元，去组织类似的出征。天亮以后，他们把实情告知各位女士，只要车流能继续向前行进，该做的他们都做了。王妃上的姑娘告诉工程师说，老太太已经好一些了，坚持要回到他们那辆 ID 上去；八点钟，医生过来了，他觉得老夫妇俩回自己车上没什么不合适的。尽管如此，陶努斯还是决定把标致 404 专设为救护车；两个小伙子为了好玩儿，自制了一面红十字小旗，挂在 404 的天线上。已经有好一会儿了，人们都尽量不从自己的车上下来；气温继续下降。到了中午，天上下起了雨，远远地，还能看见闪电。乡下男人的老婆赶紧拿出一只塑料广口瓶和一个漏斗接水，西姆卡上的小伙子看得很开心。工程师把这一切都看在眼里，他俯向方向盘，那儿摊开着一本书，他并没认真去看，而是暗自思索，为什么出去的那几个人还迟迟没有归来。过了片刻，陶努斯悄悄叫他到自己车上去一趟，两个人都上了车之后，陶努斯告诉他，事没办成。陶努斯的同伴提供了更多的细节：要么是农庄废弃了，要么就是农户拒绝卖给他们任何东西，说是有规定不能把东西卖给个人，而且怀疑他们是稽查人员，故意利用这种情况来引他们上钩。尽管如此，他们还是弄回来一点水和一点吃食，也说不定是军人顺手牵羊的成果，他在一旁笑眯眯的，根本不参加这些细节的讨论。当然，不会再堵很长时间了，可是他们手头的这些食物并不适合两个孩子和那位老太太。下午四点半左右，医生又来看了一趟病人，他露出懊恼困倦的神情对陶努斯说，在他那个小组里，其实在周围所有的小组里，出征都不顺利。收音机里早就在说要采取紧急措施来疏通公路，但只有天快黑的时候来过一架直升飞机，转了一小会儿就走了，除此之外再也没见其他的措施。不管怎么说，天越来越凉快了，大家似乎都在等候夜晚的到来，好用毯子把自己裹起来，在睡梦中把等候的时间缩短几个小时。工程师坐在自己的车里，听着王妃上的姑娘和 DKW 上的旅行推销员聊天，那推销员给她讲故事，姑娘勉勉强强地报以笑容。突然,他们吃惊地看见了波利欧上那个从不下车的妇人，于是工程师下了车，问她有没有什么需要帮忙的，可那位妇人只是想打听一下最新的消息，她和修女们聊了会儿天。天黑了，大家被一种莫名的厌倦情绪所笼罩；与其去听那些永远自相矛盾的假消息，不如屈服于倦意。陶努斯的同伴悄悄走了过来，把工程师、军人和 203 上的男人叫了过去。陶努斯告诉他们说，弗洛里德上的司机刚刚逃走了；西姆卡上的一个小伙子看见那车上没了人，他也实在闲极无聊，便去找这车的主人。谁都不认识弗洛里德上的那个胖子，只知道第一天他嚷嚷得最欢，后来却像那个开凯路威的人一样沉默不语。到了早上五点钟,那位弗洛里德（这是西姆卡上的小伙子对他的戏称）确实是逃走了，随身带走了一只手提箱，把另一只装满衬衣和内衣的箱子扔在了车上，于是陶努斯决定，让西姆卡上的一个小伙子去负责这辆被遗弃的车，免得妨碍整个车流的行进。人们都隐隐觉得，这人在漆黑的夜间逃走，情况有点不太妙。旷野里，这个弗洛里德能跑到哪儿去呢？除此之外，这个夜晚似乎还有别人做出了重大决定。工程师躺在 404 的卧铺上，觉得好像听见了一声呻吟。起初他以为是军人和他妻子在做点什么，在这漆黑的夜晚，又处在这样的情况下，他们做点什么完全可以理解，后来他又仔细一想，便把盖在车后窗上的帆布掀了起来；在暗淡的星光下，一米五开外，他看见了凯路威那永恒不变的前挡风玻璃，玻璃另一面，那人变了形的脸仿佛贴在了上面，歪倒在一旁。他不想弄醒两位修女，于是悄悄从左边下了车，走近凯路威。然后他叫来了陶努斯，这时军人飞奔去找医生。很显然，这人服下什么毒药，自杀了；记事本上用铅笔写下了几行字，是给一个叫伊薇特的女人留下的一封信，这女人在维尔松把他甩了。幸好在车里睡觉已经成了定例（夜里太冷，谁也不会想待在车外面），也很少有人会去操心有没有人穿过车林，走到公路边去方便方便。陶努斯召集了一次紧急会议，医生对他的提议深表赞同。把尸体就近放在公路边，会吓着后面过来的人，至少也会让他们不太舒服；把尸体扔远一点吧，扔到田野里去，又怕会遭到当地居民的强烈排斥——前一天晚上，另一组有个年轻人去找吃的，就被那帮人连骂带打地收拾了一顿。阿利亚纳上的乡下人和DKW上的旅行推销员倒是有工具能够封死凯路威的后备厢。这两位开始动手干活的时候，王妃上的姑娘也过来了，她浑身颤抖，紧紧拉住工程师的胳膊。他压低嗓音把刚才发生的事情解释给她听，等她平静下来一点，便把她送回她自己的车上。陶努斯和他的帮手们把尸体塞进后备厢里，军人用手电筒照着，旅行推销员用透明胶带和胶水把后备厢紧紧封住。因为标致203上的女人也会开车，陶努斯决定让她的丈夫来开凯路威，反正车就在203的右边；就这样，天亮以后，203上的小女孩发现爸爸又有了一辆车，就不停地从一辆车爬上另一辆车，而且把她的一些玩具也放在了凯路威上。

第一次，大白天人们也觉得冷，谁也不想把外套脱掉。王妃上的姑娘和两位修女清点了本组的几件大衣。碰巧又在几辆车里或是在提箱里找到几件套头毛衣，还有几条毯子、风衣和薄外套之类。

大家制定了一个优先使用名单，外套也分发了下去。现在又面临缺水的问题，陶努斯派出去三个人，包括工程师，试图和当地百姓周旋一番。不知道为什么，外面的人对他们反感透顶；他们只要一离开公路边，便有石块从四面八方像雨点般投向他们。深夜里，不知是什么人把一柄大镰刀砸向DKW的车顶，落到了王妃旁。旅行推销员被吓得脸色发白，没敢从车里出来，但是，开迪索托的那个美国人（他并没有加入陶努斯这个小组，可大家对他的好心态还有爽朗的笑声都十分欣赏）迅速跑过来，把镰刀抡了几圈，用尽全力扔了回去，一面还高声叫骂着。然而，陶努斯认为不宜这样加深敌对情绪，或许以后还能从那里换些水来。

现在没人再去记这一天或者是这几天到底前进了多少米；王妃上的姑娘觉得应该在八十到二百米之间；工程师倒没有她那么乐观，但他乐于做出各种复杂的估算，拖延与女邻居一起计算的时间，DKW的旅行推销员正施展自己的职业本领对她大献殷勤，工程师觉得时不时有点儿事情打打岔也挺有意思。就在这天下午，负责驾驶弗洛里德的小伙子跑过来告诉陶努斯，有一辆福特水星正在高价卖水。陶努斯拒绝了，可是到了天黑的时候，一位修女为ID上的老太太向工程师要一口水喝，老太太不曾抱怨，但她的确很难受，一直握着丈夫的手，由两位修女和王妃上的姑娘轮流照看着。水只剩下半升，女人们把水全给了老太太和波利欧上的妇人。这天晚上，陶努斯自掏腰包买了两升水；福特水星答应第二天再弄些水来，只是价钱要翻番。

现在要想把大家都召集在一起商量点事太难了，天气太冷，若非迫不得已，谁都不想离开车子。电瓶里的电也用得差不多了，不可能整天都把暖气开着。陶努斯做出决定，把两辆各方面配置最好的车留出来以备不时之需，给病人使用。每个人都用毯子把自己裹起来（西姆卡上的两个小伙子把自己车上的椅垫扯下来做成背心和帽子，已经有人开始仿效他们了），尽量少开车门，好存住些许热气。就在这样一个寒冷的夜晚，工程师听见王妃上的姑娘在低声抽泣。他静静地、一点点打开车门，在黑暗中摸索着，触摸到一张被泪水打湿的脸庞。姑娘顺从地跟他上了标致 404；工程师扶着她在卧铺上躺下来，把唯一的一条毯子盖在她身上，又给她盖上自己的风衣。帐篷布遮住了两边的车窗，这辆救护车里面显得格外暗。工程师又放下两扇遮阳板，把自己的衬衣和一件套头毛衣挂在上面，使这辆车与外面完全隔绝开来。天快亮的时候，她在他耳边轻声说，在哭泣之前，她觉得，在右手边，自己远远地看见了城市的灯火。

也许那真的是一座城市，可清晨的浓雾让人连二十米外都看不清。奇怪的是，这一天车流倒前进了不少，大约有二三百米之多。这和最新的广播一致（现在谁都不去听广播了，除了陶努斯，他觉得自己有义务随时掌握最新情况）；播音员们一再强调正在采取特殊手段来疏通道路，他们还提到，交通巡视员和警察都已经累得筋疲力尽。突然，一位修女开始说胡话。她的同伴惊恐地看着她，王妃上的姑娘则用剩下的一点香水在她的太阳穴上涂抹，那修女说起了世界末日的善恶大决战、第九日、朱砂串什么的。中午开始，天上下起了雪，雪一点一点地把车围了起来，医生在雪中艰难行走，很晚才到。他为手头没有镇静针剂深感遗憾，建议把这位修女转移到暖气好一些的车上去。陶努斯把她安置在自己的车上，那小男孩去了凯路威那里，标致 203 上他的小伙伴也在那辆车上；他们一起玩着玩具小汽车，玩得兴高采烈，因为只有他们没有挨饿。这一整天，加上接下来的几天，雪一直下个不停，当车流能前进几米的时候，人们还得想各种办法清除车辆之间的积雪。

现在，不管用什么办法获取食物和水恐怕都不会有人感到惊奇。陶努斯唯一能做的只有管好公有资金，在以物换物时争取最大的收益。每天晚上，福特水星和另一辆保时捷就会过来兜售口粮；陶努斯和工程师负责根据每个人的身体状况把口粮分发下去。不可思议的是，ID 上的老太太活了下来，只是陷入了昏睡，女人们正在想办法。波利欧上的那位妇人几天前还时不时呕吐昏厥，但她随着气温下降彻底康复，现在成了那位修女的得力助手，帮助照顾后者那虚弱不堪甚至还有点精神错乱的同伴。军人的妻子和 203 的妻子负责照看两个孩子；DKW 上的旅行推销商眼见王妃上的姑娘更情愿和工程师待在一起，也许是为了寻找安慰吧，一连几个小时给孩子们讲故事。到了夜里，各小组都有自己的私密生活；车门会静悄悄地打开，一个个冻得发木的黑影进进出出；谁都不去看别人，各人都像自己的影子一样，对一切视而不见。蒙在脏兮兮的毯子下，手上的指甲疯长，浑身散发出多日困在狭小空间未换衣服的气味，却有欢愉处处蔓延。王妃上的姑娘没有看错：远处确实有一座灯火辉煌的城市，而且越来越近。每到下午，西姆卡上某个小伙子就爬上车顶，身上东一块西一块地裹着椅垫的碎片和绿色的麻布，不知疲倦地瞭望着。在无望地注视远方的地平线之余，他千百次地把目光投向周围的车辆；他不无忌妒地发现王妃上的姑娘竟然在标致 404 上，先是热吻，接着以一只手爱抚另一个人的脖颈结束。这时他已经重新获得了 404 的友谊，完全是出于玩笑，他冲着他们大声叫喊，说车队又该挪动了；于是王妃急忙从404车上下来，钻进自己车里，可稍过片刻她就又会钻过去寻求温暖，西姆卡上的小伙子当然也希望能从别的小组里带个姑娘到自己车里来，可是如今饥寒交迫，这种美事儿想都别想，更不用说陶努斯小组与前面一个小组已经因为一罐炼乳结下了不解之仇，除了与福特水星和保时捷有生意上的往来之外，和其他的小组绝无交往的可能。因此，西姆卡上的小伙子一面满怀惆怅地叹息着，一面继续瞭望，直到冰雪与严寒使他不得不浑身哆嗦地钻回自己的车里。

寒意渐消，紧接着是一段风雨交加的日子，不但消磨着人们的意志，也给物资供应增添了困难，再往后便是凉爽的晴天，人们又可以走出车子，互相串门，修复和周围其他小组的关系。各组的头儿已经在一起讨论了局势，最后，他们同前面那个小组也达成了和解。人们都在议论着福特水星的突然消失，这在很长一段时间里成了人们纷纷议论的话题。谁也说不清这车到底出了什么事，但保时捷依然定期前来，把控着黑市交易。有了这些交易，水和罐头从来没短缺过，但小组的资金在一点点减少，工程师和陶努斯有时会自问，真到了没钱给保时捷付账的那一天该怎么办。有人提出偷袭，把他抓起来，逼他说出这些供给的来源，然而这些天车流向前移动了很长一段距离，各组的头儿们觉得最好还是再等等看，不要因为一个带暴力色彩的决定把一切都搞砸了。工程师已经进入一种近乎愉悦的无动于衷的境界，当王妃上的姑娘羞羞答答地把那事告诉他的时候，一时间他还是吃了一惊，可随后他就想开了，这种事在所难免，想到会和她有一个孩子，工程师觉得这事儿再正常不过，就和每天晚上分发食物，或是偷偷摸摸走到公路边去方便一样正常。ID上老太太的死亡也没有人觉得意外。只是深更半夜的，大家又不得不忙活了一阵，她的丈夫接受不了这样的现实，也得有人陪伴他，安慰他。前面有两个小组起了冲突，陶努斯不得不去充当仲裁的角色，勉勉强强算是把事情摆平。随时都有可能发生情况，毫无规律可言；在谁都不再指望的时候，最重要的事情发生了，而且是最无所事事的那一位最先发现的。在西姆卡的车顶上，那位兴高采烈的瞭望哨突然觉得地平线那边有了些变化（正值日落，橙黄色的斜阳那微弱的光线逐渐暗淡），一个几乎令人难以置信的异象发生了，就在五百米、然后是三百米、二百五十米外。他把这消息大声喊给404，404对王妃说了句什么，她迅速回到了自己车上，这时，陶努斯、军人、那个乡下人都已经飞奔而至，小伙子还站在西姆卡的车顶上，用手指着前方，一遍又一遍地重复着他的宣言，仿佛是想说服自己他双眼所见是实实在在的景象；这时他们听见一片骚动，一股沉重然而不可遏制的迁徙浪潮把车龙从无休无止的昏睡中猛然惊醒，试探着它的力量。陶努斯大声命令各人回到自己车里，波利欧、ID、菲亚特600和迪索托同时发动了。双马力、陶努斯、西姆卡和阿利亚纳紧跟着动了起来，西姆卡的小伙子还陶醉在自己的成就里，他转过头来朝着404挥了挥手，这时，404、王妃、修女们的双马力和DKW也同时开动了。可一切还取决于这种状态能持续多长时间；开到和王妃并排的时候，404几乎是习惯性地如此思量，还朝那姑娘笑了笑，给她打气。在他们后面，大众、凯路威、203还有那辆弗洛里德同时慢慢启动，在用一挡行进了一小段之后，都挂上了二挡，一直在二挡，可是毕竟不用像先前那样总要松开离合器了，大家都把脚踩在油门上，等待着换成三挡。404把左胳膊伸出车外，去够王妃的手，却只勉强碰到了她的指尖，他在她的脸上看到了一丝微笑，仿佛不敢相信有这样的好事，他想，他们很快就会到巴黎了，要先好好洗个澡，一起随便到哪里去，到他家，或她家，先洗个澡，再去吃饭，要洗个没完没了，要吃饭，还要喝点儿什么，要有家具，一间带家具的卧室，还要带浴室，能涂上剃须膏好好刮刮胡子，还得有抽水马桶，有食物，有抽水马桶，还有床单。巴黎就意味着一个抽水马桶和两条床单，热水冲洒在胸口和腿上，一把指甲刀，白葡萄酒，接吻之前必须喝点儿白葡萄酒，身上还要有薰衣草精油和古龙水的味道，然后他们钻进干干净净的床单中间，在明亮的灯光下充分地相知相识，再去浴室里嬉闹一番，相亲相爱，再冲个澡，喝点儿什么，去一家理发店，再去浴室，抚弄床单，也在床单里互相爱抚，在肥皂泡沫、薰衣草精油和毛刷之间相亲相爱，然后再去考虑接下来要做的事情，考虑孩子，考虑其他问题，考虑他们的未来，这一切都要取决于车别再停顿下来，车流能继续前进，哪怕还不能挂上三挡，就这样挂着二挡开吧，只要能继续前进就行。404 的保险杠蹭到了西姆卡，404 身子后仰靠到座位上，觉得速度在加快，他感觉可以更快些，还不至于碰到西姆卡，西姆卡也在提高车速，不用担心会撞上波利欧，他感到凯路威紧跟在自己后边，大家都在一点点地加速，可以换三挡了，不会磨损发动机，变速杆奇迹般地挂上了三挡，车开得更平稳，也更快了，404 向左面投去惊喜而温情的一瞥，想捕捉王妃的眼神。很自然，以这样的速度跑起来，各列车队很难并驾齐驱，王妃现在领先近一米，404 只能看见她的后脑勺和一点点侧影，正在这时，她也转过头来看他，看到 404 越来越靠后，姑娘露出惊奇的神情。404 微笑着以示安慰，猛地加速，可几乎立刻就踩下了刹车，差一点就撞上了西姆卡；他短促地按了一下喇叭，西姆卡的小伙子从倒车镜里看了他一眼，做了个无能为力的表情，又伸出左手指指前面的波利欧，两车几乎贴在了一起。王妃现在领先三米，和西姆卡并排，203 和 404 开在了一起，车上的小女孩挥着手，让他看自己的小洋娃娃。右手边一团红色的影子分散了 404 的注意力；不是修女们开的那辆双马力，也不是军人的那辆大众，而是一辆陌生的雪佛兰，雪佛兰也超过去了，跟着是一辆蓝旗亚和一辆雷诺 8。左边，一辆 ID 和他并行，后来也一米一米地和他拉开了距离，ID 被后面一辆 403 取代位置的时候，404 还勉强能看见前面的 203，王妃被它挡住了。他们的小组就这样散开，已经没有什么小组了，陶努斯应该在前面二十多米远的地方，它后面是王妃；这时，左边第三列也落后了，因为本来该是旅行推销员的 DKW 的位置，现在他看见的是一辆黑色的老式货车的车尾，可能是辆雪铁龙，也说不定是辆标致。车都挂着三挡，随着一列列车流的节奏，时而超到前面，时而又落到后面，浓雾和夜色中，公路两边的树木房屋都向后方闪去。前面的车打开灯，后面的也相继打开了红色指示灯，夜幕一下子降临了。时不时有喇叭声响起，速度盘上的指针越升越高，有的车列开到七十公里，也有的开到六十五或六十。在不同车列的进退之间，404 还心怀一线希望，希望能追上王妃，可时间一点点流逝，他慢慢认清这是徒劳的念想，小组已经无可挽回地解散了，他们再也不能每天碰头开会，无论是例行会议还是在陶努斯车里的紧急会议，他再也不能感受到宁静的清晨里王妃给予他的爱抚，听不到孩子们玩小汽车时的嬉笑声，看不到修女们手捻念珠的情景。当前面西姆卡的刹车灯亮起的时候，404 心怀一股荒唐的渴望，他停住车，匆匆拉起手刹，跳出车子，向前跑去。除了西姆卡和波利欧外（凯路威应该在他后面，但这对他来说无关紧要），没有一辆他认识的车；各式各样的车窗玻璃后面，一些他平生从未见过的面孔看着他，带着震惊，甚至带着愤慨。喇叭一阵乱响，404 不得不回到自己的车上，西姆卡的小伙子对他做了个友好的表情，仿佛表示能理解他的举动，鼓励般指了指巴黎的方向。车流继续前行，开始几分钟前进得很慢，到后来，高速公路仿佛完全放开了。404 的左边跑着一辆陶努斯，有那么一瞬间，404 以为他们的小组重新聚合起来了，一切又恢复了先前的秩序，不必以打破为代价而继续前行。可这辆陶努斯是绿色的，而且方向盘后面坐的是个戴墨镜的女人，她目不转睛地盯着前方。这时候，只能随波逐流，机械地跟上周围车辆的速度，什么也不去想。他的皮夹克应该是落在军人的大众上了。他前几天看的那本小说在陶努斯那里。一瓶几乎空了的薰衣草精油落在了修女们的双马力上。他这里倒有王妃上的姑娘当吉祥物送给他的长毛绒小熊，他不时伸出右手摸一摸。荒唐的是，他无法抛却这些念头，九点半钟该去分发食品、探望病人，还得和陶努斯以及阿利亚纳的乡下人一起分析形势；然后天黑了，王妃会悄悄来到他的车上，满天的星斗和云彩，这才叫生活。是的，生活本该这样，一切不能就这样告终。也许军人能弄到些水，最后那几个小时水实在稀缺；不管怎么说，只要能按照那家伙的要求付钱，还是可以指望保时捷的。车前的天线上，红十字旗帜还在猎猎飘扬，车已经跑到了每小时八十公里，前方的灯火越来越明亮，只有一件事他不明白，为什么要这么匆忙，为什么深更半夜在一群陌生的汽车中，在谁都不了解谁的人群中，在这样一个人人目视前方、也只知道目视前方的世界里，要这样向前飞驰。

病人的健康

柯莱丽雅姨妈突然感觉不太舒服，一时间家里慌作一团，有好几个小时，谁都来不及做出反应或者讨论出个应对办法，就连一向处事老到的罗克舅舅也束手无策。电话打到了卡洛斯的办公室，罗莎和佩帕打发走了学习钢琴和声乐的学生，连柯莱丽雅姨妈也在担心妈妈的身体，胜过担心她自己。她确信自己的病问题不大，可妈妈的血压和血糖情况太糟糕，不能把这种令人不安的消息告诉她。大家都非常清楚，是博尼法斯大夫最先理解并且赞成对她隐瞒阿莱杭德罗的事。要是柯莱丽雅姨妈不得不卧床休息，也得想个办法让妈妈不要去怀疑她病了，阿莱杭德罗那件事就已经让大家很艰难，现在又雪上加霜；只要一不留神，她就会知道真相。家里房子倒是挺大，可也不能不考虑到妈妈敏锐的听觉，以及她那神奇的本领：她总能猜到家里每一个人的位置，这让大家都很不放心。佩帕是用楼上的电话打给博尼法斯大夫的，她告诉她的兄弟姐妹，大夫会尽快赶到，他们要把栅栏门虚掩着，这样大夫来的时候就不用叫门了。柯莱丽雅姨妈已经昏厥过去两次了，而且说她头疼得受不了，罗莎和罗克舅舅忙着照看她的时候，卡洛斯则在妈妈那里，给她讲和巴西发生外交冲突的消息，读最近的新闻给她听。这天下午，妈妈兴致很高，也没有腰疼,平日午睡时总会疼上一回的。她见人就问出什么事儿了，怎么大家看上去都神情紧张，家里人顾左右而言他，谈论着低气压以及面包添加剂的不良后果。喝下午茶的时候，罗克舅舅来陪妈妈聊天，卡洛斯这才腾出身来去洗了个澡，然后去楼下等大夫。柯莱丽雅姨妈现在感觉好一些了，就是在床上挪动还有点费力，第一次昏厥醒过来以后，她就把过去操不完的心都放下了。佩帕和罗莎轮流陪着她，端茶倒水，她却没说话；黄昏时分，家里平静了下来，兄弟姐妹们互相商量了一下，都说柯莱丽雅姨妈的病大概真的不太要紧，也许明天下午她就可以回到妈妈的卧房里去，就像什么事也没发生过一样。

阿莱杭德罗的事要糟糕得多，因为他出车祸去世了，当时他刚抵达蒙得维的亚，正准备去一个工程师朋友的家。已经过去近一年了，可是对这个家来说，这依然像是刚刚发生的事情，只除了妈妈，因为于她而言，阿莱杭德罗是去了巴西，累西腓有一家大公司委托他在那里建一座水泥厂。自从博尼法斯大夫发出警告之后，大家也不敢把这消息一点一点地告诉妈妈，暗示她说阿莱杭德罗出了意外，受了点轻伤之类。就连最初有些不解的玛利亚·劳拉，也承认无法把这个消息告诉妈妈。卡洛斯和玛利亚·劳拉的父亲一起去了趟乌拉圭，带回了阿莱杭德罗的遗体，这边全家人都在照看妈妈，因为那一天她心情不好，很难应付。工程师俱乐部答应在他们那里给阿莱杭德罗守灵，忙于照看妈妈没法脱身的是佩帕，她连阿莱杭德罗的棺材都没能看上一眼，其他人则轮流守着，还有陪伴可怜的玛利亚·劳拉，她悲伤不已，眼泪都流不出来。和以往一样，最后的主意还是要由罗克舅舅来拿。天快亮的时候，他同卡洛斯谈了谈，卡洛斯埋头趴在餐桌的绿色台布上，为自己的兄弟无声地哭泣着，就在这个地方，他们曾经多少次一起打牌呀。后来柯莱丽雅姨妈也过来了，妈妈一整夜都睡着,这会儿倒不用替她操心。在罗莎和佩帕的默许下，大家决定了首先要采取的措施，先把《国民报》藏起来——有时妈妈也会打起精神看上几分钟报纸，同时所有人都赞同罗克舅舅的主意。就说有一家巴西公司和阿莱杭德罗签了个合同，他得在累西腓待上一年，阿莱杭德罗只有几个小时来做准备，只得中断了在工程师朋友家短暂的休假，收拾好箱子，登上了最近的一班飞机。妈妈要明白现在时代不同了，那些公司老板才不管别人怎么想，但是等到年中，阿莱杭德罗总能想办法休上一个星期的假，回布宜诺斯艾利斯来。妈妈似乎不太情愿地接受了这个消息，当然她还是哭了一会儿，大家赶紧拿出嗅盐给她闻闻。卡洛斯最懂得怎么逗她开心，对她说，家里的小儿子刚有了点成就，这样哭哭啼啼的太难为情了，而且如果阿莱杭德罗知道大家是这样对待他签了合同的消息，会不高兴的。妈妈果然安静下来，还说为了遥祝阿莱杭德罗健康，想喝一小口马拉加的甜葡萄酒。卡洛斯突然冲出去找葡萄酒，却是罗莎把酒拿了回来，还和妈妈一起干了杯。

妈妈的日子过得不容易，虽说她很少抱怨，但还是有必要想各种办法陪陪她，尽量分散她的注意力。阿莱杭德罗葬礼的第二天，她觉得奇怪，玛利亚·劳拉怎么没像以往那样在星期四来看她，佩帕下午就去了诺瓦里家和玛利亚·劳拉谈了这件事。与此同时，罗克舅舅正在一个律师朋友的书房里把事情的原委解释给他听，律师答应马上给他在累西腓工作的兄弟写封信（在妈妈家里说出累西腓这个地名可不是随意而为），通信的事情就算安排好了。博尼法斯大夫也仿佛是顺便来看了看妈妈，检查过她的视力后，他说情况好多了，但还是劝她这些天不要看报纸了。柯莱丽雅姨妈会把那些最有意思的消息告诉给她，幸好妈妈不喜欢听新闻广播，因为内容太俗气，而且每过一会儿就会插播可疑的药品广告，敢去吃这些药的人简直是拿命在赌博。

星期五下午，玛利亚·劳拉来了，说自己现在忙着学习，要准备建筑学的考试。

“对，我的好孩子，”妈妈对她说，眼里满含柔情，“你看书把眼睛都熬红了，这可不好。用点儿金缕梅敷一敷，那是最管用的。”

罗莎和佩帕一直在旁边，不时接几句话，这样，玛利亚·劳拉努力坚持住了，当妈妈说起这坏小子未婚夫竟然不吭一声，一走就是这么远时，她甚至还微笑了一下。现在的年轻人就是这样，世界变得疯狂了，每个人都匆匆忙忙，做什么都没时间。后来妈妈又开始讲起那些大家都无比熟悉的祖辈往事，咖啡送来了，卡洛斯也进来插科打诨，讲讲故事，罗克舅舅有时在卧室门口站一会儿，一脸好脾气的样子望着他们，就这样一直到妈妈该休息的时间，一切如常。

一家人就这样慢慢习惯了，玛利亚·劳拉更艰难一些，但好在她只有每个星期四才来看妈妈；一天，阿莱杭德罗的第一封信到了（妈妈已经问了两次，怎么还没有他的消息），卡洛斯在床头给她读了信。阿莱杭德罗很喜欢累西腓，他谈到了港口，谈到卖鹦鹉的小贩，还谈到了那里好喝的冷饮，他说那里的菠萝便宜得就像不要钱一样，咖啡也货真价实、浓香四溢，家里每个人听了都直流口水。妈妈让把信封拿给她看看，还说把邮票送给莫洛尔达家的小男孩，这孩子集邮，虽然妈妈并不喜欢孩子们玩邮票，因为这些东西可是哪儿都去过的，而孩子们玩过以后从来不知道洗手。

“他们总拿舌头舔了邮票再贴，”妈妈总是这么说，“谁都知道，那上头尽是细菌，留在舌头上了还会繁殖。不过还是把这张邮票给他吧，反正他已经有了那么多张，多一张也……”

过了一天，妈妈把罗莎叫来，口授了一封给阿莱杭德罗的信，问他什么时候可以休假，回来一趟是不是要花很多钱。她还给他讲了讲自己现在的身体状况，说卡洛斯刚刚被提了职，跟佩帕学钢琴的一个学生得了奖。她还告诉他，玛利亚·劳拉每个星期四都来看她，一次不落，可她学习太刻苦了，对眼睛不好。信写好之后，妈妈在结尾用铅笔写下了自己的名字，又轻轻地吻了一下信纸。佩帕说要去找个信封，便站起身来，柯莱丽雅姨妈拿来了五点钟要吃的药，以及要插在橱柜上花瓶里的鲜花。

一切都难之又难，因为在这段时间里，妈妈的血压更高了，家里人有时会怀疑，是不是冥冥之中有什么东西在起着作用，是不是他们的举止中有什么露馅儿的地方，尽管大家慎之又慎，强颜欢笑，还是有一丝不安或是沮丧给妈妈造成了不好的影响。但这是不可能的呀，因为即便是假装去笑，到最后都会和妈妈一起真的哈哈大笑起来，有时候没在妈妈跟前，他们也会互相开开玩笑、推搡一番，不过紧接着就会像是从梦中惊醒一样，诧异地望着彼此，佩帕满面通红，卡洛斯低下头，点燃一支烟。说到底，唯一要紧的是把时间混过去，别让妈妈有所察觉。罗克舅舅跟博尼法斯大夫谈过了，大家也一致同意要把这场善意的哄骗喜剧一直演下去，哄骗喜剧这个词儿还是柯莱丽雅姨妈的创造。唯一让人担心的是玛利亚·劳拉到家里来的时候，因为妈妈理所当然地要一次又一次地谈起阿莱杭德罗，她想知道是不是等他从累西腓回来他们就会立即结婚，又担心她这个发疯的儿子会不会再接受另一份合同，去那么远的地方待那么长的时间。玛利亚·劳拉这时总是一动不动地坐在椅子上，一声不吭，两只手紧紧地握在一起，甚至把自己捏伤，大家也没有别的办法，只能不时地进到卧室里分散妈妈的注意力，解救玛利亚·劳拉，可是有一天，妈妈问柯莱丽雅姨妈，为什么每回玛利亚·劳拉来看她，大家都这样急着来找她，好像只能趁这会儿跟她相处似的。柯莱丽雅姨妈放声大笑，说这是因为大家都在玛利亚·劳拉身上看到了阿莱杭德罗的影子，所以每次她一来，大家就都想要和她待在一起。

“你说得有道理，玛利亚·劳拉太好了，”妈妈说，“我那个无赖儿子配不上她，真真的。”

“瞧你还说这话，”柯莱丽雅姨妈说，“你每次一提到儿子，眼睛都亮起来了。”

妈妈也笑了，并且想起来这几天该收到阿莱杭德罗的信了。信真的到了，罗克舅舅把信连同下午五点钟的茶一起送了进来。这一回妈妈想亲眼看看这封信，让人拿来了老花镜。她用心地读着，好像每一句话都是一口需要反复品鉴的美味。

“现在的年轻人真是不懂得什么是尊重，”她的语气其实并不十分在意，“虽说我们年轻时还没人用打字机，可就算是能用，我也绝不敢用这玩意儿给我父亲写信，你肯定也不敢。”

“确实，”罗克舅舅说道，“谁不知道那老头儿的坏脾气。”

“罗克，你这么称呼他也太不像话了。你知道的，我从来就不喜欢听你叫他老头儿，可你总是无所谓。别忘了妈妈生起气来有多可怕。”

“好吧，行了行了。我也就是随口一说，和尊重不尊重没有关系。”

“奇怪，”妈妈边说边摘下眼镜，看着天花板上的嵌线，“阿莱杭德罗已经寄来五六封信了，却没有一回叫我……嗯，这可是我们俩的一个小秘密。很奇怪，你知道的。为什么他连一回都没这样叫过我？”

“也许是这孩子觉得把这称呼写在纸上会有点儿傻吧。口头上叫你是一回事儿……他怎么叫你来着？”

“这是秘密，”妈妈说道，“是我的小儿子和我之间的秘密。”

佩帕和罗莎对这个称呼一无所知，问卡洛斯，他也只是耸了耸肩。

“还能怎么样呢，舅舅？我能做到的就是伪造个签名。我觉得妈妈会把这事儿忘掉的，你也别太在意了。”

就这样四五个月过去了，阿莱杭德罗在一封信里说他现在很忙（可是他忙得很开心，因为对一个年轻的工程师来说，这是一次非常好的机会），妈妈坚持说，现在他该休假回一趟布宜诺斯艾利斯了。回信由罗莎执笔，她觉得这一回妈妈口述得特别慢，好像每句话都要斟酌半天。

“天晓得这家伙能不能回来一趟，”罗莎仿佛不经意地说了句，“他正是顺风顺水的时候，要是为这件事跟公司闹得不愉快那就没意思了。”

妈妈好像没听见一样，继续口述着。她的健康状况不容乐观，她是真想见到阿莱杭德罗，哪怕只有几天也好。阿莱杭德罗也该挂念着玛利亚·劳拉，倒不是说他太冷落未婚妻，但爱情不能只靠千里之外的甜言蜜语和种种诺言来维系。不管怎样，她希望阿莱杭德罗尽快给她来信，带来些好消息。罗莎注意到妈妈这一回签名之后没有亲吻信纸，而是死死盯住这封信，仿佛要把它印在自己的脑海里。“可怜的阿莱杭德罗。”罗莎想道，背着妈妈匆忙画了个十字。

“你瞧，”罗克舅舅对卡洛斯说，这天晚上他们俩单独留下来玩了盘多米诺骨牌，“我看要坏事儿。得想个说得过去的理由了，要不然，她迟早会明白真相的。”

“我是没辙了，舅舅。最好是能让阿莱杭德罗回信写点儿什么事，能让她再高兴上一段时间。可怜她身体这么虚弱，我真没法想象，如果……”

“谁也没说那个，孩子。可我要告诉你，你妈妈是那种坚持到底的人。这是我们家族的性格，小子。”

妈妈看完了阿莱杭德罗闪烁其词的回信，一句话也没说。信中说等到工厂第一阶段完工，他一定争取请上几天假。这天下午，玛利亚·劳拉来的时候，妈妈请她也劝劝阿莱杭德罗，让他回布宜诺斯艾利斯一趟，哪怕是一个星期也行。玛利亚·劳拉后来告诉罗莎，妈妈是在别人听不见的情况下对她说的。还是罗克舅舅最先提出了建议，其实这办法大家也都想过好多次，只是谁也没有勇气把话挑明罢了。当妈妈又向罗莎口述信件让阿莱杭德罗回来的时候，罗克舅舅下了决心，没有别的办法了，只有试一试，看妈妈能不能抗得住第一个坏消息。卡洛斯咨询了博尼法斯大夫，大夫的意见是，审慎行事，准备些药水。在一段必要的等待之后，一天下午，罗克舅舅过来坐在妈妈床边，罗莎在药柜旁边沏着马黛茶，眼睛望向窗外的阳台。

“你瞧瞧，我这才算有点明白了，为什么我这个臭外甥下不了决心回来看我们，”罗克舅舅说道，“他知道你身体还没恢复，他不想让你担心。”

妈妈看着他，好像没听懂他在说些什么。

“今天诺瓦里家打电话来了，好像是玛利亚·劳拉有了阿莱杭德罗的消息。他没什么大事儿，不过这几个月不能出远门了。”

“为什么不能出远门？”妈妈问道。

“因为他有只脚出了点儿问题，好像是吧。我记得是脚踝那儿。得问问玛利亚·劳拉到底怎么回事。老诺瓦里说是骨折了还是怎么着了。”

“脚踝那儿骨折了？”妈妈追问道。

在罗克舅舅开口回答之前，罗莎早已把嗅盐的小瓶子拿在了手里。博尼法斯大夫也立即赶到，整个过程就发生在这几个小时里，却是漫长的几个小时，博尼法斯大夫直到深夜才离开。两天后，妈妈觉得她已经好了，要佩帕给阿莱杭德罗写封信。佩帕没弄清情况，像往常一样拿着记事本和铅笔过来，妈妈却闭上眼睛，摇了摇头。

“你写就行了。告诉他好好照顾自己。”

佩帕照办了，虽然她也并不明白自己为什么要一句接一句地往下写，明知道妈妈并不会看。这天晚上，她对卡洛斯说，当她在妈妈床边写信的时候，她有百分百的把握，这封信妈妈既不会看也不会在上面签名。妈妈始终闭着眼睛，直到该喝汤药的时候才睁开，好像她已经把这事儿忘了，好像她在想别的事情。

阿莱杭德罗回信的口吻再正常不过了，他解释道，本来是不想把骨折的事情告诉她的，怕她担心。一开始医生弄错了，给他打了石膏，后来又得重新换过，可他现在已经好多了，再过几个星期他就可以下地走路。总共得要两个月时间吧，不过糟糕的是，他的工作在最紧要的时刻被落下一大截，这样一来……

卡洛斯大声朗读着，他感觉妈妈并没有像以前那样仔细听。她不时看看钟，这是她不耐烦的标志。七点钟罗莎就应该把汤和博尼法斯大夫开的药端来的，可这会儿已经七点五分了。

“好了，”卡洛斯边说边把信叠起来，“你看见了，什么事儿都没有，这家伙没什么大问题。”

“那当然了，”妈妈说，“喂，你去告诉罗莎，让她快一点儿行不行。”

妈妈仔细听玛利亚·劳拉讲了阿莱杭德罗骨折的情形，还对她说让他多揉揉，说她父亲有一次在马坦萨斯从马上摔下来，多揉一揉可管用了。紧接着，仿佛还在说同一句话，妈妈又问能不能给她滴几滴柑橘花精油，清神醒脑是最管用的。

这天下午，玛利亚·劳拉先开了口。临走前，在客厅里，她把她的想法告诉了罗莎，罗莎看着她，好像无法相信自己的耳朵。

“别这样，”罗莎说道，“你怎么能那样想？”

“这不是我的想象，这是事实，”玛利亚·劳拉说，“我不会再来了，罗莎，你们让我干什么都可以，可我不会再踏进那个房间了。”

说到底，谁也没有觉得玛利亚·劳拉的奇想过分荒谬。还是柯莱丽雅姨妈把大家的感受归结为一句话：在像他们这样的家庭里，责任就是责任。罗莎被派去诺瓦里家，可玛利亚·劳拉哭得昏天黑地，没办法，只能尊重她的决定；佩帕和罗莎从这天下午起就开始渲染舆论，说这可怜的姑娘学习任务太重，她太累了。妈妈什么都没说，星期四再次到来时，她也没问起玛利亚·劳拉。到那个星期四，阿莱杭德罗去巴西有整整十个月了。公司对他的工作太满意了，几个星期之后，又向他提出续签一年合同，条件是他立刻出发到贝伦去建另一座工厂。罗克舅舅认为这太棒了，对于一个年纪轻轻的小伙子来说，这可是极大的成就。

“阿莱杭德罗打小就最聪明，”妈妈说，“就像卡洛斯做事最能坚持一样。”

“你说得没错，”罗克舅舅说道，一面在心中疑惑，玛利亚·劳拉怎么会冒出那种念头，“说真的，姐姐，你的孩子们个个都没得说。”

“这话不假，我是没什么可抱怨的。要是他们的父亲能看见他们长这么大该开心坏了。女孩们个个都是好姑娘，可怜的卡洛斯，一看就是我们家出来的好小伙。”

“还有阿莱杭德罗，他有远大前程。”

“哦，对。”妈妈应道。

“看看他们给他的这份新合同……这么着吧，等精神头好一点儿，你给你儿子写封信；他这会儿准是心惊胆战的，想着续签合同这事儿会让你不太高兴。”

“哦，对。”妈妈又重复了一遍，眼睛看着天花板，“告诉佩帕给他写封信，她知道的。”

佩帕写了信，可心里没多大把握该给阿莱杭德罗说些什么，然而有一点她确信无疑，那就是最好写出一份完整的文本，免得回信会自相矛盾。而阿莱杭德罗那边，妈妈肯理解他自然非常高兴，面前这个机会是尤为难得的。脚踝恢复得非常好，一旦彻底痊愈，他一定会请假回来和他们待上半个月。妈妈轻轻点了点头，然后就问《理性报》到了没有，她想让卡洛斯给她念几条电讯。家里的大小事情没费多大劲就安排得有条不紊，现在看起来不会再有什么意外，妈妈的健康状况稳定了下来。儿女们轮流陪伴，罗克舅舅和柯莱丽雅姨妈随时进进出出。晚上卡洛斯给妈妈念报纸，上午是佩帕念。罗莎和柯莱丽雅姨妈负责给她喂药洗澡，罗克舅舅在她房间里一天喝上两三次马黛茶。妈妈从未落单，也从未问起玛利亚·劳拉。每三个星期她会收到阿莱杭德罗的消息，但不做任何评论，她对佩帕说写封回信，然后就说起别的事情，总是一如既往地聪明、亲切，却拒人于千里之外。

就在这段时间，罗克舅舅开始给她读同巴西关系紧张的消息。最初他还把这些消息写在报纸边缘的空白处，可妈妈根本就不管他念得好不好，几天之后，罗克舅舅也就习惯了现编现造。起初，他在念那些令人不安的电讯时还会稍加评论，说这可能会给阿莱杭德罗和其他在巴西的阿根廷人带来些麻烦，但是妈妈好像对这些事没多大兴趣，他也就不再评论了，但每过几天形势会被描述得更严峻一些。阿莱杭德罗在信里还谈到有断交的可能，不过他带着年轻人惯有的乐观，坚信外交官们会解决这些争端。

妈妈不置一词，也许是因为离阿莱杭德罗请假的日子还早吧，但一天晚上，她突然向博尼法斯大夫发问，和巴西之间的局势是不是像报纸上说的那么严重。

“和巴西？哦，是的，是有点儿不大妙，”医生说，“但愿那些政治家有解决问题的智慧吧……”

妈妈看了看他，这样毫不迟疑地作答好像让她有点吃惊。她轻轻叹了口气，换了话题。这天晚上她比以往精神要好些，博尼法斯大夫满足地离开了。第二天，柯莱丽雅姨妈病倒了；虽说昏厥看上去只是一时的事，可博尼法斯大夫跟罗克舅舅谈了谈，建议他们还是找一家疗养院，让柯莱丽雅姨妈去住院。妈妈此时正在听卡洛斯给她念晚报上有关巴西的新闻，大家告诉她柯莱丽雅姨妈犯了偏头痛，不能下床。他们有整整一个晚上的时间来考虑这个问题，可罗克舅舅在和博尼法斯大夫谈完话之后就灰心丧气，只有靠卡洛斯和几个女孩拿主意了。罗莎想到了玛诺丽塔·巴耶的农庄，那儿空气好；就在柯莱丽雅姨妈犯偏头痛的第二天，卡洛斯把谈话掌握得尤为巧妙，最后竟好像成了妈妈自己提出建议，让柯莱丽雅姨妈到玛诺丽塔的农庄去住些日子，那样会有益她的健康。卡洛斯的一个同事主动开车把柯莱丽雅姨妈送去，对偏头痛病人来说，坐火车去会太疲惫。柯莱丽雅姨妈首先提出要去跟妈妈道个别，卡洛斯和罗克舅舅搀着她慢腾腾地过去，妈妈叮咛她坐现在这种汽车要注意别受凉，提醒她记得每天晚上吃点儿水果，有助于通便。

“柯莱丽雅面色潮红，”下午，妈妈对佩帕这样说，“我看不是什么好事儿，你说呢？”

“哦，在农庄里住上些日子，她就会好的。这几个月她有点累；我想起来了，玛诺丽塔有一回对她说过，让她到农庄一起住几天。”

“有这事儿吗？好奇怪呀，她从来没跟我说过。”

“我猜她是不想让你烦心。”

“好女儿，那她要在那儿住多长时间呢？”

佩帕不知道，但她可以回头去问问博尼法斯大夫，是他建议换个环境透透气的。过了好几天，妈妈才又旧话重提（这时柯莱丽雅姨妈在疗养院又昏厥过去了，罗莎和罗克舅舅轮流陪护）。

“我在想，柯莱丽雅什么时候回来呀。”妈妈说道。

“别呀，人家好不容易离开你，出去透透气……”

“是呀，可你们不是说，她这病没什么事吗。”

“当然没什么事。她现在留在那里就是因为高兴，也可能是想陪陪玛诺丽塔；你知道她们有多要好。”

“给农庄打个电话，问问她什么时候回来。”妈妈吩咐道。

罗莎给农庄打了电话，那边的人告诉她，柯莱丽雅姨妈好一些了，只是觉得身子还有点儿虚，所以想多待几天。奥拉瓦利亚那边天气棒极了。

“这话我不爱听，”妈妈说，“柯莱丽雅早该回家了。”

“妈妈，劳驾你不要这么操心好不好。你为什么不把自己的身体调理好一点，跟柯莱丽雅和玛诺丽塔一起到农庄去晒晒太阳呢？”

“我？”妈妈看着卡洛斯，那眼神像是惊奇，又像是反感，还有点儿像受了侮辱。卡洛斯笑起来，以掩饰自己的情绪（佩帕刚打过电话，柯莱丽雅姨妈病情危急），他吻了吻她的面颊，就像吻一个调皮的小姑娘。

“傻妈妈。”他说，尽量让自己什么都别想。

这天夜里妈妈睡得很不踏实，天刚亮就问起柯莱丽雅怎么样了，好像这么一大早就能得到农庄的消息似的（柯莱丽雅姨妈刚刚去世了，他们决定在殡仪馆为她守灵）。八点钟，他们从客厅里给农庄打了个电话，为的是让妈妈能听见对话，电话里说谢天谢地柯莱丽雅姨妈这一夜过得不错，但玛诺丽塔的医生还是建议她趁天气不错在那边多住些日子。卡洛斯因为公司盘点结算而不用去上班，非常开心地穿着睡衣来到妈妈床前，边喝马黛茶，边陪她聊天。

“你看看，”妈妈说，“我觉得应该给阿莱杭德罗写封信，让他回来看看他姨妈。柯莱丽雅一向最疼他，他应该回来一趟。”

“但柯莱丽雅姨妈又没什么大事儿，妈妈。阿莱杭德罗都没回来看过你，你想想……”

“回不回来是他的事，”妈妈说，“你就写信告诉他，柯莱丽雅病了，他应该回来看看她。”

“你要我们跟你说多少次呀？柯莱丽雅姨妈又不是生了什么重病。”

“不是重病最好。可给他写封信又不费你什么事儿。”

这天下午他们写了信，而且念给妈妈听了。在等阿莱杭德罗回信的日子里（柯莱丽雅姨妈身体还不错，可玛诺丽塔的医生还是坚持让她多呼吸呼吸农庄的新鲜空气），和巴西之间的外交局势愈发紧张了，卡洛斯告诉妈妈，阿莱杭德罗的信耽搁些日子也不足为奇。

“像是故意的，”妈妈说，“看着吧，他也不会回来的。”

他们谁都下不了决心去给妈妈念阿莱杭德罗的回信。大家聚在餐厅里，看着柯莱丽雅姨妈坐过的空位子，面面相觑，犹豫不决。

“这很荒谬，”卡洛斯说道，“既然我们已经习惯了把这出戏演下去，就无所谓多一出还是少一出。”

“那你把信送进去呀。”佩帕说这话时双眼盈满泪水，她用纸巾擦了擦眼睛。

“我也想啊，但总有些不太对劲的感觉。现在我每次进她的房间，总是感觉要被吓一大跳，简直像要掉进一个陷阱。”

“全怪玛利亚·劳拉，”罗莎说，“是她把这想法灌进我们脑子里的，我们才没法再表现得那么自然。再加上柯莱丽雅姨妈……”

“嗯，既然你们提起这个，我倒有个想法，最好同玛利亚·劳拉谈谈，”罗克舅舅说了话，“最合情合理的就是她考完试了，过来一趟，给你妈妈说阿莱杭德罗还是无法成行。”

“可是，虽说阿莱杭德罗每封信里都提到玛利亚·劳拉，妈妈却再没有打听过她的事情，你不觉得浑身的血液都快结冰了吗？”

“这和我血液的温度没什么关系，”罗克舅舅说道，“做还是不做，就一句话。”

罗莎花了整整两个钟头才说服了玛利亚·劳拉，她们是最好的朋友，玛利亚·劳拉很爱他们一家，甚至也爱妈妈，虽然有点害怕她。他们必须新写一封信，玛利亚·劳拉把信连同一束鲜花和妈妈爱吃的橘子糖一起带了过来。是的，谢天谢地，最难的几门功课都已经考完了，她可以去圣文森特休息几个星期。

“乡下的空气会对你很有益处的，”妈妈说道，“可对柯莱丽雅就……佩帕，你今天给农庄打电话了吗？哦，对了对了，我想起来了，你给我说过的……好吧，柯莱丽雅走了三个星期了，你瞧……”

玛利亚·劳拉和罗莎干巴巴地议论了几句，茶盘端上来了，玛利亚·劳拉给妈妈念了几段阿莱杭德罗的信，信里说所有的外国技术人员都被临时安顿在酒店里，他觉得太好笑了，住在华丽的酒店里，由政府来埋单，静候外交官们化纠纷于无形。妈妈没有任何反应，喝了一小杯椴树花冲剂，就打起了瞌睡。几个姑娘又在客厅里继续聊了会儿天，心里轻松了许多。玛利亚·劳拉刚准备走，突然想起了电话的问题，便对罗莎说了。罗莎记得卡洛斯好像也想到了这一点，然后告诉了罗克舅舅，罗克舅舅只是耸了耸肩。事情到了这个地步，也没有别的办法了，只能做个鬼脸，继续看他的报纸。可罗莎和佩帕还是把这个问题告诉了卡洛斯，卡洛斯说这事儿他没法自圆其说，除非接受那个大家都不想接受的事实。

“等着瞧吧，”卡洛斯说，“说不定哪天她又会想起来，要咱们把电话机给她拿过去的。到那时候……”

可妈妈一直没有要求把电话拿给她，让她亲自与柯莱丽雅姨妈通电话。每天早晨她都会问有没有农庄的消息，然后就静静地待在那里，静默中，时间仿佛是用一剂又一剂的药方或是一杯接一杯的汤药来衡量的。罗克舅舅带来《理性报》，给她读和巴西交恶的新闻，但她一点也不在意送报的人来得晚了，或者罗克舅舅因为钻研象棋问题而耽搁了时间。慢慢地，罗莎和佩帕觉得，对妈妈来说，读不读报上那些消息，给不给农庄打电话，阿莱杭德罗来不来信，都无所谓了。可他们又没有十足的把握，因为时不时地，妈妈还会抬起头来，用她一贯深邃的目光注视着她们，那目光里没有一丝改变，没有一丝屈服。一切变成了例行公事，对罗莎来说，每天对着电话线另一头的黑洞聊天再简单平常不过了，就好像罗克舅舅可以看着大甩卖广告和足球新闻连绵不绝地读出编造的电讯，或者卡洛斯不时进来讲起他造访奥拉瓦利亚农庄的种种趣闻，还带来几篮水果，是玛诺丽塔和柯莱丽雅姨妈送给他们的。甚至在妈妈最后的几个月里，他们也保留着这种习惯，尽管已经没有多大意义。博尼法斯大夫告诉他们，感谢上天，妈妈不会受多大罪，她的生命会不知不觉地熄灭。可妈妈直到最后一刻都很清醒，孩子们围在她身旁，已经无法掩饰他们的情绪。

“你们大家对我太好了，”妈妈说话时带着柔情，“你们费了那么多心思，一直不让我难过。”

罗克舅舅坐在她身旁，快快乐乐地抚摸着她的手，说她在犯傻。佩帕和罗莎假装在橱柜里找什么东西，她们明白玛利亚·劳拉说得对；她们明白了大家在某种程度上一直都知道的事实。

“一直照顾我……”妈妈说道，佩帕紧紧抓住罗莎的手，因为这句话让一切都恢复了原状，这漫长而必要的喜剧全盘复原。可卡洛斯站在床前，看着妈妈，仿佛知道她还有什么话没说完。

“现在你们可以好好休息了，”妈妈说，“我们不会让你们再这么辛苦了。”

罗克舅舅想辩白两句，可卡洛斯走到他身边，用力捏了一下他的肩膀。妈妈一点一点陷入了昏睡，最好别去打扰她。

葬礼后的第三天，阿莱杭德罗的最后一封信到了，信里一如既往地问起妈妈和柯莱丽雅姨妈的身体状况。是罗莎拿到的信，她把信拆开，不假思索地读了起来，泪水突然涌出，模糊了她的视线，她抬起双眼，意识到自己在读信时，心里想的是怎么告诉阿莱杭德罗妈妈去世的消息。

会合

我想起了杰克·伦敦的一个老故事，
故事里的主人公倚在一棵树干上，
准备有尊严地结束自己的生命。
埃内斯托·切·格瓦拉
《高山与平原》，哈瓦那，1961 年

事情糟得不能再糟了，可至少我们已经离开了那条可恶的小舢板，在那里，除了呕吐就是海水的拍击，再就是几块泡湿了的饼干，机关枪淌着黏液，让人恶心，能自我安慰的是尚有一点还算干燥的香烟，那是因为路易斯（其实他并不叫路易斯，但我们大家都发过誓把自己的名字忘掉，直到那一天来临）灵机一动，把这玩意儿收进了一只罐头盒。每次打开它的时候，我们都分外小心，好像里面装了满满一罐蝎子。可在这样一条该死的小舢板上，即使抽支烟或是喝上一口朗姆酒也全都没用，五天五夜了，它就这样摇晃着，活像只醉酒的乌龟，经受着北风毫不留情的抽打，随着翻滚的海浪起伏，我们不停地用桶舀水，手都磨破了，我那要命的哮喘犯了，一半的人都病着，弯腰吐个不停，好像身体要拦腰断成两截一样。第二天夜里，连路易斯也吐出来绿胆汁，笑不出来了，向北我们看不见克鲁兹角的灯塔，谁也没有料到会身陷这么糟糕的局面；如果这也能被叫作一次登陆远征，简直会让人伤心透顶，愈发呕吐个没完。因此，只要能离开舢板就好，不管有什么正在岸上等着我们（可我们本来就知道会有什么，因此也无所谓），天气在最不应该的时候变好了，甚至还有让你束手无策的侦察机从头顶掠过，前面是沼泽也好，是其他什么也罢，只能蹚过那齐胸口深的水，寻找一个个脏兮兮的草墩、一个个树丛做掩护，而我就像傻瓜一样带着自己的肾上腺素雾化器奋力前进，罗贝托帮我扛着斯普林菲尔德步枪，我才得以在沼泽中涉水前行（前提是这确实是一个沼泽，因为我们中好多人都觉得是不是走错了方向，也许我们并不是抵达了陆地，而是莽莽撞撞地登上了大海里一处烂泥暗礁，离那座岛还有二十海里……）；如此种种，想一想便揪心，说出口更让人消沉，糊涂的计划，毫无希望的行动，心里面半是无从解释的欢欣，半是对眼下这遭遇的怒火，头顶的飞机让我们不得不小心隐匿，公路那边还有埋伏在等着我们，前提是我们真的能到达公路，前提是我们也确实是在岸边的一个沼泽，而不是在某个烂泥马戏场里兜圈子，变成一场彻头彻尾的失败，沦为那只狒狒坐在他的宫殿里取笑的谈资。

谁也记不清过去了多长时间，我们靠乱草丛中一块块的空地计算时间，在这些地方，我们随时可能遭到机枪扫射，我听见左边传来一声惨叫，很远，我觉得那是罗克（他的名字我倒是可以说出来，因为他已经成了杂草枯藤和蛤蟆中的一具白骨）。我们的全部计划现在只剩下最终目标，那就是进到山里，和路易斯会合，如果他也能够到达那里的话；计划的其余内容都在沼泽里随着北风、随着雨水、随着这次匆忙的登陆泡了汤。但也不该失之偏颇，某些事情仍按计划执行着：敌人的飞机来袭击我们了。这是我们事先就料到的，也是我们招惹出来的事，它倒是没有爽约。因此，虽说罗克那一声惨叫仍然使我难受，我惯有的不惮以恶意理解世界的方式还是让我笑了起来（我呛进了更多的水，罗贝托帮我扛着斯普林菲尔德步枪，我才得以把鼻子勉强探出水面吸几口雾化的肾上腺素，虽然实际上吸进去的更多是烂泥浆），因为既然飞机来了，就说明我们没有上错岸，至多错出了几海里的距离，但穿过这片杂草地，再前方就会是公路，然后是一片开阔地，再往北就是临海的山区。说来也好笑，是敌人的飞机让我们确认了登陆地的可靠。

不晓得过了有多长时间，天黑了，我们六个人躲在几棵瘦弱的树下，嘴里嚼着湿漉漉的烟叶和可怜的几块饼干，这是我们第一次踏上了几近干燥的地面。路易斯、巴勃罗和卢卡斯一点消息都没有；失散了，可能已经死了，无论是哪一种情况，他们也一定如我们这般，狼狈不堪，浑身湿透。可让我高兴的是，在经历了这一天两栖动物的征程之后，我的思路逐渐清晰起来，死亡从未如此真实，但它不会在我身陷沼泽时随着一颗流弹降临，而会是旱地上由各方精心组织、像模像样的战斗中的一次精准操作。敌军肯定控制着公路，把沼泽地团团包围，等待着我们被烂泥、虫蚁和饥饿折磨得筋疲力尽，三个一群两个一组地露面。形势一目了然，一切都在意料之中，我自己也觉得好笑，在这结局即将揭晓的时刻，我居然还能这样生机勃勃，头脑清醒。我在罗贝托的耳边念了几句老班丘的诗，他恨透了这个，他勃然大怒的模样再好玩不过了。“至少得让我们把身上的泥巴弄掉吧。”中尉牢骚道。“或者是能真正地抽上一口烟。”（说这话的是更左边的一位，不知道是谁，天亮的时候，他和我们失散了。）一切都是垂死挣扎：派出哨兵，大家轮岗睡觉，嚼一口烟叶，再吃上一点儿泡得像海绵一样的饼干，谁都没提路易斯，归根结底，我们唯一真正担心的是他已经死了，倘若果真如此，那可比被敌人追赶、比缺乏武器装备、比脚上的伤口还要令人丧气。在罗贝托站岗的时候我知道自己睡着了一小会儿，可睡着之前我一直在想，现在让我们突然接受路易斯被打死的可能，那这几天所做的一切就都太鲁莽了。无论如何，这鲁莽还要继续，结局也可能是胜利，在这场荒唐的游戏里，我们甚至事先知会了敌人我们要登陆，却从未考虑过会失去路易斯。我觉得自己还在想，要是我们真的胜利了，要是我们能再一次和路易斯会合，这场游戏才算真正开始，我们如此狂放、危险却又不得不为的浪漫主义行动才算有所弥补。睡着之前我眼前还出现了一幕幻觉：路易斯站在一棵树旁，我们大家围在他的身边，他慢慢将手放到脸上，把脸揭了下来，仿佛那是张面具。他就这样捧着自己的脸走到他的兄弟巴勃罗、我、中尉还有罗克身旁，做了个手势让我们接过这张脸，戴上它。可是大家一个接一个地拒绝了，我也拒绝了，我微笑着，笑着笑着就流了泪，于是路易斯重又把脸戴了回去，他耸了耸肩，从衬衣口袋里掏出一支香烟，我能看出他身上那种极度的疲惫。从专业角度来说，人在半睡半醒又发着烧的状态下,出现这样的幻觉不足为奇。可如果路易斯真的在登陆中被杀，谁来戴着他的这张脸上山呢？我们都会努力到山上去，可谁也不会戴着路易斯的脸上山，没有谁能够也没有谁愿意戴上他的这张脸。“亚历山大死后那些争夺王位的权贵啊，”我迷迷糊糊地想，“可权贵们都见鬼去了，人人都知道。”

虽说我叙述的这些事情已经过去一些时日了，但某些片段和时刻依然深深印在我的脑海中，我只能用现在时态讲述它们，仿佛我又一次仰面朝天躺在那堆乱草之上，身边还是那棵树，它保护着我们不至于暴露无遗。已经是第三个晚上了，天快亮的时候，尽管吉普车往来不息，子弹嗖嗖乱飞，我们还是穿过了公路。现在得等到下一次天亮，因为向导被打死了，我们都迷了路，得找到一个老乡，带我们去买点儿吃的，而说到“买”这个字，我差点笑出来，结果又把自己呛住了，可在这一类事情上，谁也不会违背路易斯的话，买食物一定要付钱，而且买之前一定要对人讲清楚我们是什么人、为什么来到这里做这样的事。在山坡上一间废弃的茅屋里，我们找到了一点吃食，那真是天上美味，堪比丽兹酒店的佳肴（如果在丽兹酒店里真的能吃上好味道的话），罗贝托把五个比索压在一只盘子下面，真想让你们看看他那苦着脸的表情。我烧得厉害，哮喘倒是好了一些，这也是祸福相依了，可当我再一次想起罗贝托在空荡荡的茅屋里放下五个比索时的那张脸，就忍不住大笑起来，一直笑到上气不接下气，暗骂自己傻气。该睡觉了，丁第放哨，小伙子们挤在一起休息，我则稍稍离远了一点，我发觉我的咳嗽和胸腔里发出来的哨鸣声会打扰大家，另外，我还做了一件不该做的事，那就是夜里有两三次，我用树叶搭起一道屏障，把脸伸到下面，慢慢地点燃一根烟，稍稍享受一下生活。

末了，那一天唯一的好消息就是没有路易斯的消息，其余都是灾难，我们八十个人里面至少牺牲了五六十人；哈维尔是最早一批倒下的，秘鲁佬被打瞎了一只眼睛，他挣扎了三个小时，而我什么都没能为他做，甚至没法在大家都背过脸去时给他补上一枪。整整一天我们都提心吊胆，生怕哪个联络员（总共有三个，他们冒着极大的危险，就在敌军的鼻子底下活动）给我们带来路易斯阵亡的消息。没有消息终究也是好的，想象他还活着，我们还能继续心怀期待。我冷酷地掂量了一番各种可能性，结论是他一定是被打死了，我们大家都了解他的为人，这该死的家伙能拿着一把手枪就跳出掩体，后面的人就得赶紧跟上。不会的，洛佩兹准会把他照顾好的，要说谁能在某些时刻像哄小孩子那样哄住他，跟他说不能这样由着性子，要换个不同的办法去做，也只有洛佩兹了。可是，如果洛佩兹……这样忧心没有什么益处，都是毫无依据的猜想，另外，这样的寂静很奇特，这样仰面朝天地躺着，就好像一切都很顺利，一切都按计划有条不紊地进行着（我差一点想说“完成了”，但那也太傻了）。也许是发烧或是疲惫的缘故吧，也有可能太阳出来之前他们就会像清理蛤蟆一样将我们赶尽杀绝。可眼下应当充分享受这一点可笑的喘息时间，让自己欣赏眼前的景象，夜空澄澈，星光点点，树枝在这背景之上不经意地形成美妙的图案，我用迷蒙的目光追随着，看那些枝叶忽而交叠，忽而分散，一阵炽热的风从沼泽那边吹过树冠，它们随之缓缓改变了模样。我想起了我的儿子，可他离我很远很远，在几千公里之外，那个国度里人们还可以睡在床上，他的身形仿若幻影，渐渐收拢、淡化，然后消失在树叶之间，我又想起曾与自己朝夕相伴的莫扎特的乐曲，《狩猎》四重奏的第一乐章，在小提琴柔和的旋律之中现出猎杀的号角，还有那变调，从野蛮的仪式转换成明快恬美的内省。我想象着，重复着，在记忆中默默地吟唱着它，同时感觉这旋律与天穹下的树冠图案互相映照，互相亲近，一次次地互相探索，最后这图案突然变成了有形的旋律，从一根低低的、几乎挨着我头顶的树枝上生出了一种节奏，它不断上扬，随后分叉形成扇形的枝条，其中那根稍稍细一点的树枝恰似第二小提琴在此刻响起，这枝条化入右边婆娑的树影，形成一个音符，收束这个乐句，引导目光沿树干下行，只要愿意，这乐曲便可往复循环。这也正是我们的起义，是我们眼下正在做的，虽然莫扎特和这棵树不会知晓，我们同样在用我们的方式努力，试图将一场笨拙的战争化入秩序，赋予它价值，使它有理有义，并且最终将把它引向胜利，就像是喧闹多年的狩猎号角声终于回归为动听的旋律，又像是慢板乐章之后以快板收尾，迎向光明。倘若路易斯知道会觉得有趣的，此时此刻我正把他与莫扎特相提并论，因为他一点一点地理清我们这次愚蠢的行动，把它拔升到首要原则的高度，用信念和激情碾压一切短暂的谨慎的理智。然而，去做一个以人类为音符谱曲的音乐家，是多么苦痛、多么令人绝望啊，要超越这片烂泥地，超越枪林弹雨，谱写我们本以为不可能的乐曲，这乐曲将与树冠相近相亲，与大地相近相亲，这片大地终将归还给她的儿女。是的，我发烧了。路易斯会怎样大笑起来啊，虽然他也喜欢莫扎特，我很肯定。

就这样，最后我会睡着，但睡着之前我要问自己，未来某天我们能否从仍然响彻着的猎人呐喊声的乐章过渡到胜利的丰沛的慢板，进而变成我此刻低吟的最后的快板，以及我们能否与我们面前仍然存在的一切握手言和呢？我们应该像路易斯一样，不是追随他，而是就和他一样，把种种痛恨和复仇的念头都抛在脑后，像路易斯那样带着宽宏大量的胸怀去看待我们的敌人，这宽宏在我脑海里的化身（可这个细节我无法对人言说）是全能的主是耶稣，那个当过被告也当过证人却从不审判的法官，他所做的仅仅是把陆地从一片汪洋中分离出来，以期在某个更洁净的时代来临之际，在某个地动山摇的清晨，让这片土地最终诞生出人的祖国。

然而这不是慢板，从早晨洒下第一缕阳光开始，敌人就从四面八方向我们袭来，我们不得不放弃原计划，不再向东北方向前行，而是进入一处陌生的区域，消耗掉我们最后的弹药。中尉带着一位同伴在山冈上断后，暂时牵制住敌人进攻的步伐，为罗贝托和我争取时间转移走大腿受伤的丁第，找一个更隐蔽的制高点坚持到天黑。敌人虽说有照明弹和各种电气设备，却从不在夜里发动进攻，他们觉得即便是人数和火力优势也无法提供足够的保护，抵消在黑夜中的不安全感；然而现在离天黑还有几乎整整一个白天，我们只剩下五个人，对面是一群凶猛的年轻人，他们为了讨好那只狒狒不断袭扰着我们，更别提上面还有飞机随时俯冲向山间空地，用机枪扫射一棵棵棕榈树。

过了半小时，中尉停止射击，和我们会合了，这段时间里我们几乎没能前进多少距离。谁也没有想过抛下丁第，因为我们太清楚俘虏会面临什么样的命运了，我们只想着，就在这面山坡上、就在这片灌木丛里，我们会打光最后一颗子弹。好笑的是，那帮军人却在空军的误导下，回过头去进攻东边一座远远的山头，我们趁机顺着一条地狱般的小路向山上爬去，两个小时后登上一座光秃秃的山头。一位同伴发现了一处山洞，洞口被荒草遮得严严实实，我们喘息着钻进去，并且计划好了一条直指北方的撤退道路，那是一条穿山越岭的险路，可它通向北方，通向山区，说不定路易斯已经到了那里。

我帮已经昏迷的丁第处理伤口的时候，中尉对我说，一大早，就在军队发起进攻前不久，他听见从西面传来一阵自动步枪和手枪的声音。可能是巴勃罗的人，也说不定就是路易斯。完全有理由相信我们幸存的人被分割成了三组，也许巴勃罗就在离我们不远的地方。中尉问我要不要等天黑以后试着和他们联络一下。

“你这么问我，肯定是因为你想去一趟。”我对他说。我们已经把丁第安顿在山洞里最凉快的地方，在他身下铺了一堆干草，大家抽着烟休息。另外两个同伴在外面放哨。

“你懂的，”中尉兴致勃勃地看着我，“小伙子，能这样出去溜达一趟我最开心了。”

我们就这样闲聊了一会儿，不时和丁第开开玩笑，他已经开始说胡话了，就在中尉准备出发的时候，罗贝托带着一位山里人走进山洞，还带来了半只烤羊羔。我们简直不敢相信自己的眼睛，大家狼吞虎咽，就连丁第嘴里都嚼了一小块，直到两小时后那块肉和他的呼吸一起离开了他的嘴。山里人给我们带来了路易斯的死讯；我们并没有因此停下吃喝，虽然这消息给肉加上了太重的调料；他并没有亲眼看见路易斯的死亡，而是听他大儿子说的，他的大儿子也扛了支老猎枪参加了我们的队伍，他们那一组人帮助路易斯和五个伙伴冒着枪林弹雨涉水渡过了一条河流，他笃定地说，路易斯刚一上岸，还没来得及钻进最近的树丛就受了伤。山民们凭借着对地形的熟悉上了山，和他们一起的还有路易斯小组的两个人，带着多余的武器和一点儿弹药，当夜就能到达这里。

中尉又点燃一支烟，出去安排宿营的事，顺便认识一下新来的伙伴；我留在丁第身旁，他的生命在缓缓流逝，几乎没什么痛苦。这就是说，路易斯死了，羊羔肉好吃极了，这天晚上我们会增加到九至十人，而且有了能继续战斗的弹药。这是什么样的消息呀！像是某种冰冷的疯狂，一方面给现在的我们送来了人员和食物，可另一方面又把我们的前景毁灭殆尽，一则消息和一只烤羊羔的味道宣告了我们这次行动的根本理由已不复存在。洞中黑黢黢的，我尽量让我的烟燃得久一些，只觉得此刻无法允许自己接受路易斯死亡的现实，我只能把它当作我们作战计划中的一条，因为要是巴勃罗也死了，按照路易斯的意思，我就要领头，这事儿中尉和所有的同伴都知道，我只能接过指挥权，带大家进到山区，仿佛什么事都没发生过一样继续战斗。我感觉自己闭上了双眼，记忆中的幻觉再一次浮现，有那么一瞬间，我觉得路易斯摘下了自己的脸，递给我，我用双手护住自己的脸，说："不，不，别这样，路易斯。"当我重新睁开眼的时候，中尉已经回来了，正查看着丁第的情况，丁第呼吸得越发急促了。中尉说，又从山上来了两个小伙子加入我们，好消息一个接一个，弹药，油炸甘薯，一只小药箱，政府军在东边的山里迷了路，离这里五十米远有一眼清澈的山泉。但他没有看我的眼睛，他嘴里叼着香烟，好像是在等我开口说点什么，等我首先提起路易斯。

接下来的事情像一个模模糊糊的空洞，血液渐渐离开了丁第，丁第渐渐离开了我们，山民们自告奋勇去埋葬他。尽管山洞里到处是呕吐的秽物和冷汗的气味，我还是留在里面想休息一会儿，奇怪的是，我突然想起了过去最要好的一个朋友，那时我还没有中断我的人生轨迹，突然远离我的国家，不远万里，来到路易斯这里，来到这个岛上登陆，来到这个山洞之中。我算了算时差，想象着就在此刻，星期三，他也许快要到他的医院了，也许正把他的帽子挂到衣架上，翻一翻收到的信件。这并不是我的幻觉，我想，这些年来我们在城里住得那么近，经常在一起谈政治，谈女人，谈我们读的书，每天在医院里见面；他每一个表情我都是那么熟悉，那些表情已经不再只属于他，而是包含了那段岁月里我的整个世界，包括我自己，我的女人，我的父亲，我的报纸和报纸上那些夸大其词的社论，我中午和值班医生一起喝的咖啡，我读的书，我看的电影，还有我的理想。我问自己，我的朋友对这一切，对路易斯，对我，都会怎么看待，我仿佛在他的脸上看到了答案（可这一定是发烧的缘故，该吃些奎宁），一张自鸣得意的脸，上面写着舒适的生活，优选的出版物，一把得心应手、声誉良好的手术刀。甚至不用他开口我就知道他要对我说，你这场革命只不过是……没有必要，就是这样，这些人不可能接受一场革命，因为这会使他们种种行为的真实意图都大白于天下，比如他们会按时定点地发些不费吹灰之力的善心，中规中矩地分摊善款，和同类人在一起的时候可以显得天真无邪，在沙龙里大谈反种族主义，可是伙计，这姑娘怎么竟然要嫁给一个白黑混血儿呀，他们信天主教，每年拿股息，在旗帜飘扬的广场上参加各种周年庆典，他们木薯一般索然无味的文学，限量本和纯银装饰的马黛茶具构成的民间文化，卑躬屈膝地参加外交会议，或早或晚迎来无可避免的死亡（奎宁，奎宁，我的哮喘又发作了）。可怜的朋友，我想想就替他难受，他像傻瓜一样维护着那些注定会随他而去、再好些也会随他的子女而去的虚假的价值；他自己拥有的只不过是一家医院和一座颇为讲究的房子，却维护着封建权力之下的产权和毫无限度的财富；他太太的那种资产阶级的天主教迫使他到情人们身上去寻找安慰，他却不遗余力地维护着教会的原则；警察在到处关闭大学、审查出版物的时候，他却仍维护着某种所谓的个人自由；维护这一切，不过是出于恐惧，他对革命心存畏惧，他怀疑，他不信任，因为在他生活的那个可怜迷惘的国度里，这些就是全部的神圣。我正想着，突然中尉一路小跑进了山洞，大喊着路易斯还活着，说刚刚和北边联系上了，路易斯活得好好的，他带了五十个山民上了山，他们先前在一片洼地里偷袭了一个营的政府军，弄到了不少武器。我们像傻子一样互相拥抱，说了一大堆后来好长时间里都让我们一想起来就脸红的话，因为只有这个，再加上吃烤羊羔肉、向前进，才是唯一有意义的事，唯一重要而且越发重要的事，在那一刻，我们都不敢直视对方的眼睛，我们用同一根木柴点燃各自的烟，然后擦干被烟熏出来的眼泪，大家都知道，烟当然是有催泪功能的。

接下来的事情就没什么可讲的了，天亮以后，一位山民带中尉和罗贝托去到巴勃罗和他的三个同伴那里，中尉托着巴勃罗的手臂把他抱起来，因为他的两只脚已经在沼泽里泡得伤痕累累。我们总共有二十个人了，我到现在还记得，巴勃罗一把拥住了我，嘴上还叼着烟就对我说："只要路易斯活着，我们就有希望。"我给他那双脚打上漂亮的绷带，小伙子们和他开起了玩笑，因为他就像是穿了一双洁白的新鞋，说像他这样不合时宜地显摆，他哥哥会骂他的。

"那就让他骂好了，"巴勃罗猛抽了几口烟，也开起了玩笑，"想要骂人，就得活着才行啊，伙计，他活着，活得好好的，比鳄鱼还精神，从现在起，我们就要走上坡路了，瞧瞧，你这不是给我打上绷带了吗，真够奢侈的……"但是好景不长，太阳一出山，子弹便从四面八方向我们打来，我的耳朵中了一枪，如果稍稍准上两厘米，儿子(也许你现在正读着这些文字)，你也就不会知道你老爸经历的这一切了。在鲜血、疼痛和恐惧之中，眼前的一切都仿佛蒙上了立体镜，每一个形象都轮廓分明，凹凸起伏，色彩变幻不定，这一定是我的求生欲所致，此外我并无大碍，用手帕包扎住，便又继续往山上攀去；但有两个山民倒在了后面，倒下的还有巴勃罗的副手，他的脸被一颗点四五子弹打成了漏斗。在这个时刻，有一些蠢事是永世不会忘却的；有一个胖子，我记得也是巴勃罗那个小组的，在打得最激烈的时候，想在一棵树后藏起来。他侧着身子，跪在树干后面，我印象最深的是他还开始大喊大叫，说："咱们投降吧！"回答他的是两梭子汤普森冲锋枪的子弹，还有中尉那压倒枪声的怒吼："这儿没人投降，狗东西！"到后来，山民中最小、平日里一直一言不发、很腼腆的那位，告诉我离这里一百米远有一条曲折的小路，从左边一直通向山顶。我大声告诉中尉，率先跑去，后面跟着一群山民，山民们初上火线，发了疯似的开着枪，在这片枪林弹雨之中看着他们的行动简直是种享受，我们一个接一个地来到小路尽头的一棵木棉树下，那个最小的山民爬在最前面，我们紧随其后，哮喘让我举步维艰，血沿着后颈流下来，比一头猪被宰时流的血还要多，可我很肯定，这一天，我们一定能逃出去的，我不知道为什么，但这件事就像数学定理一样明确无疑：这天晚上，我们一定会与路易斯会合。

人永远也不会知道自己是怎么摆脱敌人追赶的，枪声逐渐稀落，我们的耳边响起了那些惯常的叫骂声：“胆小鬼，害怕了吧，怎么不过来了？”突然间一切沉寂，树木又变回了原来的模样，生机勃勃，友善而亲切，地面依然崎岖不平，该照料伤员了，水壶里只剩下不多的朗姆酒，大家你一口我一口地传递着，传来了叹息声，夹杂着几丝抱怨，休息一会儿，抽上一口烟，继续前行，向上攀爬，尽管我喘得连肺都快从耳朵里蹦出来了，巴勃罗在一旁对我说：“听着，伙计，你把绷带给我打成四十二码的了，可我的脚是四十三码的。”四下里传来了一阵笑声，山头上有个小小的农舍，主人有一点调过味的木薯，水也是清凉的，一贯办事认真的罗贝托掏出四个比索付账，于是，先是那农夫，后来是大家伙儿，全都笑得差点岔了气，昏昏欲睡的中午，大家不得不忍痛放弃休息，就像是看着一个曼妙无比的姑娘走过，只能眼巴巴地看看那双美腿。

天黑了下来，山路越来越陡峭难行，可一想到路易斯选了这么个地方等我们，大家便都兴高采烈起来，这是连鹿也没法上去的地方。“到了那儿就会像进了教堂一样，”巴勃罗在我身边说道，“这不是连风琴都有了吗。”说着他面带嘲笑看着我，我几乎喘出了一支帕萨卡利亚舞曲，也只有他才会觉得还挺好笑的。我记不清是几点钟，但我们到达最后一处岗哨的时候，天已经完全黑了，我们陆续过了哨卡，表明身份，也帮山民们做介绍，最后终于到达一块林间空地，路易斯就在那里，靠在一棵树干上，当然还戴着他那顶遮阳帽，嘴里叼着一支烟。我好不容易才让自己落在了后边，让巴勃罗三步两步跑上前去，和他的哥哥紧紧拥抱在了一起，我又等着中尉和其他人都上前拥抱了他，才把小药箱和枪放在地下，两只手插在衣兜里走上前去，打量着他，我知道他会对我说什么，一定是那句一成不变的玩笑话：

“瞧瞧你戴了副什么样的眼镜子呀。”路易斯说了话。

“你不也一样戴着小镜片吗？”我答道。[①]于是我们都笑弯了腰。他的颧骨硌得我脸上的伤口生疼，但我真想让这种疼痛一直持续到生命的尽头。

“这么说你算是来了，切。”路易斯说。

和每次一样，他把“切”这个音发得很难听。

“你以为呢？”我也把音发得很难听。我们又一次傻乎乎地笑得直不起腰，旁边的人虽然不明就里，但也都跟着大笑起来。有人带来了水，也带来了消息，我们大家轮番看着路易斯，直到这时我们才发现他真的瘦了一圈，而在他那副操蛋小镜片的后面，一双眼睛还是那样神采奕奕。

山下又响起枪声，可这个营地暂时还是安全的。伤员都得到了治疗，大家就着泉水擦洗了一番，然后睡觉，现在最需要的就是睡上一觉，就连巴勃罗那么想和他哥哥聊聊，也睡着了。可是哮喘就像我的情人，总是让我夜里不得安宁，我正好和路易斯待在一起，我靠在树干上，抽着烟，望着夜空下树叶摇曳生成的图画，不时聊一聊登陆以后各自的遭遇，但我们谈得更多的是未来，等那一天来临、我们手中的枪换成办公室的电话机、从山区下到城里的时候，会发生些什么样的事情。我想起了狩猎的号角，差点儿把那天夜里自己的想象向路易斯一一道来，只为逗他一笑。最后我没有对他讲，可

①这两句话里说到眼镜时，路易斯在学“我”的阿根廷口音，而“我”在学路易斯的古巴口音。

我感觉得到，我们正慢慢进入四重奏的慢板，进入一种暂时的完满，虽然只能持续几个小时，却是实实在在的信念，是我们永生难忘的迹象。还有多少狩猎的号角尚未吹响，我们中间还会有多少人像罗克、像丁第、像秘鲁佬一样抛洒自己的白骨。可只要看一看大树的树冠，你就会感到，纷乱的景象终究会被意志重新整理清晰，那慢板的图案将会出现，在恰当的时机，最终进入到快板的节奏，那时它将化身成为名副其实的真实。一面是路易斯把国际形势、首都和各省发生的事情向我娓娓道来，一面我看见树冠上的枝叶一点一点按照我的愿望交织，那是我的旋律，也是路易斯的旋律，他还在不停地讲着什么，对我的遐想毫无觉察，然后，就在这图案的中心，现出一颗明星，一颗不大但是颜色湛蓝的星星，虽然我对天文学一无所知，甚至无法判断它是恒星还是行星，但我确定无疑，它既不是火星也不是水星，它闪烁在慢板的中心，闪烁在路易斯话语的中心，光亮无比，绝不会让人误把它当作火星或是水星。

科拉小姐

你心爱的人儿我们送他去学堂，
读上一年两年，
时光流逝，
少年会长成你的新郎。
《高高的树》[①]
（英国民谣）

我不明白他们为什么不让我留在医院里陪着宝贝儿过夜，不管怎么说，我是他的妈妈，而且是德·吕希大夫亲自把我们介绍给院长的。他们本可以搬一张沙发床过来，这样我就可以陪着他，让他慢慢适应下来，可怜的宝贝儿入院的时候脸色苍白，好像马上就要上

①原文为英语。

手术台似的，我觉得这都是医院的那种气味闹的，他父亲也紧张得要命，到了该离开的时候也不知道走，可我还很有把握，以为他们准会让我留下来陪着宝贝儿的。说到底，他刚满十五岁，别人可能看不出他还这么小，虽说他现在穿上了长裤，总想装成大人的模样，可还是一直很亲近我。当他知道他们不让我留下来的时候，该多难受呀，幸好他父亲跟他聊了一会儿，让他穿上睡衣，上了床。都怪那个不懂事的护士，我有些疑惑，到底是医生真的有指示呢，还是纯粹因为她想使坏。这话我也对她讲了，也问过她我是不是真的必须离开，可全都没用。一眼就能看出她是个什么样的人，瞧她那妖里妖气的模样，小围裙兜得那么紧，没教养的小丫头，真把自己当成医院的院长了。倒是有一点我能做到，她不会有好果子吃的，我把自己的想法一五一十都对她讲了，我的宝贝儿臊得无处藏身，他父亲装聋作哑，而且肯定恶习不改，盯住人家的腿看个没完。唯一让我欣慰的是这儿的环境还不错，看得出来，这是一家上等人的医院；宝贝儿有一盏床头灯，非常漂亮，可以看看他喜欢的连环画，幸亏他父亲没忘记给他带些薄荷糖来，那是他的最爱。但有件事可不能忘了，明天上午头一件事就是同德·吕希大夫谈谈，把这个自高自大的丫头弄走。还得看看宝贝儿的毯子盖在身上暖和不暖和，为防万一，我得让他们另外放一条备用。拜托，够了，毯子自然是很暖和的，你们还是赶紧走吧，妈妈把我当成小孩子了，尽让我出洋相。护士肯定会想我连要个东西都不会，妈妈冲她发牢骚的时候她看我的那种眼神……可以了，是他们不让她留下来，我们能有什么办法，我觉得我已经长大了，晚上一个人睡觉没问题。再说了，这张床睡起来挺舒服，这会儿一点儿声音都听不见，有时，远远地会传来电梯的嗡嗡声，我想起了那部恐怖电影，也是在一家医院里，夜半三更，门一点一点被打开，瘫痪在床上的女人眼睁睁地看着一个戴白色面具的男人进了屋……

护士挺和气的，六点半她又来了一趟，手里拿着几张表格，问我的姓名、年龄，诸如此类的问题。我急忙把连环画藏了起来，要是我看的是一本真正的书而不是连环画该多好，我觉得她已经看见了，但她什么也没说，肯定是还在为妈妈之前说的那些话生气，她肯定在想我和妈妈一样，也会对她指手画脚的。她问我阑尾那里疼不疼，我说不疼，今天晚上什么事都没有。她对我说："来，测一下脉搏。"测完脉搏，她又在表格上写了点什么，然后把它挂在了床尾。"你肚子饿不饿？"她又问了一句。我感觉自己的脸一下子红了，她用"你"来称呼我，我吓了一跳，她那么年轻。我跟她说不饿，这不是真话，因为到了这个点儿，我肚子总是饿的。"今天晚饭你要吃少一点儿。"她说，还没等我反应过来，她一把夺走了我那包薄荷糖，转身走了。我不知道自己是不是说了句什么，可能没有吧。我很恼火，她对我就像对待一个小孩子，她完全可以和我讲清楚，不要吃糖果，可就这么一下子把糖夺走了……她一定是被妈妈气疯了，现在拿我来撒气，纯粹是报复；也不知怎的，她离开之后，我的烦恼突然一下子烟消云散，我想继续生她的气，可是做不到。她那么年轻，最多不过十九岁，一定是刚当上护士。说不定一会儿她会给我送晚饭来；我得问问她叫什么名字，如果她就是我的护士的话，我总得知道她叫什么才好称呼她。可来的是另外一位护士，一位和和气气的妇人，穿了条蓝裙子，给我送来了汤和几块饼干，又让我服下几颗绿色的药片。她也问我叫什么名字，这会儿感觉怎么样，又告诉我在这间病房里我肯定能睡好，这是这家医院里最好的病房，她说的是实话，因为我一觉睡到差不多早上八点，直到一个护士把我叫醒，这是位个子小小的护士，脸上皱皱巴巴的，活像只猴子，人也很和气，她告诉我该起来去洗漱了，她先给了我一支体温计，让我像通常在医院里那样插好，我一开始没听懂，因为在家里总是夹在腋下的，她给我解释了一番，就离开了。过了一会儿，妈妈来了，看见他好好的，我真高兴，我一直在担心这可怜的孩子整夜都睡不着觉，这些孩子呀全一个样，待在家里吧事儿特别多，离开妈妈反倒能睡得踏踏实实，只是可怜了当妈的，整夜都不敢合眼。德·吕希大夫来给孩子做检查了，我出去待会儿，孩子毕竟长大了，我倒真想碰见昨天那个护士，好好看看她那张脸，只要我把她从头到脚打量一番，她就该明白怎么才是安分守己，可走廊里一个人都没有。德·吕希大夫从病房里出来，对我说准备明天上午给我的宝贝儿做手术，说他的身体状况不错，是做手术的最佳状态，说在他这个年龄，阑尾手术是小事一桩。我向他表示万分感谢，并说我注意到头一天下午那个护士很是傲慢无礼，我把这事告诉大夫是因为我不想让我儿子得不到应有的照顾。说完我进到病房里，宝贝儿正在看连环画，他已经知道第二天要动手术的事了。可怜的妈妈看我的眼神那么古怪，好像世界末日要来了一样，可我又不是要去死，妈妈，行行好。卡乔也在医院割过阑尾，到第六天他就想踢足球了。你放心，我一切都好，什么都不缺。是的，妈妈，是的，整整十分钟她问个不停，问我这儿疼不疼，那儿疼不疼，幸好家里还有个小妹妹需要她操心，她终于走了，我也总算能把昨天晚上开始看的那本连环画看完了。

昨天下午那位护士名字叫科拉小姐，这是那个小个子护士给我送午饭的时候我问到的；他们给了我一点点饭菜，然后又是那些绿色的药片，还有就是一点儿滴剂，薄荷味儿的；我觉得这滴剂是催眠用的，因为我手上的连环画滑落下来，我突然就梦见了学校，还梦见我们像去年一样，和师范学校的女生们一起出去野餐，还在水池边跳舞，真快活呀。四点半左右我醒了，开始想手术的事情，这倒不是因为害怕，德·吕希大夫说过，只是个小手术，可被麻醉的滋味一定会怪怪的，然后，等你睡着了他们就把你的肚子打开，卡乔说了，最难受的是醒来以后，疼得要命，想吐，还会发烧。妈妈的小宝贝儿心情没有昨天那么好了，从他的表情看得出来，他还是有点害怕，他太小了，看上去可怜巴巴的。看见我走进病房，他猛地从床上坐起身，把连环画藏在枕头底下。病房里有点冷，我把暖气开大了些，把体温计拿来给他。“你会量体温吗？”我问，他的脸一下子涨得通红。他说会量，就在床上躺了下来，这时我打开百叶窗，又打开了床头灯。当我走过去向他要体温计的时候，他的脸依然通红通红，我差一点笑出声来，不过这个年纪的小男孩都是这样的，要他们适应这些东西总有点难。最受不了的是她总是直勾勾地盯着我的眼睛，为什么受不了这样的目光呢，我也说不上来，说一千道一万，她不就是个女人嘛，我从毯子下面取出体温计递给她，她看着我，我觉得她一定在心里暗自发笑，谁都看得出来我的脸色通红，这是身不由己的事情，我没法克服。她把体温记在了床尾那张纸上，一句话没说，走了出去。六点钟，爸爸妈妈来看我，我几乎已经记不起来跟他们说了些什么。他们待的时间不长，因为科拉小姐对他们说，得给我准备准备，前一天晚上最好能保持平静。一开始我以为妈妈一定会说出些难听话来，可妈妈只是打量了她一番，爸爸也打量着她，可是老爸的眼神我太了解了，那完全是两码事儿。就在他们要走的时候，我听见妈妈对科拉小姐说道："请您上点儿心照顾他，我会感激您的，这孩子从小全家人都宠着他。"妈妈还说了好多诸如此类的蠢话，我恨不得气死算了，科拉小姐怎么回答的我压根儿没听见，可我敢说这些话她都不爱听，说不定她还会想是不是我告了她的黑状。

六点半光景，她又来了一趟，推着辆小车，上面摆满了瓶瓶罐罐，还有药棉什么的，不知为什么我突然有点害怕起来，其实也不是害怕，可我的目光再也离不开那小推车上的东西，各种各样红的蓝的药瓶子，一卷一卷的纱布，几把镊子，几根胶皮管，他那花里胡哨的鹦鹉似的妈妈没在身边，这可怜的孩子准是吓坏了，请您上点儿心照顾他，我会感激您的，您要知道，我已经和德·吕希大夫谈过了，是，太太，我们会把他当成王子来照顾的。您的小宝贝儿挺漂亮的，太太，一见我进来脸上就飞起红云。我揭开他的毯子时，他动弹了一下，好像想把毯子再盖回身上，我感觉他心里明白，我看见他这么害羞觉得挺好玩儿的。"来，把睡裤脱下来。"我说话的时候没去看他的脸。"脱裤子？"他问话的腔调都变了，像只小公鸡。"当然了，脱裤子。"我重复了一遍，他解开了腰带，又去解扣子，可他的手指怎么也不听话。我只好亲自上手褪下他的裤子，一直褪到大腿一半的地方，果然和我想象的差不多。"你已经长成小大人了。"我边说边准备刷子和肥皂，尽管实际上他也没多少毛可刮的。"在家里大伙都怎么叫你？"我一边给他涂肥皂一边问道。"我叫巴勃罗。"他答话的声音可怜巴巴的，他太害羞了。"可他们总会给你起个外号吧。"我不依不饶，接下来该给他刮那本来就没长几根的毛了，情况更糟，他差点儿没哭出声来。"这么说你连个外号也没有，当然啦，你就叫小宝贝儿嘛。"刮完了，我做了个手势，让他再把自己盖起来，没等我说话，一转眼他就抢先把毯子一直盖到了下巴底下。“巴勃罗这个名字好听。”我想稍稍安慰一下他，看见他这么害臊，我也有点过意不去，我还是第一次照看这么小又这么腼腆的男孩子，可他身上还是有点儿什么东西我不大喜欢，也许和他妈妈有关，某种和他的年龄不大相符的东西，我甚至讨厌他长得这么漂漂亮亮的，以他的年龄而言太成熟了，一个流鼻涕的小屁孩儿就自以为是个男子汉，再下去他就该给我献殷勤了。

我紧闭双眼，唯有这样我才能摆脱这一切，可一点儿用也没有，因为就在这一刻，她又添了一句：“这么说你连个外号也没有，当然啦，你就叫小宝贝儿嘛。”我真想一头撞死，再不然就揪住她的脖子，掐死她，我睁开眼睛，只见她一头栗色的秀发几乎挨到我的脸上，这是因为她正弯腰替我擦去剩下的一点肥皂沫，她的头发有一股杏仁香波的味道，和我的美术老师用的一样，也或许是类似的香水味吧，我不知该说点儿什么好，唯一能想起来问她的就是：“您的名字叫科拉，是吗？”她带着一丝嘲弄的神情看了看我，一双眼睛早已看透了我，也看遍了我的全身，说：“叫我科拉小姐。”我知道，她这样说是为了惩罚我，就像先前她说“你已经长成小大人了”一样，也只是为了嘲笑我。我恼恨自己的脸为什么涨得这么红，可这是不由我自主的，这事儿再糟糕不过了，同样糟糕的是我忽然鼓起勇气对她说了句：“您真年轻……还有，科拉这个名字很美。”可我想说的不是这个，我觉得她察觉到了，而且很不高兴，这会儿她肯定因为妈妈说的话而对我怀恨在心，其实我只想对她说，她这么年轻，我想简简单单地叫她一声科拉，可这样的话此刻怎么说得出口呢，她已经生气了，而且正准备推着小车走开，我想哭，这又是一件不由我自主的事情，就在我想静下心来说出自己想法的时候，突然，我的嗓音嘶哑了，眼前也一片模糊。她已经准备离开，在门口停了一下，好像是想看看是不是忘了什么东西，我想把自己的所思所想告诉她，可就是不知道如何开口，唯一能想到的就是把装着肥皂的盒子拿起来给她看，那是她落在床上的，然后，清了清嗓子说："您把肥皂盒忘在这儿了。"非常严肃，就是男子汉的语气。我回去拿肥皂盒，也是为了让他平静下来，我用手碰了碰他的脸颊。"别伤心，小巴勃罗，"我对他说，"一切都会好的，这是一个小得不能再小的手术。"我碰他的时候，他把头向后一仰，好像是受了什么侮辱，然后身体向下滑去，直到连嘴也藏进了毯子里。他从那里压低嗓音说了句："我叫您科拉，行不行？"我这人心肠太好，看见他想方设法从别的地方找补面子，真有点于心不忍，可我知道此刻不是退让的时候，因为那样一来我再想降住他就难了，而对病人你必须要能降得住，否则就会像以往一样，像玛利亚·路易莎在十四号病房的遭遇一样，被德·吕希大夫骂个狗血淋头，要知道他在这些事情上鼻子像狗一样灵。"叫我科拉小姐。"她说着接过肥皂盒，向外走去。我心中腾地升起一股无名火，想揍她，想从床上纵身跃起，把她推出去，或者是……我自己也不明白怎么就对她说了句："我要是健健康康的，您恐怕会是另一种态度对我。"她装作没听见，连头都没回，我孤零零的一个人，不想看书，什么也不想做，说到底，我情愿让她勃然大怒，回敬我几句，这样我就能请求她的原谅，说其实我不是有意说那些话的，只不过嗓子眼儿一紧，那几句话不知怎么就冒出来了，我是一时气昏了头才那样说的，我想说的不是那些话，即便是也不会那样说的。

他们总是这样，你对他们好，对他们讲上几句好听的话，他们就来劲了，就以为自己不是流着鼻涕的小屁孩儿了。这事儿我得给马尔西亚讲讲，他一定会很开心的，等明天他在手术台上看见这孩子，他会更开心的，这可怜的小孩一张涨得通红的脸，真可恶，我浑身腾起一股燥热，我要怎么做才能不这样呢，是不是说话之前要深呼吸一下，天晓得。她走的时候一定气坏了，我敢肯定她听见我讲的话了，我也不知道自己怎么会对她讲那样的话，我觉得我问她能不能叫她科拉的时候，她并没有生气，她走过来还摸了一下我的脸就是证据，她让我称呼她小姐，那是她的工作性质决定的，不对不对，这事儿发生在前，她先摸了我，然后我才问的她，是我把事情搞砸了。现在还不如之前了，就是给我满满一瓶药片我也睡不着了。肚子那里一阵阵地痛。手摸上去很光滑，怪怪的，糟糕的是现在什么事情全都涌上了心头，我想起了那杏仁味儿的香水，想起了科拉的声音，她的嗓音略有些低沉，不像是她这么年轻这么漂亮的女孩发出的，倒像是来自某个唱博莱罗舞曲的女歌手，哪怕是在她生气的时候，这声音里好像也有种什么东西，在轻轻地抚摸我。我听见走廊里传来脚步声，赶紧躺好，闭上眼睛，我不想看见她，我不要看见她，还是让我安生一会儿吧，我感觉她进了病房，打开天花板上的灯，他假装熟睡的样子像个小天使，一只手挡住脸，直到我走到床边他才睁开眼睛。看见我手上拿着的东西，他的脸一下子红了，这倒让我又是可怜他，又有点儿想发笑，这孩子真的太傻了。“来，乖孩子，把裤子褪下去，转过身去。”这可怜的孩子差一点儿就蹬起腿了，我想象他五岁的时候在他妈妈面前就应该是那样的，嘴里喊着不要不要，大哭大闹，钻进被子里尖声大叫，可这一回这可怜的孩子没这么做，他只是死死盯住灌肠器，又看向等着他的我，突然，他转过身去，两只手在毯子下面鼓捣了一番，可都是白费功夫，我不得不把灌肠器挂在了床头，帮他掀开毯子，让他把屁股抬起来一点儿，褪下他的裤子，再铺上一块毛巾。“来，腿抬起来一点儿，就这样，可以了，趴下去，我让你趴下去，就这样。”他虽然一声不吭，可那神情就像是在大喊大叫一样，我看着我这个年轻的崇拜者的小屁股，觉得有点好玩，又有点可怜他，搞得好像我真的是因为他那几句话在惩罚他似的。“要是嫌太烫就出个声。”我提醒了一句，可他没有吭声，一准是在咬着自己的拳头，我不想看他的脸，所以在床边坐了下来，等他说点什么，灌进了那么多的液体，他居然一声不吭，忍到了最后，做完之后我对他说了一句话，这次确实是为了算算旧账:“这样我才喜欢，像个小男子汉。”我给他盖上毯子，又告诉他尽量憋住，等实在憋不住再上厕所。“你想让我帮你把灯关了，还是开着等你起床自己关？”她走到门口问了我一句。我也不知道自己怎么还能答话，说了句随便之类的，就听见门关上了，于是我用毯子把自己连头蒙了起来，我又能做什么呢，虽说肚子还在疼，我咬着自己的两只手，痛哭失声，哭得一塌糊涂，骂着她，诅咒她，想象着用刀子五下、十下、二十下捅进她的胸膛，捅一下就诅咒她一次，享受着她的痛苦，想象着她会怎样为她对我做过的一切向我求饶。

都是这样，苏亚雷斯，动刀子，打开，可说不定哪一次就会有意外。当然，孩子这么年轻，十有八九他会平安无事，可我还是要对他父亲说清楚，最好别在这种事情上给自己惹麻烦。最好是一切反应正常，可这一回好像有什么事情不太妙，你想一想刚上麻醉时，那根本就不像是他这个年纪的小孩该有的情形。两个小时以后我去看他，以这么长时间的手术而言，他情况还算不错。德·吕希大夫进来的时候，我正给那可怜孩子擦嘴，他不停地吐，麻药劲还没过去，但是大夫还是用听诊器给他听了听，嘱咐我别离开他身边，一直要等到他完全清醒过来。他的父母还在另一间屋子里，那位好太太看来对这一类的事情不太习惯，这会儿一句大话也说不出来了，那做父亲的看着一副无精打采的样子。喂，小巴勃罗，想吐你就吐出来，想哼你就哼出声来，我在这儿呢，是的，我当然在这儿，这可怜孩子还没醒，但他就像快淹死的人一样，死死抓着我的手不放。他肯定把我当成他妈妈了，他们谁都这样，千篇一律。喂，巴勃罗，别这么动来动去，这样你会更疼的，别，手别在自己身上乱扯，那地方不能碰的。这可怜孩子从麻醉里醒来可够他受的，马尔西亚告诉我说那台手术做得格外久。有点儿怪，可能是遇到什么复杂情况了，有时候那阑尾不是一眼就能看得见的，今天晚上我得去问问马尔西亚。好了，乖孩子，我在这儿呢，想哼就哼出声来吧，就是别这么动来动去，我这就用纱布包点儿冰给你润润嘴唇，这样你就不会觉得渴了。是的，亲爱的，吐出来就好了，怎么舒服就怎么来吧。你这手劲可真大，把我的手都快捏青了，对，对，想哭就哭出来，哭吧，小巴勃罗，这能减轻点痛苦，哭吧，哼出声来，反正你睡得死死的，把我当成你妈妈了。你长得真漂亮，你知道不知道，鼻子翘翘的，睫毛又密又长，这会儿你脸色这么白，就像长大了好几岁一样。你不会为一点小事就把脸涨得通红了，对吧，我的小可怜。我疼得很，妈妈，我这儿疼，你让我把他们塞进来的这块沉甸甸的东西取出来吧，我肚子里面有个东西压着，疼得很，妈妈，你让护士来替我把这东西取出来吧。好的，我的乖孩子，很快会过去的，别再动来动去了，你哪来这么大的劲，我得去叫玛利亚·路易莎来帮忙了。好了，巴勃罗，你再这么动来动去我真要生气了，你这么不停地动会疼得更厉害的。啊，看来你开始有点儿知觉了，我这儿疼，科拉小姐，我这儿特别疼，请你帮我做点儿什么，这里太疼了，把我的手放开，我受不了了，科拉小姐，我实在受不了了。

幸好我可怜的小心肝最后还是睡着了，两点半，护士过来找我，让我陪他待一会儿，说他已经好一些了，可我看他脸色苍白，肯定是失血过多，好在德·吕希大夫说了，一切都很顺利。护士也被他折腾得够呛，我不明白为什么不早点儿让我进去，这家医院的人太死板了。已经是晚上了，宝贝儿一直睡着，看得出来他是累极了，可我看他气色好了一点，脸上有了些颜色。他还时不时哼两声，但已经不用手去挠绑着绷带的地方了，呼吸也很均匀，我看这一夜他会过得安安稳稳的。接下来，第一波惊吓刚刚过去，那位大妈指手画脚的旧病又复发了，劳驾，小姐，夜里别让宝宝没人照看；就好像我不知道自己该做些什么似的，不过这也难免。我说过了我是可怜你，你这个蠢老太婆，要不然你看我怎么收拾你。这种女人我见得多了，她们总以为到最后一天给一笔丰厚的小费就万事大吉了。有时候那小费也根本谈不上丰厚二字，不过还想这些做什么呢，反正她已经走了，现在一片安静。马尔西亚，你别急着走，你没看见这孩子还没醒吗，给我说说今天上午的事儿。好吧，你要是现在太忙，我们回头再聊。别，别，玛利亚·路易莎会进来的，在这儿不行，马尔西亚。当然了，不用在意别人，但我跟你说过我上班的时候你别吻我，这不好。好像我们整夜整夜地亲吻还不够似的，你这个傻瓜。走吧。

我说走吧，要不然我生气了。傻瓜，怪人。对，亲爱的，再见。当然了。特别特别爱你。

四下里一片漆黑，可这样更好，我连眼睛都不想睁开。已经不太疼了，能这样慢慢地呼吸，也不想吐，多好啊。周围没有一点声音，我这会儿想起来了，我看见过妈妈，她对我说了些什么，让我很难受。我几乎没去看老爸，他在床尾那边，还对我挤了挤眼，这可怜虫就会这一套。我有点冷，想再要一条毯子。科拉小姐，我想再加条毯子。她就在那里，我稍稍睁了睁眼睛，看见她就坐在窗边，正在读一份杂志。她立即走了过来，帮我盖好了毯子，我什么也不用对她讲，她立刻就明白了我的意思。这会儿我想起来了，今天下午我把她当成妈妈了，是她使我平静了下来，也说不定是我在做梦。我下午是在做梦吗，科拉小姐？是您握着我的手，对吗？我当时说了那么多蠢话，可那都是因为我实在太疼了，还恶心想吐……请您原谅我，当护士可真不是什么好差事。我说对了吧，您在笑，可我知道，我是不是把您身上吐得一塌糊涂。好了，我不说话了。我这样很舒服，也不冷。不，不，我不怎么疼，只有一点点疼。科拉小姐，现在挺晚了吧？嘘，现在您什么话都别说了，我告诉过您不能多说话，您就高高兴兴地想想已经不疼了，安安静静地待着。不，不算晚，才七点钟。把眼睛闭上，睡一觉。就这样，现在就睡。

是啊，我是想睡上一觉，可这事儿并不那么容易办到。有一阵子我觉得自己就要睡着了，可伤口那儿突然一疼，或者是脑子里一阵眩晕，于是我不得不睁开眼睛看看她，她就坐在窗边看杂志，把灯罩降得低低的，为的是不让光线照到我。为什么她要一直留在这里呢？她的头发真漂亮，头微微一转，头发就亮闪闪的。她这么年轻，我今天居然错把她当成了妈妈，真是不可思议。我都对她说了些什么话呀，她肯定又在笑我。可是，是她用冰块给我擦嘴，让我不觉得那么疼，现在我想起来了，她还用古龙水替我擦额头和头发，还抓住我的双手，不让我去撕绷带。她已经不生我的气了，也许妈妈已经对她说过对不起了，反正是这一类的话吧，她跟我说话的时候眼神也不一样了："把眼睛闭上，睡一觉。"我喜欢她用这种眼神看我，现在想起来第一天她把我的糖果夺走的事，就像是假的一样。我真想对她说，她这么美，我没有一丁点儿要跟她过不去的想法，恰恰相反，我想让她夜里照顾我，我不要那个小个子护士。我真想让她再用古龙水替我擦擦头发。我也真想听她笑着对我说对不起，然后告诉我可以叫她科拉。

他睡了好久好久，八点钟的时候，我估计德·吕希大夫快到了，便叫醒了他，给他量体温。他气色好了许多，这一觉对他太有用处了。他一看见体温计，便从毯子里伸出一只手来，但我告诉他别动。我故意不去看他的眼睛，免得他不好受，可他还是脸红了，对我说他自己能行的。我当然没去理会他，但这可怜孩子太紧张了，我实在没办法，只好对他说："好了，巴勃罗，你是个小大人了，别每次都这样，好吗？"每次都这样，他就是这毛病，控制不住自己的眼泪；我假装没看见，记下了他的体温，就去准备打针的事情。她回来的时候，我已经用床单擦干了眼泪，我真生我自己的气，我愿意付出一切，只要能开口对她说句话，说我不在意，我真的一点儿都不在意，只是一时克制不住而已。"这个针一点儿都不疼，"她举着针管对我说，"它能让你一夜都能睡个好觉。"她掀开毯子，我又一次觉得浑身的血液一下子涌上了脸庞，可她只微微一笑，便用一团湿湿的棉花球在我大腿上擦了擦。"一点儿都不疼。"我对她说，因为总得说点儿什么，总不能在她这么看着我的时候，我就这么傻傻地待着吧。"你看，"说着她拔出针头，又用棉球给我擦了擦，"你看，我说不疼吧。现在你哪儿都不会疼了，小巴勃罗。"她给我盖好毯子，又用手摸了一下我的脸。我闭上眼睛，真想干脆死掉，这样她就会哭泣着，用手抚摸我的脸庞。

我对科拉从来就看不太懂，可这一回她有点偏执了。本来嘛，不理解女人是怎么想的也不要紧，只要她们爱你就行了。要是她们犯神经了，或者听了随便一句玩笑话就来找茬，好吧，小乖乖，好了，来，吻我一下，一切就都万事大吉。看得出来这姑娘还太嫩，她还需要好长时间才能学会在这个可恶的行当里讨生活，这可怜的姑娘今天晚上脸色有点儿不对，我花了整整半个小时才让她忘掉那些烦人的事情。她还没找到合适的方法去对付某些病人，二十二号病室那个老太太就是个例子，我觉得从那以后她应该长进一点了，可是现在这个小家伙又成了她的一件头疼事。夜里两点钟左右，我们在我的办公室里喝了会儿马黛茶，然后她去给他打了一针，回来时心情很不好，做什么都提不起兴致。她这张脸生起气来、发起愁来都挺好看，渐渐地我把她的情绪扭了过来，终于她笑了，把事情的原委告诉了我，其实在这种时候我真想脱掉她的衣裳，感受一番她的身体像怕冷似的微微颤抖。马尔西亚，这会儿不早了吧。哦，这么说我还可以再待一会儿，下一次打针是五点半，那个加利西亚小个子女人六点钟才会来。原谅我，马尔西亚，我是个傻姑娘，你看，就为了这么个流鼻涕的小孩我操了多大的心，不管怎么说，我总算把他降住了，可一阵一阵的，我又有点可怜他，这个年纪的孩子总是又愚蠢又骄傲，要是可能的话，我想让苏亚雷斯大夫给我调个班，二楼不是还有两个做了手术的病人吗，都是成年人，你可以毫无顾忌地问他们大便了没有啊，尿盆满了没有啊，需要的时候帮他们擦擦身子，一边干活一边还聊些天气啊政治啊什么的，都再平常不过，只是干了该干的活，马尔西亚，而不是像在这儿，你懂吧。不错，人当然什么都得经历，可是我还得碰见多少个这样的小毛孩儿呢，这就像你常说的，是个技术问题。就是，亲爱的，当然了。可这一切都是因为他妈妈开了个坏头，这种事是忘不掉的，你明白吗，误会从第一分钟开始就注定了，那孩子很傲气，身上又疼，特别是刚开始的时候他一点儿也不知道要做什么，可他想装大人，想带着男子汉的眼神来看我，就像你的眼神那样。现在我连问他想不想尿尿都不敢，更糟糕的是，要是我在病房里待着，他能一整夜都憋着不尿。现在我想起这个还忍不住想笑，他明明是想尿，又不敢说出来，最后我不耐烦了，逼着他学会了不动身子躺在那儿尿尿。每到这时，他总是闭上眼睛，可这样一来情况更糟，他总是一副马上就要哭出来或是想骂我一顿的样子，就是这样的反应，他太小了，马尔西亚，还有那位大妈，她一准是把儿子当个扭扭捏捏的小宝宝来养活，宝贝儿这，宝贝儿那，说上一大堆废话，反正他永远是个小宝宝，是妈妈的小宝贝儿。唉，又刚好轮到我来管他，就像你说的，碰到高压线了，要是轮到玛利亚·路易莎就好了，她的年龄给他当姑姑都绰绰有余，哪怕把他全身上下都擦洗一遍，他也不会这样满脸通红。唉，说实话，马尔西亚，都怪我运气不好。

她把床头柜上的灯打开时，我正在做梦，梦见自己在上法语课，我最先看到的总是她那一头秀发，大概是她给我打针时必须得把腰弯下来的缘故吧，也许还有别的原因，她的头发搭在我的脸旁边，有一回还把我的嘴弄得好痒，气味又那么好闻，她用棉球给我擦的时候总是笑吟吟的，擦了好一会儿才把针扎进去，我看着她的手稳稳当当地推着注射器，黄色的液体慢慢地进入我的身体，有点儿疼。“不，一点儿都不疼。”我永远没法对她说：“不，一点儿都不疼，科拉。”我不会叫她科拉小姐的，一辈子都不会这样称呼她。我要尽量少跟她说话，就算她跪在地下求我，我都不会叫她科拉小姐的。不，我一点儿都不疼。不了，谢谢，我挺好的，我要再睡一觉。谢谢了。

谢天谢地，他脸色又正常了，就是精神头还差一点儿，连吻我一下都勉强，埃斯特姨妈给他带来了好些连环画，还送给他一条特别漂亮的领带，让他在我们接他回家的那天戴上，可他连看都没看她一眼。今天早上这个护士真是个温柔的好人，毕恭毕敬的，和她说话倒挺让人开心，她说孩子一直睡到八点钟才醒，喝了一点牛奶，看样子现在就可以开始进食了，我得和苏亚雷斯大夫说说，这孩子不能喝可可，恐怕他父亲已经对大夫说了，因为我看见他们聊了好一会儿。太太，您出去待一会儿，我们要给他做点儿检查。莫兰先生，您可以留下来，主要是有那么多纱布绷带，他妈妈看见了不好受。让我们来看看，伙计。这儿疼吗？当然了，这很正常。那这儿呢，是疼还是稍微有点感觉。很好，一切顺利，小朋友。就这样，整整五分钟，这儿疼吗，那儿有感觉吗，老爸一直盯着我的肚子，就好像他是头一次看见似的。怪怪的，直到他们走了以后我才平静下来，可怜的爸妈，让他们担心了，可我能怎么办呢，他们真烦人，老说些不该说的话，尤其是妈妈，幸好那小个子护士装聋作哑的，什么都忍了，满脸是那种可怜虫等着别人给点小费的神情。你看他们连我不能喝可可这种事儿都能说出口，真把我当成个吃奶的小毛孩儿了。我真想一觉睡上个五天五夜，谁都不见，特别是不想见科拉，醒来正好他们接我出院回家。也许还要多等上几天，莫兰先生，您已经从德·吕希大夫那里得知了吧，这次手术比预想中复杂了一点儿，有时候总会有点小小的意外。当然了，以这个孩子的体质，我看不会有什么问题，可最好您还是给您太太说一下，这事儿可能不像我们一开始想的那样，过一周就没事了。哦，当然，好的，这个您可以和院长谈，这是内部事宜。现在你瞧瞧，是不是运气不好，马尔西亚，我昨天晚上就跟你讲过的，这件事要比我们预想中持续得更久。是呀，我也知道这没什么要紧的，但是你能不能稍微体贴一点，你知道的，伺候这孩子真不好受，他比我更加觉得不好受，真可怜。你别这么看着我，我怎么就不能可怜他，别这么看我。

没人不让我看书，可那些连环画就从我手里掉下去了，我还有两篇没有看完，埃斯特姨妈还带来那么多本。我脸颊发烫，恐怕是发烧了，要不就是这间病房里太热了，我得让科拉把窗户打开一点，或者替我去掉一条毯子。我想睡觉，她坐在那里看杂志，我睡我的觉，看不见她，连她在不在那里也不知道，这就是我此刻最想做的事情。可现在她只有晚上才会留在这里，最麻烦的阶段已经过去了，他们让我一个人待在这里。我觉得自己三四点钟的时候睡着了一会儿，五点整，她来了，拿来一种新的药，是种滴剂，苦得要命。她每次看上去都像是刚洗完澡换好衣服似的，身上有一股清新的气息，像香粉，又像古龙水。“这种新药很难吃，我知道。”说着她微微一笑，像是在给我打气。“不，只有一点点苦，没什么。”我告诉她。“你这一天过得怎么样？”她边问边甩着体温计。我跟她说挺好，一直睡着，苏亚雷斯大夫说我好多了，我也不太疼了。“那好，那你就能稍微干点儿活了。”说完她把体温计递给了我。一时间我竟不知道怎么回答她才好，我量着体温，她走过去关上了百叶窗，又把床头柜上的瓶瓶罐罐整理了一番。趁她来取体温计之前，我偷空看了一眼。“我在发高烧呀。”他对我讲这话时好像吓坏了。真糟糕，我怎么老是做这样的蠢事，为了不让他难堪，我把体温计给了他，结果这个小不点儿居然趁机知道了自己正在发高烧。“头四天总是这样的，另外，谁也没有让你看体温计。”我恼羞成怒，不是冲他，更多是冲着我自己。我问他是不是动自己的肚子了，他说没有。他一头一脸的汗珠，我替他擦了擦脸上的汗水，又给他洒了点古龙水；没等回答完我的问话，他就紧紧闭上了双眼，我给他梳了梳头发，免得老耷拉在额头上，他也没把眼睛睁开。三十九度九，真是烧得不轻。“你尽量睡一小会儿。”我边说边在心里盘算什么时候把这事儿告诉苏亚雷斯大夫。他依然没有睁眼，却露出一副厌烦的神情，一字一顿地对我说：“您对我不好，科拉。”我竟不知道要怎么回答他，我守在他身旁，直到最后他睁开眼睛看了我一眼，目光里满满的都是高烧和愁苦。我情不自禁地伸出手，想抚摸他的额头，但他一把推开了我的手，肯定是扯动了伤口，又疼得抽搐了一下。我还没来得及反应，他又压低嗓音对我说：“如果您不是在这个地方认识我的话，您一定不会这样对待我的。”一开始我差点儿没笑出声来，可他这话说得太滑稽了，还眼泪汪汪的，我又陷入了以往的情绪，又生气又有点害怕，在这个自命不凡的小毛孩面前，我突然觉得无依无靠。我终于控制住了自己的情绪（这一点真要感谢马尔西亚，是他教会了我控制自己，我也做得越来越好了），我挺直身躯，好像什么事也没发生过一样，把毛巾挂在了架子上，又盖上了古龙水的瓶子。现在好了，我们都知道自己该干什么不该干什么，说白了，这样更好。一个是护士，一个是病人，什么废话都不用多说了。古龙水还是让他妈妈去给他搽，我需要为他做的是别的事情，而且我会不假思索地去做。我不知道自己为什么还要待在这里，这已经超出了我的职责。后来我给马尔西亚说这件事的时候，他说我是想给他个机会道歉，说声对不起。我不知道，也许是吧，可也许不是，也许我待在那里只是为了让他继续骂我，想看看他到底能做到什么地步。可他仍然双眼紧闭，额头上脸颊上全是汗水，就好像有人把我浸在滚烫的开水中，为了不看她，我用力闭紧双眼，眼前尽是些紫色红色的光斑，可我知道她就在那里，只要她能再一次弯下腰来，替我擦擦额头的汗水，就当我根本没对她讲过那些话，让我付出什么代价我都愿意，但是已经不可能了，她就要走了，什么也不会为我做，什么话也不会对我讲，等我再睁开眼睛，就只有茫茫黑夜，还有床头柜和空荡荡的病房，残留在病房里的一点香水的气息，我要十遍百遍地对自己说，我对她说这话没有任何错，我就是要让她学着点儿，让她别像对小孩子那样对待我，让她还我清净，让她别离开我。

总是在这个时候，早上六七点钟，应该是一对在院子里屋檐下筑窝的鸽子，雄鸽咕咕地叫，雌鸽咕咕地回应，叫了一会儿便都累了，那个小个子护士来给我擦洗和送早饭的时候我对她说了这事，她耸耸肩，说早先也有别的病人提过意见，可院长不想把它们赶走。

这对鸽子的动静我也不知道听了多少天，最初几个早晨，我要么是还睡着，要么是疼痛难当，没去注意它们，可这三天，我一听见它们的叫声就愁上心来，我更愿意在家里听小狗米洛德的吠声，哪怕是听埃斯特姨妈的唠叨也行，这个时间她该起床去望弥撒了。这该死的高烧始终不肯退，他们要把我在这里留到何年何月呀，今天上午我必须得问问苏亚雷斯大夫，无论如何，待在自己家里才是最好的。您听我说，莫兰先生，坦率地和您说吧，这事儿没有那么简单。不行，科拉小姐，我还是想让您继续照看这个病人，我会给您解释原因的。可这样一来，马尔西亚……过来，我来给你煮一杯浓浓的咖啡，你还太嫩了，简直让人不敢相信。听着，亲爱的，我已经和苏亚雷斯大夫谈过了，看起来这孩子……

幸好后来两只鸽子都不叫了，也许它们正在什么地方飞翔，飞遍整座城市的上空，这对鸽子真有福气。上午的时光特别难熬，老爸老妈走的时候我开心极了，自从我发高烧以来，他们来得更勤了。好吧，要是我还得在这里再待上四五天，倒也没什么大不了的，在家里当然会好一点，可我一样还是要发烧，还是要一阵一阵地难受。连一本连环画都看不成，这简直就是要了我的命，一想到这个，我就仿佛全身的血都流光了。可这一切都是因为我在发烧，这一点昨天晚上德·吕希大夫就告诉过我，今天早上苏亚雷斯大夫又对我说了一遍，他们准是很清楚的。我睡得很少，时间总像停滞了一样，每天下午三点钟以前我准会醒来，就好像三点或是五点对我意义非凡似的。正相反，三点钟，小个子护士就下班了，真可惜，因为她在的时候我总是特别好。要是我能一觉睡到半夜那该多好呀。巴勃罗，是我，我是科拉小姐。我是你的夜班护士，给你打针打得很疼的那个护士。我知道你不疼，傻瓜，我只是开个玩笑。想睡你就再睡会儿，就这样。他眼睛没睁，对我说了声“谢谢”，他是可以睁开眼睛的，我知道中午的时候，虽说不让他说太多的话，他还是和那个加利西亚小个子护士聊了半天。走出病房之前，我突然转过身来，他在看着我，我能感觉到，他一直在我背后看着我。我走了回去，在床边坐了下来，量了量他的脉搏，又把他发烧时揉得皱皱巴巴的床单铺平。他看着我的头发，然后垂下目光，躲闪着我的视线。我简单收拾了一下东西，做点准备，整个过程他一言不发，两眼望着窗户，仿佛我根本不存在。五点半他们会准时来他这里，他还有点时间可以睡一小会儿，他的父母在楼下等候着，若是在这个钟点看见他们他会感到奇怪的。苏亚雷斯大夫会稍微提前几分钟到这里，给他说明他还得再做一次手术，让他不用太担心。然而他们派来的是马尔西亚，看见他走进来我着实吃了一惊，可他给我打了个手势，让我别动，他在床尾那儿看了看体温记录，直到巴勃罗适应了他的到来。他跟他开起了玩笑，这一类的谈话他很在行，大街上冷得很，待在这房间可真好呀，巴勃罗看着他，一言不发，仿佛在等待着什么，反倒是我感觉怪怪的，我真想让马尔西亚出去，让我和这孩子单独待在这里，我觉得这些话没有谁能比我更适合说给他听，可谁知道呢，也许并非如此。我知道，大夫，你们还得再给我做一次手术，您不就是上次给我做麻醉的大夫吗，好吧，这样最好，总比躺在这张床上发烧强。我早就知道你们最终还是得做点什么，因为从昨天起我就疼得厉害，这次疼得不一样，是里边疼。还有您，就这么坐在那儿，您别用这种表情看着我，别这么笑，就像是来请我去看电影似的。您和他一起出去吧，到走廊里去吻他，那天他在这里吻了您一下您还跟他生了气，其实那会儿我没睡着。你们两位都走吧，让我睡一会儿，我睡着了能疼得轻一点。

好了，孩子，我们来一鼓作气把这事搞定，你还要把这张床占多长时间呀，亲爱的。慢慢地数数，一，二，三。就这样，很好，继续数，过上一个星期你就能回家吃汁水汪汪的牛排了。你去眯上一会儿，姑娘，然后回来缝合。你该先看看德·吕希的脸色，没有人能够适应这些东西的。你瞧，我借机向苏亚雷斯提出能不能给你换个班，说你照看这么个重病号特别累，如果你也跟他说说，也许会把你换到三楼去。行了行了，你爱干吗干吗，那天晚上你发了那么一通牢骚，现在倒成了好撒玛利亚人了。你别跟我生气，我是为了你好才这么做的。他当然是为了我好才这么做的，可他完全是瞎耽误工夫，我不但今天晚上而且每天晚上都要和这孩子待在一起。八点半他开始慢慢醒来，他的父母赶紧走开了，因为最好别让他看见可怜的父母那副面孔，苏亚雷斯大夫来的时候低声问我，需要不需要让玛利亚·路易莎来换我一会儿，我对他做了个手势，意思是我留下，他就走了。玛利亚·路易莎陪了我一会儿，因为我们得稳住他，让他平静下来，后来他突然安静了，几乎没有呕吐；他太虚弱了，几乎没怎么呻吟就又睡着了，一直睡到十点钟。还是那两只鸽子，你一会儿就能看见，妈妈，又像每天早上那样咕咕叫，我不明白为什么不把它们撵走，让它们飞到别的树上去。把手给我，妈妈，我冷极了。啊，我刚才是做了一个梦，我以为已经是早晨了，鸽子也开始叫了。对不起，我把您当成我妈妈了。他又一次移开了目光，摆出凶巴巴的模样，又一次把过错都推到我身上。我假装没发现他还在生气，照看着他，在他身旁坐下来，用冰块替他润嘴唇。我把古龙水洒在他的手心和额头上，他这才把目光转向我，我又离他更近了一点，朝他微微一笑。“叫我科拉吧，”我对他说，“我知道，一开始我们有点儿误会，可我们最终能成为好朋友的，巴勃罗。”他一声不吭地看着我。“对我说：好吧，科拉。”他还是看着我。“科拉小姐。”说完这句，他又闭上了眼睛。“别，巴勃罗，别这样。”我央求着，亲吻了一下他的脸颊，吻在离嘴边很近的地方。“从今以后我就是科拉，只有你能叫的科拉。”我不得不向后闪开，可还是溅到了我脸上。我擦了把脸，扶住他的头让他漱口，贴在他耳边说话时又亲了他一口。“请您原谅我，”他的声音细若游丝，“我没忍住。”我对他说别说傻话，就是因为这个我才来照顾他的，想吐就吐，只要能轻松一点就好。“我想让妈妈来一下。”他这么对我说，眼睛望着别处，目光里一片空白。我又摸了摸他的头发，替他理了理毯子，等他对我说点儿什么，可他一副拒人千里的样子，我觉察到了，我待在这里只能增加他的痛苦。走到门口，我转过身来等了等；他两眼瞪得溜圆，死死盯住天花板。“小巴勃罗，”我叫了他一声，“拜托，小巴勃罗，拜托，亲爱的。”我走回床边，弯下腰来吻了他，他冷冰冰的，透过古龙水的香气，是呕吐和麻醉的气味。只要再待一秒钟，我就会当着他的面号啕大哭起来，为他而哭。我又吻了吻他，然后跑出了病房，去找他的妈妈，找玛利亚·路易莎；有他妈妈在那里，我不想再回来，至少今天晚上不想回来，而在这之后，我非常清楚，我没有任何必要再回到这间病房里来，马尔西亚和玛利亚·路易莎会把一切都料理好，直到这间病房再一次腾空。

正午的海岛

第一次看见那座小岛时，马利尼正朝左边的座位彬彬有礼地弯下腰，打开塑料小桌板，再放上午餐盘。他捧着杂志或是端着威士忌酒杯来来去去的时候，那位女乘客已经看了他好几眼。马利尼一边慢悠悠地整理小桌板，一边无聊地自问，这位女乘客固执的注视是否值得回应，她只不过是个普通得不能再普通的美国女人。正在这时，那座小岛的海岸线出现在蓝色的椭圆形舷窗里，海滩宛若金黄的丝带，几座小山隆向一处荒凉的高地。马利尼把放错位置的啤酒杯放好，对女乘客微微一笑。“希腊的岛屿。”他说。“哦，对，希腊。”[1] 美国女人回答，假装饶有兴趣。一阵短促的铃声响起，空乘站直身体，薄薄的嘴唇依然保持着职业的微笑。他去给一对叙利亚夫妇准备番茄汁，走到尾舱时，他停了几秒，再一次向下望去；那座岛

①原文为英语。

很小，孤零零的，四面被爱琴海环绕，湛蓝的海水给小岛镶了一道耀眼的凝固的白边，那是浪花撞击着礁石和港湾。马利尼看见空无一人的海滩向北向西蜿蜒而去，一道陡峭的山岭直插海中。这是个乱石丛生的荒岛，离北部海滩不远的地方，能看见一团铅灰色的暗影，也许是一座房子，也许是好几家简陋的房屋。他打开番茄汁罐头，重新直起身时，小岛已经从舷窗里消失了；窗外只有大海，一望无际的碧绿的海平面。他莫名地看了看手表，刚好是正午时分。

马利尼喜欢被派去飞罗马－德黑兰航线，因为这条线不像飞北方的航班那样阴郁，女孩子们也因为能飞去东方或者去看意大利而欣喜。四天以后，一个孩子把餐勺弄丢了，愁眉苦脸地把餐后甜点的盘子指给他看，他给那孩子递新餐勺时，又一次看见了那座岛屿的边缘。时间应该还差八分钟，可当他在尾舱里朝着舷窗俯身看时，疑虑消失了，那小岛的形状他绝不会看错，就像是一只海龟从海水里若有若无地伸出了四只爪子。他盯住小岛看了半天，直到有人唤他，这一回他确定那团铅灰色的暗影是几家房屋；他甚至还辨认出零落的几块耕地一直延伸到海滩边。在贝鲁特中途停留时，他翻看过女同事的地图册，好奇这小岛会不会是荷罗斯岛。无线电话务员是一个冷淡的法国人，对他的这种好奇心表示难以理解。“这些岛屿都是同一个模样。这条航线我已经飞了两年，从来就没有注意过这些小岛。对了，下次指给我看看。”不是荷罗斯岛，是希罗斯岛，是旅游线路之外的众多岛屿之一。“你要是想去得赶紧，”他们在罗马小酌时，女同事这样对他说，“要不然，用不了五年，什么成吉思汗，什么库克船长，那帮乌合之众随时都会到那里去的。”可那座小岛一直挥之不去，每当他记起来，或者正在舷窗附近，他会去看它一眼，而最后以耸耸肩膀了事。这一切都没有任何意义，每周三次正午时分飞过希罗斯岛上空，这事就和每周三次梦见正午时分飞过希罗斯岛上空一样虚幻。循环反复又毫无意义地看到此情此景使一切变得虚假；也许，唯一真实的是重复的欲望，是每当正午临近都会看一看手表，是与那片深邃蓝色映衬下的耀眼白边的短暂相遇，还有那几座渔人的小屋，在相遇的一瞬，渔人也抬起头，目光追随着划过天空的另一种虚幻。

八九个星期之后，他们提出派他去飞纽约的航班，种种优势显而易见，马利尼也觉得正是个好机会，能够了结这无害却烦人的强迫症。他口袋里揣着一本书，作者是一个广义上的地理学家，看名字像是地中海东部地区的人，书里有许多有关希罗斯岛的细节，都是通常的导游手册里找不到的。他听见自己的声音仿佛从某个遥远的地方传来，他回绝了这个建议，躲开了一位上司和两位秘书惊愕的目光，径直去了公司食堂，卡尔拉正在那里等他。卡尔拉混杂着疑惑的失望不曾困扰他；希罗斯岛的南岸不宜居住，但往西一点存留着一些吕底亚人又或许是克里特迈锡尼时代的遗迹，戈德曼教授就在那里发现了两块刻有象形文字的石头，当时它们在小码头上被渔民们当石桩使用。卡尔拉头疼，她几乎立即就起身离开了；那一小群居民主要是靠捕捞章鱼为生，每五天会有一条船来运走他们捕到的鱼，同时给岛上带来粮食给养和各色商品。旅行社的人告诉他，得从瑞诺斯专门包一条船过去，或许也可以乘坐收章鱼的小船过去，可后一种情况只有到了瑞诺斯才能知道是否行得通，旅行社在那里没有经理人。不管怎么说，去那个小岛住几天还只是他六月份假期的一个计划；而紧接着的几个星期里，他先是替怀特飞了突尼斯的航班，后来碰上一次罢工，卡尔拉又回了巴勒莫她姐姐的家。马利尼到纳沃纳广场附近找了家旅馆住下，那里有几家二手书书店，他无所事事地找了几本有关希腊的书作为消遣，有时也随手翻翻一本希腊语日常会话手册。他觉得 kalimera① 这个词挺好玩的，就在一家歌舞餐厅里拿这个词和一个红头发女孩演练了一回，和她睡了觉，知道了她爷爷住在奥多斯，嗓子疼却找不到原因。在罗马，天下着雨；在贝鲁特，塔尼娅总在等着他；当然还有些别的故事，总归是亲戚或者哪里疼之类的；一天，又轮到他飞德黑兰，又可以看见正午的海岛了。马利尼久久贴在舷窗边，新来的空姐甚至因此认定他不是一个好同事，特意告诉他她总共端过多少次盘子。这天晚上，马利尼请那位空姐到菲罗斯餐厅吃饭，没费多大气力就让她原谅了他上午的走神。卢西娅建议他剪一个美式发型；他和她谈了会儿希罗斯岛，可后来明白了其实她更喜欢谈希尔顿的伏特加酸橙酒。时间在这样那样的事情里流逝，数不清的餐盘，每只盘子递给乘客时还得附赠一个他们应得的微笑。返程途中，飞机在早晨八点飞临希罗斯岛上空，阳光从左面的舷窗直射进来，让人几乎看不清那只金色的海龟；马利尼宁愿等待正午飞过的那趟航班，因为他知道那时他可以有长长的一分钟时间待在舷窗前，与此同时工作就都由卢西娅（后来是菲丽莎）带着某种啼笑皆非的神情去承担。有一回，他给希罗斯岛照了张相片，可是洗出来模模糊糊的；他对这座海岛已经有所了解，那几本书里零星提到了这座岛，他把那些内容都勾画了出来。菲丽莎告诉他飞行员们叫他“海岛狂人”，他毫不在意。卡尔拉刚刚来信，说她决定不

①希腊语，意为：你好。

要这个孩子。马利尼给她寄去两个月的薪水，心想剩下的大概不够自己度假了。卡尔拉收下了钱，又通过一个朋友告诉他，她准备嫁给特雷维索的那位牙医。与每个星期一、星期四和星期六（每两个月也会有一个星期天）的正午时分比起来，这些都无关紧要。

时光流逝，他开始意识到菲丽莎是唯一一个能稍稍理解他的人；他们之间形成了一种默契，只要他往尾舱舷窗边一站，她就会接过所有中午的活。能看见小岛的时间不过几分钟，可大气是如此洁净，海水又以缜密到近乎残酷的方式描画出它的轮廓，连最微小的细节都与上一次航程记忆中的样子毫无二致：北部山冈上斑驳的绿色，铅灰色的房屋群落，还有那铺在沙滩上晾晒的渔网。有时渔网不在那儿，马利尼会觉得自己被剥夺了什么，仿佛受到了伤害。他也曾想把飞过小岛的过程拍摄下来，在旅馆里播放回味，最后还是宁愿省下买摄像机的钱，毕竟离休假只有一个月了。他并没有仔细地留心日期；有时和塔尼娅在贝鲁特，有时和菲丽莎在德黑兰，在罗马差不多总是和他弟弟一起，那些时间都含含糊糊、舒服自在、亲切友好，仿佛是一种替代，消磨着起飞前和降落后的时光，而在飞行过程中，一切也都是含糊、舒服而懵懂的，直到是时候走到尾舱的舷窗边，弯下腰来，触碰到冰冷的玻璃仿佛是水族箱的外壁，而里面，一只金色的海龟在湛蓝的背景下慢慢挪动。

那一天，可以清楚地看见沙滩上铺开了渔网，马利尼甚至可以赌咒发誓，靠左边的一个小黑点，就在海边，准是一个渔人正仰望着飞机。“Kalimera.”他莫名地想到这个词。没有道理再等下去了，钱不够，但马里奥·梅若里斯会借给他的，不出三天，他就会在希罗斯岛上了。他嘴唇贴在玻璃上，微笑着，他想自己会登上那片绿色斑驳的山冈，赤裸着身子跳进北面那个小海湾游泳，和当地人一起去捕章鱼，凭手势和笑声互相交流。只要拿定主意，一切都不是问题，夜行的火车，先坐一条船，再换上一条又旧又脏的船，船到了瑞诺斯，和小船船长无休无止地讨价还价，满天的星光，入夜时甲板上到处是茴香和羊肉的气味，清晨时船已经在小岛之间航行了。他伴着晨曦上岸，船长把他介绍给一位长者，大约是这里的族长。科拉约斯握住他的左手，说起话来慢腾腾的，直视着他的双眼。有两个小伙子走了过来，马利尼知道他们是科拉约斯的儿子。船长把他会的一点儿英语全用尽了：二十个居民，章鱼，捕捞，五间房子，意大利客人会付给科拉约斯住宿费。

科拉约斯谈价钱的时候，两个年轻人都笑了起来；马利尼也笑了，他已经和小伙子们交上了朋友，他看见太阳从海上升起，从这里看去，海水的颜色比从空中看更清澈，房间简陋但干净，一只水罐，一股鼠尾草和鞣过的皮革味道。

他们都去装船了，他一个人留在那里，三两下脱掉了旅行时穿的衣服，换上泳裤和拖鞋，在岛上四处走走。岛上一个人也不见，阳光一点点炽热起来，树丛里升腾起一股微妙的气味，酸酸的，又仿佛掺进了海风里碘的气息。他登上北边山冈的时候，应该是十点了，他看见了那处最大的海湾。他想一个人待着，但又想下到沙滩，去游会儿泳；小岛的气息浸润着他的身体，他很享受这样的亲密接触，已经无法再去思考或是选择。他脱去衣服，从一块石头上跳下海去，阳光下，微风里，皮肤暖洋洋的；水有点凉，这很合他的意；他任凭暗流把自己带到了一处洞穴的入口，然后又向外海游去，仰面躺在海水上，随波逐流，他相信这一切是一个和解的行动，同时也蕴含着未来。他确定无疑，自己不会再离开这座小岛，他会以某种方式永远留在岛上。他试图想象出他弟弟和菲丽莎的脸，想象当他们发现他要在一个孤悬海外的石头岛上靠捕鱼为生时，会是一副什么样的表情。他转身游回岸边时，已经把他们抛之脑后了。

身上的水汽很快就被太阳晒干了，他向那几座房屋走过去，两个女人惊奇地看着他，跑进屋里藏了起来。他朝着空中做了个问候的手势，走到渔网跟前。科拉约斯的一个儿子在海滩上等着他，马利尼指了指大海，邀请他一起下去游泳。小伙子指了指自己的棉布裤子和红衬衫，有点犹豫。后来他飞快地跑进一座屋子，回来的时候几乎全裸了；两个人一起跳下已经变得温暖的大海，十一点的阳光下，海面明亮耀眼。

他们俩在沙滩上晒太阳的时候，伊奥纳斯说起每样东西的名字。"Kalimera."马利尼说，小伙子笑得直不起腰来。然后马利尼把刚刚学到的词语逐一重复，又教了伊奥纳斯几个意大利语单词。海平面的远方，小船越来越小；马利尼这才觉得真正和科拉约斯与他的族人一起，单独待在小岛上了。他想先这么过上几天，付房租，学习捕鱼；等到哪天下午，彼此更熟悉一些的时候，再和他们谈谈留在岛上和他们一起干活的事情。他站起身来，和伊奥纳斯握手告别，慢慢地向山坡走去。坡很陡，他一面攀爬，一面享受着每一次停顿时的风光，他不时地回过头向海滩上渔网的方向看过去，看那两个女人的身影，她们此刻正欢快地同伊奥纳斯和科拉约斯说着什么，不时地朝他瞟上一眼，大声地笑。到达那块斑驳的绿色，他进入了另一个世界，阳光炽热，海风吹拂，糅进了百里香和鼠尾草的清香。马利尼看了看手表，一脸难耐地把它摘下来，收进游泳裤的兜里。放下旧我并非易事，可是此刻，站在这高处，在日光下，在如此的开阔中，他绷紧全身肌肉，觉得这艰巨的任务是可以完成的。他就在希罗斯岛，在这个他无数次怀疑自己能否抵达的地方。他仰面朝天躺在热乎乎的石块上，身上硌得生疼，山冈上的地面滚烫，他忍耐着不适，两眼直视天空；远远地，他听到引擎的嗡嗡声。

他闭上双眼，告诉自己不要去看那架飞机，不要让平生最糟糕的经历破坏心境，这飞机只不过是又一次飞过小岛的上空。然而，在眼帘的暗影中，他想起了端着餐盘的菲丽莎，这会儿她一定正在分发餐盘，还有自己的继任者，也许是乔治，也许是从别的航线调过来的新人，无论是谁，也会微笑着把红酒或咖啡递给乘客。他无力与往事对抗，索性睁开眼睛坐起身来，就在这瞬间，他看见飞机的右翼几乎是擦着自己的头顶掠过，机身不可思议地倾斜着，引擎的轰鸣声变了，飞机几乎是垂直地坠入大海。他飞快地跑下山去，在岩石间跌跌撞撞，荆棘丛划破了手臂。小岛挡住了他看向飞机坠落处的视线，下到海滩之前他拐了个弯，沿预想中的近路越过最大的山脊，来到那片小海滩。机尾在离岸约一百米的海水里下沉，静寂无声。马利尼助跑几步跳下水去，心里还残余着这飞机能再浮上水面的企盼；可是眼前只有微微起伏的波浪，飞机坠落点附近，一只纸箱诡异地漂着，最后，当他再游过去已经毫无意义的时候，突然一只手伸出水面，只有那么一瞬，但足以让马利尼调整方向，从水里潜游过去，抓住了那人的头发，那人竭力想抱住他，而马利尼和那人保持着距离，同时让他大口地呼吸空气。就这样，一点一点地，马利尼把他拖到了岸边，用双臂抱起那个穿着白制服的身躯，把他放在沙滩上，看着那布满泡沫的面孔，鲜血从脖子上一道大大的伤口往外涌，死亡已然到来。人工呼吸已经没有任何意义，每抽搐一次，那伤口仿佛都裂开得更大更深，像一张可怖的嘴巴在召唤马利尼，把他从刚到小岛不久的微小幸福中生生拉扯出来，在一阵阵涌出的泡沫中，对马利尼呼喊着他再也不能听见的话语。科拉约斯的两个儿子飞奔而至，身后还跟着那些女人。科拉约斯赶到的时候，小伙子们正围在沙滩上躺着的躯体旁边，实在无法想象这个人怎么有力气游到岸边，又流着血爬到这个地方来。“帮他把眼睛合上吧。”一个女人哭着说。科拉约斯朝海面看去，想发现别的幸存者。可是岛上一如既往，只有他们几个，而唯一的新事物，就是他们和大海之间那具尸体，两眼圆睁。

给约翰·霍维尔的指令

献给彼得·布鲁克

后来，他每每想起这件事——在大街上，或是坐在火车上穿过田野——总会觉得一切都很荒谬，可戏剧正是先和荒谬签下条约，然后再有效地、风风光光地把它做好。一个伦敦秋日的周末，百无聊赖之中，莱斯连节目单都懒得好好看一眼，就走进了奥德维奇剧院，戏的第一幕在他看来相当平庸；荒谬发生在幕间休息的时候，一个灰衣男人走到他的座位跟前，用几乎听不清的低沉嗓音，彬彬有礼地邀请他到后台去一趟。他并没有太过惊奇，想着剧院经理大概是在做什么民意测验吧，就是那种为宣传而做的泛泛调研。“如果是要征求意见的话，”莱斯说道，“第一幕我看没多大劲，比方说灯光……”灰衣男人客客气气地点了点头，仍然用手指着一扇边门，莱斯明白自己该站起身来随他走过去，而不要太拿架子了。“我倒是想喝上一杯茶。”下了几级台阶、走到旁边一条走廊时，他这样想着，随那人走去，有些心不在焉，又有点不快。突然，他来到了后台一个化妆间，这里倒更像是个有钱人家的书房；两个看上去无所事事的男人向他问了声好，仿佛他的来访早在他们意料之中，而且是理所当然。“您当然会做得很好。”其中那个高个子男人说道。另一个男人点了点头，活像是个哑巴。“我们没多少时间，”高个子男人说，“但我会尽量简明扼要地向您讲一讲您的角色。”他讲话的口气干巴巴的，好像莱斯并不存在，又好像仅仅是在完成一个单调的指令。“我没听明白。”莱斯说着向后退了一步。“这样更好，”高个子男人说，“在这种情况下，试图分析明白反倒没有益处；您会懂的，只要适应了这些聚光灯，您就会开心起来。您已经看过第一幕了，我知道，您并不喜欢。没人喜欢。可从现在开始，这出戏会变得好看起来。当然这也要看情况。”“但愿能好看些，”莱斯说，他觉得自己恐怕理解错了，“可无论如何我该回座席了。”他已经又后退了一步，所以那灰衣男人轻轻挡住他的时候，他也没有太过吃惊，灰衣男人嘴里嘟囔了句“对不起”之类的话，却没有让开。“看来是我们没把话说清楚，”高个子男人说，“很遗憾，还差四分钟，第二幕就要开演了。我请求您好好听我把话说完。现在您就是霍维尔，是埃娃的丈夫。您已经看见了，埃娃和迈克尔一起给霍维尔戴了绿帽子，霍维尔很可能已经有所察觉，但他决定保持沉默，原因尚未明确。请您别动弹，这只不过是一顶假发。”这句劝告几乎毫无必要，因为灰衣男人和那个像哑巴一样的男人早已一左一右架住了他的双臂，不知又从哪里冒出一个又高又瘦的女孩，把一个暖暖的东西套在了他的头上。“你们肯定不想看见我大喊大叫一通，把剧场闹个天翻地覆吧！”莱斯说这话的时候竭力控制住自己，不想让声音发抖。高个子男人耸了耸肩。“您不会那样做的，”他疲惫地说，“那样做有失风度……不会的，我肯定您不会那样做的。此外，这顶假发您戴着太合适了，红头发很衬您。”明知自己不该说这个，莱斯还是说了：“可我不是演员。”所有的人，连同那女孩，都微笑着鼓励他。“您说得很对，”高个子男人说道，“您完全知道这中间的区别。您不是演员，您就是霍维尔。待会儿等您到了台上，埃娃会在客厅里给迈克尔写信。您假装没有发现她把信纸藏了起来，也没看出她在掩饰自己的不安。从那儿往下，您爱怎么演就怎么演。露丝，眼镜给他。”“我爱怎么演就怎么演？”莱斯边说边不动声色地想把胳膊挣脱出来，这时，露丝给他戴上了一副玳瑁框的眼镜。“不错，正是如此。”高个子男人无精打采地答道，莱斯甚至有些怀疑这人是不是每天晚上都会把这番话重复一遍。请观众就座的铃声响了，莱斯能看见舞台上布景职员跑来跑去的身影，灯光也变了；露丝突然不知去向。一种气恼的情绪占据了他的全身，不算剧烈，但让人很不痛快，与眼前的景象格格不入。“这简直是一场愚蠢的闹剧，”他竭力想摆脱这一切，“而且我警告你们……”“我对此深表遗憾，”高个子男人低声说，“坦白说，我没想到您会这样。可既然您是这么想的……”这句话不能完全算是威胁，虽然三个男人这样把他团团围住，摆出的架势就是不听从他们摆布就得打上一架，可是在莱斯看来，这两件事都一样地荒谬，一样地虚假。“该霍维尔上场了，”高个子男人边说边指了指后台那条窄窄的过道，“只要您往那儿一站，您爱怎么演就怎么演，可如果您……那我们就只能深表遗憾了。”这句话他说得很亲切，甚至没有扰乱剧场里突然安静下来的气氛；天鹅绒的幕布拉开，发出簌簌的声响，瞬间他们被一股暖暖的气流包围。“可要是换了我的话，我会认真考虑考虑的，”高个子男人带着倦意又加了一句，“现在，请您上场吧。”三个男人簇拥着他来到了台口。一束紫色的光照得莱斯什么也看不见了；正前方的空间大得仿佛无边无际，左手边隐隐可见一片庞然的洞穴，仿佛含着一团巨大的被屏住的呼吸，那其中才是真实的世界，渐渐地，能分辨出一件件雪白的胸衣,也许还有各式各样的礼帽和高高耸起的发髻。他向前走了一步，也许是两步，只觉得两条腿不听使唤，正准备转身快步逃走，只见埃娃匆匆站起身来，向前走了几步，向他伸出一只手，那条胳膊白皙细长，紫色的光影里，胳膊尽头的那只手像是在空中飘浮着。那只手十分冰冷，莱斯觉得它在自己手中轻轻抽搐着。他被牵着来到舞台中央，茫然地听埃娃解释她怎么头疼，怎么喜欢光线暗一点，喜欢书房里这样静悄悄的，他在等她说完，他想上前几步，走到舞台前面，三言两语地告诉大家，他们都上当了。可埃娃仿佛在等他到沙发上去坐下，那沙发和这出戏的剧情和布景一样，都怪怪的，莱斯意识到，她又一次伸出手，带着疲惫的笑容邀请他，自己再这么站下去，不但不合情理，而且还有点儿粗鲁。坐在沙发上，他能更清楚地看见剧场里的前几排座位，灯光从紫色转成了橙黄色，勉强把那几排座位和舞台隔开，但奇怪的是，把身体转向埃娃，迎向她的目光，对莱斯来说反而更容易，在这一刻，除非他情愿陷入疯狂或是屈从于假象，他能做的决定本来就只有一个，却被这目光拖曳着滑向荒谬。“今年秋天的午后时光总显得没完没了。”埃娃说着，在矮桌上一堆书本和纸页中找出一只白色的金属盒，给他递来一支香烟。莱斯机械地掏出打火机，他只觉得戴着这假发和眼镜的自己越发滑稽可笑；然而，一次小小的点烟仪式和最初几口吞云吐雾仿佛给了他喘息的空当，让他可以在沙发上坐得更舒服一些，身体在看不见的冰冷群星的注视下已经紧绷到极致，此刻也可以放松下来。他听见了自己对埃娃的答话，毫不费劲，一字一句就像是自己在往外蹦，没有什么具体的内容；这是那种纸牌城堡式的对话，埃娃一点一点地给这座脆弱不堪的城堡砌起墙壁，莱斯则毫不费力，只顾把自己的牌一张一张插进去，橙黄色的灯光下，城堡越建越高，埃娃说了长长的废话，其中提到了迈克尔的名字（您已经看见了，埃娃和迈克尔一起给霍维尔戴了绿帽子），也提到了其他人的名字和一些地名，好像是迈克尔的妈妈（或者是埃娃的妈妈？）参加的一次茶会，然后是眼中带泪的急切辩白，最后是一个饱含殷切期望的动作，把身体倒向莱斯，好像是想拥抱他，或者是让他抱抱自己，就在朗声说完最后一句台词之后，她把嘴附在莱斯耳边低声说了句："求求你别让他们杀我。"接着又毫无过渡，用正常的职业嗓音抱怨自己被抛弃了，有多么孤独等等。舞台尽头响起了敲门声，埃娃紧紧咬住自己的嘴唇，就好像还有什么话没有说完（可这些都只是莱斯想到的，他当时心里一片混乱，实在来不及做出什么反应），然后她站起身去迎接迈克尔，后者进来的时候脸上还是第一幕里那副让人腻烦的笑容。来了一位穿红衣服的女人和一个老头：突然之间舞台上多出来好几个人，人们互相问候，说些恭维话，传递着消息。只要有人向他伸出手来，莱斯都会握上一握，然后赶忙坐回沙发上，再点燃一支烟，把自己保护起来；现在剧情的发展似乎与莱斯没了关系，观众满意地低声议论着迈克尔和其他有个性的演员说出的一句接一句绝妙的俏皮话，埃娃这时则忙着准备茶点，给仆人下达指令。也许这时他该走到台口，把香烟往地下一扔，用脚踩灭，抓紧时间大声宣布："尊敬的观众……”可他转念一想，等到大幕落下之后，自己再大步向前，揭露这一切都是弄虚作假，会不会更有风度一点（*求求你别让他们杀我*）。整件事情里好像一直存在着某种仪式感，顺着它行事并不困难，就这样，莱斯一面等候着那个属于自己的时刻，一面接过话头，和那位年老的绅士聊起了天，他接过埃娃给他递上的茶，埃娃递茶的时候故意不正眼看他，仿佛她能感觉到迈克尔和那位红衣女人正注视着她。一切都取决于你怎么去忍受、去消磨这段漫长的紧张时间，又怎样才能战胜这种把人变成傀儡的愚蠢联盟。他已经很容易觉察出，人们对他说的每一句话（有时是迈克尔，有时是那位红衣女人，现在埃娃几乎完全不跟他讲话了）都隐含着答案；都是让他这个傀儡按照要求做出回答，这样剧情才能够演绎下去。莱斯心想，只要给自己一点时间去控制局面，他就能和那帮演员对着干，回答出让他们难堪的话来，那岂不是很有意思；可他们是绝不会让他这样做的，他的所谓行动自由全是假象，绝不可能让他有什么非分的反抗念头，那样只会让他大出洋相。*求求你别让他们杀我*，这是埃娃对他讲过的话；听起来就像整件事情一样，荒谬至极。莱斯想，还是再等等好了。红衣女人说完最后一句精辟的警句，大幕落下，莱斯觉得演员们好像突然全都从一级看不见的台阶上走了下来，人也变小了，一个个脸上都没了表情（迈克尔耸了耸肩，背过身去，顺着布景墙离去），互相之间连看都不看一眼，就纷纷从舞台离去，可莱斯看见了，红衣女人和那老头和和气气地挟持着埃娃向右边后台走去时，她向着他把头转了过来。他想跟过去，隐隐希望能进到她的化妆间里，和她单独聊一聊。“真棒，”高个子男人说着还拍了拍他的肩膀，“非常漂亮，说实话，您演得太棒了。”他朝幕布那边指了指，那里还响着掌声的尾巴。“他们真的很喜欢您。咱们得去喝上一杯。”另外两个男人站在稍远处，脸上堆满可亲的笑容，莱斯放弃了随埃娃过去的念头。高个子男人打开第一道走廊尽头的一扇门，走进一个小房间，里面有几把快散架的椅子、一个柜子、一瓶已经喝过一点儿的威士忌和几只漂亮的雕花玻璃酒杯。“您演得太棒了。”高个子男人又说了一遍，大家围着莱斯坐了下来。“加点儿冰块，对吧？这会儿任谁肯定都嗓子冒烟了。”不等莱斯推辞，灰衣男人就给他递过来几乎满满一杯威士忌。“第三幕要难一点，可同时对霍维尔来说又是更好玩的一幕，”高个子男人说，“您已经能看出来这剧情是怎么发展的了。”他开始讲解剧情，讲得清晰利索，毫不拖泥带水。“从某种意义上来说，您把剧情搞得更复杂了，”他说，“我从来没有想象过霍维尔会在他老婆面前表现得这么消极被动，要换我肯定会是另外一种反应。”“您会怎么反应？”莱斯干巴巴地问了一句。“哦，亲爱的朋友，这样问可不好。我的意见会干扰您做出自己的决定，因为您早已胸有成竹了。不是吗？”莱斯没有说话，他又继续说道：“但我现在跟您说这些，正因为它不是一件可以胸有成竹的事情。我们大家都太满意了，下面的戏可不能演砸了。”莱斯长长地喝了一大口威士忌，说：“可是第二幕之前您亲口跟我说的，我爱怎么演就怎么演。”灰衣男人哈哈大笑起来，可高个子男人看了他一眼，他立刻露出抱歉的神情。“任何冒险，或者您要是愿意，把它叫作撞大运也行，都得有个限度，”高个子男人说，“从现在开始，我请您一切按我的吩咐去做，您就理解为您在一切细节上仍然享有最大限度的自由吧。”他张开右手，掌心朝上，端详了许久，另一只手的食指在这只掌心上一下下地点着。两杯酒之间（他们又给他斟满了一杯），莱斯听到了给约翰·霍维尔的指令。借着酒劲，借着一股慢慢回归自我的劲头，他心里涌上一股冷静的愤恨，他没费多大气力就发现了这些指令的含义，为了最后一幕，让剧情引向一场危机。“我希望一切都已经讲得明明白白了。”高个子男人说着，用手指在掌心画了一个圆圈。“明明白白，”莱斯说着站起身来，“可我倒想知道，到了第四幕……”“咱们别把事情弄混了，亲爱的朋友，”高个子男人说，“下一次幕间休息的时候我们再来谈第四幕的事，现在我想提醒您的是，要集中精力演好第三幕。哦，请把上街穿的外套拿过来。”莱斯感觉到那个哑巴男人上来解他夹克衫的扣子；灰衣男人从橱柜里取出了一件粗花呢外套和一双手套，在三个男人欣赏目光的注视下，莱斯换好了衣裳。高个子男人早已把门打开等候着，远远地传来铃声。“这可恶的假发热死了。”莱斯想着，把威士忌一饮而尽。他几乎是一出门就置身于陌生的布景之中，胳膊肘那里有人客客气气地推着他，他一点也没抗拒。“还没到时间，”身后，那个高个子男人发了话，“您记住，公园里会有点儿冷。您最好把外衣领子竖起来……走吧，该您上场了。”小路旁的一条长凳上，迈克尔起身朝他走来，开着玩笑向他问好。他应该被动地回答一声，然后再聊一聊摄政公园的秋天多么美好之类的话题，一直等到正在那边喂天鹅的埃娃还有那位红衣女人走过来。莱斯头一回加重了语气，别说旁人，就连莱斯自己都有点吃惊。观众看来是挺欣赏的，迈克尔被迫转为守势，把看家本领都使出来以摆脱困境；突然，莱斯假装要避风，转过身去背对着他，点燃了一支香烟，他从眼镜上方看过去，只见那三个男人站在后台，高个子男人挥起手臂朝他做了个威胁的手势。他从牙缝里笑了一声（他应当是有点儿醉了，心情愉快，此外那人挥手臂的姿势让他觉得实在很有意思），然后才回过身来，把一只手放在了迈克尔的肩上。“公园里有那么多赏心悦目的风景，”莱斯说，“我实在不懂，在一座伦敦的公园里，怎么可以把时间消磨在天鹅和情人身上。”观众笑得比迈克尔更开怀，后者的兴趣此刻都落在埃娃和红衣女人的到来上。莱斯毫不迟疑，继续他的反抗，仿佛在施展一套疯狂而荒唐的剑术，把那些指令通通扔到脑后，而他的对手们也都是些极其机敏的演员，他们竭尽全力想让他回归到自己的角色中去，有几次他们差不多就成功了，可他总会又一次脱逃，为的就是以某种方式去帮助埃娃，他也不知道为什么要这样做，可他告诉自己（他还会笑出声来，都是威士忌惹的祸），他眼下所做的一切改变，都将不可避免地影响到最后一幕（求求你别让他们杀我）。其他人肯定已经意识到他的目的，他只要从眼镜上方朝左边后台看过去，就可以看见那高个子男人怒形于色，舞台内外都在同他和埃娃作对，那些人插在中间不让他们交流，连一句话都不让埃娃对他讲，现在那位年老的绅士带着个脸色阴沉的司机上场了，舞台上出现了片刻的安静（莱斯想起了那些指令：一个小小的停顿，接下来要说的是买股票的事，然后由红衣女人说一句揭示真相的话，大幕落下），在这个空隙，迈克尔和红衣女人必须走开，让绅士给埃娃和霍维尔讲讲股票交易的事情（说起来，这出戏里头真是什么都不缺），一种想再搞点儿破坏的幸灾乐祸的欲望在莱斯全身奔涌。他脸上带着对那些风险投机毫不掩饰的轻蔑表情，挽起了埃娃的胳膊，绅士脸上仍然带着微笑，却怒火中烧，他摆脱了绅士的纠缠，和她一起走开，身后传来一段妙趣横生的话语，那是专门编出来应付观众的，与他毫无关系，然而埃娃的话和他有关，有短短一瞬，一股温暖的气息紧贴着他的面颊，她用真实的嗓音轻声对他说："直到剧终都别离开我。"她的话被一个本能的动作打断了，她习惯性地去回应红衣女人的质问，红衣女人一把拖开霍维尔，直面着他，说出了那句揭示真相的话。没有停顿，本来红衣女人是需要一点儿停顿，调整最后这句话的指向，为之后将要发生的事情做一点铺垫的，但是没有停顿。莱斯看见幕布落了下来。"蠢货。"红衣女人说了句。"过来，弗洛拉。"下这个命令的是那个高个子男人，他紧挨着站到莱斯身边，后者正露出满意的微笑。"蠢货。"红衣女人重复了一遍，她抓住埃娃的胳膊，埃娃低下头，好像这里的一切都已与她无关。莱斯正满心欢喜，突然被人推了一把。"蠢货。"这回是高个子男人说的。莱斯头上被猛地扯了一把，但他自己摘下眼镜，递给高个子男人。"那威士忌味道不坏，"他说，"如果您现在想告诉我最后一幕的指令的话……"又是猛地一推，差点儿把他推倒在地，等他带着恶心站直身体，已经跌跌撞撞地走进了一条昏暗的过道；高个子男人不见了，另外两个男人用身体推搡着，迫使莱斯向前走去。前方是一扇门，高处亮着一盏橙红色的灯。"换衣服。"灰衣男人说着把莱斯的外衣递给了他。还没等他穿上夹克衫，他们就一脚踹开了门；莱斯磕磕碰碰地跌进外面人行道上，一条寒气逼人的小巷，一股垃圾的恶臭。"这帮狗娘养的，我会得肺炎的。"莱斯想着，把手插进口袋里。小巷比较遥远的一头有灯光闪动，传来汽车声。走到第一个街口（他们倒没把他身上的钱和证件搜走）莱斯认出了剧场的大门。没人能阻止他坐在自己的位子上看完最后一幕，他走进了剧场暖和的休息室，酒吧里烟雾缭绕，人们聊着天；他还有时间再喝上一杯威士忌，可他觉得脑子里空空的。大幕升起之前，他暗中思忖，谁会在最后一幕里扮演霍维尔这个角色，会不会再有哪个倒霉蛋先受到礼遇，继而受到威胁，最后被戴上那副眼镜呢；但是看来每天晚上的把戏都会以同样的方式收场，因为他很快就认出了第一幕中那个男演员，他在书房里看信，然后默不作声地把信递给埃娃，埃娃穿了条灰色的裙子，脸色苍白。“真不像话，”莱斯转向坐在他左边看戏的人，评论道，“他们怎么能戏演到一半换演员呢？”那人乏乏地叹了口气。“现在这些年轻剧作家让人看不懂，”那人回应道，“一切都是象征，我猜是这样的。”莱斯在座位上坐得更舒服了些，他听见观众群里传来议论声，看来他们并不像他身边这位一样好说话，随便就接受了霍维尔外形上的变化，他心怀恶意地咀嚼其中的滋味；不过，观众很快被剧场里的气氛吸引，那个男演员很棒，剧情推进之迅速连莱斯都感到吃惊，他陷入了一种尚算是愉悦的漠然之中。信是迈克尔写来的，他告知他们，他已经从英国启程了；埃娃看完后默默地把信还了回去，能感觉得到她在掩饰自己的哭泣。直到剧终都别离开我，埃娃对他说过。求求你别让他们杀我，这话虽荒谬，也是埃娃说过的。观众席上舒适惬意，坐在这里，很难想象在眼前这个实在不怎么样的舞台上她能出什么事；不过是上演一场持续哄人的戏码，充斥着假发和画出来的树木。果然是那不可或缺的红衣女人打破了书房里忧伤的静寂，静寂中霍维尔的宽恕也许还有爱意都一一表露，他一副漫不经心的样子，把信撕掉，投进火炉。当然那红衣女人还暗示说，所谓迈克尔启程其实是个策略，而霍维尔虽说表露出对她的轻蔑，但这并不妨碍他彬彬有礼地邀她一同喝茶。看见仆人端着茶盘上场，莱斯心中涌上一股隐隐的快意；喝茶好像成了剧作家的万用桥段，特别是现在，那红衣女人手里把玩着一只在浪漫喜剧里经常出现的小小酒瓶，在一位伦敦律师的书房里，灯光莫名其妙地暗了下来。电话铃响了，霍维尔风度翩翩地接起电话（可以预见，股票又跌了，或者出了别的任何一件麻烦事，这场戏就此收场）；茶杯往来传递，人人脸上都挂着恰如其分的微笑，这些都是要出大事的兆头。埃娃把茶杯举到嘴边的一刻，霍维尔做了个在莱斯看来很不合适的表情，她的手一抖，茶泼在了灰色的裙子上。埃娃一动没动，有点可笑；大家的表情都有了一瞬的凝滞（这时莱斯已经不由自主地站起身来，他身后有人不耐烦地发出嘘声），红衣女人一声惊叫，盖住了嘘声，也打断了霍维尔，他举起一只手正要说什么，这惊叫声也吓住了埃娃，她转过头去面向观众，仿佛不敢相信，接着侧过身子倒在沙发上，几乎平平地躺了下来，她这个缓慢的动作仿佛让霍维尔有所察觉，他突然向右边的后台跑去，而莱斯没能看见霍维尔跑掉，因为在其他观众都还一动没动的这一刻，他已经顺着中间的过道飞奔而去。他三步并作两步纵身跑下台阶，准确无误地把存根递进衣帽间，取回自己的大衣；跑到门口时，他听见剧终时的喧哗声，剧场里响起了掌声，人声鼎沸；剧场的一位工作人员顺着台阶跑上楼。他朝着基恩大街跑去，路过剧场旁边那条小巷口的时候，他似乎看见一团黑影正紧紧贴住墙壁向前移动；他被撵出来的那扇门半开半掩，可是莱斯还来不及细看那里的情况，就已经跑到了灯火通明的大街上，他并没有远离剧院，而是顺着国王大道一路向下，他想，绝不会有人能想到在剧院附近找他。他拐进斯特朗大街（他把大衣领子竖了起来，双手插在衣兜里，疾步而行），直到迷失在大法官路附近那一大片小巷子里，才感到了一阵无法解释的轻松。他靠在一堵墙上（他有点气喘吁吁，只觉得衬衣被汗浸湿了，贴在身上），点燃了一支香烟，这才穷尽自己能想到的一切词语，向自己提出一个明明白白的问题：为什么要逃跑。还没等他想出答案，越来越近的脚步声就打断了他的思路，他边跑边想，如果能到河对岸去（这时他已经跑到了离黑衣修士桥不远的地方），就有救了。他躲在一个门洞里，远远避开照亮通往水门出口的街灯。突然间，嘴上一烫；他早已忘了自己还叼着烟，这时一把揪了下来，觉得仿佛把嘴唇都撕破了。四下里一片寂静，他试图重新思考那些还没有答案的问题，可不巧的是，这一回又被那个念头打断了：过了河才算平安。可这一点儿都不合逻辑，那些追踪他的脚步声也完全可以追过桥去，追到对岸任何一条小巷子里；然而他还是选择了过桥，他跑的方向正好顺风，那条河被抛在了身后，他跑进一组迷宫似的街区，连他自己也不认识，直到最后跑进一个灯光暗淡的所在；这是他今晚第三次停下脚步，停在了一个又窄又深的死胡同里，他终于能直面那个最重要的问题了，可他知道自己绝对找不到问题的答案。求求你别让他们杀我，这话是埃娃对他讲的，虽然他很笨，力量也很有限，但也算是尽力了，可他们还是一样要把埃娃杀掉，至少在戏里他们已经这样做了，而他之所以要逃跑，是因为这出戏不可能就这么落幕，茶就那么不巧泼在了埃娃的灰色裙子上，埃娃滑倒下来，平平地倒在了沙发上；一定是发生了另一件事，只是他不在场，无法阻止罢了，直到剧终都别离开我，埃娃曾这样恳求，可他们把他赶出了剧院，不让他看见那终将发生的一幕，而他却笨到重新坐回观众席，观看着却懵懵懂懂，或许只是从另一个角度，从他自己的恐惧与逃避之中看懂了，而现在，他整个人就如同肚子上横流的汗水一样黏黏糊糊，满是自我厌恶。“可我和这事儿没什么关系呀，”他这样想，“什么也没发生。这样的事情根本不可能发生。”他认认真真地一遍又一遍告诉自己：怎么可能有人那样来找自己，向他提出那么愚蠢的建议，又那么和蔼可亲地威胁他；他身后的脚步声可能是某个流浪汉在四处乱逛。一个红发男人停在了他面前，没有看他，只是用一个神经兮兮的动作取下了眼镜，在衣领上擦了擦，又重新戴上，只不过长得有点儿像霍维尔而已，意思是，长得有点儿像那个饰演霍维尔、使茶泼在埃娃裙子上的演员。“把假发扔了吧，”莱斯说，“你现在这样走到哪里都会被人认出来的。”“这不是假发。”霍维尔说（管他是叫史密斯还是罗杰斯呢，他已经记不起来节目单上那人叫什么名字了）。“我真傻。”莱斯说。稍微动动脑子就不难想到，他们当然是事先准备好了一副和霍维尔的头发一模一样的假发，眼镜也是按照霍维尔的仿制的。“该做的您都做了，”莱斯说，“我当时就在观众席里坐着，我全看见了；所有的人都会为您作证。”霍维尔颤抖着，靠在墙上。“不是为这个，”他说，“这有什么要紧呢，反正他们总是会得逞的。”莱斯垂下了头，一股难以抗拒的困乏压得他喘不过气来。“我也想救她，”他说，“可他们不让我把戏演完。”霍维尔怨恨地看了他一眼。“每回都是这样，”他仿佛是在自言自语，“业余的都这样，他们总是自以为可以比别人演得更好，可到了最后，什么用都没有。”他竖起夹克衫领子，双手插在衣兜里。莱斯真想问他一句：“什么叫每回都是这样？如果确实如此，我们又为什么要逃跑呢？”一声口哨传进小巷，直追他们而来。他们一起跑了好长时间，一直跑到一个小小角落才停了下来，那里有一股刺鼻的石油味儿，是那种停滞不流的河水的气味。他们躲在一堆货物背后休息了一会儿；霍维尔喘得活像一条狗，莱斯跑得腿肚子都抽了筋。他艰难地用一条腿支撑着，靠在货物上揉了揉腿肚子。“可事情也许并没有这么糟糕，”他说，“按照您的说法，每回都是这样。”霍维尔伸出一只手堵住他的嘴，又传来两声口哨。“我们各跑各的吧，”霍维尔说，“也许有一个人能逃脱。”莱斯知道他说得有道理，可他还是想让霍维尔先回答他的问题。他抓住霍维尔的一只胳膊，用力把他拉了过来。“您不能让我就这样走掉，”他央告，“我不能一直这样糊里糊涂地逃下去。”货物里一股柏油味儿，他手中空空，什么也没抓住。一阵脚步声渐渐远去，莱斯弯下腰，给自己鼓了鼓劲，朝相反方向跑去。路灯下，他看见一个普通得不能再普通的名字：玫瑰巷。远处便是那条河，还有一座桥。总会有桥，总会有街道，让他跑下去。

万火归一

等哪天自己立了雕像就会是这个模样，总督一面不无讽刺地想着，一面举起胳膊，摆出问候的姿势，僵立在一连两个小时的竞技和高温后依然毫无倦意、欢呼不止的公众之中。时候到了，这是他允诺过的意外惊喜；总督放下手臂，看向他的妻子，妻子带着节庆日那种空洞的微笑回望着他。伊蕾妮并不知道接下来的节目，却显出了然于心的神色，一旦学会了用总督所憎恶的那种无动于衷去承受主子的各种奇思怪想，即便是意外她也都能习以为常。她不用转过身去看竞技场，便预见到大局已定，接下来的事情会一如既往地残忍。葡萄园主利卡斯和他妻子乌拉妮娅最先喊出了一个人的名字，人群立即不断应和。“这是我特意为你准备的惊喜，”总督说，“大家向我保证，你喜欢这个角斗士的风格。”伊蕾妮脸上依然挂着不变的微笑，点点头表达谢意。“尽管讨厌这样的游戏，你还是出席了，我们大家都倍感荣幸，”总督接着说道，“我唯有努力把最讨你欢心的东西献给你，才恰如其分。”“你是世间的盐！”利卡斯高声喊道，“你把战神的化身带到我们这个卑微的行省竞技场！”“你现在看到的还只是一半。”总督借葡萄酒杯润了润嘴唇，再把酒杯递给妻子。伊蕾妮饮了一大口，仿佛淡淡的酒香能驱走那久久不散的浓烈血腥和粪便味。竞技场上突然一片寂静，全场期待中，马尔科的身影异常鲜明，他走到了场地中央；一缕阳光透过古老的帷幔斜射下来，在他的短剑上映出一道寒光，他漫不经心地在左手上提了一面青铜盾牌。“你该不会是想让他同斯米尔纽的胜利者对决一场吧？”利卡斯兴奋异常地问道。“不只如此，”总督答道，“我想让你们这个行省因这场比赛而记住我，也想让我妻子不再无聊。”乌拉妮娅和利卡斯鼓起掌来，期待着伊蕾妮的回应，可她只是默默地把酒杯递给了奴隶，全然不在意第二名角斗士上场而引发的如雷欢声。马尔科一动不动，同样漠然地身处对手得到的欢呼之中；他用剑尖轻轻敲击着金色胫甲。

“你好。”罗兰·勒努瓦边说边拣出一支香烟，这是他每次拿起电话以后必做的动作。听筒里有串线的杂音，有个人在念数字，突然间又沉寂下来，可这沉寂比电话遮在耳孔上的黑暗还要难以捉摸。“你好。”罗兰又说了一遍，把烟架在烟灰缸边，在睡衣口袋里摸火柴。“是我。”电话里传来让娜的声音。罗兰眯起眼睛，乏乏地伸展身体，换了个更舒服的姿势。“是我。”让娜徒劳地重复道。罗兰一直不答话，她又加了一句：“索尼娅刚从我这儿离开。”

按照规矩他此刻应该把目光投向帝王包厢，像往常一样行礼致敬。他知道自己必须这样做，这样他将看见总督夫人，当然还有总督，也许总督夫人会像最近几场竞技时一样，对他莞尔一笑。他不用思考，他几乎不会思考了，可本能告诉他这个场地不好，在这巨大的古铜色环形场地上，栅栏和棕榈树叶掩映着一条条弯曲的信道，此前打斗的留痕使得信道更为幽暗。前一天夜里他梦见一条鱼，梦见残破的柱子之间有一条孤零零的小路；就在他披挂上阵的时候，有人在低声说，总督不会付给他金币。马尔科懒得去打听，又有个人不怀好意地大笑起来，没有向他转身，便直接走远了；后来，第三个人对他说，刚才那位是他在马西利亚杀死的那个角斗士的兄弟，可这时他已经被推上了信道，推向外面人声鼎沸的竞技场。天气热得让人受不了，头盔沉甸甸的，把阳光反射到帷幔和看台上。一条鱼，残破的柱子；那晦涩难懂的梦境，遗忘的深渊使他无从解读。帮他穿戴盔甲的人告诉过他，总督不会付给他金币；今天下午总督夫人也许不会冲他微笑。他对场上的欢呼无动于衷，因为此时的欢呼是为了他的对手，相较而言，不如片刻前为他发出的欢呼热烈，可其中又夹杂着若干惊呼，马尔科扬起头，向包厢看去，而伊蕾妮已经转过身，正同乌拉妮娅说话，总督在包厢里漫不经心地做了个手势，他立刻绷紧全身，手紧紧地握住了短剑的剑柄。现在他只要把目光投向对面的过道；但他的对手并没有出现在那里，却是平时放出猛兽的那个黑黢黢的通道口的栅栏门升起来，嘎吱嘎吱地响着，终于，马尔科看见了努比亚持网角斗士巨大的身影，在此之前布满苔藓的石壁隐匿了对手的身形；突然间他确定无疑地知道，总督是不会付给他金币的，他猜到了鱼和残破的柱子的含义。与此同时，对他来说，对手和他谁胜谁负已经不重要了，这是他们的职业，是命运，但他的身体还是绷紧了，仿佛他在害怕，他身体里有什么东西在问，为什么对手会从猛兽的通道出来，观众的欢呼中夹杂着同样的疑问，利卡斯向总督提出了这个问题，总督对这个出其不意的安排笑而不答，利卡斯笑着抗议，觉得有必要把赌注下在马尔科一边；不用听他们接下来的对话，伊蕾妮就知道总督一定会加倍下注赌那个努比亚人赢，然后和蔼可亲地看着她，让人给她上一杯冰镇葡萄酒。而她也一定会边喝酒边与乌拉妮娅评论一番那个努比亚持网角斗士的身材，评论他有多凶猛；每一个动作都已经事先设定好了，尽管人们自己并不知道，尽管细节有些出入，比如也许会没有这杯葡萄酒，或者乌拉妮娅欣赏那个彪形大汉时嘴型不同。利卡斯无数次观看过这类竞技赛事，是位行家，他会指给她们看那努比亚人穿过关猛兽的栅栏门时，头盔甚至擦过了高悬在门顶端、离地面足有两米的铁刺，他也会大加赞赏那人把鳞状渔网搭在左臂上的动作多么干净利落。自从很久以前的那个新婚之夜起，伊蕾妮就让自己缩回到内心的最深处，这一次也一如既往，同时表面上她顺从着，微笑着，甚至在尽情享受；在那自由而了无生气的深处，她感受到了死亡的征兆，总督将它伪装在一场公众娱乐的意外惊喜中，唯有她，也许还有马尔科，能领会这征兆，可此刻的马尔科，严峻，沉默，机械，他是不会明白的了，他的身体，在另一个午后的竞技场上她曾如此渴望的身体（这一点总督早已猜到，他从第一刻起就猜到了，一如既往，无须他那些巫师的帮助），将为纯然的幻想付出代价，因为她多看了一眼那个被一剑封喉而死的色雷斯人的尸体。

在给罗兰打电话之前，让娜的手翻过一本时尚杂志，把玩了一小瓶安定药片，还摸了摸蜷缩在沙发上的那只猫的脊背。接着罗兰的声音说："你好。"声音带些困倦，突然间让娜有种荒谬的感觉，她想对罗兰说的话会让自己变成一个不折不扣的电话怨妇，而那唯一的听众面带嘲讽，在屈尊俯就的沉默中抽着烟。"是我。"让娜说，这句话更像是对她自己说的，而不是对着电话那头的寂静说，在这片寂静里，些许杂音仿若声音的火花在跳动。她看了看自己的手，这只不经意地摸过小猫又拨出号码（电话里不是还能听见号码的声音吗？难道不是有一个遥远的声音在向某个人报着数字，而那个听的人一言不发，在顺从地抄写吗？）的手，这只刚刚举起又放下镇静剂药瓶的手，她不愿意相信这就是她自己的手，也不愿意相信那个刚刚又说了一遍“是我”的声音就是自己的声音，这是她的最后一道防线了。为了尊严，什么话也别说，慢慢把电话挂上，一个人待着，干净利落。“索尼娅刚从我这儿离开。”让娜说，防线崩溃，荒谬开始，安逸舒适的小小地狱。

“哦。”罗兰说，一边擦着了火柴。让娜清清楚楚地听见了擦火柴的声音，就好像同时看见了罗兰的脸，他吸着烟向后靠去，两眼半睁半闭。渔网从那黑巨人手中扬起，像是一道波光粼粼的河流，马尔科堪堪避开。要是在从前——总督心中有数，他侧过头去，只让伊蕾妮看见他的笑容——马尔科一定会在瞬息之间抓住持网角斗士的弱点，用盾牌格挡长长的三叉戟的威胁，逼上前去，发出闪电般的一击，直扑对手毫无防备的胸膛。可马尔科仍然待在战圈之外，他弯曲着双腿，仿佛准备一跃而起，这时努比亚人飞快地把渔网收了起来，准备发动新的一击。“他完了。”伊蕾妮想道，她并没有看总督，后者正从乌拉妮娅递过来的盘子里挑拣甜点。“这不像之前的他了。”利卡斯想着，心疼自己下的赌注。马尔科微微弯下腰，两眼紧盯围着他打转的努比亚人；所有人都预感到的结局，只有他一无所知，他蹲伏着，无疑是在等待下一次机会，只是此前没能完成他的技艺所要求的行动让他有些迷茫。他需要更多的时间，比如胜利之后在酒馆的欢庆时刻，也许到那时才能理解为什么总督不会付给他金币。他沉着脸，等待下一个有利的时机；也许只有到了最后，等他把一只脚踏在持网角斗士的尸体之上时，他才能再一次看见总督夫人的微笑；可现在他没有这样想，而这样想的人却不再相信马尔科的脚能踏上被割喉的努比亚人的胸膛。

“有话快说，”罗兰说，“除非你想让我整整一下午都听这家伙给鬼知道是谁的什么念数字。你听见了吗？”“听见了，”让娜答道，“这声音听上去好远。三百五十四，二百四十二。”有那么一会儿，只余这个遥远单调的声音。“不管怎么着，”罗兰说，“他总归拿着电话在做点事情。”回答是可以预想到的，她会说出第一声抱怨，可让娜令沉默延续了几秒钟，才重复道：“索尼娅刚从我这儿离开。”她迟疑了片刻，又补充说：“她大概快到你家了。”罗兰大吃一惊，索尼娅没什么道理要到他家来。“别撒谎。”让娜说这话时，猫从她手里跳了出去，恼怒地看着她。“这不是谎话，”罗兰说，“我说的是时间，不是说她来或者不来。索尼娅知道，我不喜欢这个时间有人来访或者打电话。”八百零五，远远地，那个声音还在报数。四百一十六。三十二。让娜闭上双眼，等待着那个匿名者的声音第一次停顿，让她能够把余下的唯一的话说完。要是罗兰把电话挂了，至少在电话线的远方依然有那个声音，她还可以把电话附在耳边，在沙发里越陷越深，抚摸那只重新趴回她身旁的小猫，把玩药瓶，聆听数字，直到那个声音也累了，最后归于虚无，纯然的虚无，仿佛在手指间越来越沉重的不是听筒，而是某种死亡之物，应该看也不看就立刻丢掉。一百四十五，那声音还在报着数。更遥远的地方，有个人，仿佛一幅小小的铅笔素描，可能是一个腼腆的女人，在两声杂音之间问了句：

“北站？”

他第二次躲开了渔网，可在向后一跃时估算失误，在一摊湿漉漉的沙土上滑了一下。马尔科颇有些费力地用短剑划出一道弧线，挡开了渔网，又伸出左臂，用盾牌截住了三叉戟重重的一击，观众的心一下子被提到半空。总督没去理睬利卡斯兴奋不已的评点，把头转向了不为所动的伊蕾妮。“机不可失，时不再来。”总督说道。“没机会了。”伊蕾妮回答道。“这不像之前的他了，”利卡斯又说了一遍，“这样下去他要吃亏的，那个努比亚人不会再给他机会了，看看他的样子。”远处，马尔科几乎一动不动，他好像已经意识到了自己所犯的错误；他高高举起盾牌，眼睛一眨不眨地盯住已经被收回的渔网，盯住在他眼前两米远处晃动着、仿佛在施加催眠术的三叉戟。“你说得有道理，这确实不像之前的他了，”总督说，“你是把赌注下在他身上了吧，伊蕾妮？”马尔科伏下身，随时准备跃起，他在皮肤上、在胃的深处感觉到，他已经被人群抛弃了。假使他能有片刻的镇定时间，他也许能解开那让他手足无措的心结，解开那看不见摸不着的锁链，那锁链来自他身后遥远的、他不知所在的某处，有时是总督的殷勤，是一笔非同寻常的酬金的许诺，也是一个梦境，梦里有一条鱼，而在这已经容不得他有半点迟疑的时刻，眼前晃动的渔网仿佛把从天幕缝隙里漏进来的每一缕阳光都网罗其中，他感到自己正是梦中的那条鱼。一切都是锁链，一切都是陷阱；他威胁似的猛然直起身，观众报以掌声，而那持网角斗士第一次向后退了一步，马尔科选择了唯一的路，困惑和汗水和血腥味，以及面前必须战胜的死亡；有人在微笑的面具后替他把什么都想到了，有人越过那个奄奄一息的色雷斯人的躯体安排了一切。“毒药，”伊蕾妮想，“我总会找到毒药，可现在，接受他递来的这杯酒吧，变得比他强大，等候你的时机。”遥远的声音重复着数字，断断续续地回响在那条阴暗凶险的通道里，通道不断延长，通话的停顿随之延长。让娜一直笃信人们真正想传递的信息往往在话语之外；对那些用心聆听的人来说，或许这些数字蕴藏着更丰富的含义，超过了其他所有的表达，就像索尼娅香水的味道，她临走前手掌在自己肩头的轻抚，比她的话更意味深长。但索尼娅自然不会满足于加密的信息，她想要的是一字一句、淋漓尽致。“我懂，对你来说，这很残酷，”索尼娅再一次说道，“可我讨厌装模作样，我宁可跟你实话实说。”五百四十六，六百六十二，二百八十九。“她去不去你家我不在乎，”让娜说，“现在我什么都不在乎了。”没有报另一个数字的声音，只有一阵长长的寂静。“你在听吗？”让娜问道。“我在听。”罗兰说着把烟头扔进烟灰缸，又从容地去够白兰地酒瓶。“我不明白的是……”让娜开了个头。“拜托，”罗兰说，“事到如今谁都弄不明白，亲爱的，再说，就算明白了又能怎么样呢。我很抱歉，索尼娅太着急了，这事情不该由她来告诉你的。该死，这些数字怎么没完没了的？”那小小的声音让人想到组织严密的蚂蚁世界，在那片渐渐迫近、越发厚重的寂静之下，那声音继续有条不紊地报数。“可是你，”让娜毫无章法地说，“总之，你……”

罗兰啜了口白兰地。他一向喜欢斟酌字句，不讲一句多余的话。而让娜会把同一句话翻来覆去地讲，每次将重音放在不同的地方；就让她讲吧，让她一遍又一遍地讲好了，正好让他组织起最简洁明智的回答，理顺她可悲的感情冲动。在一次佯攻和侧面冲击后，他深吸了一口气，站直身子；冥冥之中有什么告诉他，努比亚人会改变进攻的顺序，这一回他会先出三叉戟，后撒开渔网。“看好了，”利卡斯给他的妻子解说道，“我在阿普塔·尤利亚看他玩过这一手，他总能把对手耍得晕头转向。”马尔科不做防备，全然不顾自己已经进入对手渔网的攻击范围，径直向前猛扑，最后关头才举起盾牌，去抵挡从努比亚人手中闪电般抛出的那片亮闪闪的河流。他拦截住了渔网的边缘，可那三叉戟在下路刺来，马尔科的腿上喷射出鲜血，而他的剑太短，只是徒劳地架住了三叉戟的木柄，发出一声闷响。“你看，我说吧。”利卡斯大声喊道。总督全神贯注地看着那条受伤的腿，鲜血已经染红了金色胫甲；他几乎是有点怜悯地想，伊蕾妮会很想爱抚这条腿，寻找这腿上的力量和温度，她会发出呻吟，就像每次他把她紧紧搂住弄疼她的时候一样。今天晚上他就要把这话讲给她听，研究她的面孔，寻找那张完美面具的破绽，这样会很有趣，她肯定还会故作漠不关心，一装到底，就像现在，在这突如其来的结局刺激下，满场的平民都在兴奋地号叫，她却还能装出一副对这场决斗饶有兴致的斯文模样。“好运已经抛弃了他，”总督对伊蕾妮说，“我甚至有些自责，把他带来这个行省竞技场；看得出，他把他的一部分丢在罗马了。”“他身上剩下的东西就要丢在这里了，连同我下在他身上的赌注。”利卡斯笑道。“拜托，别这样，”罗兰说道，“我们明明今晚就可以见一面，却还这么在电话里说来说去，这太荒唐。我再说一遍，是索尼娅太着急了，我本来不想让你受这样一个打击。”蚂蚁停止了听写数字，让娜的声音清晰，从中听不出要哭的意思，罗兰本以为会面对她疾风暴雨般的指责，也预备好一套说辞，这一来倒很出乎他意料。“不想让我受打击？”让娜说，“撒谎，当然了，你无非就是想再多骗我一次。”罗兰叹了口气，放弃了原先准备好的答话，那样下去只会让这令人厌倦的谈话没完没了。“对不起，不过你要是一直这样，我就挂电话了。”他说，话里第一次有了点儿亲切的口吻。“要不我明天过去看看你，不管怎么说，我们都是文明人吧，真是活见鬼了。”远处，那蚂蚁又念叨开了：八百八十八。“你别来，”让娜说，她的话和数字混在一起听上去挺好玩的，你八百别八十八来，“你永远都不要再来了，罗兰。”那一套夸张的戏剧，可能会拿自杀相威胁，就像玛丽·若瑟那回一样无聊，像所有那些把一切都搞得悲悲切切的女人一样无聊。“别犯傻了，”罗兰劝道，“明天你就会想通的，这对我们两个人都好。”让娜沉默，蚂蚁这回念的全都是整数：一百，四百，一千。“那好，明天见。”罗兰说这话时正欣赏着索尼娅身上的裙子，她刚刚打开门，站在那儿，脸上半是疑问半是嘲笑。“她倒挺会抓紧时间给你打电话的。”索尼娅边说边放下手提包和一本杂志。“让娜，明天见。”罗兰重复了一遍。电话线里的沉默像一张绷得紧紧的弓，直到一个遥远的数字将其打断：九百零四。“我真是受够这些愚蠢的数字了！”罗兰用尽全身气力喊道，在把听筒从耳际拿开之前，他听见另一端传来咔嚓一声，那张弓射出了毫无敌意的一箭。马尔科无法动弹，他知道那张渔网随即就会把他裹住，而他无从躲避，他面对着那个努比亚巨人，过短的剑举在他伸直的臂膀的尽头。努比亚人两次把渔网张开又收起，找寻着最佳位置，他抡起渔网打旋，仿佛是想让全场观众继续吼叫、鼓动他干掉对手，他压低三叉戟，侧身发力强势一击。马尔科高举盾牌，径直向渔网扑了过去，他像一座塔楼撞碎在黑色躯体之上，短剑插进了什么东西里面，那东西发出一声嘶吼；沙土扑进了他的嘴巴和双眼，渔网徒然地落在垂死的鱼身上。

小猫对让娜的爱抚无动于衷，它无法感觉出让娜的手在微微颤抖，越来越凉。手指拂过它的皮毛又停下，忽然间一阵抽搐，接着抓了一下，小猫发出高傲的抗议；之后它仰面躺下，挥舞着爪子，每一次它这样让娜都会笑出声来，可这次它的期待落空了。让娜的手一动不动地搭在小猫旁边，只有一根手指好像还在寻找着小猫身上的体温，从皮毛上一划而过，停在了小猫身侧和滚到那里的药瓶之间。胃部被刺中的努比亚人惨叫着后退一步，在这最后的时刻，疼痛化作仇恨的火焰，全身正离他而去的气力都汇聚到一只臂膀之上，他把三叉戟深深扎进趴在地上的对手的后背。他倒在了马尔科身上，一阵抽搐使他滚到了一边；马尔科一条胳膊缓慢地动了动，身体被钉在沙土之中，活像一只巨大的闪闪发光的虫子。

"这可不常见，"总督转过身子朝伊蕾妮说道，"这么棒的两个角斗士同归于尽。我们真该庆幸自己有眼福，看到这么难得一见的场面。今天晚上我要把这件事写信告诉我的兄弟，这对身陷乏味婚姻的他来说，也算点安慰。"

伊蕾妮看见马尔科的胳膊动了一下，缓缓地，徒劳地，仿佛是想把扎进自己肾脏里的三叉戟拔出来。她想象着这会儿是总督赤着身子躺在竞技场上，也有一支三叉戟深深地没入他的身体，只剩木柄还在外面。可总督绝不会带着这最后的尊严动一动自己的胳膊；他只会大喊大叫，像只野兔一样蹬着双脚，向着群情激愤的观众请求宽恕。伊蕾妮扶着丈夫伸过来的手站起来，又一次顺从；那胳膊已经不动了，她现在唯一能做的就是面带微笑，用机智把自己保护起来。小猫似乎不喜欢让娜的静默，依然仰面躺着等待爱抚；然后，仿佛支在皮毛上的那根手指烦到了它，它发出一声不快的喵呜，翻身离开，漫不经心，已然困乏了。

“很抱歉我这个时间来，”索尼娅说，“我看见你的车停在门口，这诱惑太强烈了。她给你打电话了，是不是？”罗兰找着香烟。“这事儿你做得不对，”他说，“这种事通常是男人去做的，不管怎么说，我和让娜相处了两年多，她是个好姑娘。”“哦，可我觉得好玩，”索尼娅边说边给自己倒了一杯白兰地，“她总是那么天真幼稚，我一直都很受不了，就是她那个样子最让我恼火。我告诉你吧，她一开始还笑了，以为我是在逗她玩。”罗兰看了一眼电话机，他又想起了蚂蚁。让娜随时可能再打电话来，这会很尴尬，因为索尼娅已经在他身边坐了下来，爱抚着他的头发，同时还胡乱翻看着一本文学杂志，仿佛是在寻找哪一幅插图。“这事儿你做得不对。”罗兰重复道，把索尼娅搂到自己身边。“你是指我不该这个时候过来吗？”索尼娅笑着，顺从地让那双手笨拙地摸索，解开自己衣服最上面的拉链。紫色的纱巾罩住伊蕾妮双肩，她背对观众，等候着总督完成对公众的最后致意。欢呼的声浪当中混杂着人群开始挪动的声音，已经有人争先恐后地向出口挤去，想先一步到达下面的通道。伊蕾妮明白，此时一定会有几个奴隶正在把两具尸体拖走，她没有转过身来；她满意地想到总督已经接受了利卡斯的邀请，到他家的湖畔庄园共进晚餐，在那里，夜晚的空气会帮她忘记这里平民百姓臭烘烘的气味，忘记那最后的惨叫，忘记那只手臂是怎样缓缓地挪动，仿若爱抚这大地。对她来说遗忘并不难，尽管总督对种种往事心存芥蒂，还会经常旧事重提来折磨她；总有一天伊蕾妮会找到一种办法让他也永远忘掉这些事，而人们只会觉得他已经死了。“您会尝到我们家厨师的新花样，”利卡斯的妻子说，“他让我丈夫恢复了胃口，而且一到夜里……”利卡斯大笑起来，一面不断跟他的众多朋友打招呼，他在等总督结束致意，走向过道，可总督磨磨蹭蹭，继续观看场地上奴隶们用钩子搭住尸体拖走，好像很享受这场景。“我太幸福了。”索尼娅边说边把脸颊伏在昏昏欲睡的罗兰的胸口。“别说这样的话，”罗兰嘟囔了一句，“听起来像是客套。”“你不相信我？”索尼娅笑了。“我当然相信你。可这会儿别说这样的话。我们还是抽根烟吧。”他在小矮桌上摸索着，找到了香烟，他放了一支在索尼娅嘴唇中间，又把自己的凑过去一起点着。睡意沉沉，他们几乎没去看对方，罗兰晃了晃火柴，把它甩到小矮桌上，那里某处有只烟灰缸。索尼娅先睡着了，他慢慢地从她嘴边取下香烟，和自己的并在一起，扔在了小矮桌上，然后，他靠在索尼娅身旁，滑入了沉重而无梦的酣睡。烟灰缸旁，一条纱巾先被燎着了，没有燃起明火，而是慢慢地、一点一点地烧焦，又落在地毯上，旁边是一堆衣服和一杯白兰地。一群观众吵吵嚷嚷地挤在下面的台阶上；总督再一次致意，然后冲卫兵们做了一个手势，示意为他开路。最先发现不对的是利卡斯，他指向那古老帷幔最远处的一道，帷幔开始碎裂，火花雨点般落在慌慌张张涌向出口的人群当中。总督大声发出命令，推了伊蕾妮一把，伊蕾妮依然背对着他，一动不动。“快跑，下面的通道马上就要挤满人了。”利卡斯抢到妻子前面边跑边叫。伊蕾妮第一个闻见油燃烧的气味，是地下仓库着火了；在她身后，帷幔倾覆在争先恐后逃生的人们背上，过道本就很窄，这时已经挤成一团。成百上千的人跳到了竞技场地，想另寻生路，但滚滚的油烟很快把他们的身影吞没了，总督还没来得及躲进通往帝王包厢的过道，一绺布条便带着火头落在了他的身上。听见他的惊叫声，伊蕾妮转过身来，翘起两根手指，仪态万方地为他拿走了那烧焦的布条。“我们都逃不出去了，”她说，“下面已经挤成一团，像一群野兽。”索尼娅尖叫起来，竭力想挣脱那条在睡梦中把她搂得死死的燃烧的臂膀，她的第一声号叫同罗兰的混在了一起，后者正徒劳地挣扎着爬起，浓浓的黑烟呛住了他。他们放声呼救，但声音渐渐微弱了，这时消防车穿过满是好奇看客的街道全速赶到。“十楼，”队长说，“不太好救啊，还刮着北风。上吧。”

另一片天空

这双眼睛不属于你……

你从哪里得来？

……, □, □.[①]

我曾经觉得一切都会放任、缓和、让步，使人毫无阻碍地游荡，由此处到别处。我说曾经，虽然现在我仍怀着一丝愚蠢的期望，想着也许这感觉能重现。因此，即使现在有家有业，一次又一次地在城里闲逛似乎不够正常，我还是不时对自己说，是时候了，回到我心爱的街区转转，忘掉工作（我是个证券经纪人），只要一点点运气，就能碰见若希娅妮，与她共度良宵，直到第二天清晨。

---

① 原文为法语。

天知道我曾重复这一切有多长时间，而可悲的是，在那段时间里，事情都在我最不经意的时候、在我随意游走的时候发生。不管怎么说吧，只需要像一个心情愉悦的市民那样，顺着自己喜欢的街道信步漫游，我几乎每一次都会逛到那一片拱廊街，大约因为那些拱廊和街巷一直都是我暗藏心中的故园吧。比方说，古美斯拱廊街，这个暧昧的所在，很久很久以前，我就是在这里像丢掉一件旧外套一样丢掉了我的童年。在一九二八年那会儿，古美斯拱廊街就像是堆满宝藏的山洞，罪恶的暗影和薄荷片饶有兴味地交织在一起，高声叫卖的晚报整版整版登的都是犯罪新闻，地下影院闪着亮光，放映的是难以企及的色情影片。那段岁月的若希娅妮们大概会向我投来半是慈爱半是觉得好笑的目光，而我，口袋里揣着可怜巴巴的几分钱，像个男子汉那样行走，软帽绷在头上，双手插进衣兜，嘴上叼着一支司令牌香烟，仅仅因为我继父曾经预言我要是抽烟的话迟早会变成瞎子。我尤其记得气味和声音，那就像是一种期待，一种渴望，记得那些报亭能买到有裸体女人相片和骗人的美甲广告的杂志，那时的我已经对那片灰墁的天花板和脏兮兮的天窗，也对那无视拱廊街外面的愚蠢天光、人工造就的夜景有敏锐的感受。我带着假装的漠然，探向街上的一扇扇大门，门背后是最后的秘密开始的地方，里面那隐约的轮廓是电梯，通往性病诊所，也通往更高处的所谓天堂，那里有失足女人，这是她们在报纸上的名字，她们手上的刻花玻璃酒杯里满斟饮品，大多是绿色，身上披着丝绸睡衣和紫色和服，一间间套房里香气袭人，和我心目中豪华商店里飘出来的香味一模一样，在拱廊街的暗影中，家家店铺灯火通明，精致的玻璃瓶和匣子，玫瑰色的粉扑，瑞秋牌香粉和透明手柄的修面刷，琳琅满目，筑起一座遥不可及的街市。

时至今日，每当我穿过古美斯拱廊街，心里仍然会可笑地回想起那已经处于堕落边缘的少年时代；旧时的迷恋依然留存，因此，我总喜欢漫无目的地迈开双脚，心知自己迟早会走到拱廊街区，在那里，随便一家尘土扑面、脏兮兮的小店铺，在我眼中也比露天街道上那些华丽到几近傲慢的橱窗更有吸引力。就说薇薇安拱廊街，或者全景通道，连同它们向四周延伸的宽街窄巷，走到尽头或许会有一家二手书书店，或是令人费解地出现一家旅行社，也许从来没有人在那里买过哪怕一张火车票，这是一个世界，它选择了一片离自己更近的天空，由脏兮兮的玻璃和灰墁筑起的天空，上面有一些寓言里的塑像，伸出双手敬奉花环，这条薇薇安拱廊街离日光下可鄙的雷奥姆尔大道和股票交易所（我上班的地方）只有一步之遥，我生来就熟悉这片街区，在我开始怀疑这件事之前很久很久我就熟悉它，那时的我还只是个兜里没几分钱的学生，驻扎在古美斯拱廊街的某个角落，心里盘算着是把这点钱花在一间自助酒吧里呢，还是去买一本小说，顺便再买上一小袋用玻璃纸包着的酸味糖果，嘴上叼的香烟使我眼前一片迷蒙，有时我的手指会在衣兜底部摩挲，摸到装避孕套的小袋子，那是我强装老练在一家只有男性顾客的药房里买的，以我兜里这么一点钱，加上这样一张孩子气的脸，想把它派上用场也只是痴心妄想。

我的未婚妻伊尔玛对我喜欢深更半夜在市中心或者南城的街区游荡百思不得其解，倘若她知道我对古美斯拱廊街有这么大的兴趣，恐怕更要万分惊愕。她和我母亲一样，对她们而言，最好的社交活动就是坐在客厅的沙发上，进行她们所谓的交谈，喝杯咖啡，品品餐后利口酒。伊尔玛是所有女人中品行最好、最善良的一个，我永远也不会想要对她去讲我最在意的东西，这样我最终会成为一个好丈夫，好父亲，我的儿女就是我母亲极度期盼的孙子孙女。我现在想，恐怕就是因为这些，我才遇见了若希娅妮，可也不只如此，因为我本来也可以在鱼市大街或是在胜利圣母路和她相遇，然而，我们第一次彼此注视却是在薇薇安拱廊街的最深处，头顶上，一群石膏像在瓦斯灯的照耀下摇摆不定（花环在满身尘土的缪斯女神手指间晃来晃去），我很快知道，若希娅妮就在这个街区工作，如果你是咖啡馆的常客或是车夫的熟人，很容易就能找到她。也许是一种巧合，当那个天空高远、街上没有花环的世界里下着雨时，我在这里与她相逢，但我觉得这是征兆，它远不只是在街上与随便哪个妓女的露水情缘。后来我得知，那些天里若希娅妮从不远离拱廊街这一片，因为那时到处都在流传洛朗犯下的累累罪行，这可怜的女人整天生活在惊恐之中。就在这惊恐之中，有点儿什么东西转为优雅，闪躲的姿态，纯然的期望。我记得她看我时的眼神，半是渴慕半是疑虑，记得她问我话时假装冷淡的样子，我记得，当我得知她住在拱廊街顶层时，我高兴得几乎不敢相信，我坚持要到她的阁楼上去，而不是去桑蒂艾尔大街的酒店（那里有她的朋友，她觉得有安全感）。后来她还是相信了我，那天夜里，一想起她曾经怀疑我会不会就是洛朗，我们就笑成一团，在她那间常常出现在廉价小说中的阁楼里，若希娅妮美丽而温柔，又时时忧心遇到那个在巴黎流窜的扼颈杀手，我们一件一件地回顾着洛朗的杀人案，她便越来越紧地贴在我的身上。

我要是哪天晚上没有回家过夜，母亲一定会一清二楚，当然她从来不说什么，因为说了也没什么意思，但在那一两天，她会用又受伤又害怕的目光看向我。我非常清楚，她绝对不会把这件事告诉伊尔玛，可她这已经毫无用处的家长权力一直持续，令我很不舒服，尤其烦人的是，末了还总得是我带回一盒糖果或是给院子里添一盆花草之类，用这无言的礼物精确而理所当然地象征冒犯行为就此停止，儿子又回到母亲的房子里好好生活了。当然，每次我把诸如此类的小插曲说给若希娅妮听的时候，她都很开心，只要一到拱廊街区，这些和主人公一样平淡无奇的小事也成了我们世界的一部分。若希娅妮强烈地关切家庭生活，对各种规矩和亲情关系都毕恭毕敬；我本来是不太喜欢谈论私事的，可我们总得有点话题，她的生活她想让我知道的都谈过了，接下来不可避免地就得谈谈我作为未婚男人的苦恼人生。我们还有一个共同点，就这一点来说我运气也还不错，若希娅妮对这片拱廊街区十分钟爱，也许是因为她住在其中一条街上，也可能是这里能为她遮寒蔽雨（我是在初冬时节第一次遇见她的，而我们的拱廊街和这片小世界愉快地无视了那一年比以往更早到来的雪花）。在她有空的时候，我们经常一块儿散步，当然那得是等某人——她不喜欢提起这个某人的名字——足够痛快，才会让她和自己的朋友出去玩一小会儿。我们之间很少谈及这个某人，实在避不开的时候，我问一些不得不问的话，她也无可避免地用谎话作答，说纯属财务上的关系；不言而喻，这个某人就是她的老板，而他的爱好就是不让人看见他的真容。我想到，他并不反感我和若希娅妮在一起度过几个夜晚，因为洛朗刚刚在阿布吉尔大街作过案，这一片街区人心惶惶，可怜的若希娅妮一到天黑就绝对不敢离开薇薇安拱廊街。我几乎要对洛朗也对那位老板心存感激，别人的恐惧反倒成全了我，可以和若希娅妮一起在拱廊街漫游，泡泡咖啡馆，并且逐渐发现自己可以和这样一个不需要深交的女孩子成为真正的朋友。但在沉默的相处中，我们渐渐意识到这种值得信赖的友谊的愚蠢之处。就说她那间小阁楼吧，小小的，干干净净，一开始对我而言仅仅是这个拱廊街区的一部分。最初我上去只是为了若希娅妮，我不能留宿，因为我付不起过夜的钱，而某人还等着一个毫无瑕疵的账目表，我连周围有些什么东西都没看清，很久之后，当我在自己那间可怜巴巴的小房间里昏昏欲睡（说它可怜巴巴是因为那里面唯一的奢华陈设只是一本带插图的年历和一套银质的马黛茶具），我回想着那间小阁楼的样子，却无法描绘出它的模样。我只能想见若希娅妮，仿佛我仍把她拥在怀中，这足以让我安然入睡。可友谊带来的往往是特别照顾，也许是得到了老板的准许吧，若希娅妮常常能把一切安排停当，和我共度良宵，她的那间小屋开始填补我们并不总是轻松的对话的间隙；每一个洋娃娃，每一幅图片，每一款装饰都深深地印在我的脑海之中，当我不得不回到家中面对母亲，面对伊尔玛，和她们谈论国家政事或者家人的疾病时，它们支撑着我继续活下去。

后来发生了其他一些事情，其中之一是一个人模模糊糊的影子，若希娅妮称他为南美佬，可是一开始这一切都是围绕街区里那种惶惶不可终日的氛围开始的，一个颇有想象力的记者为这件事起了个名字，叫作扼颈杀手洛朗的传说。每当我想象出有若希娅妮的画面，便是我和她一起到守斋者大街，走进一家咖啡馆，在深紫色长毛绒的凳子上坐下来，和身边的女友或是熟客打个招呼，可之后的话题马上转向洛朗，因为在交易所这片街区，人们只要聊天，话题总是离不开洛朗，我忙碌了一整日，还要在滚动的行市表的间隙忍受同事以及顾客为洛朗最近一次作案议论纷纷，我想知道，这个愚蠢的噩梦究竟何时才能告一段落，我们的生活还能不能回到我想象中的在洛朗这件事之前的模样，还是说我们不得不忍受他这些阴森恐怖的娱乐，直到时间的尽头。而最让人受不了的是（我把这话对若希娅妮说了，那时我刚刚要了杯格罗格酒，天寒地冻，大雪飘飘，我们太需要喝上一杯了）我们根本不知道他的名字，满大街的人都叫他洛朗，那是因为克里希的一位女预言家在水晶球里看见了那凶手用手指头蘸着血写下了自己的名字，那些记者们就都谨慎地不去违背公众的反应。若希娅妮不是傻瓜，但谁都没办法说服她凶手其实并不叫洛朗，也无法驱除她那双湛蓝色的眼睛中闪烁的强烈恐惧，此时这双蓝眼睛正漫不经心地看向一个刚进门的男人，那人年纪不大，个子极高，稍微有点儿驼背，他走进来径自靠在柜台上，对谁都不理不睬。

“可能吧，”若希娅妮说道，算是接受了我信口编出的安慰之词，“可我还是得独自一人上楼回我的房间去，而且要是走在两层楼之间，风把我的蜡烛吹灭的话……一想到待在黑黢黢的楼梯上，而且很可能……”

“你独自一人上楼的次数可不多。”我笑道。

“你尽可以取笑我，可是真有那么几回夜里，天气糟糕透了，下雪或者下雨，凌晨两点，我一个人回家……”

她就这样继续描绘洛朗的故事，他要么是埋伏在楼梯平台上，要么更可怕，他用一把无往不利的撬锁器打开她的房门，就在房间里等她。坐在邻桌的吉姬夸张地颤抖着，发出一阵尖叫，叫声在镜子之间回响。我们这几个男人则为这种戏剧化的惊恐而兴高采烈，这样一来，保护我们的女伴就更顺理成章了。在咖啡馆里抽烟斗是件惬意的事情，到了这个钟点，工作一天的辛劳随着酒精和烟草慢慢消散，女人们相互比较帽子和围巾，或者无缘无故地放声大笑；吻若希娅妮的香唇也挺惬意的，她此刻正若有所思地注视着那个男人，他几乎还是个大男孩，背对着我们，一只胳膊架在柜台上，正小口小口地抿着他的苦艾酒。这很奇怪，我这会儿想起来：现在一想到若希娅妮，就总是她坐在咖啡馆凳子上的画面，大雪纷飞的夜晚，人们谈论着洛朗，不可避免地，还有这个被若希娅妮叫作南美佬、背对着我们喝苦艾酒的男人。我也跟着这么称呼他，因为若希娅妮向我保证他就是个南美人，她是听露丝说的，露丝和他睡过，也许是差点就睡了，这都是若希娅妮和露丝为了街角的一块地盘或是争个先来后到而吵架之前的事了，现在她们俩都含蓄地表露出悔意，因为她们一直都是很要好的朋友。据露丝说，那人告诉她说自己是南美人，虽然从他的话里听不出一点口音；那人是在和她上床之前对她讲的这番话，也许只是在解开鞋带前没话找话吧。

“你瞧那边，他差不多还是个孩子……像不像个个子猛蹿了一截的中学生？好吧，你该听听露丝是怎么说的。”

若希娅妮依然习惯性地把十指反复交叉又分开，一说起激动的事情她就这样。她告诉我那个南美佬有些怪，虽然事后看来也不是太离奇，露丝断然拒绝，那人就泰然自若地离开了。我问若希娅妮，南美佬是否也接近过她。那倒没有，大概因为他知道她们是好朋友。他了解她们，他就住在这个街区，若希娅妮讲这些事情的时候，我更加留心地看着那人，只见他把一枚硬币丢在白镴盘子里付了酒钱，一面朝着我们这边瞟了一眼——在那漫长的一瞬，仿佛我们都消失得无影无踪了，他奇特的神情既遥远又专注，那张脸完全是一副僵在梦中不肯醒来的样子。虽说他几乎还是个半大孩子，而且长相俊美，可那样的表情足以把人带回跟洛朗有关的噩梦中去。我当即把这想法告诉了若希娅妮。

“你说他是洛朗？你疯了不成！要知道洛朗是个……”

为了自娱自乐，吉姬和阿尔贝特同我们一起分析了各种可能，但糟糕的是洛朗的事谁也说不出个所以然来。不可思议的是，咖啡馆的老板对所有人的谈话都能尽收耳底，他一开口就打破了我们所有的臆测，他提醒我们说，洛朗身上至少有一点是尽人皆知的：他力气很大，用一只手就能掐死受害者。可这个小伙子，算了吧……不错，时候不早了，还是各自回家吧；那天晚上我落了单，因为若希娅妮要陪另一个人度过，某人已经在小阁楼里等她了，他有权享用她房间的钥匙，于是我只陪她到第一个楼梯拐弯的平台，在那里守着，这样万一上到一半蜡烛真的灭了她也不会被吓到，我带着一种突如其来的疲惫目送她走上楼去，她也许是开心的，尽管对我她不会这样讲，然后我走到大雪纷飞、天寒地冻的街上，漫无目的地游荡，直到某一刻我发现自己像往常一样踏上了返回街区的道路，身处人群之中，他们或者在读当天的晚报，或者透过有轨电车的车窗朝外看，仿佛在这样的时刻、在这样的街道上，还有什么可看似的。

去到拱廊街时恰巧碰上若希娅妮有空并不容易；多少次我一个人在拱廊下徘徊，多少有些沮丧，最后竟慢慢觉得夜晚也是我的情人。瓦斯灯一盏盏点亮，我们这个小天地便热闹起来，咖啡馆成了慵懒和欢愉的交易所，一天的忙碌结束了，人们开怀畅饮，到处都在谈论报纸头条、政治、普鲁士人、洛朗，以及赛马。我喜欢四处小酌，漫不经心地等待那个时刻，看见若希娅妮的身影出现在某个街角或是柜台边。如果她身边已经有人，她会做出一个约定的手势告诉我要过多长时间她才能脱身；还有些时候，她只是冲我莞尔一笑，这样就只剩下我自己把时间消磨在拱廊街上了；那是探索者的时间，我走遍了这个街区的大街小巷，我走过圣弗阿拱廊街，也逛过最偏僻的开罗巷，对我来说随便哪一条小巷（数量众多，今天是王子通道，另一次则是威尔杜通道，如此这般，无穷无尽）都比那些露天的大街更有吸引力，即便是当时我自己也未必能把这漫长的游荡路线原原本本重走一遍，而最后我总会转回薇薇安拱廊街，因为若希娅妮，却也不仅仅是因为她，还因为它的护栏，因为那些古老寓言人物的塑像，还有小神父街拐角处的阴影，在这别样的世界里，不用去想伊尔玛，不用照一成不变的日程生活，一切都是偶然的相遇。无所依托，我也无从计算时间的流逝，直到我们无意间重新谈起了那个南美佬；有一回我好像看见他从圣马可大街上的一扇大门里走了出来，身上裹了件黑色的学生长袍，这种袍子，再配上高得吓人的礼帽，五年前曾经流行过一阵，我真想走上前去问问他是哪里人。但转念一想，我得到的恐怕只会是冷冰冰的怒意，便打消了这个念头，后来若希娅妮认定这只是我的愚蠢猜想，也许她以自己的方式对南美佬产生了兴趣，部分是因为她的职业受到了冒犯，更多的还是出自好奇心吧。她记得几天前的一个晚上，她觉得远远地看见他出现在薇薇安拱廊街上，他可是不太经常在这里露面的。

“我不喜欢他看我们的眼神，”若希娅妮说道，“以前倒无所谓，可自从那一回你对我说他会不会就是洛朗……”

“若希娅妮，我开这个玩笑的时候，吉姬和阿尔贝特就在旁边。

你肯定知道的，阿尔贝特是警察的线人。如果他觉得这话有几分道理，你想想看，他会丢掉这样的机会吗？亲爱的，洛朗的脑袋可值一大笔钱呢。”

“我不喜欢他那双眼睛，”若希娅妮坚持道，“另外，他根本就不看着人，他用两只眼睛盯着你，可他根本就没在看。要是哪一天他来纠缠我，我当着这个十字架发誓，我一定拔腿就跑。”

“你居然害怕一个男孩儿。是不是在你眼中所有我们这些南美人都像大猩猩？”

可想而知这样的对话是怎么收场的。我们到守斋者大街上的那家咖啡馆喝上一杯格罗格酒，在拱廊街上漫游，穿过林荫道剧院，上到她的阁楼，然后开怀大笑。有那么几个星期（这只是一种约略的叙述，要精准地计量幸福实在太难了），无论什么事我们都会大笑不止，就连巴丹盖[①]笨手笨脚的样子或是对战争的恐惧都能逗乐我们。这时候要是有人说，像洛朗这样相较而言微不足道的小事能终结我们的欢乐，那简直太可笑了，但实情就是如此。洛朗又杀害了一个女人，就在好景大街，近在咫尺，咖啡馆里就像在做弥撒一样，一片寂静，是玛尔蒂急匆匆地跑进来大声宣告了这个消息，最后以歇斯底里的大哭收尾，某种程度上倒是帮我们把堵在嗓子眼里的那口气咽了下去。那一晚，在每一家咖啡馆、每一家酒店，警察像过篦子一样把我们全都筛了一遍；若希娅妮要去找她的老板，我也任由她去了，因为我明白此刻她需要的是一个能帮她摆平一切的万能保护者。但这件事让我陷入一种不明的忧伤：拱廊街不是预备给这种事情

①拿破仑三世的绰号。巴丹盖原为法国一泥瓦匠，路易·波拿巴于 1846 年越狱逃跑时借用了此名字，后来他当了皇帝，时人以此作为他的绰号以嘲讽。

的，也不该发生这种事情。于是我和吉姬喝起酒来，后来又和露丝喝，她来找我充当她和若希娅妮的和事佬。我们在这家咖啡馆里喝了不少酒，在热闹的声浪和干杯声中，我觉得要是到了夜半时分，那个南美佬走进来在最靠里的桌子旁边坐下，点一杯苦艾酒，漂亮脸蛋上还是那副心不在焉的茫然表情，也简直太正常不过。露丝刚开始向我吐露心曲，我就告诉她我已经知道了，不管怎么说，这小伙子并不是个瞎子，对他的那些癖好我们也不必记恨在心；后来我们又笑个不停，因为吉姬居然放下身段告诉大家说她有一回进过那人的卧室，露丝假意要扇吉姬耳光，不等露丝在吉姬脸上挠出十道指甲印，问出大家意料之中的那句话来，我就问那间卧室是个什么模样。“呸，什么卧室不卧室的！”露丝轻蔑地说，可吉姬完全陷入了对胜利圣母路那间阁楼的回忆，她像个蹩脚的街头魔术师一样，从那里面变出一只灰猫，一叠叠涂得乱七八糟的废纸，还有一架太占地方的钢琴，但最多的还要数废纸，最后又是那只灰猫，看起来，在内心深处，这只猫就是吉姬对那间阁楼最美好的记忆了。

我任由她说下去，眼睛却始终盯着最靠里的那张桌子，一面在心里对自己说，无论如何，假如我走到南美佬那边，跟他用西班牙语说上两句话，这再自然不过了。我差一点就要照做，但现在我不过是众多想有所活动却踟蹰不前的人之一。我仍然和露丝、吉姬待在一起，又抽了一锅新的烟丝，又要了一轮白葡萄酒；我已经记不清自己克制住那股冲动时的感受，只觉得那是一个禁区，一旦擅闯，就是进入了一处命运莫测的领地。可我现在觉得自己做错了，我只差那么一点就可以做成一件拯救自己的事。我向自己追问，从什么里面拯救出来呢？正是从这个境况：今天的我能做的唯有自言自语，回答的唯有烟草的迷雾，以及缥缈而徒劳的希望，它好似一只癞皮狗跟在我身后，走过一条又一条街道。

那些汽灯哪儿去了？
那些烟花姑娘怎样了？
..., VI, I.

渐渐地，我不得不说服自己，我们已经进入一个糟糕的年代，只要洛朗和普鲁士人还这样搅扰着我们，昔日的拱廊街生活就不可能重现。母亲肯定是觉察到了我的消沉，因为她劝我吃点滋补药，伊尔玛的双亲在巴拉那州的一个小岛上有一处别墅，他们邀请我到那里去过一段健康的日子。我请了十五天的假，不情愿地去了那个岛，刚一抵达就怨恨上了那里的烈日和蚊虫。第一个星期六我就随便找了个借口回到城里，深一脚浅一脚地走在街上，柏油路面软软的，鞋跟常常陷下去。这无意识的游荡唤起了些许突如其来的甜蜜记忆：就在我又一次走进古美斯拱廊街的时候，一股咖啡的香气突然将我包围，那种强烈的感觉是在拱廊街久违的，要知道那里的咖啡通常淡而无味，而且煮了又煮。我一口气喝了两杯，没加糖，边喝边闻着咖啡的香气，咖啡很烫，我感到一种无比的愉悦。之后的整个下午，一切都有了不同的味道，闹市湿润的空气里充满了种种香气（我步行回到家中，我记得答应过母亲回家和她一起吃晚饭），每种香气都是那样浓烈生猛，肥皂味、咖啡味、烈性烟草味、油墨味，以及马黛茶的味道，一切都是那样凛冽，就连太阳和天空都更加耀目，仿佛有什么不安。好几个小时里，我几乎是心存恼怒地把拱廊街区抛在脑后，可当我又一次穿行在古美斯拱廊街上时（这里和小岛真的属于同一个时代吗？或许我把同一个时段的两个时刻弄混了，实际上，这也没什么要紧），上次让我又惊又喜的咖啡已经无处可寻，它的味道一如既往，我甚至从中喝出了闹市酒吧地板上渗出来的那种锯末和馊啤酒混在一起的甜腻恶心的味道，或许因为我重又生出了想碰见若希娅妮的渴望，我甚至相信，那惊心动魄的恐惧和大雪都已经画上了句号。我感到在那些日子里自己开始怀疑，仅凭欲望已不能像从前那样让一切都运转得有条不紊，把我带上通往薇薇安拱廊街的街道，但最后我也有可能只是安分守己地待在岛上的别墅，免得伊尔玛伤心，她也可以不去胡思乱想，察觉出我唯有在别处才能找到真正的安宁；直到我实在无法忍受，回到城里，一直走到精疲力竭，汗湿的衬衫贴在身上，找到一家酒吧坐下来，喝上一杯啤酒，等待着我自己也不再知道的什么事情。当我从最后一家酒吧走出来的时候，发现除了转弯走回自己的街区之外，我已经别无选择，一时间喜悦、疲惫，以及一种阴沉的失败感汇聚糅合，因为只要看一看路人的面孔，便不难发现那恐惧远没有消散，只要看一看站在塞斯大道街角的若希娅妮，看向她的眼睛，听她用哀怨的口气说老板决定亲自出面保护她，不让她遇到可能发生的袭击，一切就都明白了；我记得在两个吻的间隙我曾瞥见他在门廊里闪现的身形，裹着一件灰色长斗篷抵挡着雨雪的侵袭。

若希娅妮不是那种你有一段时间不在她就口出怨言的女人，我甚至怀疑她无法察觉时间的流逝。我们手挽着手回到薇薇安拱廊街，上了阁楼，接下来却发现我们已经不似从前那样快活，我们含糊地把这归咎于那些扰乱了整片街区的事情；要打仗了，真要命，男人们都得参军入伍（她说到这些词语的时候神态庄重，带着一种天真而迷人的恭敬），人们又害怕又愤怒，警察没本事揪出洛朗。为了自我安慰，他们要把另外一些罪犯送上断头台，就在明天清早，他们要处决那个投毒者，那个我们在守斋者大街的咖啡馆里跟随案件的进展谈论过许多次的投毒者；可恐惧依然在拱廊街和巷道中弥散，自从我上一次碰见若希娅妮到现在，一切都没有改变，连雪都不曾停下。

我们出门散步聊以自慰，全然不顾外面天寒地冻，因为若希娅妮身上穿了件人人羡慕的大衣，而她那些站在街角或是门廊里等候嫖客的女友们只能不时呵一呵手指，或者把双手插进皮手筒里取暖。我们很少沿着林荫大道走这么长时间，到最后我甚至怀疑，可能是我们需要那些亮着灯的玻璃橱窗所带来的安全感吧；在附近的街道中穿行（因为这件大衣也该让莉莉安看看，再往前走一点还有弗朗辛）让我们陷入越来越深的恐惧当中，直到最后，大衣展示得差不多了，我提议前往我们常去的那家咖啡馆，于是我们沿着新月大街奔跑，直到转过弯回到街区，在暖和的室内和朋友中间安顿了下来。所幸，到了这个钟点，大家对战争这个话题已经兴致消减，没有人想着重复那些针对普鲁士人的下流话，酒已斟满，火炉暖暖的，一切都很美妙，路过的客人离开之后，只留下我们这群老板的朋友，这一如既往的小团体，好消息是露丝已经向若希娅妮道歉，两个人互相亲吻，满脸泪水，甚至互赠礼物，已经和解了。一切都像花环一样圆满（可直到后来我才明白，花环也能被用在葬礼上），因此，既然外面有风雪和洛朗，我们就尽可能待在咖啡馆里，直到午夜，我们得知老板在这同一个柜台后面已经工作了整整五十年，这事儿必须庆祝，于是一朵花接上了下一朵花，桌上摆满了酒瓶，因为现在由老板请客，如此的友谊，对工作如此的付出，令人无法轻慢，到了凌晨三点半，吉姬已经喝得酩酊大醉，给大家唱了流行小歌剧里动听的小曲，若希娅妮和露丝哭着抱成一团，一半是心里痛快，一半是苦艾酒在发挥作用，阿尔贝特若无其事地给花环添上了另一朵花，他建议前往罗盖特大街为这一夜的狂欢收尾，因为早上六点整就要在那里把投毒者送上断头台，咖啡馆老板兴高采烈，认为这样结束欢宴是他五十年光荣工作的巅峰，他拥抱了我们每一个人，谈起他在兰格多克去世的妻子，自愿掏钱租来两辆马车带我们前往。

接下来又是喝酒，好几个人想起了自己的母亲，想起了自己童年的光辉往事，若希娅妮和露丝到咖啡馆的厨房里精心烧了一锅洋葱汤，阿尔贝特、老板和我一面祝愿我们的友谊地久天长，一面诅咒普鲁士人全都去死。也许是洋葱汤配上奶酪浇灭了我们的激情，等到铁栅栏和链条哗啦作响，咖啡馆大门被锁上，登上马车时仿佛全世界的寒冷都向我们袭来，大家悄然无声，甚至不太自在。其实我们本该挤在一辆车上，还能暖和点，可老板坚持对马讲人道主义，带着露丝和阿尔贝特上了第一辆马车，把吉姬和若希娅妮托付给我，他说，这两个女孩就像是他的亲生女儿一样。然后我们和马车夫开了几句玩笑，劲头又上来了，就像是在赛车一样，呐喊加油，挥鞭催马，驶向波平库尔。老板出于一种难以理解的谨慎心理，坚持让大家提前一段距离就下了车，我们互相搀扶着，免得在冰冻的积雪上摔倒，来到了罗盖特大街，稀疏的路灯射出昏暗的光，一团团移动的黑影忽而显形，化作高高的礼帽，疾驰而过的马车，以及一群群裹得严严实实的人，熙熙攘攘地挤向街尾的一块开阔地，立即被笼罩在监狱那团更高也更黑的阴影之下。这是一个地下世界，胳膊肘互相触碰，酒瓶在手与手之间传递，玩笑在四下里喧闹的笑声和压抑的尖叫声中散播、重复，也有突然的安静，火镰在一瞬间照亮几张面孔，而我们艰难前行，努力不被挤散，似乎我们每一个人都知道，只有抱成团才有在这里待下去的理由。那机器就在那里，矗立在五层石阶之上，这台执行律法的装置一动不动，静静等候，隔着一小块空地，前方是一个方阵的士兵，手里的步枪抵着地面，枪上都绑着刺刀。若希娅妮抓住我，指甲掐进我的胳膊里，浑身抖得那么厉害，我只好对她说去找一家咖啡馆，可放眼望去，哪儿都看不见咖啡馆的影子，她也坚持留下不走。她挂在我和阿尔贝特身上，不时高高跳起，想把那台机器看得更清楚些，她的指甲再次深深掐进我肉里，最后她迫使我低下头，直到她的嘴唇够着我的嘴唇，她歇斯底里地咬我，低声含糊地说着平时我很少能听她说的话，这使我的虚荣心膨胀起来，仿佛这一刻自己成了她的老板。然而阿尔贝特才是我们之中唯一一个货真价实的狂热爱好者，他抽着烟，评论断头仪式的异同以消磨时间，想象着那个罪犯最后会有什么样的表现，此时此刻监室里在按部就班地进行什么程序，他对其中的细节了如指掌，背后的原因他则讳莫如深。一开始我听得热切，想要了解这仪式中的种种细枝末节，后来，慢慢地，仿佛在他、在若希娅妮、在周年庆祝之外，某种被抛弃般的感觉逐渐侵占了我，那是一种难以言传的感受，觉得事情本不该这样发展，觉得我身上有某种东西在威胁着那个拱廊街和巷道的世界，或者更糟，我在那个世界里的幸福感只不过是一场骗局的前兆,一个鲜花陷阱，就好似那些石膏塑像中的某一个向我献上了一只谎言的花环（可就在那天晚上我还想过，世事交织，正如花环中的鲜花一般），一点一点地，我陷入了洛朗的噩梦，我从薇薇安拱廊街和若希娅妮的阁楼里那种天真的沉醉中脱离，慢慢地转向巨大的恐惧、纷飞的大雪、无可避免的战争，转向咖啡馆老板五十周年工作的非凡落幕，黎明时分冰冷的马车，若希娅妮僵直的胳膊，她决定不看，将在最后时刻把脸藏在我的胸膛上。我觉得（就在此时铁栅栏打开，传来卫队长发号施令的声音）在某种意义上这就是一个终结，但我说不上来是什么的终结，因为无论如何我还要继续生活，还要继续在交易所工作，还要不时地见见若希娅妮、阿尔贝特和吉姬，说到吉姬，她这会儿正歇斯底里地捶打我的肩膀，我虽然并不想把眼光从已经打开的铁栅栏移开，但还是注意了她一下，顺着她半是惊讶半是嘲讽的视线看过去，几乎就在咖啡馆老板的身旁，我看见了南美佬略略佝偻着的身影，他还裹着那件黑色长袍，我突发奇想，这件事是不是也能编进花环里呢，像是有一只手在天亮之前给花环缀上了最后一朵鲜花。我没有再想下去，因为若希娅妮已经呻吟着紧紧贴在了我身上，大门口那两盏汽灯晃动的阴影里现出了一件衬衣构成的白色斑点，像是飘浮在两团黑影之间，随着第三团更庞大的黑影不时下沉上升，白色斑点忽隐忽现，那第三个影子像是要拥抱他，劝诫他，在他耳边说些什么，或是拿出什么东西让他亲吻，最后黑影退到一边，而白点就更清晰，也更近了，他被一群头戴礼帽、身穿黑袍的人包围，然后像是变了一场手疾眼快的戏法，有两团黑影此前一直像是这台机器的某个组成部分，此刻一把拉过白点，一抬手揪下他肩上已经毫无用处的大衣，将他摁倒在地，一阵压抑在喉咙里的惊呼，这惊呼可能出自任何人之口，可能是浑身发抖紧靠在我身上的若希娅妮，也可能是那个白点，他仿佛是自己滑向了木架下方，架子发出了吱吱呀呀的声音，几乎同时，一声闷响。我觉得若希娅妮快要昏过去了，她全身的重量顺着我的身体向下滑去，就如同那另一具躯体滑向虚无，我俯身将她扶起来，这时人群之前压抑着的声音终于爆发，好似在宣告弥撒结束时高空中回响的管风琴声（其实这是一匹马闻到血腥后发出的嘶鸣），在尖叫声和卫兵的号令声中，退散的人潮推搡着我们。若希娅妮靠在我的腰上，满怀哀慈地哭泣着，越过她的帽子，我看见了激动不已的咖啡馆老板、心满意足的阿尔贝特，还有南美佬的侧影，他正聚精会神地注视着那台机器，卫兵的背影晃来晃去，刽子手们忙忙碌碌，不时挡住他的视线，数不清的长袍和胳膊之间暗影攒动，大家都急切地渴望离开，去喝一口热乎乎的酒，然后睡上一觉，我们也一样，挤在一辆马车里驶回街区，每个人都凭自己的所见热烈谈论着，当然有出入，总是有出入，所以讨论才更有价值，从罗盖特大街到交易所所在的街区，有充足的时间回忆和讨论仪式的全过程，为矛盾之处表示惊诧，并夸耀自己更敏锐的目光、更坚强的神经，在最后关头赢得我们那羞答答的女伴们的钦佩。

意料之中，在那段日子里，母亲看出我每况愈下，她直截了当地抱怨我那无可理喻的冷漠，这冷漠使我可怜的未婚妻伤心不已，也会让我彻底失去父亲生前好友们的庇护，而我正是因了他们的关照才得以在证券业闯出了一条路。对这些话我只能以沉默作答，隔几天端回一盆花草，或是拿回一张能买毛线的优惠券。伊尔玛倒是更通情达理，她一定想得很简单，认定只要结了婚，我就能回归按部就班的本分生活，而最近这一段时间里，我几乎就要完全认同她的观念，可让我放弃那期望太难了，我期望拱廊街的恐慌彻底终结，这样我回归家庭就不会像是在逃跑或是寻求庇护，可每当母亲看着我连连叹气，或者伊尔玛脸上带着一副等候猎物上钩的微笑给我递上一杯咖啡的时候，这种庇护就消失了。此时我们正经历着完完全全的军人专政年代，这是一系列无穷无尽的军人专政的又一页，可人们更为了世界大战近在眼前的结局而欢欣鼓舞，市中心每天都有人临时聚集起来游行，欢庆盟军的高歌猛进，欢庆欧洲各国首都一个接一个被解放，与此同时，警察在袭击学生和妇女，商家纷纷拉下了卷闸铁门，由于某些原因，我也加入了站在《新闻报》报栏前的人群，暗问自己，在可怜的伊尔玛一成不变的微笑面前，在滚动不已的行市表周遭浸透我衬衣的湿热中，我到底还能坚持多久。我开始觉得，拱廊街区已经不像从前那样，是我某种欲望的极限，那时随便在哪条街上走一走，在哪个街角轻快地拐个弯，就能毫不费力地到达胜利广场，惬意地游览周边街道，赏玩布满了灰尘的大小商铺，直到时间恰好，再走进薇薇安拱廊街去找若希娅妮，只有几回我心血来潮，想先去逛逛全景通道或是王子大街，特意围着交易所兜个圈再拐回来。现在的情形不一样了，那天上午我还能闻出古美斯拱廊街上咖啡的冲鼻香味（就是闻上去像锯末又像碱水的那种）聊以自慰，可这安慰也已无处可寻，即便我现在依然相信自己尚有一丝可能摆脱那份工作，摆脱伊尔玛，轻而易举地找到若希娅妮待着的街角，可从很久以前开始我就明白，拱廊街区已经不再是我的温柔乡了。我随时都渴望着回去；不管是在报栏前有朋友相伴，还是待在家中的院子里，特别是傍晚时分，一盏盏瓦斯灯开始点燃的时候。可是总有些什么把我留在了母亲和伊尔玛身边，那是一种若隐若现的确切感觉，觉得那片街区不会再像从前那样等候着我，大恐慌已经战胜了一切。我犹如一台机器穿梭于银行和商铺，忍受着把股票买进卖出的日常工作，耳朵里塞满了警察的马蹄声声，那是他们在镇压欢庆盟军胜利的人群；我已经不太相信自己还有可能摆脱这里的一切，以至于我走到拱廊街区的时候，心里几乎生出了惧怕，我感到自己是个陌生人，是个外人，这在以前是从未有过的，我躲在一家车辆进出的门廊里，任凭时间流逝、人来人往，第一次强迫自己慢慢地接受这以前仿佛就属于我的东西，街道，车辆，衣服和手套，院子里的积雪，商铺里的喧闹声。又一次惊喜，我居然在科尔贝特拱廊街上碰见了若希娅妮，在一阵亲吻和欢呼雀跃之间，我得知洛朗已经成为过去，整个街区一连数个夜晚都在庆祝这场噩梦的终结，所有人都在打听我的消息，万幸洛朗这件事总算过去了，可我这些天人在哪里，怎么对这样的大事也一无所知，她一口气告诉我许多事情，给了我无数个吻。在她的小屋里，在那个我从床上一伸手就能挨到的房顶下，我从未如此渴望她，我们从未如此互亲互爱。我们爱抚，絮语，无数个日子里积攒的曼美柔情，直到暮色笼罩了阁楼。洛朗？是个从马赛来的家伙，头发卷卷的，一个可恶的懦夫，后来他又杀了个女人，就藏在那家的阁楼上，警察破门而入的时候，他绝望地求饶。他的真名叫保罗，这个魔鬼，你想想看，他刚刚杀害了他的第九个牺牲品，警察把他拖上囚车时出动了第二区的全部警力，不是说真想保护他，而是怕他被人群撕成碎片。若希娅妮有充足的时间去适应，她已经把洛朗深深埋进了记忆之中，而她的记忆一向淡薄，可这件事对我来说却是巨大的冲击，一时间很难全盘接受，直到她的快乐神情终于感染了我，使我相信真的再也没有什么洛朗了，我们又可以在拱廊街、在巷道里游荡，而不用再担心哪个门廊里可疑的人影。我们必须一起出去庆祝自由，已经不下雪了，若希娅妮希望能去那家圆顶的皇家公馆，在洛朗威胁着的那些日子里，我们还从来没有去过那里。我们唱着歌沿小田园街下行，我答应这天夜里带若希娅妮先去林荫大道那边逛几家夜总会，末了再去我们那家咖啡馆，在那里，借着白葡萄酒的帮助，我将让她原谅我的负心和缺席。

在那几个小时我尽情享受拱廊街的幸福时光，终于让自己相信，随着大恐慌的结束，我又安然无恙地回到了我那片灰墁和花环的天空之下；我和若希娅妮一起在圆顶下起舞，把这段浑浑噩噩的过渡期的最后一点压抑彻底抛开，再一次摆脱了伊尔玛的客厅，摆脱了家中的院子，也摆脱了古美斯拱廊街上那局促的慰藉，重新诞生在最美妙的日子里。这之后，我同吉姬、若希娅妮和咖啡馆老板愉快地谈天说地，才得知了那个南美佬的结局，甚至在那时我都没去怀疑我正享受的快乐不过是旧日的余响，是最后的美好时光；他们谈起南美佬时的语气完全是一种带着嘲讽的漠然，就像是在谈论街上随便哪个怪人，好像那人只是聊天间隙一时的谈资，很快就会被更有趣的话题取代；南美佬最近死在了旅馆的房间里，他们随口一提，接着吉姬就已经讲起马上将在布特磨坊举办的晚会，我好不容易打断了她的话头，让她给我讲讲那件事，连我自己也莫名为什么要打听这个。通过吉姬，我了解到一些细节，那个南美佬的名字，实则是个法国人名，我过耳即忘，他是在弗布·蒙马特大道突然病倒的，吉姬正好在那边有个朋友，就这样知道了这消息；他孤零零一人，靠墙边一张小桌上堆满了书籍纸张，桌上只点了一根可怜的蜡烛，那只灰猫被他一个朋友抱走了，旅馆老板恼怒异常，当时他正准备迎接他的岳父岳母，却突然出了这事儿，无名的墓葬，然后就是遗忘，布特磨坊的晚会，马赛人保罗被逮捕，厚颜无耻的普鲁士人，该给他们点教训了。从这一切之中我渐次剥离出两起死亡，就好像从一个花环上剥下两朵干枯了的花，南美佬的死和洛朗的死，我感到这两个事件彼此呼应，一个死在了他的旅馆房间里，另一个被消解到虚空，变成了马赛人保罗，这几乎是同一起死亡，将从街区的记忆里被永远抹去。这天夜里，我仍相信一切都会回到大恐慌发生以前的样子，在若希娅妮那间阁楼里，她又成了我的女人，分别的时候我们相约，当夏天到来，我们要一起参加聚会出门游玩。可是大街上依然天寒地冻，有关战争的消息要求我必须早上九点钟出现在交易所；凭着那时的我自认颇值嘉奖的努力，我拒绝去想那片我重新征服了的天空，一直工作到快要恶心呕吐，和母亲一起吃午饭，她说我看上去好了点儿，我也表示了感谢。整整一个星期，我都在交易所里全力拼搏，没有一丝多余的时间，只能急急忙忙跑回家，冲个澡，脱下被汗水湿透的衬衫，换上另一件，可不消一会儿新衬衫就湿得比先前那件还要厉害。核弹落在广岛，我的顾客们乱作一团，在这个独裁者愤怒、专制政权逆流顽抗的世界里，我们不得不部署一场长期战役去挽救那些备受牵连的股票，找到某个值得推荐的趋势。德国人投降时，人们涌上了布宜诺斯艾利斯的街头，我想这回我总可以休息一下了，但是，每天早上都有新的麻烦等待着我，就在这些日子里，我和伊尔玛结了婚，那是有一次母亲差点儿心脏病发作，全家人都把母亲那次病倒归咎于我，或许他们没有错。我一次又一次地问自己，既然拱廊街里那人心惶惶的恐慌已经过去，为什么我还不能去找若希娅妮，和她一起徜徉在我们那片石膏天空下。我猜想是工作和家庭责任阻止了我，我只知道我还会时不时地到古美斯拱廊街走一走，无所事事地抬头仰望，喝着咖啡回想往事，聊以安慰，只是每一次回想，记忆的真实感都减少一分，那些午后我只需漫无目的地走在街上，最后就会逛到我那片街区，暮色降临之际，我会在某个街角碰见若希娅妮。我从来都不想承认那花环已经完满闭合，从此我再也不会在街上遇到她。有一段时间，我的思绪会一再跳到那个南美佬身上，在这无味的咀嚼重温中捏造出某种慰藉，仿佛他通过自己的死亡一并杀死了洛朗和我；理智告诉我这并非实情，是我荒唐夸张，随便哪一天我都可以再走进拱廊街区，再度碰见若希娅妮，而她会因为我长久的消失而惊讶。因为这样那样的事情，我待在家里，喝着马黛茶，听着伊尔玛唠叨，她十二月就要分娩，我心平气和地思忖，大选时我该把票投给庇隆还是坦博里尼，或者谁也不投，干脆待在家里，喝喝马黛茶，看看伊尔玛，看看院子里的花花草草。

图书在版编目（CIP）数据

南方高速 /（阿根廷）胡里奥·科塔萨尔著；金灿，林叶青，陶玉平译. -- 海口：南海出版公司，2017.7（2025.9重印）

（科塔萨尔短篇小说全集；2）

ISBN 978-7-5442-9067-8

Ⅰ. ①南… Ⅱ. ①胡… ②金… ③林… ④陶… Ⅲ. ①短篇小说－小说集－阿根廷－现代 Ⅳ. ①I783.45

中国版本图书馆CIP数据核字（2017）第153126号

著作权合同登记号 图字：30-2014-132

南方高速：科塔萨尔短篇小说全集 II
〔阿根廷〕胡里奥·科塔萨尔 著
金灿　林叶青　陶玉平 译

出　　版　南海出版公司　(0898)66568511
　　　　　海口市海秀中路51号星华大厦五楼　邮编 570206
发　　行　新经典发行有限公司
　　　　　电话 (010)68423599　邮箱 editor@readinglife.com
经　　销　新华书店

责任编辑　黄宁群
特邀编辑　陈　蒙
营销编辑　刘　畅　柳艳娇
装帧设计　李照祥
内文制作　王春雪

印　　刷　山东京沪印刷科技有限公司
开　　本　850毫米×1168毫米　1/32
印　　张　14
字　　数　307千
版　　次　2017年7月第1版
印　　次　2025年9月第14次印刷
书　　号　ISBN 978-7-5442-9067-8
定　　价　68.00元